Les fiancées d'Odessa

Janet Skeslien Charles

Les fiancées d'Odessa

Traduit de l'anglais (États-Unis)
par Adélaïde Pralon

LIANA LEVI *piccolo*

ISBN: 978-2-86746-680-9

Titre original : *Moonlight in Odessa*

© Janet Skeslien Charles, 2009
© 2012, Éditions Liana Levi, pour la traduction française

www.lianalevi.fr

Le langage [...] demeure une affaire extrêmement ambiguë, des sables mouvants, un
trampoline, une mare gelée qui pourrait bien
céder sous vos pieds [...] d'un instant à
l'autre.

*Harold Pinter, Extrait du discours prononcé lors de
la réception du prix Nobel en 2005, traduit de
l'anglais par Séverine Magois.*

PREMIÈRE PARTIE

Le mariage par correspondance n'est pas un phénomène nouveau: il a joué un rôle majeur dans l'histoire du peuplement des États-Unis.

Extrait d'un rapport du Congrès sur les agences matrimoniales internationales paru en 1999.

1

Depuis six mois, trois semaines et deux jours, Mr Harmon me rendait folle. Du lundi au vendredi, de neuf heures à cinq heures. Pendant que j'allais chercher le café du matin, il me chronométrait. Mon meilleur temps : cinquante-six secondes. Accompli tout récemment. Plus mauvais score : sept minutes et quarante-huit secondes. J'avais dû préparer le café moi-même, mais il était persuadé que je m'étais arrêtée pour flirter avec un agent de sécurité. Peut-être, mais je n'avais pas cessé de surveiller la cafetière. Je gardais toujours un œil sur mon travail et l'autre sur Mr Harmon. Quand il ne venait pas m'espionner, il écoutait mes conversations téléphoniques. Quand il ne venait pas regarder par-dessus mon épaule (et dans mon décolleté), il s'asseyait à son bureau et élaborait des stratagèmes pour me mettre le grappin dessus. Mais jusqu'à présent, j'avais toujours été plus rapide.

Ces désagréments n'étaient rien comparés à sa dernière manœuvre. Un mois plus tôt, il avait enfin consenti à m'installer une connexion Internet. En réalité, il s'était plié aux exigences du siège social de Haïfa. J'avais envie depuis longtemps d'avoir Internet, même si je ne savais pas exactement ce que c'était, mais Mr Harmon avait toujours trouvé le moyen d'empêcher ma connexion. Ce jour-là, la nouvelle m'avait apporté une lueur d'espoir. J'allais peut-être enfin être reliée au monde. Le troisième technicien que j'avais engagé entra dans le bureau. Il portait la tenue en vogue en Ukraine vers 1996 : un jean parfaitement repassé qui lui remontait au-dessus du nombril et une veste en cuir marron. Il me salua avec le sourire évident de l'homme qui vit encore chez sa mère. Il s'assit un peu plus près de moi que nécessaire et m'expliqua comment me connecter. Je décalai légèrement ma chaise pour éviter de contrarier Mr Harmon qui à coup sûr nous épiait, car je voyais régulièrement apparaître des pans de sa veste noire dans l'entrebâillement de la porte de son bureau.

– Daria, ici tout de suiiiiiite ! bêla-t-il.

Le technicien haussa les sourcils ; je levai les yeux au ciel et je lui demandai de m'excuser un instant.

– Cet homme est en train de vous faire du gringue, décréta Mr Harmon.

C'était exact. Mais à Odessa, tout le monde plaisantait et flirtait avec tout le monde. C'était dans la culture. Même si j'avais été une vieille peau aux yeux globuleux et au crâne dégarni, le technicien m'aurait lancé des clins d'œil en me racontant des blagues. «Savez-vous comment les abeilles communiquent entre elles ? Par e-miel !» Et il aurait aussi tapoté le dessus de l'écran d'ordinateur comme le crâne d'un enfant indiscipliné en disant : «Faites attention. Les ordinateurs font de plus grosses bêtises plus vite que n'importe quelle invention, à l'exception peut-être de la Kalachnikov et de la vodka.»

– Il fait seulement son travail, dis-je en pointant du doigt le technicien qui composait le code d'accès pour la dixième fois.

En Ukraine, tout prenait du temps. Et tout avait un prix. Si Mr Harmon ne décidait pas encore une fois de renvoyer l'installateur, notre bureau ferait partie des premiers d'Odessa à être relié à Internet.

– Il ne me plaît pas, décida Mr Harmon.

– Peu importe qu'il vous plaise ou non. Dans vingt minutes, il aura fini et nous ne le reverrons plus jamais.

– Renvoyez-le. Et surtout, ne le payez pas ! Il n'a pas fait son travail.

– Je vous en prie, ne m'obligez pas à renvoyer encore un technicien, chuchotai-je.

– Ne discutez pas, Daria.

Rougissante, je retournai à mon bureau.

– Je suis désolée, annonçai-je en russe. Vous devez partir.

Le technicien prit un air contrarié.

– Le vieux est jaloux, c'est ça?

J'acquiesçai. Obéir aux désirs capricieux des étrangers était douloureux. Ils avaient le pouvoir; il nous restait le désespoir.

– J'ai mis plus d'une heure à venir jusqu'ici, ajouta-t-il. Vous comprenez, j'ai besoin de ce boulot. Pour ma mère… pour ses médicaments…

– Je comprends. Je suis désolée.

– Qu'est-ce que c'est que ces messes basses, là-bas? hurla Mr Harmon. Parlez en anglais!

Je cherchai de l'argent dans mon sac et tendis à l'homme quelques billets. Il refusa de les prendre et, retrouvant sa fierté ukrainienne, m'invita à boire un verre. Nous savions garder la face. Sentant le regard perçant de Mr Harmon planté entre mes omoplates, je secouai la tête:

– Partez. Avant qu'il n'appelle la sécurité.

Ce n'était pas la première fois que Mr Harmon renvoyait un homme parce qu'il m'avait adressé la parole. J'avais essayé d'engager une technicienne, mais je n'en avais pas trouvé. J'avais cherché ensuite un vieil homme inoffensif, mais à Odessa, seuls les jeunes s'y connaissaient en informatique. À chaque fois que j'embauchais quelqu'un, Mr Harmon venait rôder autour de mon bureau, reniflait et grognait comme un bulldog devant le mâle séduisant, mais éjectable, et s'assurait que son rival ne convoitait pas trop son os, c'est-à-dire moi. La seule présence masculine qu'il était forcé de tolérer était celle de Vladimir Stanislavski, dont la carrure l'empêchait d'ouvrir la bouche. Il savait bien que le dernier qui avait osé tenir tête au gangster avait été expédié aux urgences d'un hôpital de Vienne.

Je soupirai. Je craignais de ne jamais obtenir d'accès à Internet.

J'avais passé plusieurs entretiens d'embauche, mais aucun employeur ne m'avait offert un salaire aussi élevé que celui que proposait la compagnie israélienne de fret maritime: trois cents dollars par mois, alors que le salaire moyen s'élevait à seulement trente dollars.

Le jour de l'entretien, j'avais pourtant trouvé Mr Harmon assez beau. Différent des autres. Plus sophistiqué. Sur ses tempes, quelques mèches de cheveux argentés lui donnaient l'air professoral. Il portait un costume parfaitement coupé. Il était plus petit que moi, mais la plupart des gens l'étaient. Il avait une moustache et un léger embonpoint, mais quand un sourire éclairait son visage, je ne lui aurais guère donné plus que mon âge, même si je me doutais bien qu'étant directeur, il ne devait pas être loin de la quarantaine. Il m'avait paru indéniablement plus intéressant que n'importe quel patron ukrainien. Il avait voyagé. Il parlait anglais et hébreu couramment. Ses doigts étaient longs et élégants, sa dentition parfaite, son odeur celle d'une prairie fraîche et propre. Et, surtout, il était étranger.

Pendant qu'il me décrivait le poste, j'avais caressé discrètement le cuir de mon fauteuil et admiré le décor de la salle de conférences: peinture satinée, éclairage brillant, téléphone sans fil aux formes épurées. J'avais eu l'impression de quitter l'ex-Union soviétique morne et grise pour atterrir en plein Wall Street. Mr Harmon me dévisageait et paraissait savourer chacune de mes paroles. Il m'avait même proposé de déjeuner avec lui sur-le-champ, dans la salle de conférences. Une femme d'une cinquantaine d'années était entrée précipitamment dans la pièce et avait dressé un repas délicieux sur une nappe blanche. Je n'avais encore jamais mangé de fromage français. Le brie fondait dans la bouche. Et le vin! Une fois la première bouteille vidée, je l'avais attrapée pour la poser par terre, car une bouteille vide sur la table porte malheur. Tandis qu'il débouchait la deuxième, je m'étais aperçue qu'il retirait un vrai bouchon de liège et non un simple capuchon en plastique comme sur nos bouteilles. J'avais trouvé tous les plats délicieux, mais l'houmous avait été pour moi une révélation. J'avais adoré son goût de soleil doré, chaud et léger. Les yeux fermés, je l'avais laissé couler dans le fond de ma gorge.

– C'est l'huile d'olive, avait-il dit en me regardant manger. On ne trouve pas ce genre de produit à Odessa, j'imagine. Toute cette nourriture arrive ici par bateau. Si vous travailliez pour nous, vous mangeriez comme ça tous les jours.

Afin de réprimer mon sourire, je m'étais caressé le menton en faisant mine de réfléchir à la proposition. Si ma grand-mère Boba m'avait vue, elle aurait saisi ma main pour la reposer sur mes genoux.

– Nous avons des filiales dans le monde entier, avait-il poursuivi. En Allemagne, aux États-Unis. Une fille aussi intelligente que vous ne peut pas passer toute sa vie dans le même bureau…

Les États-Unis! Je ne pouvais pas y croire. J'avais immédiatement remis la main devant ma bouche pour masquer mon sourire.

– Parler anglais toute la journée… C'est mon rêve.

– Votre anglais est impeccable. Vous avez fait vos études en Angleterre?

J'avais fait non de la tête. Dans ce pays, personne n'allait nulle part. Il n'était pas au courant? Tout ce que nous savions, nous l'avions appris sur place. Il ne pouvait pas imaginer le supplice qu'avait été pour nous les cours de Maria Pavlovna, une enseignante sévère qui rassemblait ses cheveux gris et fins dans un chignon très serré qui étirait ses yeux de mouche et ses lèvres minces. C'était, à ma connaissance, la seule femme d'Odessa qui ne souriait ni ne plaisantait jamais. Mais elle nous avait tout appris. Elle savait mater les garçons les plus durs et les plus récalcitrants de la classe. Elle nous faisait apprendre par cœur des textes que nous devions réciter devant tout le monde. À la moindre erreur, elle donnait un grand coup de règle en bois sur le bureau. Nous redoutions que notre langue fourche encore et que le coup ne retombe cette fois sur l'arrière de nos cuisses. Elle passait en boucle des cassettes de prononciation. *Though* (prononcer [ðəʊ]). *Thought* (prononcer [θɔːt]).

Bough (prononcer [baʊ]). *Bought* (prononcer [bɔːt]). Un jour où je n'avais pas prononcé correctement le son [aʊ], elle m'avait pincé les joues et tiré les lèvres en avant jusqu'à ce que ma diction lui convienne.

Elle posait un métronome sur son bureau et nous faisait réciter les verbes irréguliers en suivant la cadence qu'elle augmentait tous les jours. Tic-tac, tic-tac. Tic-tac-tic-tac. Tac-tac-tac-tac. *Arise-arose-arisen: se lever; begin-began-begun: commencer; break-broke-broken: casser;* et puis *burst-burst-burst: éclater* et *cut-cut-cut: couper* (nos préférés parce qu'ils restaient pareils) et *eat-ate-eaten: manger; fight-fought-fought: se battre; get-got-gotten: obtenir,* et cætera, et cætera, et cætera. Des années plus tard, le tic-tac des horloges provoquait encore chez moi une angoisse insupportable et quand j'étais stressée, je ne pouvais pas m'empêcher de réciter dans ma tête la liste des cent verbes irréguliers de Maria Pavlovna.

Drink-drank-drunk: boire. Mes pensées avaient commencé à tourbillonner, alors j'avais décidé de poser mon verre.

– Je ne suis jamais allée à l'étranger, avais-je expliqué. Mais j'ai eu des professeurs exigeants.

Il avait froncé les sourcils, ce qui m'avait laissée penser que lui aussi avait dû fréquenter des établissements où la discipline était sévère.

– Les autres candidates que j'ai interviewées arrivaient à peine à dire «hello».

J'avais entraperçu la fille qu'il avait reçue avant moi. Où l'avait-il pêchée? Au bar du casino?

La femme était revenue nous apporter deux expressos. J'avais respiré la fumée qui s'élevait en volutes de la tasse de porcelaine blanche. J'étais déjà rassasiée, mais l'odeur enivrante, puissante et irrésistible, m'avait mis l'eau à la bouche. Mr Harmon m'avait tendu un carré de chocolat noir. Je l'avais saisi délicatement. Il était évidemment possible de trouver tous ces produits de luxe à Odessa, Mr Harmon avait tort de dire qu'on ne pouvait pas s'en procurer. Le problème était que les gens comme moi, soit quatre-vingt-dix-huit pour cent de la population, n'avaient pas les moyens de se les offrir. J'avais prié pour qu'il ne me vît pas glisser le carré de chocolat dans mon sac afin de le partager plus tard avec Boba.

– Avez-vous déjà bu du champagne, ma petite?

J'avais fait non de la tête. Il avait claqué des doigts; la femme était réapparue et il lui avait demandé de nous apporter une bouteille. J'étais sciée. Quand Olga et Boba apprendraient que j'avais bu du champagne, du vrai champagne! De France! Dans ma famille, on buvait du *champanskoye* une fois par an, au nouvel an. *Une goutte de champanskoye, c'est une goutte de bonheur dans la vie*, disait-on à Odessa. Celui qui ne buvait pas son *champanskoye* le 31 décembre passait une année catastrophique, c'était bien connu. Il suffisait de poser la question à Boba. Chez nous, la seule fois où nous n'avions pas bu le *champanskoye* au nouvel an, l'année d'après, ma mère était morte.

Il m'avait servi le champagne. Les bulles brillaient comme de minuscules *brillianti*. Comme des diamants.

Nous avions trinqué, puis il avait levé son verre en disant:

– À notre fructueuse collaboration.

Insinuait-il que j'étais embauchée?

Il m'avait regardée avaler ma première gorgée de champagne. Je l'avais trouvée amère. J'avais eu envie de tousser, mais je m'étais retenue. Il m'avait tendu la main et je l'avais prise dans la mienne, convaincue que notre rencontre était prédestinée, sûre qu'après tant de combats et de défaites, la vie allait enfin me sourire. Il m'avait alors fait un clin d'œil avant d'ajouter:

– Bien sûr, coucher avec moi reste l'aspect le plus agréable du travail.

J'avais brusquement retiré ma main. Il avait prononcé sa remarque sur le ton de la plaisanterie, mais je savais qu'il était sérieux. Soudain, j'avais eu l'impression d'avoir devant moi un morse moulé dans une veste Versace gris souris – il n'avait pas pu s'empêcher de mentionner la marque. Les mèches argentées de ses tempes étaient devenues des traînées grises et sales. Il n'était pas différent des autres; il avait seulement les dents plus blanches et un parfum plus délicat. Nous nous étions regardés un long moment. Seul le tic-tac de l'horloge venait briser le silence du bureau. *Weep-wept-wept: pleurer. Win-won-won: gagner. Withdraw-withdrew-withdrawn: retirer.* Stop! J'avais secoué la tête. Réfléchis! En plus de lui faire le café et de lui traduire des documents, étais-je capable de coucher avec lui? Étais-je prête à faire la chose pour obtenir le poste? En tant que végétarienne, l'image de ses doigts en forme de saucisses posés sur moi me donnait des frissons. Derrière ses verres teintés, je sentais ses yeux noirs de désir qui m'observaient, suspendus à ma réponse.

Il arrivait d'Israël et avait pris l'habitude d'être traité comme un prince. De nombreux Occidentaux venaient s'installer dans les pays de l'ex-URSS parce qu'ils s'y sentaient importants. (Pour les gens d'Odessa, tous les pays compris entre Tel-Aviv et Tokyo appartenaient à l'Occident: notre cartographie du monde ne dépendait pas tant des coordonnées géographiques que du niveau de richesse.) Chez eux, personne ne les remarquait et financièrement, ils s'en sortaient à peine. Ici, ils faisaient partie des privilégiés, avec leurs grands appartements, leurs cuisiniers, leurs femmes de ménage et toutes sortes d'autres femmes à leur service.

J'avais songé à mes amies. À Olga qui vivait avec ses trois enfants sans mari, sans travail et sans argent. À Valeria, une enseignante qui travaillait tous les jours sans recevoir aucun salaire, comme la plupart des fonctionnaires. À Maria, diplômée d'un conservatoire, récemment engagée comme serveuse dans un bar où on la forçait à porter une jupe scandaleusement courte. J'avais pensé aux dizaines, aux centaines de filles comme elles. Je ne voulais pas me retrouver dans leur situation, sans alternative et sans argent. Maria avait beau posséder une voix magnifique, elle était maltraitée par son patron et par les clients du bar. Au moins si j'acceptais ce poste, je n'aurais à subir les avances que d'un seul homme.

J'étais sortie de l'université six mois plus tôt et n'avais toujours pas trouvé de poste à plein temps. En plus des miens, je devais subvenir aux besoins de Boba, qui s'était occupée de moi depuis mes dix ans. Nous vivions dans la misère: la retraite de Boba ne nous apportait que vingt dollars par mois. (L'Ukraine était devenue indépendante en 1991. Cinq ans plus tard, notre monnaie était toujours instable, alors nous payions tout en dollars.) La proposition de Mr Harmon n'avait rien de surprenant. Il n'était pas le premier. Je ne m'attendais simplement pas à un tel comportement de la part d'un Occidental. Boba avait peut-être raison. Nous étions peut-être maudites. J'avais regardé Mr Harmon une dernière fois.

Les échecs. Ce n'est pas par hasard que l'ex-URSS abrite plus de champions que n'importe quelle autre région du monde. Le bon joueur allie stratégie, persévérance, vivacité et une anticipation plus grande que celle de son adversaire. Il a l'instinct du tueur et prend plaisir à achever ses victimes une par une. Aux échecs, c'est chacun pour soi. Il faut savoir à la fois construire les pièges et les éviter. Une des clefs de la victoire est la force mentale. Et l'esprit de sacrifice. À Odessa, la vie ressemblait à une partie d'échecs. Attaques. Ripostes. Feintes. Lire dans le jeu de son adversaire et garder toujours un coup d'avance sur lui.

J'acceptai le poste.

Une heure après l'entretien, je déambulais dans les rues du centre-ville, les jambes tremblantes. Qu'est-ce qui m'avait pris? J'aurais aimé avoir de quoi boire un thé quelque part le temps de reprendre mes esprits. La maison me paraissait loin. Sans le vouloir, je m'étais dirigée vers la mer, vers Jane. Elle était toujours positive, toujours encourageante, je ne connaissais personne comme elle. Les gens d'Odessa étaient fatalistes et défaitistes. À chaque fois que je parlais de départ, mes amies s'écriaient: «Redescends sur terre! C'est pas pour rien qu'on appelle ça *le rêve américain!*» Les amies de Boba hochaient la tête et soupiraient: *Tous les chevaux rêvent de sucre*, un proverbe ukrainien pour dire que le bonheur n'arrive qu'aux autres. Avec Jane, je pouvais parler de mes espoirs et de mes rêves et elle m'encourageait à croire qu'ils se réaliseraient. Elle habitait en plein centre-ville, à deux pas de la mer, et son appartement au plafond haut, au vieux parquet et au balcon couvert de vigne, était devenu pour moi une terre d'asile, un paradis. Elle avait sa propre cuisine, son espace à elle. À notre âge, personne n'habitait seul. Il était sûrement plus facile d'être optimiste quand on possédait tant de choses.

Jane était une *Americanka* venue chez nous faire «du bénévolat», comme elle disait. Elle s'efforçait d'enseigner aux jeunes Ukrainiens les principes de la démocratie. On aurait dit qu'elle n'avait jamais appris la signification du mot «non». Elle allait travailler en pantalon et semblait ignorer que les femmes n'avaient pas le droit d'en porter, même les enseignantes. Je l'avais vue remporter une compétition de tir contre un bureaucrate et envoyer son poing dans la gueule d'un policier corrompu. Je consignais dans un carnet les mots et expressions qu'elle m'apprenait. *Awesome. Cool. Fuck. Whatever. Go for it. Just do it.* Son langage était aussi éclatant que ses cheveux roux. Et elle racontait des histoires. J'adorais l'écouter parler de l'Amérique. Même ses impressions sur Odessa m'intéressaient. Dans cette ville au passé trouble et aux célèbres nuances de gris, Jane voyait tout en noir ou blanc. Avec elle, la vie devenait… nette.

Je m'étais glissée dans la cour et étais entrée sur la pointe des pieds dans son immeuble, mais la babouchka du premier étage m'avait entendue monter et avait entrebâillé sa porte d'entrée. À Odessa, quelqu'un était toujours en train de vous épier.

– Vous allez voir Janna?

– *Da*, avais-je répondu sans oser dire que ça n'était pas ses affaires.

– Ne restez pas trop longtemps. Il faut qu'elle se repose. La pauvre a passé la journée dans les cartons.

Je n'avais pas besoin qu'elle me rappelle que mon amie partait bientôt. J'étais montée jusqu'au troisième étage. Jane avait ouvert la porte sans me laisser le temps de frapper.

– Comment s'est passé l'entretien? avait-elle demandé en me tirant à l'intérieur.

– J'ai eu le poste.

– Dément!

Elle m'avait prise dans ses bras, puis avait mis de l'eau à chauffer et nous nous étions assises à la table. Son visage et sa voix exprimaient une joie pure et totale.

– Je me faisais tellement de souci pour toi; j'avais l'impression de t'abandonner. Mais maintenant je sais que tout ira bien.

– Tu vas me manquer.

J'avais parcouru du regard le salon, les piles d'habits et de livres: ses deux années passées à Odessa rangées dans deux valises.

– Tu es tellement différente de mes autres amies.

– Tes amies, s'était-elle étranglée. Je sais qu'elles ne sont pas méchantes, mais ne les écoute pas trop, surtout Olga. N'écoute personne.

– Tu as raison…

– *Je ne vois pas pourquoi je me fatiguerais. Qui ne tente rien ne perd rien*, avait-elle ironisé pour imiter les refrains fatalistes de chez nous. Sérieusement. Ne te laisse pas rabaisser par des cons. Et crois en toi, pas aux superstitions, ni aux malédictions de Boba ni au destin. En toi. Tu es plus forte que tu ne penses.

– Je n'en suis pas sûre…

– Je t'assure. Je serais morte ici sans toi. Quand je suis arrivée, j'étais seule, j'étais terrifiée, et tu m'as appelée tous les jours, tu m'as aidée à apprendre le russe, tu m'as expliqué tout ce qu'il fallait savoir sur les hommes d'Odessa…

Nous avions ri. Elle m'avait caressé la joue.

– Je ne sais vraiment pas ce que j'aurais fait sans toi. Tu vas me manquer. Mais maintenant, je sais que tu vas t'en sortir. Tu as décroché un bon boulot. Non, un super boulot. Tu vas pouvoir parler anglais toute la journée. Ton rêve.

– Tu crois que je parle assez bien?

– Tu rigoles ou quoi? Tu parles mieux que la plupart des anglophones. Tu as plus de vocabulaire que moi. Tu maîtrises cette langue à la perfection. Tu connais même les variantes entre les expressions anglaises et américaines. Je te jure que tu es plus calée que moi. Tu te souviens de la déception de mes collègues quand ils ont appris que je n'étais «qu'Américaine», comme ils disaient? Ils étaient déçus que je ne parle pas «le vrai anglais». Et qui est-ce qui m'a appris les formules typiquement british?

Elle m'avait pressé la main.

– Que serais-je devenue sans toi?

Dans un moment de silence, le doute m'avait à nouveau assaillie.

– Et mon accent, ça va?

– Combien de fois faut-il que je te le répète? Tout le monde a un accent. Moi aussi, j'ai un accent: tout le monde remarque tout de suite que je suis américaine. Les Anglais ont un accent. Les Canadiens ont un accent. Le tien est presque imperceptible. Aucun New-Yorkais ne peut en dire autant.

J'avais ri. Elle savait redonner confiance.

– Attends! Tu te rends compte! Tu vas avoir un salaire énorme. Et dans un an, tu seras sûrement à la tête de la boîte. Tu ne peux pas savoir comme je suis fière.

Comment aurais-je pu lui dire la vérité? À Odessa, chaque médaille avait son revers. Ce contrat avait un prix. En échange d'un si haut salaire, le candidat devait verser un pot-de-vin, appelé chez nous une «redevance». Pour garder ce poste, j'allais devoir verser la redevance la plus personnelle et la plus pénible de toutes.

2

Le premier jour, je me rendis au travail avec beaucoup d'appréhension. Quand la chose allait-elle se passer? Comment? Au bureau? Dans un hôtel? Dès le matin ou après le déjeuner? Quelle attitude adopter? Comment faire pour le repousser? «Je suis indisposée. Revenez dans un an. J'ai la migraine. Faisons d'abord connaissance.» Ça pouvait durer des années…

Je m'assis à mon bureau, pétrifiée, l'oreille tendue, attendant de voir surgir Mr Harmon, prête à le combattre à coups de flèches verbales ou de poing. Mais il ne voulait même pas coucher avec moi. Il n'aimait pas mes dents. (J'avais pris bien soin de ne pas sourire pendant l'entretien. Joséphine, la femme de Napoléon, aussi avait de mauvaises dents. Mais elle avait eu de la chance. Elle était née à une époque où l'éventail était l'accessoire à la mode et elle en levait toujours un devant sa bouche avant de sourire. Quand Mr Harmon m'avait appelée dans son bureau, je m'étais imaginée en train de tenir son ventilateur électrique devant ma bouche et j'avais été prise d'un léger fou rire.)

Comme la plupart des gens d'Odessa, pendant le régime communiste, ma grand-mère avait dû choisir entre plusieurs luxes comme acheter de la nourriture ou aller chez le dentiste. (En théorie, le régime dispensait des soins médicaux gratuits. En réalité, les choses étaient légèrement différentes. Il fallait apporter un cadeau au médecin. Pas de cadeau, pas de traitement. Pas de présent, pas d'avenir.) Mes dents n'étaient pas parfaites, mais je n'étais jamais morte de faim. Je fus étonnée d'entendre Mr Harmon annoncer qu'il paierait un dentiste pour réparer mon sourire. Je déclinai, il insista. Je déclinai encore, il insista de plus belle. Je déclinai une dernière fois, il resta ferme. Je compris ainsi qu'il était sincère et pris rendez-vous. Pour la première fois de ma vie, je me rendis chez un dentiste qui me fit asseoir dans un fauteuil de cuir gris et alluma une lampe au-dessus de mon visage. Pour ne pas être éblouie, je tournai la tête et aperçus un arsenal menaçant de crochets, de pinces et de piques posés sur la table à côté de lui. Je tournai la tête de l'autre côté vers le lavabo où séchaient du sang et de la bave. (Par souci de «préservation», la ville d'Odessa coupait l'eau pendant la journée.)

Je serrai les dents.

– Ouvrez, dit le médecin.

Je ne pouvais pas. Je ne voulais pas qu'il voie mes dents noircies.

– J'apprécie les femmes qui savent la boucler, plaisanta-t-il, mais là, vous m'empêchez de faire mon travail.

Je souris. Il fronça les sourcils.

– C'est pire que ce que je pensais.

– Est-ce que je pourrais revenir demain? demandai-je presque sans desserrer les lèvres.

– On n'est pas à un jour près.

Je retournai le voir le lendemain après-midi et m'assis à nouveau dans le fauteuil. Il braqua la lumière dans mes yeux. Je me levai. Je savais bien ce qu'il allait faire. Je n'étais pas sûre de pouvoir le supporter.

– C'est encore pas le bon jour? demanda-t-il en laissant à peine transparaître son irritation.

Il me fallut encore un rendez-vous pour me sentir à l'aise dans le fauteuil, sous l'éclairage agressif de la lampe qui révélait les moindres détails de mon affreuse imperfection. Toute ma vie, je l'avais cachée; je ne souriais jamais sans mettre la main devant ma bouche. Depuis toujours, je serrais les dents.

– Là, là, me rassura-t-il, ce n'est pas si grave. Vos dents sont abîmées et de travers aujourd'hui. Demain, elles seront blanches et alignées.

Il me promit que le chantier ne durerait pas plus d'un mois. Mais plus vite j'aurais mes belles dents, plus vite Mr Harmon s'intéresserait à moi, alors je lui demandai de prendre son temps. À elle seule, cette stratégie me permit de gagner quatre mois. J'étais contente d'avoir un beau sourire. Même si j'avais eu de la peine le jour où le dentiste m'avait arraché toutes mes dents du haut.

Les premières semaines de travail m'enchantèrent; j'étais heureuse de parler anglais, la langue universelle, et de communiquer avec les filiales du monde entier. Depuis l'enfance, j'apprenais par cœur des expressions anglaises, des chansons et des sonnets, mais je n'avais jamais imaginé qu'un jour, j'aurais réellement besoin de cette langue, qu'un jour cette connaissance me serait utile. Odessa était au bord de la mer Noire, mais le régime soviétique nous avait tenus enclavés. L'anglais avait été pour moi un passe-temps, une passion, un réconfort. J'aimais tous les aspects de cette langue. Je lisais le dictionnaire comme une nonne lit son recueil de psaumes. J'avais soif de mots nouveaux comme les dirigeants russes avaient soif de pouvoir. J'aimais l'alchimie des sons de l'anglais. La façon dont le *t* et le *h* se fondaient en un son totalement inédit. *Thistle : chardon. Thunder : tonnerre.* J'aimais la sensation que me procurait la mise en bouche de cette langue. *Smart : intelligent. Sophisticated : sophistiqué. Foreign : étranger. Better : meilleur.*

J'adorais surtout répondre au téléphone en anglais. Et passer mes doigts sur mon écran d'ordinateur. Tout l'équipement du bureau était d'une qualité supérieure, d'une qualité inconnue de la plupart des gens d'Odessa, dont moi. Même nos ampoules électriques ne renvoyaient habituellement qu'une lueur crasseuse et triste. J'étais fière de faire partie d'une entreprise qui importait des radiateurs, des machines à laver et des magnétoscopes de marques occidentales. Je prenais plaisir à converser en anglais avec le capitaine du bateau pendant que les marins déchargeaient les containers métalliques remplis du luxe dont nous rêvions. Mr Harmon prit un jour une photo de moi tenant la barre, puis le capitaine en prit une de Mr Harmon et moi. Je ne fus même pas gênée de le sentir enrouler sa main autour de ma taille. En Ukraine, se faire prendre en photo était un événement. La plupart des gens ne possédaient pas d'appareil. Chez nous, la couleur n'avait fait son apparition que dans les années quatre-vingt.

Il n'était pas facile de faire passer nos marchandises par la douane, mais j'appris bientôt comment convaincre les fonctionnaires. Je ne pouvais pas les blâmer de vouloir goûter la nourriture, regarder les films et porter les vêtements que notre entreprise importait à Odessa. Je m'aperçus bientôt que si je leur offrais des échantillons, nos cargaisons passaient la douane plus rapidement. Cet échange de bons procédés me parut tout à fait raisonnable. Après tout, à la poste aussi, on payait un supplément pour les courriers prioritaires.

J'avoue avoir été séduite par les stylos de luxe, les téléphones sans fil élégants et le papier à lettre immaculé, si différent de nos feuilles rêches et grises. Le tableau blanc et les feutres de la salle de conférences, les carnets de Post-it multicolores me paraissaient irréels. Pendant le premier mois, je collais des Post-it rose vif sur les documents de Mr Harmon aux endroits où il devait signer ou pour lui rappeler les dates d'arrivée des cargaisons. Ces trésors me firent comprendre que tout était mieux organisé et plus beau en Occident et j'eus plus que jamais envie de découvrir ce monde. J'espérais que ce nouveau travail m'aiderait à me rapprocher de cet objectif.

Nos bureaux n'étaient pas situés sur le front de mer. Mr Kessler, le directeur de la branche de Haïfa, avait trouvé les loyers du port «indécents» et avait préféré un immeuble quelconque du centre-ville, sur la grouillante rue de l'Armée-Soviétique où les voitures et les tramways rouge délavé luttaient pour avancer, où les tziganes mendiaient devant l'église orthodoxe bleue aux dômes d'or et où les jeunes vendeuses de fleurs hélaient sans cesse les passants. La façade vieillie du bâtiment ne laissait rien deviner du luxe à l'intérieur, bien que la présence du gardien velu dans le hall fût un indice de notre prospérité. Près de l'entrée, une cuisine ultramoderne était à la disposition des employés. Le frigidaire regorgeait de vodka finlandaise, de chocolat allemand et de fromage français. Au bout du long couloir blanc aux murs étincelants se trouvait mon bureau. À ma droite, une porte ouvrait sur celui de Mr Harmon, spacieux avec son large plan de travail noir couvert de gadgets hors de prix; à ma gauche, la salle de conférences dévoilait une immense table vernie et des chaises en cuir.

J'achetai un palmier et l'installai près de la fenêtre. Parfois, je rêvais de la Californie. Sur une plage de sable, l'eau tiède et salée déferlait sur mon corps tandis que le soleil caressait doucement ma peau. Fini les soucis d'argent, le harcèlement, la question de mes origines ukrainiennes ou juives. Il n'y avait plus que moi : seule et anonyme sur la plage. Je baissai les yeux vers le palmier nain et soupirai. Les barreaux métalliques brisaient toujours mon rêve. Comme l'entreprise était israélienne, les fenêtres avaient été renforcées par des grilles en acier et des agents de sécurité se tenaient prêts à intervenir vingt-quatre heures sur vingt-quatre. Et ce, malgré l'argent que nous versions aux Stanislavski en échange de leur protection.

J'étais une employée exemplaire. Je ne manquais jamais une journée, même lorsque j'avais des trous dans la bouche. Je me contentais alors de baisser la tête, faisant mine d'être captivée par les documents posés sur mon bureau, mes cheveux masquant mon visage. J'arrivais tôt le matin et ne partais qu'une fois le dernier employé sorti. Durant ces semaines, Mr Harmon se chargeait du café : je refusais de m'aventurer dans la cuisine.

Ayant fait des études en ingénierie mécanique, je n'étais pas vraiment taillée pour ce poste de secrétaire. Mais j'appris bientôt à faire un excellent café et à taper à l'ordinateur. J'améliorai mon anglais et commençai à apprendre l'hébreu. Mr Harmon me demanda de lui donner des cours de russe, mais au bout de trois leçons, je m'aperçus que les vieux singes n'étaient souvent plus bons qu'à râler et faire la grimace.

Une fois mes fausses dents en place, Mr Harmon se mit à me courtiser. Il avait déjà compris qu'une demande frontale ne lui permettrait pas d'attirer sa jeune secrétaire dans son lit, alors il adopta une autre approche : la subtilité. Un après-midi, à l'heure où le courant était coupé dans la ville, nous nous étions réfugiés dans la salle de conférences obscure. Il s'était installé au bout de la table, je m'étais assise à sa droite. Nous buvions tranquillement notre café froid en attendant que les ordinateurs et les fax se rallument.

– Ne pourrait-on pas soudoyer quelqu'un? demanda-t-il.

Je hochai la tête en signe d'approbation. Il avait enfin compris la mentalité ukrainienne.

– Il faudrait arroser au moins trois membres de la compagnie d'électricité, ce qui nous coûterait environ quatre cents dollars par mois.

– C'est du vol!

– C'est le prix de la corruption d'Odessa, corrigeai-je.

– Ça revient au même, marmonna-t-il. Je pourrais peut-être acheter un générateur.

Il but la dernière goutte de son café et nous restâmes assis dans un silence complice pendant un certain temps.

– Je ne suis encore jamais sorti le soir ici, lança-t-il.

– Même pas à l'Opéra ou au concert?

– Non.

Je n'en revenais pas. La plupart des gens venaient à Odessa pour ses divertissements: ses ballets classiques, ses plages, ses concerts, ses cafés, ses casinos, ses boîtes de nuit…

– Vous n'avez pas de *compania*?

– Pardon?

– En russe, c'est comme ça qu'on appelle un «cercle d'amis». Je connais plein de gens ici qui seraient ravis d'être vos amis. Les autres femmes du bureau se montrent plutôt très… amicales.

Les gens d'Odessa s'exprimaient souvent par sous-entendus. En langage codé, «égaré» voulait dire «fou», «direct» voulait dire «hargneux», «amicales» voulait dire «chaudes».

– C'est vrai, dit-il. Elles viennent me tourner autour, mais je sais bien ce qui les intéresse.

Il frotta ses doigts l'un contre l'autre pour indiquer qu'elles en voulaient à son argent. Je haussai les épaules, un geste qui chez nous signifiait à la fois tout et rien. Je tâchais de me montrer compatissante, mais au fond, je me demandais pourquoi il n'acceptait pas une de ces options faciles.

Comme il ne faisait confiance à personne, m'expliqua-t-il, il restait seul dans son appartement, un étranger loin de ses amis et de sa famille. Quand il me proposa de l'accompagner à un ballet, évidemment, j'acceptai. J'avais de la peine pour lui. Et j'adorais aller à l'Opéra, le troisième plus beau du monde, après ceux de Rome et de Prague. Nous étions assis dans une loge privée. Il rapprochait sa chaise dorée de la mienne, sous prétexte qu'il ne voyait pas bien. Je me décalais à chaque fois un peu plus vers le mur. *Leave-left-left: quitter.* Son front luisait de sueur. Il me dévisageait sans prêter la moindre attention au spectacle. Je connaissais ses pensées et ses intentions, mais je restais sur ma chaise, chevilles verrouillées, genoux serrés, le dos bien droit, à dix centimètres exactement du dossier de velours rouge, le menton légèrement relevé, les lèvres figées en un léger sourire, les yeux rivés sur le spectacle. Mes dents grinçaient, mon cœur battait, mon estomac se soulevait et mon cerveau hurlait: *Idiote! Tu ne dois jamais baisser la garde! À Odessa, tout a un prix.* Après la représentation, les spectateurs autour de nous se mirent à discuter et à rire tandis que nous restions silencieux. D'une voix enrouée, Mr Harmon ordonna:

– Venez passer la nuit chez moi.

Je fis semblant de ne rien entendre. Je le remerciai et lui dis au revoir, puis me glissai à travers la foule et dévalai les cent quatre-vingt-douze marches de granit de l'escalier Potemkine jusqu'au port où se trouvait mon arrêt de bus.

Je ne pouvais pas me permettre de m'offusquer. Je ne pouvais pas me permettre de l'attaquer, au risque de perdre mon travail. Je repensai à mes six mois de recherche, aux deux entretiens par jour et aux réponses du type: «Vous me trouverez sans doute conservateur, mais en ces temps difficiles et vu la conjoncture actuelle, je me vois dans l'obligation de confier le poste à un père de famille que ce travail aidera à pourvoir aux besoins des siens.» La retraite de Boba suffisait à peine à payer ses médicaments pour le cœur et ne couvrait certainement pas la nourriture et les factures. Nous n'avions pas les moyens d'acheter des bougies, alors pendant les coupures d'électricité des fins d'après-midi, nous restions assises dans le noir dans la cuisine parce qu'il y faisait un peu plus chaud que dans les autres pièces. Le soir, nous rejoignions à tâtons la salle de bains pour nous laver le visage, puis nous regagnions notre salon-chambre où nous enfilions nos pyjamas et transformions le canapé en lit.

Je devais à tout prix garder ce travail et pour cela, il fallait que Mr Harmon soit satisfait. Je recrutai une jeune femme à l'épaisse chevelure et aux seins volumineux pour transmettre à Mr Harmon les rudiments de notre langue. Il ne lui témoigna pas le moindre intérêt, alors je décidai d'embaucher une femme de ménage voluptueuse que j'encourageai à s'attarder dans son bureau en lui expliquant que si elle la jouait fine, elle pouvait décrocher le gros lot. Mais Mr Harmon resta insensible à son manège. Pour le tenir à distance, j'employais une savante mixture de mutations spatiales, de déni et de culpabilisation. Je m'arrangeais toujours pour poser un obstacle entre nous. Lorsque je le voyais s'approcher dangereusement, je me levais et me plaçais à l'autre bout de la salle de conférences. Nous tournions autour de la table au ralenti, faisant tous les deux mine de trouver la situation parfaitement normale, accomplissant parfois jusqu'à cinq tours complets avant qu'il n'abandonne. Quand il comprit qu'il ne vaincrait jamais mon endurance, Mr Harmon changea une nouvelle fois de tactique et vint m'amadouer avec de l'houmous, du baba ganoush et une radio-lampe de poche à piles pour les coupures de courant nocturnes. Il me demanda de l'appeler David, mais j'évitai. Quand il se tenait trop près de moi, je le regardais avec de grands yeux en disant: «Vous êtes comme un père pour moi.» Il serrait les poings et filait dans son bureau.

Au bout d'un certain temps, il se mit à accrocher des photos de nous deux. Sur un des bateaux. Devant l'Opéra avec des clients. Il avait le bras enroulé autour de mon épaule et la main pendue devant mon sein. Tout le monde au bureau vit les photos et conclut que j'étais sa maîtresse. Il était content: il avait gagné de ses collègues le respect que j'avais perdu. Pendant quelque temps, il parut satisfait et cessa de me poursuivre, comme si la rumeur d'une relation suffisait à l'apaiser. Je souffrais d'être considérée désormais comme sa propriété privée, notamment par mes collègues qui pensaient que je n'avais pas été engagée pour traduire des documents importants et confidentiels, mais pour coucher avec le patron. Malgré tout j'appréciais cette période de détente. Nous ne nous tournions plus autour avec méfiance, chacun s'efforçant d'obtenir l'avantage. Un nouveau mode de fonctionnement s'établit: lorsque nous allions attendre dans la salle de conférences obscure que le courant soit rétabli, nous avions de vraies conversations.

– C'est l'anniversaire de ma fille la semaine prochaine.

Je le regardai avec étonnement.

– Vous avez une fille?

– Une fille. Une ex-femme. Une ex-maison. Un ex-chien.

– Quel âge a-t-elle?

– Dix-huit ans. Je ne sais pas quoi lui offrir.

Il soupira.

– Elle me déteste.

Je souris.

– Je ne crois pas qu'il existe une chose plus cruelle et intimidante qu'une fille de dix-huit ans en colère.

– Vous avez connu ça?

– On a tous connu ça, non? Comment est-elle? Qu'est-ce qu'elle aime?

Il me regarda un instant, puis ses mains se mirent à trembler de manière incontrôlable, comme si le sentiment qu'il voulait exprimer était trop grand pour lui. Enfin, il réussit à articuler:

– Elle n'est pas du tout comme vous.

– Vous pouvez préciser?

– Eh bien, vous, vous êtes équilibrée alors qu'elle... pas du tout. Elle a des difficultés à l'école, elle a des problèmes de poids. Elle se teint les cheveux en noir et écoute de la musique punk qui me donne envie de me suicider.

– Ma grand-mère dirait que cette musique est un cri de détresse. Écrivez-lui, même si elle ne vous répond pas. Appelez-la, même si elle ne vous parle pas beaucoup. Dites-lui que vous l'aimez. Téléphonez à sa meilleure amie. Elle vous donnera des idées de cadeau.

– Vous avez raison.

– J'aime vous entendre prononcer ces mots.

Il rit. Je regardai ma montre. *Le temps fera son œuvre*, disait toujours Boba. *Le temps fera son œuvre.*

– Je n'ai pas choisi cette vie-là, dit-il en désignant la table noire et le tableau blanc.

Cette vie. Sept vies.

– Je sais, je sais. Vous détestez Odessa.

Je sais, j'essaie.

– Non, ce n'est pas vrai et ce n'est pas ce que je voulais dire. J'aurais voulu être écrivain, étudier la poésie. Le commerce ne m'a jamais intéressé.

– Alors pourquoi êtes-vous ici?

Pourquoi, pour quoi?

– La famille.

Ce mot en disait assez.

– Moi aussi, je voulais faire des études d'anglais. Mais Boba m'a dit: «Tu crois qu'on va te payer pour réciter du Shakespeare au coin de la rue? Tu rêves! Ce n'est pas un métier ça, l'anglais. C'est un passe-temps. Tu dois faire des études d'ingénieur ou de comptable, voilà des métiers d'avenir.»

– Ça vous a énervée?

– Non, pourquoi? répondis-je en haussant les épaules. Elle disait ça pour mon bien.

– Vous êtes beaucoup plus sage que moi. Après des années de psychanalyse, je suis encore loin d'en être là. Je n'ai jamais pu supporter que mon père décide tout à ma place. Qu'il me force à étudier la finance. Qu'il me force à…

– À quoi?

– Ça n'a pas d'importance.

Bite-bit-bitten: mordre. L'étrange pointe de colère de sa voix me rendait nerveuse et par réflexe, je portai les doigts à ma bouche.

– Vous pouvez arrêter de faire ça, maintenant, dit-il d'un ton encore agacé.

Je reposai la main sur mes genoux. Il ne dit plus rien. Je voulais remplir cet étrange silence, effacer son sursaut de colère, alors je parlai d'Odessa.

– Si vous aimez la poésie, vous devriez lire Anna Akhmatova. Elle est née à Odessa, vous savez. Et Babel. Lui aussi est né à Odessa. Quels poètes avez-vous lu?

Il m'expliqua qu'il avait choisi comme matières principales la finance et les lettres. Il ne se rendait pas compte de sa chance. En Ukraine, on n'étudiait qu'une seule matière. On vous donnait votre emploi du temps et vous vous contentiez de le suivre. Il me parla de ses auteurs fétiches: Hemingway, Steinbeck, McCullers. Cette discussion littéraire et cette passion commune que nous venions de découvrir me rassuraient. Il aurait pu user de la force. Il aurait pu me renvoyer pour non-respect des termes mentionnés lors de l'entretien. La plupart des hommes dans sa situation auraient choisi l'une de ces deux options. Mais lui poursuivait patiemment son but sans flancher, malgré les pièges voluptueux que je mettais sur sa route.

Vita et Véra, deux secrétaires chipies qui avaient toujours l'air au courant de tout, prétendaient que la mutation de Mr Harmon à Odessa était une punition, suite à de graves erreurs commises sur plusieurs commandes de fret alors qu'il travaillait à Haïfa. Quand des collègues me rapportèrent cette rumeur et me demandèrent s'il était aussi incompétent qu'il en avait l'air, je rétorquai sèchement que Vita et Véra faisaient mine de tout savoir et qu'elles inventaient des histoires. Tant qu'il ne me forçait à rien, je me montrais loyale. Mais au fond, je me rendais bien compte que Mr Harmon ne pouvait pas faire grand-chose sans mon aide. Il n'avait même pas encore compris qu'il fallait

33

rédiger trois versions des rapports de comptes: un exemplaire correct pour les comptables et deux exemplaires mensongers, un pour les Stanislavski (en diminuant les bénéfices de cinquante pour cent) et un pour l'État (en diminuant les bénéfices de soixante-quinze pour cent). Je me demandais ce qu'on lui avait appris à l'université.

Tous les jours, avant son arrivée, je préparais le café et m'arrangeais pour sortir de la cuisine sans avoir croisé Vita et Véra. Ce jour-là, le café venait à peine de commencer à couler que je les entendis caqueter dans le couloir. Elles avaient déjà provoqué la démission – ou le renvoi – de trois filles, à force de ragots cruels, et je n'avais pas l'intention d'ajouter mon nom à leur liste de victimes. *Run-ran-run: courir.* Quand elles entrèrent dans la cuisine, elles me regardèrent comme si j'étais une tache sur le mur. Comme toujours, elles étaient toutes les deux trop maquillées et pas assez couvertes. Boba ne m'aurait jamais laissée sortir de la maison vêtue d'une jupe serrée comme un boyau de saucisse roulé autour de deux morceaux de viande grasse. Ces filles avaient passé plus de temps à appliquer leur maquillage qu'à s'appliquer à l'école. Elles parlaient à peine anglais et ne savaient pas se servir d'un ordinateur. Il n'était pas difficile de deviner pourquoi elles avaient été embauchées: pour la même raison que moi.

– Qu'est-ce que tu fais? demanda Véra.

– Pardon?

– Qu'est-ce que tu fais au lit? précisa-t-elle. On voudrait savoir.

– Je dors.

J'avalai mon café d'un trait et avançai vers la porte, mais elles bloquaient la sortie.

– Comment tu fais pour avoir tant d'argent? insista Vita. Comment ça se fait que tu reçoives autant de cadeaux?

– Je ne fais rien pour.

Il était peut-être irrespectueux de ma part de penser que ces filles étaient des prostituées, mais il aurait été naïf de ne pas les considérer comme telles. Je ne ressentais pas la moindre culpabilité pour mon jugement, d'autant plus qu'à leurs yeux, j'étais une pute aussi. Une pute de luxe, même.

– T'as l'air totalement frigide, mais tu dois bien avoir un talent caché.

Véra me dévisageait, espérant sûrement percer mon secret.

– Tu le suces? Tu aimes ça?

Elle voulait m'humilier, mais je n'aurais jamais laissé paraître ma gêne devant elle. Je pris une grande inspiration et rassemblai toute ma volonté pour ne pas devenir aussi rouge que du bortsch.

– De quoi vous parlez quand vous êtes tous les deux? reprit Vita.

– Il te fait porter des trucs? Il t'attache? Il t'achète de la lingerie juste pour pouvoir l'arracher de ton grand corps maigre?

Tout en m'interrogeant, Véra fit courir ses doigts sur ma poitrine. Je giflai sa main loin de moi. Alors que je disparaissais déjà dans le couloir, j'entendis Vita murmurer:

– Est-ce que Mr Harmon est amoureux de toi?

Sa question m'arrêta. Amoureux? Il m'achetait des babioles et me couvait comme un objet précieux qu'il protégeait jalousement des regards des autres hommes. Il me pourchassait jusqu'à en perdre la tête, pareil à un chien courant après sa propre queue. Ce n'était pas l'idée que je me faisais de l'amour. Mais peut-être que pour lui, c'en était.

Je rêvais d'amour. De passion. D'ivresse. Je connaissais le sens des mots, mais pas les sentiments. L'amour. Était-ce comme danser à deux sous la lune au son d'une musique que personne d'autre n'entendrait? Le trouvait-on en lavant des chaussettes ou en pelant des pommes de terre? Dans le sexe? La tendresse? Quels en étaient les ingrédients? Comment le faisait-on grandir? Et mourir? Pendant combien de temps le pleurait-on quand il mourait? J'avais lu des romans russes pleins de beauté et d'angoisse. J'avais découvert les romances américaines et leurs *happy ends*. Rien dans ma vie n'avait ce goût-là. Boba disait que l'amour était aveugle, sourd-muet et idiot. Elle disait aussi qu'à partir du moment où une femme tombait amoureuse, les ennuis commençaient. Et que dans notre famille, les femmes étaient maudites. Mais ça ne m'empêchait pas d'espérer. Je voulais un mari. Je voulais tenir un enfant contre moi. Je voulais une vraie famille, comme celle que je n'avais jamais eue. Une vraie famille avec un père et une mère.

La question de Vita m'adoucit. Bien sûr, je regrettais de ne pas avoir d'amies au bureau. Bien sûr, leur jalousie me faisait souffrir. Je retournai vers la porte de la cuisine.

– Je n'ai jamais couché avec Mr Harmon, avouai-je. Ma grand-mère dit que le sexe conduit une fille au restaurant ou à l'Opéra alors qu'un refus lui apporte le respect voire même une demande en mariage.

Véra eut un rire amer; la pauvre Vita n'avait rien compris. Certaines femmes ne comprenaient jamais. Évidemment, elles allèrent répéter partout mon aveu. Quand Mr Harmon s'aperçut qu'il avait perdu son statut de conquérant pour devenir la risée du bureau, il se mit en colère. Très en colère.

Tard dans la soirée, une fois que ses trois enfants étaient couchés, ma voisine Olga, une artiste peintre, venait manger un morceau avec moi. Elle ne restait pas longtemps car elle n'osait pas laisser ses enfants seuls. Olga et moi avions été dans la même classe au collège. J'étais parmi les premières, elle, parmi les dernières. Nous étions comme les deux doigts de la main. Nos pères étaient partis. On nous avait mises dans la plus mauvaise classe parce que nos familles n'avaient pas les moyens d'arroser les professeurs. Nous voulions toutes les deux faire de la danse classique, alors nous avions réuni nos économies pour acheter une paire de chaussons en satin. Plus tard, notre professeur de danse avait décrété que j'avais un corps de joueuse de ping-pong, pas de danseuse. Et comme mes pieds n'arrêtaient pas de grandir, Olga avait gardé les chaussons.

Au lycée, Olga était tellement populaire qu'elle n'avait jamais le temps de travailler. J'écrivais ses rédactions et je la laissais volontiers recopier mes devoirs de maths. En échange, elle me racontait ses amourettes, notamment ses rendez-vous galants avec notre professeur de mathématiques (pendant cette période, elle n'avait plus eu besoin de recopier mes devoirs). Olga était petite et jolie; elle s'asseyait sur les genoux des garçons, riait, roucoulait et les laissait caresser ses fesses arrondies. Moi, j'étais la fille la plus grande de l'école et tellement maigre que les garçons m'appelaient «l'allumette frisée». Olga tombait amoureuse aussi souvent qu'il pleuvait. Je n'étais encore jamais tombée amoureuse – pas une seule fois.

Cinq ans plus tard, elle était ma seule copine d'école qui eût encore le temps de me voir. Bien que la population d'Odessa fût assez uniforme, une grande barrière séparait les êtres: le mariage. Les garçons gâtés par leur mère exigeaient d'être dorlotés par leur femme. Adolescente, quand j'allais chez des amis, je m'en rendais bien compte: les hommes allaient travailler et rentraient le soir lire le journal les doigts de pied en éventail; les femmes allaient travailler et rentraient le soir pour travailler encore. Épouse était un poste à plein temps.

Et maintenant mes amies d'école passaient leurs soirées et leurs week-ends à s'occuper de leur mari: elles préparaient des festins quotidiens à base d'ingrédients sommaires; elles mettaient en conserve les fruits de leur labeur; elles lavaient le linge à la main puis repassaient tout, même les serviettes et les sous-vêtements, en bonnes épouses qu'elles étaient. À Odessa, les femmes mariées n'avaient plus droit aux soirées entre filles.

Malgré ses trois enfants, Olga était comme moi: elle n'avait jamais été mariée. Bien sûr, elle racontait partout qu'elle était divorcée pour empêcher les gens de penser qu'elle avait un sérieux problème.

Comme toujours, Olga portait sa robe de chambre de coton brut et nos chaussons de danse élimés. Elle avait des traces de peinture bleue sur la joue et du jaune dans les cheveux. Le petit Ivan était emmitouflé dans ses bras comme un Eskimo de Sibérie.

– Olga, entre. Je t'en supplie, mange quelque chose !

Je l'emmenai dans la cuisine, le fief de ma grand-mère. Le linoléum orange des murs et du plancher était de piètre qualité, mais d'une propreté impeccable. Boba avait frotté le sol à l'aide de sa mixture d'eau de Javel citronnée tant de fois qu'il avait pris une couleur de mandarine délavée. Je tirai un tabouret de sous la table et invitai Olga à s'asseoir, puis je lui garnis une assiette d'houmous, de poivrons rouges farcis à la féta et de pain *lavash*.

Je pris le petit Ivan dans mes bras.

– Il a l'air d'avoir chaud, dis-je en retirant doucement le pull et le bonnet que Boba lui avait tricotés pour pouvoir poser la main sur sa peau douce.

– Je te jure, toi, t'es amoureuse de ce gosse, dit Olga.

Elle s'efforçait clairement de manger lentement pour ne pas montrer qu'elle prenait son premier repas de la journée.

– Je suis tellement absorbée par mon travail que je ne vois pas le temps passer, dit-elle.

Pour mon anniversaire, Olga m'offrait toujours une petite peinture abstraite. Elle avait du talent, mais la plupart des gens survivaient à peine et ne pouvaient donc plus se payer le luxe d'une œuvre d'art. Les produits de base étaient déjà hors de prix. Tandis qu'elle finissait de manger, je transvasai l'eau de l'épurateur dans la bouilloire électrique (deux cadeaux de Mr Harmon). La bouilloire était plus pratique que la gazinière et l'eau filtrée avait meilleur goût, bien qu'il fallût toujours la faire bouillir pour détruire les bactéries. Olga me demanda comment s'était passée ma journée, alors je lui racontai l'incident concernant Véra, Vita et Mr Harmon.

– Réveille-toi ! hurla-t-elle. Chaque bouchée que tu avales, tu la dois à Mr Harmon. Tout ce que tu as, y compris ton papier toilette de luxe, c'est lui qui te l'offre. Tu sais ce qu'il veut, alors donne-lui! Tu es ingrate. Il a fait plus d'efforts pour te séduire que tous mes amants réunis!

Il était connu dans Odessa qu'Olga était une fille facile.

– Qu'est-ce qui te retient? poursuivit-elle. Si un riche étranger me courtisait, je sauterais de joie.

Elle jeta son assiette dans l'évier, puis se retourna pour ajouter:

– Tu ne te rends pas compte de la chance que tu as.

Je m'en rendais compte. Boba m'avait appris à apprécier les moments – ou les instants – de plénitude. Elle me rappelait souvent la chance que nous avions d'avoir une pièce à nous quand tant de gens vivaient encore dans des *kommounalkas,* les appartements collectifs. Elle disait que nous avions de la chance de manger à notre faim et m'encourageait à donner de l'argent aux vieux qui mendiaient dans les rues et à aider Olga qui arrivait à peine à nourrir ses trois enfants. (Contrairement à beaucoup de femmes, Olga était trop sensible pour avorter. Je ne connaissais aucune autre Russe ou Ukrainienne mère de trois enfants.)

Olga ouvrit la porte et arracha Ivan de mes bras.

– Mr Harmon a bien mérité que tu couches avec lui. Et puis, quand tu as accepté le poste, tu connaissais ses conditions. Tu lui dois bien ça.

Elle me claqua la porte au visage. Elle avait peut-être raison. Après tout, j'avais accepté le poste en connaissance de cause.

Comme je réfléchissais aux paroles d'Olga, je décidai d'en parler à Jane. Un soir, après le départ de Mr Harmon, je l'appelai en Amérique et lui expliquai qu'une amie avait des soucis avec son patron. Bien qu'elle me surprît souvent par la finesse de ses analyses, Jane était parfois aveugle au point de ne pas discerner un mensonge emballé dans du film alimentaire transparent (autre luxe offert par Mr Harmon). Cette fois encore, elle ne s'aperçut de rien.

– C'est du harcèlement! s'écria-t-elle. La loi interdit au patron de demander des faveurs sexuelles à ses employés.

Comme si les lois du monde civilisé avaient une quelconque valeur chez nous.

Je ris en l'entendant utiliser l'expression «faveurs sexuelles». Une faveur était un acte de générosité ou d'assistance. Mr Harmon ne me demandait pas une faveur; sa supériorité économique lui conférait un pouvoir et comme beaucoup d'Occidentaux installés à Odessa, il l'exerçait. Mais les Américains s'exprimaient souvent par approximations. Jane rencontrait quelqu'un et cinq minutes plus tard, elle l'appelait «son ami». Pour moi, cette même personne restait une «connaissance» un long moment avant d'accéder au rang d'ami.

– Dis-lui de ne pas se laisser faire. Aux États-Unis, la loi protège les femmes et les enfants des prédateurs comme lui!

J'aimais l'entendre parler de son pays. J'imaginais un endroit magnifique rempli de lois et de sécurité pour tous. En Amérique, on protégeait même les arbres et les fleurs.

Mr Harmon n'était pas stupide. Il parlait très peu le russe, mais il comprenait bien que tout le monde se moquait de lui, et il était furieux contre moi. J'avais réussi à refuser ses avances pendant six mois, mais je sentais que mes jours étaient comptés. Il remarqua que Vita et Véra ricanaient quand il entrait dans la cuisine. Je devinais qu'elles adoptaient ce comportement pour se venger ou se débarrasser de moi. Elles étaient jalouses que mon patron m'ait accordé un salaire plus élevé sans coucher avec moi.

Pendant plusieurs jours, il me lança des regards haineux et aboya contre moi plus que de coutume.

– Vous ne pouvez pas taper moins fort, bon sang! Vous me donnez mal au crâne! Ça vous amuse? Dois-je vous rappeler qui vous a acheté ce sourire?

Je portai la main à ma bouche.

Après le déjeuner, je retournai à mon bureau et tapai le plus doucement possible. Il se glissa derrière moi. Je continuai à taper : *Navires entrés au port le 25, avec un jour de retard*. Il ne disait rien et restait debout derrière moi. Je ne savais pas quoi faire. Je n'osais pas parler. Je n'osais pas bouger. *Freeze-froze-frozen : geler*. Cette agression silencieuse était plus violente que ses torrents de paroles et de gestes. *Dédouanement effectué le 29*. Je me sentais au bord du malaise, comme s'il avait noué un ruban autour de mon cou et le serrait de plus en plus fort jusqu'à bloquer mon souffle. Mais je continuai à taper : *Deux cents containers vides rechargés sur le bateau*. Ce n'est que lorsque Yuri, l'agent de sécurité qui faisait sa ronde, s'engagea d'un pas lourd dans le couloir que Mr Harmon se retira. Je tapai toujours : *Prochaine livraison prévue pour le 2*. Toujours en silence.

Le lendemain matin, je repoussai mon départ. Dans la salle de bains, je m'accrochai au lavabo fendu et étudiai mon reflet dans la glace. Combien de temps pourrais-je encore supporter ça ? Comment faire pour l'arrêter ? J'étais fatiguée de marcher toujours sur des œufs. Mais j'avais peur de perdre ce travail. Boba et moi menions enfin une vie normale.

Un des proverbes d'Odessa disait : *Moscou est connu pour ses journées froides et ses femmes frigides, Odessa pour ses nuits chaudes et ses femmes torrides*. Les femmes d'Odessa étaient réellement des créatures d'une beauté foudroyante. Peut-être à cause de l'air marin ou du soleil. Nous avions les cheveux brillants, une peau parfaite et des pommettes saillantes aussi aiguisées que nos langues. J'entrepris de me rendre moins désirable. Je tirai mes cheveux bruns en arrière et les nouai dans mon cou en un chignon austère, puis retirai le mascara qui mettait en valeur mes yeux verts. J'enfilai une veste noire trop grande sur un chemisier blanc et une jupe longue et pris l'apparence d'une bonne sœur anémique.

Quand Mr Harmon vint se planter devant mon bureau pour m'annoncer le programme de la journée, il perdit ses moyens :

– Je viens réclamer mon dû.

Fatiguée de marcher tous les jours pieds nus sur du verre pilé, je sortis à mon tour de mes gonds. Je me levai, pris toute ma hauteur et lançai :

– Vous voulez récupérer votre dû ?

– Ouiiiii.

Il expira ce mot dans un soupir de plaisir, comme si j'allais sur-le-champ soulever ma chemise et lui montrer mes seins nus.

– Le voilà votre dû.

J'enlevai mon dentier.

– Tenez.

Je me forçai à sourire, dévoilant ainsi mes gencives affreuses et nues. Dégonflé, dans tous les sens du terme, Mr Harmon se retira dans son bureau. Mes mains tremblaient si fort que j'eus du mal à remettre mon dentier. Cette tension permanente commençait à me ronger. Je savais que si je voulais mener un jour une vie normale, il faudrait que je quitte ce bureau – et peut-être aussi Odessa. À vingt-trois ans, je n'étais déjà plus toute jeune, mais je rêvais encore de construire une famille. Si j'avais une petite fille, je l'appellerais Nadezha – Espoir – comme ma mère. Évidemment, pour faire un enfant, il fallait un homme. J'étais tellement prise par mon travail que je n'avais pas le temps de sortir. Et puis, Boba n'arrêtait pas de répéter que les hommes d'Odessa ne valaient rien. Jane m'avait vanté les mérites des Américains qui construisaient une vraie relation amicale avant de « passer aux choses sérieuses ». J'étais très attachée à ma ville natale, mais je rêvais de fuir, d'aller en Amérique : une terre remplie d'hommes à prendre, une terre où le harcèlement n'existait pas.

Je repensai à la façon dont j'avais repoussé Mr Harmon, honteuse de m'être abaissée à une telle vulgarité. Jusqu'alors, je l'avais juste trouvé agaçant, mais après son éclat de colère et son étrange comportement de la veille, j'étais forcée de revenir sur mon jugement. Il représentait une menace. Je ne pourrais pas le contrecarrer indéfiniment. Mais je n'avais pas prévu un retour de bâton si soudain.

Cet après-midi-là, alors que j'étais debout à mon bureau en train de vérifier le rapport trimestriel, il surgit derrière moi et me retourna face à lui.

– Hé! criai-je en le repoussant.

Il me poussa à son tour et me renversa sur le bureau. L'air sortit de mes poumons et je fus incapable de reprendre mon souffle. J'essayai vainement d'inspirer. Je voulus bouger les jambes pour lui donner un coup dans l'aine. Sans succès. Je tâchai d'élaborer une pensée cohérente. Impossible. Je voulus prononcer des paroles qui le dissuaderaient comme j'avais fait jusqu'alors, mais cette fois, lorsque j'ouvris la bouche, seul un triste gémissement s'échappa. Je le regardai, pareille à un papillon gorgé d'éther, prête à recevoir le coup d'épingle qui m'achèverait.

Mr Harmon me dévisageait d'un œil hagard: il était aussi terrifié que moi.

Pour une fois, la judaïté en Ukraine s'avéra salutaire. Le bruit de mon corps heurtant le bureau métallique avait dû résonner dans le bâtiment car quelqu'un courut vérifier d'où venait la commotion. Comme l'entreprise était israélienne, nous recevions souvent des menaces téléphoniques et malgré la surveillance des agents de sécurité, des bombes avaient été posées dans nos bureaux. Le moindre grincement ou bruit suspect mettaient en alerte les employés.

– Excusez-moi, chuchota Mr Harmon d'une voix rauque, je ne voulais pas…

Il tenta de m'aider à me relever, mais quand il voulut me toucher, je tressaillis.

Je tournai la tête pour voir qui était venu s'enquérir du bruit. Heureusement, il ne s'agissait ni de Vita ni de Véra, mais de Mr Kessler, le directeur de la filiale de Haïfa, venu inspecter nos bureaux. Il jeta les yeux sur moi, couchée sur le bureau, puis sur mon patron figé entre mes jambes. Il hurla quelque chose à Harmon dans un hébreu foudroyant. Mon souffle revint sans prévenir et je fus prise d'une quinte de toux. Harmon recula; je me levai, rajustai ma jupe et partis en courant.

Frigorifiée je restai debout, tremblante, contre l'évier de la cuisine. C'était la première fois que ma voix, et surtout mon esprit, m'avaient abandonnée. J'avais envie de pleurer mais je savais que tout signe de faiblesse serait retenu contre moi au tribunal de Vita et Véra. À Odessa, le jugement des autres était plus important que la vérité. Il fallait savoir réagir rapidement et dissimuler ses émotions. Les gens avaient entendu le vacarme et s'attroupaient dans les couloirs. Ils apprendraient vite la nature de l'incident et commenteraient ma réaction. *L'exécution, l'attente, c'est pour quand*[1] ?

Je ne savais pas quoi faire, alors j'attrapai un filtre à café, le remplis et regardai l'eau couler dans la cafetière. Je concentrai mon attention sur l'odeur onctueuse, cette goutte de luxe qui m'était offerte quotidiennement, et tentai de dissiper ma honte. Avant de venir travailler ici, je n'avais jamais bu de vrai café, que de l'instantané soviétique grumeleux. Quand j'avais raconté ça à Mr Harmon, il s'était empressé de nous offrir, à Boba et moi, une machine à expresso et trois mois de stock de café.

Je remplis ma petite tasse et fus forcée de la saisir à deux mains. Soudain, tout le monde eut besoin de boire un café et la cuisine se remplit. Vita et Véra étaient aux anges ; leurs patrons, versions légèrement plus jeunes de Mr Harmon, me regardaient de travers. Mes jambes flanchèrent et je m'effondrai sur un tabouret près de la table.

Quelques minutes plus tard, Mr Kessler écarta la foule et me pria d'excuser l'attitude de Mr Harmon. Je me cachai le visage et me reprochai intérieurement de n'avoir pu m'empêcher d'avouer à ces pimbêches que je n'avais pas couché avec lui. Je savais bien, pourtant, que la vérité n'était souvent que source d'ennuis.

Mr Kessler prit ma réaction pour de la honte et me tapota maladroitement l'épaule. Il m'offrit une légère augmentation en espérant que je ne me montrerai pas

---

1. Anna Akhmatova, extrait de *Requiem et autres poèmes*, trad. Henry Deluy, éd. Farrago. *(Toutes les notes sont de la traductrice.)*

procédurière. Apparemment, il n'était pas au courant de l'absence de justice en Ukraine. Je n'allais certainement pas le démentir.

– Ça ne se reproduira plus, promit Mr Kessler.

Il restait chez nous encore une semaine. J'ignorais ce qui arriverait ensuite.

Je me levai et lissai la longue jupe de laine que Boba m'avait confectionnée, puis je suivis le couloir et retrouvai mon fauteuil de bureau, mon quotidien.

Je n'étais pas à plaindre.

3

Les tremblements avaient cessé, mais je me sentais prête à vomir ou à m'évanouir. Je regardai les chiffres du rapport trimestriel sans les voir. Rester calme exigeait un immense effort de concentration. Au fil des secondes, je pris conscience de la précarité de ma situation et la terreur m'envahit.

Je n'avais pas peur de Mr Harmon. En tout cas, je ne me sentais pas en danger physiquement. Il n'avait pas voulu me faire mal. Au contraire, il avait repris pied ou perdu courage avant de commettre l'irréparable. Mais ses intentions n'étaient pas le cœur du problème. Le problème était que Mr Kessler avait tout vu. Mr Harmon se trouvait à présent dans une situation délicate vis-à-vis de sa hiérarchie et il en découlait que j'étais dans une situation délicate vis-à-vis de lui. S'il décidait de me renvoyer, je pourrais dire adieu au salaire et à la sécurité que je venais d'acquérir. Au moindre faux pas, je pouvais me retrouver serveuse comme mon amie Maria, ou pire. Sans ce poste, Boba et moi retournerions à notre ancienne vie, au temps où les oranges et les expressos n'existaient pour nous qu'en rêve, où Boba faisait des lessives, où nous passions les week-ends à laver les habits de gala des riches, à les essorer et à les repasser en échange d'une maigre pitance.

Je connaissais par cœur les gestes et rituels d'Harmon. Comme tous les jours, il prononça le nombre de jours qu'il avait passés à Odessa : cent quatre-vingt-trois ; combien il lui en restait : cinq cent quarante-sept. Comme tous les jours, il compta ses quinze billets de cent dollars en marmonnant que ça valait le coup de vivre dans un pays du tiers-monde et de ne plus avoir à déclarer ses revenus à sa mère patrie, Israël. Je l'entendis fourrer l'argent dans son portefeuille avant de le refermer d'un coup sec. Il rechargea son agrafeuse et la reposa dans l'alignement de ses stylos Waterman. Il se racla la gorge et se moucha. Il soupira. Il comptait les jours et moi, les minutes. J'avais les yeux rivés sur l'horloge digitale qu'il m'avait offerte. (Vingt-trois minutes avant la délivrance.) Elle donnait la date, ainsi que la température intérieure et extérieure. Elle indiquait vingt et un degrés dans la pièce, mais j'aurais juré qu'il faisait moins dix. Je ramassai les branches mortes du palmier et réorganisai le tiroir de mon bureau. À cinq heures pile, je ramassai mon sac à main.

– J'y vais, articulai-je.

– Allez-y.

Je ne réussis pas à déchiffrer le ton de sa voix.

À la sortie, l'agent de sécurité me souriait en coin. Véra et Vita n'avaient pas chômé. *Ne fais confiance à personne. Ne parle à personne. Les murs ont des oreilles. Les arbres ont des yeux.* Combien de fois ma grand-mère m'avait prévenue ! J'aurais dû l'écouter. Je pressentais que le jour où Mr Kessler retournerait à Haïfa, Harmon me renverrait. Une chose était sûre : je devais chercher un autre travail, et aucun ne paierait aussi bien. Je m'imaginais vivre avec seulement trente dollars par mois et me sentis défaillir. Comment ferions-nous pour nous en sortir ? Un mois plus tôt, le monde m'avait paru plein de promesses. J'avais un bon poste et me sentais relativement en sécurité. Aujourd'hui, je me retrouvais exactement dans la situation d'avant : sans argent, sans sécurité, sans avenir.

À moins que.

À moins que je ne réussisse à pousser Harmon dans les bras d'une maîtresse… Mais qui? Il avait rejeté toutes les femmes du bureau. Maintenant, peut-être que le remords, la honte et la présence de Mr Kessler le feraient changer d'avis, pensais-je en attendant le bus. Qui? Olga? Elle était en manque d'argent; il était en manque de sexe. Il apprécierait ses cheveux flamboyants, son petit gabarit et sa vivacité, mais je craignais qu'elle ne fût pas assez cultivée à son goût. Elle ne parlait que russe et ne savait pas se tenir à table. Non. Je ne pouvais pas lui demander ça. Elle risquait de se vexer et de refuser. Enfin qui sait, peut-être qu'elle accepterait.

Comme toujours, le bus avait vingt minutes de retard. Comme toujours, les passagers se serraient entre les fauteuils et l'allée comme des sardines de la mer Noire. Impossible d'ouvrir les fenêtres: elles avaient été clouées pour des raisons de sécurité. Les vitres étaient embuées avant même que le bus ne démarre. Je retirai mon manteau. La sueur coulait sur mon visage; mon bras était collé contre celui de ma voisine. Je détestais commencer et terminer ma journée par les quarante-cinq minutes de trajet qui reliaient le bureau à la cité-dortoir où j'habitais. (Jane appelait ce quartier «la banlieue de la banlieue».) Une fois, j'avais invité une bénévole américaine dans mon appartement. En descendant du bus, elle avait regardé autour d'elle en disant: «Tous ces blocs gris sortis de la terre. On dirait un cimetière.»

Je savais bien qu'elle n'avait pas eu l'intention de me vexer.

Je n'y avais jamais fait attention avant. J'habitais là, point. Mais à partir de ce jour, je ne pus m'empêcher de voir mon quartier à travers ses yeux à elle. Laid. Gris. Mort. Quand le bus s'arrêta à mon arrêt, je descendis et zigzaguai entre les kiosques rouillés et les tours de béton tristes à pleurer.

Comme toujours, l'ascenseur était en panne. Je montai péniblement les dix étages qui menaient au studio que

Boba avait obtenu en récompense de ses trente années de labeur à la corderie. Bien sûr, maintenant que le régime avait disparu, personne ne se faisait plus de cadeaux. J'ouvris les trois premiers verrous et Boba les deux derniers. Je n'avais jamais le temps d'ouvrir les cinq. C'était un petit jeu entre nous. J'essayais d'être la plus rapide, mais elle était toujours derrière la porte, à m'attendre. Je retirai mes escarpins et remuai les orteils. (La ville était tellement crasseuse que quand les gens d'Odessa rentraient chez eux, leur premier geste était toujours de retirer leurs chaussures couvertes de poussière.) Boba avait déjà préparé mes chaussons bleus, ceux qu'elle m'avait tricotés ; je lui tendis mon manteau, mon sac et ma mallette.

– Tu es sortie en chemise ! Tu dois être gelée ! Ne t'étonne pas demain, si tu te réveilles enrhumée ! Mets un chandail, je vais servir le dîner.

Je ne pris pas la peine de lui répondre que je venais d'enlever mon manteau, que je n'avais pas froid et que je n'étais pas du tout malade. Elle dramatisait toujours tout.

À mes yeux, Boba ressemblait à la grande chanteuse française Édith Piaf. Elle teignait ses cheveux courts en un brun aussi noir que le cœur de Staline. Sa peau était tannée par toute une vie de dimanches à la plage. Elle avait soixante-trois ans et plus d'énergie qu'une adolescente. Enveloppée dans sa robe de chambre, un torchon négligemment jeté sur l'épaule, elle était toujours prête à nettoyer la maison derrière moi. La seule fantaisie de sa tenue était un pendentif à l'effigie d'un saint un peu triste.

– Oh, Boba, j'ai eu une affreuse journée, lui avouai-je en m'efforçant de retenir mes larmes.

J'avais envie de tout lui raconter, mais je ne voulais pas qu'elle s'inquiète. Elle avait assez de soucis comme ça. Non seulement elle m'avait recueillie, mais elle avait aussi élevé sa fille toute seule, puis l'avait soignée jusqu'à sa mort.

– Là, là, dit-elle en me caressant les cheveux. Je vais t'apporter ton chandail. Tout ira bien. Je t'ai fait du gâteau au chocolat.

Je me lavai les mains dans l'évier de la cuisine. J'enfilai le chandail, bien qu'il fît suffisamment chaud. Elle rayonna de plaisir: les Ukrainiens aimaient voir leurs enfants bien couverts. Elle me tendit le torchon qui reposait sur son épaule.

– Raconte-moi tout, Dacha.

Boba m'appelait toujours par mon petit nom. À Odessa, la vie comportait deux sphères: la sphère privée et la sphère publique, et deux modes de conversation: la familière ou la cérémonieuse. Comme des volets sur une fenêtre, le mode cérémonieux représentait un moyen de protection. Les surnoms, réservés à la famille et aux amis, étaient des marques d'affection. Après une journée si éprouvante, j'étais heureuse de retrouver Boba à la maison. J'aurais voulu qu'elle efface le monde extérieur, comme elle faisait quand j'étais petite.

Nous nous assîmes à la petite table de formica. Elle posa sa main sur la mienne; je plongeai mes yeux dans son regard inquiet et lui dis que j'étais stressée à cause de la somme de travail qui m'était confiée. Elle me tapota la main.

– Ça me rappelle mon patron, Anatoly Pavlovitch, à la corderie. Il passait son temps à rouspéter. Il n'était jamais content…

J'écoutais le son apaisant de sa voix sans entendre les mots qu'elle prononçait.

Plus tard dans la soirée, Olga vint avec Ivan s'asseoir dans la cuisine. Je sortis une tablette de chocolat allemand de mon sac. Elle me tendit le petit. Je le berçai en chuchotant les mots que Boba me murmurait dans mon enfance. Il ouvrit les yeux un instant, puis referma les paupières en un battement de cils. Il se serra contre moi et la chaleur pénétrante de son corps dissipa les événements de la journée. Mon cœur cessa de marteler ma poitrine et reprit peu à peu ses battements réguliers. Ma respiration ralentit. Les enfants possèdent des pouvoirs magiques.

Olga déplia le magnifique papier doré et mit un carré de chocolat dans sa bouche en soupirant :

– Ça fait des années que je n'ai pas mangé de chocolat.

Je me sentis coupable de ne pas partager plus souvent ces petits plaisirs avec elle. Les yeux fermés, le cou arqué, elle rayonnait d'une joie sensuelle. En la voyant savourer mon offrande, je sentis combien les choses avaient changé pour Boba et moi. Je cherchai comment aborder le problème de Mr Harmon.

– Tu es bien silencieuse, fit remarquer Olga.

Je ne savais pas quoi répondre. Je retournai la question dans ma tête dix fois en l'espace de trente secondes. *Mon honneur ou mon amie ? Peut-être que ça lui rendrait service. Non, ce serait monstrueux de ma part. Peut-être devrais-je la laisser décider. Peut-être ferais-je mieux de trouver quelqu'un d'autre.*

– Qu'est-ce qui t'arrive à la fin ?

– Olga, lançai-je enfin, est-ce que tu pensais vraiment ce que tu disais ? Tu sais, quand tu m'as dit que tu sauterais de joie si un étranger te courait après et te couvrait de cadeaux ? Même s'il est un peu plus vieux ?

– Du moment qu'il met de la bouffe dans mon assiette, grogna-t-elle, je lui ouvrirais mon lit tant qu'il veut. J'en ai assez des hommes d'Odessa ! Je te laisse faire le calcul : trois enfants, trois bons à rien de pères et zéro soutien. Je ne suis pas intelligente comme toi, je ne gagnerai jamais ma vie en restant assise le cul sur une chaise toute la journée. Alors, je veux bien la gagner couchée sur le dos. À mon avis, c'est plus efficace.

– Mais tu as du talent, protestai-je.

– Personne n'en veut.

C'était le refrain courant du temps de la perestroïka. Les chanteurs, artistes et scientifiques avaient beau avoir du talent et des compétences, ils n'avaient pas de travail. Et ils n'étaient pas les seuls. Odessa regorgeait de vétérans de l'Armée rouge, de grands personnages qui s'étaient sentis invincibles et qui se retrouvaient démunis. Beaucoup se suicidaient, à coups de revolver ou de vodka. Les usines avaient fermé, laissant les employés – des milliers d'hommes et de femmes dont beaucoup avaient sué pendant trente ans sur la même machine – fauchés et déboussolés. Il n'y avait pas le moindre filet de sécurité, pas le moindre recours, pour aucun de nous.

Je tapotai l'épaule d'Olga et souhaitai que notre lot fût meilleur. Elle repoussa ma main.

– Laisse-moi tranquille.

Pauvre Olga. La vie était dure pour elle, pour tout le monde, ces temps-ci.

– Quand est-ce que tu vas te décider à sortir avec quelqu'un? demanda-t-elle. Tu ne veux pas faire quelque chose de ta vie?

Je haussai les épaules.

– Tu sais, si t'es une femme qui fait pas d'enfants, autant être un homme.

Des larmes me piquèrent les yeux comme si j'avais reçu une gifle. *Tu ne sers à rien.* Ce n'étaient pas les mots qu'elle avait employés, mais c'était ce qu'elle avait voulu dire. Seule une meilleure amie osait dire la vérité en face. Je caressai la joue d'Ivan.

– Si tu continues comme ça, personne ne voudra jamais de toi, reprit Olga en attrapant un autre carré de chocolat. J'espère pour toi que ton utérus n'est pas encore desséché. C'est ce qui est arrivé à ma copine, Inna. Elle a presque trente ans. Tu sais, c'est celle qui habite dans la rue Kirova.

Ne fais pas attention à ce que dit Olga. Tu es plus forte que tu ne penses.

– Et ton patron? poursuivit-elle. Il est sûrement plein aux as. Si je travaillais là-bas…

Les gens me disaient souvent que je ne voyais pas les choses comme tout le monde. C'était peut-être grâce à Boba, qui m'avait encouragée à étudier et m'avait protégée tant qu'elle pouvait de la laideur soviétique. Peut-être aussi grâce à Jane, une étrangère venue d'un autre monde (l'Amérique!), qui m'avait convaincue que la différence n'était pas un mal. Et puis, après tout, je n'étais peut-être pas si différente des autres. Je m'apprêtais à proposer à mon amie de coucher avec mon patron. Je pris une grande inspiration et demandai :

– Tu voudrais venir déjeuner avec Mr Harmon et moi demain ?

Voilà. C'était dit. Maintenant, la décision était entre ses mains. Quand son visage se figea, je sus qu'elle avait deviné le sens de ma question.

– Si c'est toi qu'il voulait, il ne voudra jamais de moi ! Je ne suis pas intelligente et je ne suis pas une belle plante comme toi. Avec ta taille de guêpe et tes grands yeux verts, ça ne m'étonne pas qu'il t'ait filé le poste !

Elle soupira.

– Qui aurait envie d'une mère célibataire au ventre ramolli ? Je vais te le dire, moi : personne.

– Mais non, Olga ! À l'école, tu avais toujours plus de succès que moi.

Elle sourit au souvenir de cette époque.

– T'étais une grande perche rachitique toujours fourrée dans les bouquins. Regarde-toi maintenant. Avec tes cheveux noirs sublimes et tes sourcils, on dirait deux ailes d'ange. Tu as une bouche qui ne demande qu'à être embrassée, même si tu ne t'en sers que pour contredire les gens. Si tu savais la fermer, les hommes feraient la queue devant chez toi pour obtenir un rendez-vous. Regarde-moi cette peau lisse ! Je n'ai aucune chance ! Sur le terrain de la séduction, je suis en zone morte.

Encore un point commun entre nous.

– Olga, tu es belle et pleine de talent. Les hommes aiment les formes généreuses.

– Ils aiment aussi les petits culs.

Nous éclatâmes de rire en même temps.

– Tout ce que je veux, c'est un minimum de sécurité, reprit-elle. Est-ce que c'est trop demander ?

Je secouai la tête. Nous restâmes silencieuses un instant. Boba entra dans la cuisine et nous prépara une camomille.

Olga fixait sa tasse comme si elle découvrait cet objet. Une fois sa tasse bue et sa décision prise, comme ma grand-mère était là, elle demanda seulement:

– Qu'est-ce que je vais mettre?

– J'ai sûrement quelque chose à te prêter, dis-je pour signifier que j'approuvai sa décision.

Elle vida mon armoire avec jubilation.

– C'est mille fois mieux qu'au marché! Que de la super qualité!

Elle arracha plusieurs robes de leurs cintres et courut devant le miroir. Finalement, notre choix se porta sur une jupe qu'elle pourrait raccourcir. Olga regardait mes escarpins avec envie, mais je chaussais du quarante-trois et elle du trente-sept. Parcourant la rangée de flacons de parfums qui m'avaient été offerts par des clients en guise de remerciement, elle s'empara d'un flacon Dior et dit:

– Pour me porter bonheur.

Pour la première fois, quand j'arrivai le lendemain matin, Harmon était déjà là. Il avait posé sur mon bureau un rapport d'activité de dix pages accompagné d'un mot m'indiquant de le traduire en russe. Je me mis immédiatement au travail, excédée par la tension qui planait dans l'air, mais soulagée de ne pas avoir à lui parler. À dix heures trente, je l'entendis se lever pour aller chercher son café du matin avant de s'affaler de nouveau dans son fauteuil noir aux lignes ergonomiques. Il était sûrement aussi gêné que moi: il ne vint même pas regarder par-dessus mon épaule comme à son habitude.

À midi, quand Olga ouvrit la porte, sa voix aiguë transperça l'air électrique.

– Comme c'est beau, ici. Appliques murales de luxe, peinture satinée. Regardez-moi ces murs vides! Ça manque d'œuvres d'art, tout ça! Eh ben! Voyez-moi ce bureau de princesse!

Elle passa la main sur mon téléphone sans fil et mon bloc de papier blanc immaculé, les comparant sans doute à son téléphone à cadran déglingué et au papier soviétique gris et rugueux dont elle se servait pour dessiner. Je pus presque voir le nez d'Harmon se retrousser en sentant mon parfum sur elle – elle avait dû vider la bouteille. Je m'approchai de la porte de son bureau sans en franchir le seuil.

– Olga et moi serions ravies que vous acceptiez de déjeuner avec nous.

Olga allait peut-être changer d'avis. Je me demandais ce qu'elle penserait de lui. Quand il apparut, elle le salua chaleureusement et déposa un baiser sur sa joue.

– Daria m'a tellement parlé de vous. Gentil, généreux : le parfait gentleman.

Quand je lui traduisis les paroles d'Olga, Harmon me lança un bref regard, s'attendant sans doute à lire une marque d'ironie sur mon visage. Il n'en trouva pas. Je n'avais parlé à personne de l'incident.

– Je dis tout le temps à Daria qu'elle a de la chance d'avoir un patron comme vous !

Je traduisis ses paroles, mais cette fois, Harmon garda les yeux fixés sur le visage d'Olga, savourant la forme de ses lèvres roses et onctueuses. Elle retira son imperméable et dévoila une paire de cuisses généreuses moulées dans ma jupe bleue ainsi qu'un bustier dos nu argenté qui lui couvrait à peine les seins. Harmon la conduisit dans la salle de conférences et la fit asseoir à sa droite, là où je m'asseyais habituellement. Quand je revins de la cuisine avec nos provisions d'houmous, de crabe, d'avocat et de pain pita, je retrouvai Harmon penché sur Olga et pratiquement assis sur ses genoux. Il avait retiré ses lunettes et je vis que ses yeux brillaient d'intérêt.

– Vous gentil, disait-elle en faisant courir son doigt le long de sa joue. Je aime vous. Vous cherchez compagnie ?

Harmon jeta un coup d'œil vers moi qui achevais de mettre le couvert. Je fronçai les sourcils. Quand il vit mon air renfrogné, il sourit et se retourna vers Olga.

– Je cherche compagnie.

Elle roucoula.

Je croisai les bras et me mordit la lèvre. Ce n'était pas du tout comme ça que j'avais imaginé la rencontre.

Ce soir-là, comme tous les jours, j'attendis la visite d'Olga. Elle venait toujours entre neuf et dix heures, une fois les enfants endormis. Elle n'arrivait pas. À dix heures et demie, je préparai une assiette et montai la lui apporter chez elle. J'entendis des voix étouffées à l'intérieur, mais personne ne vint ouvrir. Je déposai la nourriture devant sa porte. Je l'attendis tous les soirs pendant deux semaines, mais elle ne vint jamais. Pas même pour me rendre l'assiette.

Avant de retourner à Haïfa, Mr Kessler me demanda de l'emmener avec ses trois collègues israéliens visiter la ville. Il faisait sans doute appel à moi par pitié. Harmon était heureux avec Olga et paraissait satisfait de sa conversation limitée et de ses gazouillis. Mais l'atmosphère du bureau restait tendue. Harmon se montrait laconique, je demeurais nerveuse. Vita et Véra rôdaient dans les couloirs, guettant le prochain rebondissement.

Comme une détenue libérée par surprise sur parole, je restai immobile au milieu de la rue de l'Armée-Soviétique grouillante de monde et de bruits et levai la tête vers le soleil. Je fermai les yeux et écoutai le chant de la ville : les babouchkas criaient aux passants d'acheter leurs sachets de graines de tournesol : « Prenez, prenez, ils sentent bon le soleil ! » ; les gitans réclamaient l'aumône devant la façade bleue de l'église orthodoxe ; en face, les promeneurs du parc murmuraient en observant les vieux assis qui surveillaient leur reine et préparaient leur prochain coup.

– Je ne savais pas que les échecs étaient un sport aussi pour les spectateurs, dit Mr Kessler.

Sa remarque me tira de ma rêverie. Je guidai les hommes sous une voûte d'acacias majestueux, passai devant le Théâtre philharmonique en briques foncées (originellement construit pour accueillir la Bourse, le bâtiment datait de 1796, avant Carnegie Hall), puis devant l'appartement de la guérisseuse qui dissipait tous les maux, du rhume à la malédiction. Transmettre aux visiteurs mon amour pour

Odessa, la ville la plus belle et la plus cosmopolite du monde, était l'aspect le plus agréable de mon travail.

– Parmi tous les pays de l'ex-URSS, Odessa est la capitale de l'humour. Ce n'est pas par hasard que la fête de la ville tombe un premier avril. Les gens d'ici adorent les jeux de mots et les bonnes blagues.

Les hommes me regardèrent avec bienveillance tandis que je descendais avec eux le boulevard où se dressaient des rangées d'immeubles néoclassiques aux couleurs pastel.

– La ville d'Odessa a été fondée par Catherine II en 1794, continuai-je. Selon la légende, elle fit baptiser la ville en l'honneur d'Ulysse (*Odusseús* en latin), le héros de l'épopée homérique. On dit d'ailleurs que notre port fit partie d'une colonie grecque. Les visiteurs sont surpris de découvrir que les gens d'Odessa parlent une langue bien à eux, mélange de russe, de yiddish, de quelques bribes d'ukrainien, agrémenté d'allemand et de français. Odessa fit d'abord partie d'un territoire appelé «la Petite Russie». Mais Odessa n'a rien à voir avec la Russie! La Russie est froide et austère: un peuple de tsars, de possédés et de tyrans. Odessa est un port chaleureux et accueillant qui tire ses richesses de la mer Noire. Et du marché noir.

Et j'ajoutai:

– Odessa est une zone de résidence bigarrée.

– Que voulez-vous dire? demanda l'un des plus jeunes.

– Vous n'avez pas appris ça dans vos cours d'histoire? répondit Mr Kessler. La Zone de résidence interdisait aux Juifs de vivre à Moscou, Saint-Pétersbourg ou Kiev, alors beaucoup s'installèrent à Odessa.

Les hommes me lancèrent des regards compatissants. Je redressai ma colonne vertébrale et soutins leurs regards. Je n'avais pas besoin de pitié.

Quatre soldats décharnés, qui ne devaient pas avoir plus de dix-neuf ans, vêtus d'uniformes gris trois fois trop grands, s'approchèrent de nous.

– S'il vous plaît, rien qu'un morceau de pain, dit l'un d'eux.

Je vidai mon stock de bonbons et de pommes. J'en avais toujours sur moi parce qu'à Odessa, il fallait toujours avoir de quoi surmonter les barrières. J'appelais ça la redevance, Jane la corruption. Mais elle apprit bien vite qu'une boîte de chocolat ouvrait les portes plus facilement qu'un long débat.

– Merci, mademoiselle !

Les Israéliens étaient choqués. Je leur expliquai que tous les jeunes hommes, sauf ceux qui payaient très cher pour être déclarés «médicalement inaptes», étaient appelés sous les drapeaux. Malheureusement, l'armée ne parvenait pas à nourrir ses recrues. La pauvreté était un vrai problème. Mais quelle ville au monde n'était pas confrontée à la misère et à la faim ?

– Tous ces balcons en fer forgé me font penser à la Nouvelle-Orléans, fit remarquer Mr Kessler.

Les autres approuvèrent et je me sentis fière qu'ils comparent Odessa à une ville américaine. Je menai ensuite ma commission d'application des peines dans un café du bord de mer. Pendant que ses collègues discutaient avec la serveuse dans leur russe approximatif, Mr Kessler me tendit une enveloppe en disant :

– Merci pour cette visite passionnante.

Bien sûr, il cherchait surtout à s'excuser pour l'incident de l'autre jour.

Deux mois plus tard, l'atmosphère du bureau ne s'était toujours pas détendue. Véra et Vita ne cessaient de colporter des rumeurs selon lesquelles j'aurais éconduit Harmon parce qu'il était impuissant. Il se défendit en invitant Olga au bureau et en déchaînant des foudres contre moi pour prouver à nos collègues que c'était lui le patron. («Vous avez cinq minutes de retard !», «Daria, mon café !», «Vous vous fichez de moi ! Il est froid ! Apportez-m'en un autre !») Si les rumeurs ne s'éteignaient pas d'ici peu, il me renverrait pour sauver la face. Maintenant que Mr Kessler était retourné dans sa ville lointaine de Haïfa, personne ne pouvait l'arrêter. Je prenais garde de ne pas hausser le ton, de ne pas répondre, de rester souriante. Parfois même, je retenais mon souffle.

Et Olga. Olga ne venait plus chez Boba et moi, mais je la voyais de temps en temps au bureau. Elle traînait toujours derrière elle un nuage de parfum de luxe.

Je souris et me levai pour l'accueillir.

– Salut, Olga, dis-je timidement. Tu es magnifique.

C'était vrai. Maquillage subtil. Robe scintillante. Bottes blanches vernies. Chignon blond platine sophistiqué. Plus la moindre trace de peinture bleue dans les cheveux.

Elle passa devant moi pour entrer dans le bureau d'Harmon m'adressant à peine un vague bonjour. Je ne voulais pas insister, ni la mettre mal à l'aise, mais je ne voulais pas la perdre non plus. La situation me rendait triste. Je ne savais pas quoi faire. Je me demandais ce qu'elle éprouvait. De la honte ? Il était vrai que tout le monde, des agents de sécurité aux cadres supérieurs, savait qui elle était. Peut-être m'en voulait-elle de l'avoir utilisée comme bouclier contre les avances d'Harmon.

Au cœur de cette période tendue, une chose merveilleuse se produisit. Harmon se montra moins jaloux envers les techniciens en informatique et, après de longues semaines éprouvantes, j'obtins enfin l'accès à Internet. Parfois, quand l'attente est longue, on est déçu quand elle prend fin, mais Internet dépassait largement mes espérances. Le technicien me montra comment ouvrir différentes pages et naviguer à travers les sites. Je compris pourquoi le réseau portait une majuscule, comme les noms de pays ou de villes. C'était une galaxie entière à explorer, une Voie lactée. Je pouvais consulter les journaux de la BBC, suivre les dernières tendances de la mode parisienne, lire les poèmes d'Edgar Allan Poe. Je pouvais chercher du travail sur des sites de recrutement étrangers. Je pouvais planifier mon évasion.

Tout ce que Jane m'avait raconté sur l'Amérique tourbillonnait dans ma tête comme une nébuleuse de légers nuages blancs. *Immenses étendues sauvages. Politesse. Gentillesse. Chacun sa voiture. Le mariage repose sur l'égalité des sexes. Tout le monde est traité pareil. L'ordre règne, la police protège tous les habitants, sans exception.* Je voulais tout ça. Jane avait vu mon monde. À mon tour de voir le sien.

J'envoyai des dizaines de lettres et de CV sous le regard inquisiteur d'Harmon.

– Qu'est-ce que vous avez à taper comme ça? Je ne vous ai rien donné à taper!

J'avais l'impression d'avoir rejoint le cercle des grands auteurs. Écrire des lettres de motivation me parut aussi difficile que la rédaction d'un roman. Mais la plume de Tolstoï courait sur des centaines de pages alors que je ne disposais que de quatre paragraphes. Bien sûr, je n'étais pas Pouchkine, mais Harmon se comportait avec moi comme un tsar menaçant, méfiant et toujours prêt à sévir.

Après plusieurs semaines sans réponse, je demandai à Jane de m'aider à comprendre ce que je faisais de travers. Elle m'envoya par e-mail une version corrigée de mon CV qui donnait l'impression que j'avais été présidente de l'Ukraine et qu'à la sueur de mon seul front, j'avais réussi à éradiquer la pauvreté de mon pays. Dès qu'Harmon eut quitté le bureau, je lui téléphonai:

– On dirait que je me vante. Je trouve ça gênant.

– Ceux qui n'ont pas peur de montrer combien ils sont géniaux sont ceux qui sont embauchés.

– C'est déprimant.

– C'est la vie.

La vie était sûrement comme ça dans le reste du monde. Ici, tout était inversé. Quand j'écrivais à Jane, j'inscrivais sur l'enveloppe d'abord son nom, puis la rue, et enfin la ville. Quand elle m'écrivait, elle inscrivait le nom de la ville, puis l'adresse, et enfin seulement, mon nom. Quand les Américains posaient une question, ils employaient l'affirmatif: «Tu sais quoi? Tu peux m'aider?» En russe, les questions se formulaient sous la forme négative: «Ne savez-vous pas? Ne pouvez-vous pas m'aider?» Si j'envoyais le CV que Jane avait rédigé à un employeur russe – même si les informations étaient vraies –, il me trouverait vulgaire, la pire insulte, la pire vexation qui existât sur toute la surface de l'ex-URSS (plus de vingt-deux millions de kilomètres?). À Odessa, on n'envoyait pas de CV. Harmon m'avait recrutée sans rien savoir de ma formation universitaire. Il avait sûrement signalé qu'il cherchait une jolie secrétaire. Sa voisine, une amie de Boba, lui avait dit que j'étais une fille intelligente et discrète qui saurait comment naviguer dans les noirs méandres de la corruption d'Odessa.

Je passai encore un mois à répondre à des offres d'emploi. Le jeu en valait la chandelle : en Occident, je gagnerais en un mois l'équivalent d'un an de salaire à Odessa. Ici, les banques poussaient comme des champignons, mais Boba et moi ne leur faisions pas confiance : nous gardions notre argent dans le congélateur. J'essayai d'imaginer la taille du congélateur qu'il nous faudrait pour ranger l'argent que me rapporterait mon futur salaire américain. Il prendrait toute la cuisine. L'idée me fit rire.

– Espèce de folle ! hurla Harmon depuis son bureau. Qu'est-ce qui vous fait glousser comme ça ?

Je soupirai.

Finalement, je reçus une réponse. Apparemment, mon profil correspondait au poste, mais sans permis de travail, ils ne pouvaient pas m'embaucher. Ils me souhaitaient toutefois bonne chance dans mes recherches. Une autre réponse similaire arriva, puis une autre. Mon amie Florina n'avait peut-être pas tort d'aller vivre en Allemagne. Elle disait que là-bas, les Juifs obtenaient des papiers facilement.

Au cours de mes recherches de poste d'ingénieur, j'avais aperçu des tas de publicités pour des sites de rencontre sur Internet. Les photos des couples souriants de bonheur me rendaient jalouse. Et curieuse. J'avais fréquenté les réseaux de célibataires odessites et les avaient trouvés gluants et glauques. J'aurais peut-être plus de chance avec un étranger – jusqu'ici je n'avais pas eu de chance avec les Ukrainiens. Depuis un an, je n'avais jamais été au-delà du premier rendez-vous: un alcoolique, un fils à maman, et un groin (mot d'argot russe pour dire «porc»: synecdoque animalière répandue). Bien sûr, il y avait aussi Vladimir Stanislavski, mais il ne pouvait être envisagé comme un candidat sérieux. Certainement pas un homme fréquentable, en tout cas. Lunettes de soleil de marque sur les yeux et manteau de cachemire noir – la tenue typique du mafieux –, il passait chaque semaine devant l'agent de sécurité pour venir récupérer le prix de sa protection. Dès qu'il m'apercevait, il ôtait ses lunettes. Je regardais ses yeux noirs et sa bouche gourmande. Il me proposait un rendez-vous. Je levais les yeux au ciel et faisais mine d'être agacée. Comment pouvais-je le prendre au sérieux? Les hommes d'Odessa couraient le moindre jupon qui passait. Il souriait, de son sourire séducteur et confiant. C'était le moment phare de ma semaine.

Ce jour-là, alors que je tendais à Vlad son enveloppe, j'entendis des ricanements dans le bureau d'Harmon.

– C'est quoi ce bruit affreux? demanda Vlad l'air crispé.

Cet affreux bruit était mon amie en train de minauder avec mon patron. Qu'est-ce qui m'avait pris? Cette artiste douée et sensible était devenue une étrangère. La porte s'ouvrit pour laisser sortir Harmon et Olga. Elle était enroulée à lui. Quand Harmon aperçut Vlad, il écarquilla les yeux. Olga continua de caresser sa cravate tout en fixant Vlad avec insistance; il l'ignora. Ce jour-là, il gagna quelques points dans mon estime.

Comme Harmon passait la plupart de son temps enfermé dans son bureau avec Olga, j'avais le temps de parcourir les sites de rencontre. Sur dates.com, l'inscription était gratuite, alors je remplis le questionnaire, puis allai regarder ce que les hommes avaient écrit. Certains profils étaient incompréhensibles, comme celui de TurboGuy qui disait: *J'adore le tuning*. À la question, *Qu'est-ce qui vous rend heureux?* Pirate37 répondait: *La thune*. Cette réponse me fit sourire. Un autre n'avait publié aucune photo de lui, mais trois de son camion rouge. Dans la rubrique «profession», l'un d'eux écrivait: *Je conduis un bus de ramassage scolaire parce que j'adore embrasser les petits enfants.* Je démarrai une correspondance avec sept hommes (les nombres impairs portaient bonheur). Jeff, un ouvrier en bâtiment vivant à Bend, dans l'Oregon, passionné par Jésus, voulut savoir si j'étais sauvée; Al d'Albany, s'exprimait par symboles: *G hâte 2 te voir car je me 100 seul*; Davis, un fan de Tolstoï, semblait désirer plus ardemment la guerre que la paix; Shakir écrivit: *Je veux visiter ton trou.* Les réponses étaient variées, mais tous les hommes avaient un point commun: ils voulaient voir ma photo.

Je ne savais pas comment faire rentrer ma photo dans l'ordinateur. Je tombai sur une publicité pour des cours d'informatique et m'inscrivis. J'en avais assez de dépendre des techniciens. Harmon accepta d'acheter un scanner pour le bureau et je réussis à l'installer toute seule. En sortant retrouver Olga, il me félicita pour mes nouvelles compétences. Le ciel allait peut-être enfin s'éclaircir.

J'envoyai les photos. Quand ils les reçurent, les sept hommes me demandèrent en mariage. Boba avait raison. Les hommes étaient vraiment superficiels.

J'essayais toujours de parler à Olga chaque fois qu'elle venait au bureau. Tous les cadeaux qu'Harmon avait pris l'habitude de m'offrir, des magnétoscopes et vêtements livrés par nos bateaux aux parfums et autres cadeaux transmis par nos clients, lui revenaient désormais. Elle était métamorphosée: elle avait l'air reposée. Malheureusement, son style ne s'était pas arrangé: elle portait toujours ses bustiers dorés sans soutien-gorge. Elle me jetait des regards méfiants, comme si elle ignorait que j'avais passé des mois à repousser les avances d'Harmon, comme si j'allais essayer de le lui voler. Bien sûr, je faisais tout pour maintenir de bonnes relations avec mon patron. Je n'allais pas cesser de lui parler pour elle.

Elle ne parlait plus que d'argent. *Money* était le premier mot qu'elle avait appris du professeur d'anglais qu'Harmon avait engagé pour elle. *Waouh! How much this cost*[1] ? demandait-elle, les yeux rivés sur mon téléphone. Harmon avait aussi recruté une nourrice pour lui permettre de se consacrer à sa peinture, mais elle préférait faire du shopping.

Elle me montra le sac à main et les gants assortis qu'elle venait d'acheter. Je la complimentai. Comme toujours, je demandai des nouvelles des enfants.

– Et Sveta, comment ça va à l'école?

– Bien, bien, répondit-elle en parcourant des yeux mon bureau.

– Est-ce qu'Ivan a fini de faire ses dents?

– Oui, sûrement.

Son regard sautait d'objet en objet. Si elle avait pu faire rentrer mon ordinateur dans son nouveau sac à main Escada, elle l'aurait emporté.

– Je crois bien qu'il t'attend dans son bureau, fis-je remarquer.

– Ah! Exactement ce dont j'ai besoin! dit-elle en attrapant mon agrafeuse avant de la fourrer dans son sac.

– Elle est à moi, grondai-je tout bas en russe. Rends-la-moi! Qu'est-ce que tu veux faire avec une agrafeuse?

– *Jadna!* m'injuria-t-elle.

C'était l'insulte russe pour dire «radine» ou «pingre». Elle s'empara du rouleau de scotch.

– Qu'est-ce que ça peut te faire? cria-t-elle. Tu peux en avoir autant que tu veux!

– Toi aussi. Tu t'es trouvé un gros distributeur de billets.

Je regrettai aussitôt mes paroles.

– Espèce de pétasse rigide. T'es jalouse, c'est tout.

Voyant qu'elle fixait mon horloge digitale, je la cachai sur mes genoux.

Je décidai de me montrer patiente avec elle, me persuadant que bien que sa nouvelle vie fût certainement plus

---

1. «Combien ça coûte?»

facile, elle comportait aussi son lot de contrariétés. Mais ma résolution s'envola quand Harmon sortit du bureau. Avant qu'il n'ait eu le temps de lui dire bonjour, je me plaignis en anglais :

– Elle m'a volé mon agrafeuse et mon scotch. Hier, elle a pris le bouquet de fleurs et la boîte de figues que Playtech m'avait envoyés. Le jour d'avant, mon disque préféré.

Avant, Harmon me prenait au sérieux, mais là, il se contentait de sourire. Olga plissa le front, agacée de ne pas comprendre et il parut trouver sa grimace adorable. Elle essayait d'apprendre l'anglais pour communiquer plus facilement, mais jusqu'à présent, son vocabulaire restait limité. Quand j'avais interrogé Harmon, il m'avait assuré que cela ne le dérangeait pas, avant d'ajouter en soupirant : « Que voulez-vous, elle a une mention très bien en massage. »

– S'il vous plaît, dites-lui de me rendre mes affaires, demandai-je sèchement. Et il serait plus sage que vous la renvoyiez chez elle pour que nous puissions vérifier le rapport d'activité ensemble. Je dois le remettre demain. J'ai besoin de vous… de votre aide.

Olga me lança un regard vicieux et s'approcha d'Harmon.

– Hhhhelllllo, lui susurra-t-elle à l'oreille, se frottant telle une chatte électrique contre lui.

Elle se tourna vers moi et ordonna en russe avec mépris :

– Daria, soyez gentille, allez nous faire du café. Et allez m'acheter des cigarettes.

Elle enfouit sa main dans la poche d'Harmon, lui caressa la cuisse, puis sortit son portefeuille et me lança trois billets d'un dollar. Je les laissai tomber sur le sol devant moi. Je me tournai vers Harmon qui ne disait rien. Il n'avait sûrement pas l'habitude de voir deux femmes se battre pour lui. Enfin, nous ne nous battions pas vraiment pour lui. Il lui apportait la sécurité dont elle avait toujours rêvé. Il m'apportait la sécurité dont j'avais toujours rêvé. Aucune de nous n'y renoncerait sans lutter.

– Et le rapport ? insistai-je. Nous devons le relire ensemble.

Il regarda la pile de factures posées sur mon bureau.

– Vous avez raison. Il faut qu'il soit bouclé ce soir.

Ouf. Il s'était rangé de mon côté. Il se tourna vers elle.

– Je travaille. Bye, bye.

Mais à peine avait-il ouvert la bouche qu'elle se précipita pour l'embrasser, collant son corps contre le sien.

Mon arme était l'anglais, la sienne était le sexe. Les yeux d'Harmon s'embuèrent de désir et elle le tira dans le bureau. Elle me fusilla du regard et éclata de rire. De toute évidence, elle remportait cette bataille. Comme elle continuait à glousser, je m'éloignai, mon horloge digitale sous le bras. Heureusement, la cuisine était vide et je pus m'asseoir pour laisser à ma fureur le temps de se dissiper. Si seulement j'arrivais à définir précisément ce qui me mettait en colère. Les fournitures volées? Ma perte de contrôle? Je laissai les minutes s'écouler. Quand je revins à mon bureau, j'entendis encore Olga, de l'autre côté de la porte fermée, qui geignait dans son anglais pathétique:

– Elle, pas travaille. Daria, pas bon. Elle partir. Moi travaille.

Qu'est-ce qu'elle manigançait? Essayait-elle de prendre ma place?

Je fixai mon regard au-delà du palmier et des barreaux de la fenêtre et attendis cinq heures. Je devais me rendre à l'évidence: j'avais perdu mon amie. J'avais perdu mon temps à répondre à des offres d'emploi que je n'obtiendrais jamais; je ne trouverais jamais l'amour à Odessa, ni nulle part ailleurs, et je m'apprêtais à perdre la situation la plus confortable que Boba et moi avions jamais connue.

4

Moonlight: clair de lune. J'aimais ce mot. Son romantisme. Il évoquait le secret des actes commis dans la nuit, loin des regards. J'aimais qu'il existe aussi en verbe. *To moonlight:* travailler au noir.

Quand j'annonçai à Boba que j'allais chercher un second travail, elle s'enflamma:

– Mais on se voit déjà à peine. Tu te laisses mourir de faim: regarde-moi ça! La peau sur les os. Il n'y a rien à manger là-dessus. Et tu ne te reposes pas assez!

Mais Harmon était un homme et s'il y avait une leçon à retenir de l'histoire, c'était qu'il ne fallait jamais faire confiance aux hommes. Dans la compagnie de fret maritime, les eaux restaient houleuses et une tempête pouvait éclater à tout moment.

La tante de mon amie Florina dirigeait une agence matrimoniale et cherchait quelqu'un pour traduire les lettres que les Américains envoyaient à nos femmes ukrainiennes. Ce poste m'offrait l'occasion de pratiquer l'anglais et peut-être même aussi de rencontrer quelqu'un. Les bureaux de l'agence se trouvaient dans une rue tranquille non loin de la compagnie de fret maritime. Je passai trois fois devant les rideaux de dentelle plus fins qu'une toile d'araignée avant de comprendre que l'agence était installée au rez-de-chaussée d'un appartement privé. Je relus le bout de papier sur lequel j'avais inscrit l'adresse. C'était bien là. Je sonnai. La tante de mon amie m'ouvrit la porte et me serra vigoureusement la main à l'occidentale. Valentina Borisovna était sans âge. Elle avait de grandes lunettes roses qui lui tombaient sur le nez, des yeux bleus calculateurs capables d'analyser la moindre situation, une permanente bouffante fixée par une quantité de laque et un soutien-gorge en béton armé qui donnait à ses seins volumineux l'aspect d'obus pointés sur son interlocuteur. Dans une vie antérieure – c'est-à-dire avant la perestroïka – elle avait été l'un des membres les plus influents du Parti. Mais ses relations ne lui avaient pas permis d'échapper à la pauvreté: comme tout le monde, son compte en banque avait été vidé. Cette ancienne communiste engagée s'était donc reconvertie en chef d'entreprise et avait baptisé son agence «Unions soviétiques», comme si elle n'avait pu supporter la dissolution du Parti et avait décidé du coup de créer le sien.

– J'ai besoin d'une aide à plein temps pour mettre de l'ordre dans ce bazar. Certaines de mes filles sont physiciennes nucléaires, mais il y en a d'autres! Regarde ce qu'elles écrivent!

Elle me tendit un questionnaire rempli à l'encre rose. Je lus: *Nom: Yulia Shtunder; Âge: 19; Sexe: Oui! Tout le temps!!*

Je ne pus m'empêcher de rire. Elle me fit écho.

– Si je montrais ce questionnaire aux hommes qui cherchent une épouse, expliqua Valentina Borisovna, ils se précipiteraient pour la rencontrer, mais avec d'autres idées en tête que le mariage. J'ai besoin que quelqu'un m'aide à m'occuper d'elles. Je veux les rendre aussi classe que les filles de Moscou. Tu pourrais leur apprendre les bonnes manières et quelques mots d'anglais?

Elle examina d'un air approbateur mon chignon, mon maquillage discret et mon tailleur noir. J'acceptai. Il ne nous restait plus qu'à négocier.

– C'est ton premier poste depuis ta sortie de l'université, chérie?

Traduction: *Comme tu n'as pas beaucoup d'expérience, je n'ai pas besoin de te donner un gros salaire.*

– Non.

Je me redressai sur ma chaise et pris un air légèrement hautain.

– Je travaille chez Argonaut.

Traduction: *Je suis assez intelligente pour décrocher un poste dans une entreprise étrangère.*

– La compagnie de fret?

J'avais éveillé son intérêt. Tant mieux!

– La compagnie étrangère? ajouta-t-elle.

J'avais aussi gagné son respect.

– Mais, si tu as déjà un travail, tu n'as sûrement pas besoin de celui-là…

Traduction: *Je ne pourrais pas te faire travailler comme une esclave toute la journée.*

De toute évidence, j'avais affaire à une experte en marchandage.

– J'aurais largement le temps de traduire le courrier au bureau. Nous pourrions former les filles les soirs et les week-ends. La plupart d'entre elles travaillent aussi.

Valentina Borisovna ne pouvait pas deviner que je parlais anglais mieux que la plupart des gens d'Odessa et que j'étais bien décidée à obtenir une vie meilleure pour Boba et moi. Tout ce qu'elle savait, c'était que sa nièce me faisait confiance. Et bien sûr, elle venait de constater que je savais me défendre.

– Tu es engagée, dit-elle.

Comme on disait chez nous, *l'important n'est pas ce que tu sais, mais qui tu connais et combien d'argent tu possèdes.*

Valentina Borisovna et moi poursuivîmes la discussion, cette fois-ci au sujet du salaire. Une fois l'affaire conclue, elle me tendit un paquet de lettres à traduire. Je regrettai presque de ne pouvoir travailler chez elle. Des orchidées et des fougères ornaient ses grandes fenêtres. Sur l'étagère derrière son bureau d'acajou trônaient un imposant samovar en argent et un service à thé. Les tasses étaient si fines qu'on pouvait presque voir à travers.

En sortant de l'entretien, je me dirigeai vers l'arrêt de bus, serrant le paquet de lettres contre ma poitrine. Ce second travail me rendait plus légère, plus confiante. Même si je perdais mon poste à la compagnie de fret, je ne serais pas complètement démunie. Ça ne me dérangeait pas de travailler les soirs et les week-ends. L'argent nous permettrait d'acheter un appartement dans le centre-ville. J'en avais assez des trajets entre le centre et la banlieue.

Une ombre passa sur moi. Une Mercedes ralentit le long du trottoir et s'arrêta à ma hauteur. À l'arrière, une vitre teintée s'abaissa.

– Je te dépose quelque part? proposa Vladimir Stanislavski.

Ride-rode-ridden: monter. Forbid-forbade-forbidden: interdire. Ses yeux dorés scintillaient dans l'intérieur sombre de la voiture. Il avait un sourire machiavélique et un pouvoir de séduction aussi grand que son arrogance.

– Vous vous asseyez encore à l'arrière? demandai-je. Quand comptez-vous apprendre à conduire?

– Je sais conduire, me rassura-t-il. Alors, je t'emmène?

En bateau, songeai-je en prenant soin de regarder droit devant pour qu'il ne s'imagine pas que j'étais tentée.

– Non merci.

Le bolide démarra.

Compressée dans l'allée bondée du bus, noyée sous les effluves de sueur et d'essence, je fus forcée de reconnaître que le trajet aurait été plus rapide et plus confortable dans la voiture de Vlad. Mais les mafieux n'apportaient que des ennuis. Et puis, un voisin m'aurait forcément vue sortir de la Mercedes et tout le quartier, dont Boba, aurait été au courant. Les ragots représentaient un festin pour la banlieue affamée. À la moindre quinte, tous les voisins débattaient du nouveau cas de pneumonie.

Tandis que le bus cahotait sur la route, je me mis à songer aux lettres. Que pouvaient bien se raconter des étrangers en quête d'amour? Je mourais d'envie d'y jeter un coup d'œil. Je me demandai si les hommes avaient joint une photo à leur lettre. S'ils étaient beaux. Peut-être, songeai-je, peut-être qu'un de ces Américains me plairait. Un vieillard à côté de moi se mit à tousser sans avoir la politesse de se couvrir la bouche. Je tâchai de m'écarter de lui, mais il n'y avait pas le moindre espace. Je soupirai. J'avais hâte de découvrir le monde de Jane, avec ses rues illuminées et ses voitures pour tous.

Jane. Chère Jane.
Came, saw, went : je suis venue, j'ai vu, j'ai fui.
Going, going, gone : j'y vais, j'y vais, j'y suis.
Tous mes voisins et amis émigraient vers Israël ou l'Allemagne. Les bénévoles américains que j'avais rencontrés restaient toujours un an, puis partaient vers un autre endroit désolé du monde. Un jour ou l'autre, tout le monde partait.

Même Jane.

Je me souvins du jour où je l'avais accompagnée à l'aéroport. Elle frissonnait presque de joie. Mais voyant mon visage assombri, elle avait eu la courtoisie de cacher son enthousiasme. Elle rentrait chez elle retrouver sa vraie famille. J'avais rencontré ses parents et sa sœur quand ils étaient venus lui rendre visite. Jane avait de la chance. Et quand j'étais avec elle, je me sentais chanceuse aussi.

Elle m'avait serrée fort dans ses bras une dernière fois: ses doigts écartés avaient pressé un instant les creux de mes côtes. Puis elle avait jeté son énorme sac à main noir sur le tapis roulant du détecteur à métaux avant de franchir le portail de sécurité.

– Je t'écrirai!

Elle m'oublierait.

– Je t'appellerai!

Facile à dire.

– Je reviendrai!

Nu, da. Mais oui, bien sûr.

Elle passa la porte qui menait à l'Occident. Je restai là. Délaissée. Seule au milieu du triste aéroport soviétique, les yeux rivés sur le portail. Les voyageurs s'engouffraient; aucun ne réapparaissait Une personne de plus venait de sortir de ma vie. Mes pieds pesaient si lourd que je n'avais pas la force de les soulever. Les gens me bousculaient et je savais qu'il fallait partir, mais je voulais rester dans le même bâtiment qu'elle, encore un petit moment. Juste cinq minutes.

Qu'allais-je devenir sans Jane? Comment se faisait-il qu'une fille de fermier venue du bout du monde me comprît mieux que les filles avec lesquelles j'avais grandi? Je m'étais remémoré toutes nos discussions dans la cuisine de Boba. La fois où je lui avais parlé de mon père qui nous avait abandonnées, elle m'avait pris la main en disant: «Je suis désolée, ça doit être très dur pour toi.» Sa compassion déposait des gouttes de rosée sur mon âme, la rafraîchissait et la purifiait. Si j'en avais parlé à Olga, elle aurait répondu:

70

«Et alors? Tu crois que tu es la seule à avoir des problèmes? Je vais te dire, moi…» et elle m'aurait dressé la liste de tous les hommes décevants qu'elle avait rencontrés ou vus à la télévision depuis qu'elle avait dix ans. Bien sûr, cela ne me dérangeait pas de l'écouter parler, mais la présence de Jane me rassurait et pour une fois, on m'écoutait.

Je n'avais pas pris garde aux cris qui s'élevaient de l'autre côté de la porte. À Odessa, une dispute avait toujours lieu quelque part. Puis j'avais reconnu la voix de Jane. Elle était revenue en arrière en courant, s'était arrachée des mains de l'agent de sécurité qui essayait de la retenir et m'avait prise encore une fois dans ses bras.

– Dacha, avait-elle murmuré avec frénésie dans mon oreille, je sais que tu penses que quand les gens partent, ils ne reviennent jamais. Moi, je reviendrai. Je te le promets.

– Tu vas rater l'avion, avais-je grondé tandis qu'elle balayait les larmes qui me coulaient sur la joue.

– Toi et ta fierté, m'avait-elle rétorqué, son front glacé plaqué contre le mien. Tu vas me manquer.

Je descendis du bus à mon arrêt, longeai les tours de béton frigides et les cabines téléphoniques rouillées, puis passai devant la vieille BMW d'Harmon. Je me demandais jusqu'à quand il allait continuer à venir voir Olga ici, si loin du centre-ville. Si leur relation était purement sexuelle. Ou s'il y avait entre eux autre chose. Si les enfants l'appelaient Papa. Les voisins se plaignaient du *remont*, travaux d'aménagement, en cours dans son appartement. Ils étaient fatigués et jaloux du raffut incessant qui sortait de chez elle.

Il n'était jamais venu me voir jusqu'ici.

Après le dîner, Boba et moi nous assîmes sur le canapé bleu usé.

– Où est passée Olga? demanda-t-elle. Ça fait des semaines qu'on ne l'a pas vue. Le petit Ivan doit te manquer.

– Elle est sûrement très prise par sa peinture, répondis-je, espérant que mon ton serait assez détaché pour m'éviter un interrogatoire plus poussé. Tu veux qu'on regarde les lettres ensemble? Il y a peut-être des photos.

Appâtée par ma proposition, Boba choisit une enveloppe de Saint-Valentin et l'ouvrit délicatement. Nous fûmes surprises de voir que la lettre était tapée. Dommage. L'écriture révélait tellement de choses sur la personne. Boba étudia la photo pendant que je traduisais la lettre à voix haute: «Bonjour. Je m'appelle Brad. Je possède un ranch au Texas. Je cherche une femme fidèle et sincère, et jolie…»

– Regarde, dit Boba en me tendant la photo. Il n'est pas laid. Il a un regard gentil.

– Tout ce dont rêve une fille, ironisai-je gentiment, un homme pas laid. Écoute ça: «Bonjour, je m'appelle Matthew. Je suis dentiste et j'habite dans le Colorado. J'aime le ski et le rafting. J'ai quatre chiens danois…»

– Il me plaisait bien jusqu'à ce qu'il se mette à parler de ses chiens. Imagine tous les poils à balayer tous les jours.

Je reconnaissais bien là l'esprit pratique de Boba. Que ferais-je sans elle?

J'entendais d'ici les commentaires d'Olga sur Brad: «Regarde-moi ça. Il doit savoir briser un mur de briques avec sa tête!» Elle aurait tenu la photo de Matthew à côté de son visage et, battant des cils amoureusement, m'aurait demandé: «À ton avis, on va bien ensemble?» Je souris en l'imaginant en train d'inverser malicieusement les photos de Brad et de Matthew. Je soupirai. Qu'est-ce qui m'avait pris?

– C'est drôle qu'ils s'intéressent à nos femmes, remarqua Boba qui continuait à regarder les lettres et les photos étalées sur la table. Ils ne peuvent pas se trouver des femmes en Amérique?

Je n'en savais rien. Après avoir traduit six lettres, je fis une pause et m'étirai le cou et les épaules. Où que se tournât mon regard, une icône sévère me dévisageait. Je prenais garde de ne jamais aborder le sujet de la religion. Sous le régime soviétique, Boba avait souffert de ses origines juives:

sur les papiers d'identité, les Juifs ne portaient pas la nationalité ukrainienne, ils n'avaient droit qu'à la qualité de Juifs. Nous ne pratiquions pas seulement une autre religion, nous faisions partie d'une autre race. Une race inférieure.

Boba racontait que Maman n'avait pas eu le droit de faire des études parce qu'il y avait un quota de Juifs admis à l'université. J'ignorai comment Boba s'était débrouillée, mais elle avait réussi à changer de nationalité et à obtenir des papiers ukrainiens (sans doute en versant un pot-de-vin). Elle s'était ensuite convertie à la religion russe orthodoxe (j'ignorais s'il s'agissait d'un reniement sincère). Comme toujours, elle avait fait tout ça pour moi, pour que mon nom ne vînt pas m'empêcher de poursuivre des études supérieures. Du coup, je n'osais jamais parler des neuf icônes qui me surveillaient.

Transcrire les paroles d'hommes impatients et de femmes rêveuses était plus amusant que de rédiger les rapports d'activité pour Harmon. J'étais heureuse de passer mes soirées avec ces lettres. Je devins vite assez douée pour lire entre les lignes – du moins, je le croyais.

Tous les samedis, je retrouvais les clientes à l'agence Unions soviétiques pour leur donner des cours d'anglais et traduire leurs lettres. Je leur racontais mon expérience des sites de rencontres et les encourageais à la prudence. Mais elles étaient convaincues que les Américains étaient plus riches, plus gentils que les hommes d'ici et supérieurs dans tous les domaines. Il fallait le reconnaître, nos machos infidèles, fainéants et alcooliques ne soutenaient pas la comparaison.

J'avais du mal à rester détachée. Assise devant Yelena, une blonde de trente ans au front traversé par une ride soucieuse, je traduisis le courrier : *Chère Yelena, je suis Mormon et j'habite à Wilbur dans l'État de Washington. Ma femme est morte et mes trois enfants ont besoin d'une mère.* De toute évidence, il cherchait une nounou et une cuisinière, mais je ne réussis pas à la convaincre. Elle me dicta sa réponse: *Cher Randy, moi aussi, je suis veuve.* («Ce n'est pas tout à fait vrai, m'avoua-t-elle, techniquement, je n'ai jamais été mariée.») *Je me fais du souci pour mon fils. Je rêve d'un homme fort qui s'occuperait de moi et de mon garçon.*

Quelques lettres plus tard, elle décolla pour Wilbur avec son «visa-fiancée», un permis de séjour de trois mois que le gouvernement américain délivrait aux étrangères pour qu'elles puissent être expédiées chez leurs futurs époux. Pour une période d'essai. Je la trouvais courageuse de partir là-bas sans parler la langue et sans rien savoir de l'homme qu'elle devait épouser.

Quand nous reçûmes son faire-part de mariage, nous fûmes enchantées pour elle. Et même un peu jalouses. Elle expliquait que deux semaines lui avaient suffi pour savoir qu'elle voulait s'installer pour de bon en Amérique. Dans sa lettre suivante, elle racontait que comme son mari ne buvait pas, il avait confisqué la bouteille de *champanskoye* qu'elle avait apportée d'Ukraine pour les noces et l'avait vidée dans l'évier. Il ne tolérait pas non plus le thé ni le café parce qu'il condamnait la caféine. La pauvre Yelena confiait qu'elle avait un mal fou à se passer de son thé du matin. Un mois plus tard, elle écrivit qu'elle mettait de l'argent de côté pour rentrer chez elle: Randy ne lui témoignait aucun respect, et ses enfants non plus. La carte suivante nous annonça qu'elle était enceinte. Elle expliquait ensuite que la caféine ne lui manquait plus et qu'elle se sentait finalement mieux depuis qu'elle se conformait aux principes de Randy. Puis elle cessa d'écrire.

Harmon passait de plus en plus de temps avec Olga et de moins en moins au bureau. Une fois que j'eus bouclé les dossiers du jour pour moi et pour lui, je décidai d'aller faire un tour sur Internet, mais j'avais du mal à rester concentrée. Je tournais fébrilement sur ma chaise en me demandant où il pouvait bien être. Quand il allait revenir. Et s'il finirait par confier mon poste à Olga. Il n'oserait quand même pas. À moins que. Plus il tardait à revenir, plus je m'inquiétais. À tout hasard, je composai le numéro de son domicile.

Pas de réponse.

Où était-il passé ?

Je retournai ma chaise vers l'ordinateur. Sur le site de rencontres, ma période d'essai était écoulée, mais je continuais à écrire sans enthousiasme aux hommes qui m'avaient donné leur adresse personnelle. Malheureusement, je découvris que celui qui aimait Jésus aimait surtout le porno. L'homme au pseudonyme en majuscules demanda : EST-CE QUE T'AIMES JOUIR ? Je répondis : *Je préfère partir*, et bloquai son adresse. D'autres proposaient de venir à Odessa, la ville du Texas, bien que j'eusse précisé plusieurs fois que j'habitais en Ukraine.

Les femmes d'Unions soviétiques qui recevaient des lettres par la poste obtenaient de meilleurs résultats. Mais aucune lettre ne me toucha plus que celle de Will d'Albuquerque, à Milla de Donetsk. Quand je lus ses mots à voix haute, j'entendis de la poésie. Sur la photo, il ressemblait à Cole, le petit ami de Jane : un homme aux cheveux bruns avec les dents du bonheur.

Une semaine sur deux, Milla passait dix heures dans le bus qui la conduisait à Odessa. Elle débarquait dans notre bureau avec sa bouteille de vodka artisanale et remplissait à ras bord les tasses de Valentina Borisovna avant de s'affaler dans une des chaises en face de moi.

– Alors, les filles ? Vous avez d'autres branleurs à me proposer ?

Prostituée à la retraite de quarante ans, les dents aussi jaunes que son teint, Milla fumait comme un pompier et parlait comme un charretier. Neuf hommes lui envoyaient régulièrement des lettres, de l'argent et des cadeaux. (Quand ils réclamaient une photo, elle envoyait celle de sa fille, élue Miss Donetsk l'année précédente.) Quand je lui confiai que Will m'avait plu, elle répondit :

– Vas-y, chérie, prends-le ! Je te le donne ! Franchement, il n'a pas l'air blindé. J'ai bien vu qu'il n'y avait rien à en tirer. Je vais plutôt me rabattre sur Monty de Palm Springs, ou Joe de Los Angeles. Et puis, d'abord, c'est quoi comme bled, Albuquerque ?

Pour éviter qu'elle ne m'en veuille d'avoir volé son prétendant, je lui offris un bouquet de roses jaunes et lui glissai un billet de dix dollars. Je n'aimais pas me sentir redevable. Will oublia sa *Chère Milla* et écrivit désormais à sa *Chère Daria*. Il était plus simple de correspondre par e-mail, alors je lui écrivais du bureau. Quand Harmon arriva sur les coups de onze heures, il vint me taper sur l'épaule et me félicita pour mon dévouement. Touchée par l'attention, je souris.

– Vous avez de si belles dents, dit-il. Vous devriez sourire plus souvent, histoire que je profite de mon investissement.

Je m'attendais à déceler sur son visage une expression méchante, comme celles qu'il affichait les jours qui avaient suivi l'incident, mais il me dévisageait d'un air bienveillant. Je me sentis heureuse. Je ne voulais pas être son ennemie. Il m'avait offert le poste. Grâce à lui, je pouvais correspondre avec Will et Jane et mettre de l'argent de côté pour acheter un appartement dans le centre-ville. Il avait endossé le rôle du patron compatissant qui me complimentait sur mon travail et me laissait partir plus tôt le vendredi soir. Il ne m'avait jamais couru après. Il n'avait jamais passé un an à jalouser chaque homme qui osait me regarder, ou pire, m'adresser la parole. Il ne m'avait jamais agressée. Je n'avais jamais joué les mères maquerelles. Il n'était pas le premier homme à réécrire l'histoire. Je préférais cette version et me prêtais volontiers au jeu.

La partie d'échecs était terminée. Match nul. C'était un vrai soulagement.

Il passa la matinée à retirer des cadres les photos de nous deux au marché, devant l'Opéra ou sur le port et à les remplacer par des tirages d'Olga et lui. Les poses restaient les mêmes, sauf que ses doigts se baladaient sur son corps à elle au lieu du mien. Il vint se planter devant mon bureau, fixant les photos de nous qu'il tenait à la main, ne sachant trop qu'en faire. Il hésitait peut-être à les jeter à la poubelle. Il me tendit brusquement la poignée de souvenirs.

– Vous les voulez?

Peut-être me pardonnait-il enfin d'avoir fait de lui la risée du bureau, contre mon gré d'ailleurs. Et jeter des photos portait malheur, alors je les acceptai. Quand il sortit déjeuner, j'eus soudain envie de sceller notre réconciliation.

– Attendez! le rattrapai-je.

Il se retourna.

– Attendez.

Je ne savais pas vraiment quoi dire. Je restai debout immobile.

– Euh, vous voulez prendre un café avec moi?

Il regarda sa montre.

– Olga m'attend. Plus tard?

– Plus tard, répétai-je.

Il partit et je me dis que nous allions pouvoir avancer, non en tant qu'amis, mais comme deux collègues travaillant dans une ambiance détendue. J'étais soulagée que cinq mois après l'incident, le malaise commence enfin à s'estomper. J'aurais voulu pouvoir en dire autant de mon amitié avec Olga.

J'ouvris ma mallette et en sortis la salade que Boba avait mise pour moi dans un Tupperware offert par Harmon. Tandis que je déjeunais seule assise à mon bureau comme tous les jours, je vérifiai mon courrier électronique et trouvai une lettre de Will: *Ma mignonne, les feuilles tourbillonnent, les arbres dansent, l'amour délivre ses plaisirs intenses, la nuit sous la lune immense. Quand je pense à toi, je pense aux vers de Pouchkine, à l'histoire de Guerre et Paix, mais avec un dénouement heureux. Je suis si seul, si seul, si seul, mais quand je pense à toi, je suis guéri.*

Will souffrait de sa solitude. Moi aussi, je me sentais seule. Jane vivait en Amérique, Olga ne m'adressait plus la parole et Florina était partie s'installer en Allemagne. Mes autres amies étaient mariées et vivaient aussi dans un autre monde. Bien sûr, il me restait Boba, mais une fille ne peut pas partager tous ses sentiments avec sa grand-mère. Parfois, je regrettais d'avoir perdu ma mère.

Je me demandais ce qu'elle aurait pensé de mon prétendant virtuel. Et des autres garçons que j'avais fréquentés : deux belles gueules de groins qui, m'ayant invitée au restaurant ou à l'opéra, avaient estimé que je leur devais une nuit d'amour. J'étais sortie avec eux parce que le monde exigeait qu'une fille ait un petit copain et se marie avant d'avoir vingt ans, vingt-deux au plus tard. La date de péremption arrivait tôt en Ukraine. Combien de fois avais-je entendu dire que j'étais un fruit mûr prêt à devenir blet ! Une fille sans *cavalier* avait forcément un problème. Seule Boba répétait que je ne devais pas épouser le premier homme qui couchait dans mon lit, qu'il ne fallait pas confondre le sexe et l'amour. Mais elle affirmait aussi que nous nous débrouillions très bien sans homme. Que courir après l'amour était comme courir après le vent dans les champs. Elle ne parlait jamais de son mari. Je ne savais même pas s'il était parti ou s'il était mort. Elle ne prononçait jamais un mot gentil à l'égard de mon père, disparu des années plus tôt. Une fois, je l'avais entendue raconter à une amie que mon père n'était bon qu'à engrosser les femmes et se ruiner au jeu. Je ne savais même pas à quoi il ressemblait. Parfois, je regrettais de n'avoir aucune photo de lui.

Il ne faisait certes pas partie du tableau, mais il m'avait laissé un nom que je garderais toute ma vie. En russe, en plus de leurs nom et prénom, les gens portaient un dérivé du nom paternel. Les femmes ajoutaient le suffixe *-ovna* au prénom de leur père. Le père de Valentina s'appelait Boris, d'où son nom : Valentina Borisovna. Travailler dans un bureau où les gens ne connaissaient que le nom et le prénom me reposait. Dans la tradition occidentale, j'étais Daria ou mademoiselle Kirilenko. Ce détail renforçait ma reconnaissance envers Mr Harmon : sans le savoir, il m'avait délivrée du rappel quotidien de la cruauté de mon père.

Je me demandais ce que Jane penserait de Will. Et d'une romance sur Internet. Quand je l'avais rencontrée, elle avait vingt-trois ans et pas le moindre désir de mariage. J'admirai d'emblée cette *Americanka* qui serait bientôt vieille fille et qui ne paraissait pas s'en soucier le moins du monde. Quand je l'avais interrogée, elle avait ri et expliqué qu'en Amérique, personne ne se mariait avant trente ans. Boba avait raison : ailleurs la vie était différente. J'avais envie d'y aller, pour voir. Quand j'étais avec Jane, je ne pensais plus au mariage, ni au célibat, alors que toutes mes amies se faisaient passer la bague au doigt. Bien sûr, je ne pouvais m'empêcher de m'inquiéter pour elles, surtout quand j'entendais Boba décréter que tout ce qu'elles se faisaient passer, c'était la corde au cou.

Du côté d'Unions soviétiques, les affaires marchaient de plus en plus mal. Nous vérifiions la boîte aux lettres plusieurs fois par jour, anxieuses, nourrissant l'espoir d'y trouver du courrier qui n'arrivait plus. Pas d'hommes, pas d'argent. Si nous ne redressions pas très vite la barre, je devrais partir.

– Ces salauds d'Américains ont changé la loi, se lamentait Valentina Borisovna. Maintenant les hommes sont obligés de rencontrer leurs fiancées avant qu'on puisse leur expédier. Fini la livraison directe. Ils doivent venir eux-mêmes chercher la marchandise, ou bien remplir des bons de commande officiels.

Victime d'un excès de désespoir, elle leva les yeux au plafond ; ses seins se soulevaient sous sa veste gris perle de facture douteuse.

– Pourquoi ? Pourquoi ils me font ça, à moi ? cria-t-elle comme si les Américains avaient revu la loi exprès pour diminuer ses bénéfices.

Afin d'oublier l'attaque cruelle lancée contre elle par le gouvernement américain, elle prit le train pour Moscou et alla passer une semaine chez une ancienne belle-sœur. Elle rapporta des mets délicieux, de la vodka de qualité et un bon plan. Quand elle passa la porte du bureau, ses premiers mots furent anglais :

– *Soooo shall. Soooo shall. Soooo shall.*

– Que voulez-vous dire? demandai-je, étonnée qu'elle se soit mise à l'anglais.

– Ma chérie! dit-elle en reprenant son russe habituel. Moscou est une ville d'avenir. Mais on va amener l'avenir ici. *Soooo shall.* Je n'ai pas la moindre idée de ce que ça veut dire, mais c'est ça qui va nous sauver.

Elle nous servit deux verres de *kognac* et me décrivit ce qu'elle avait vu. Elle parlait si vite que les mots rebondissaient sur mon front sans toucher mon cerveau. Des hommes. Des dizaines d'hommes. Étrangers. Riches. Des femmes. Nos femmes. Sexy. Jeunes. On forme des couples. Très cher pour les hommes. Gratuit pour les femmes. De la musique. De l'argent. De l'alcool. *Soooo shall.*

Tout s'éclaira. Bien décidée à ne pas laisser la loi se mettre en travers de sa route, Valentina Borisovna avait rapidement trouvé une nouvelle forme de commerce, plus efficace et plus lucrative. Nous commençâmes donc à organiser des *socials,* offrant aux Américains l'occasion de rencontrer mille splendides femmes ukrainiennes en seulement cinq jours. Je cherchai la définition du terme dans mon dictionnaire de poche et lus: *Désigne les activités de société, plus spécifiquement, les rassemblements chic et mondains.* Quand je parlai à Jane de mon nouveau travail, elle m'expliqua qu'on appelait *socials* les bals des années 1950, au temps où les gens dansaient en couple et se mettaient sur leur trente-et-un pour sortir. Mais ils n'avaient jamais été spécialement chic ou mondains. Elle marmonna ensuite qu'aujourd'hui, ça se terminait généralement à l'hôtel. (Elle avait peut-être voulu dire «à l'autel».) Sa description ne fit qu'attiser ma curiosité. Deux jours plus tard, je reçus de sa part un dictionnaire et appris que *social* était seulement un terme joli et sophistiqué pour dire «soirée».

Tard dans l'après-midi du samedi, j'allai aider Valentina Borisovna à organiser notre première soirée dans la salle de bal du Musée littéraire, temple de Pouchkine, Gogol et Tolstoï. La Matrone avait arrosé le conservateur pour le convaincre de fermer le palais au public. Elle avait réussi à dégoter des décorations de mariage américaines à dentelle pour habiller les murs. Elle avait également apporté un bar métallique bien fourni et un lecteur de CD. Après avoir recouvert les tables griffées de nappes blanches, nous suspendîmes une boule à facettes au centre du lustre en cristal.

– Daria, ordonna-t-elle de sa voix hautaine, fais en sorte qu'on ait toujours assez de punch. Et corse-le un peu avec une dose de vodka. On veut éviter les silences gênants. Ne laisse que deux ou trois lampes allumées : je ne veux pas qu'elles voient tout de suite combien ces hommes sont vieux ! Jette de temps en temps un coup d'œil aux toilettes pour vérifier que personne n'est en train de faire des bêtises. Avec moi, les filles ont intérêt à bien se tenir.

Elle remonta ses lunettes roses sur l'arête de son nez.

– J'espère seulement que les Stanislavski n'apprendront pas que j'organise ces soirées. Je n'ai pas encore de quoi payer leur protection.

5

Salle de palais aménagée. Éclairage tamisé. Musique prête à démarrer. Éclairs de stroboscope sur le parquet. Le Musée littéraire allait devenir le décor d'un bal vulgaire pour hommes âgés de trente à soixante-cinq ans. Sur le site Internet, la Matrone avait annoncé la couleur : cinq soirées, mille femmes. Bien sûr, elle avait omis de préciser qu'il s'agissait des mêmes deux cents femmes cinq soirs de suite. J'étais curieuse de voir si les hommes s'en apercevraient. Valentina Borisovna avait revêtu sa tenue des grands jours : un tailleur rose imitation Chanel assorti d'un collier de perles et d'escarpins également roses. Habillée aussi pour l'occasion, j'avais enfilé ma robe de cocktail noire.

Quand les filles arrivèrent, j'eus l'impression de me trouver dans les coulisses de l'élection de Miss Univers. Les ventres étaient rentrés. Les seins de sortie. Les hanches qui ondulaient énergiquement me firent penser aux mouvements des poissons frétillant dans le courant. La quantité de maquillage sur les visages aurait suffi à remplir les stocks d'une usine de produits cosmétiques. Les deux cents fragrances mêlées étaient si enivrantes que je décidai d'ouvrir une ou deux fenêtres. Les femmes répétaient leur moue et leurs regards de braise. Assises autour des tables, elles plaisantaient, riaient, se comparaient les unes aux autres et tentaient d'écraser leurs rivales.

– Macha, tu seras choisie tout de suite, toi.

– La pauvre Louisa, avec son affreuse coiffure et ses pattes de poulet, elle ne trouvera jamais personne.

Cot, cot, cot, fit le chœur.

– Est-ce que vous croyez que les Américains en ont d'aussi grosses que nos hommes ? demanda l'une.

– En tout cas, moi, j'espère le découvrir ce soir : on verra bien si je tombe sur une queue de taureau ou sur un tout petit radis !

Elle aspira une bouffée de sa cigarette.

– On ne fume pas ici, les filles ! cria Valentina Borisovna. Interdit ! Les Américains ne fument pas et ils ne veulent pas des femmes qui puent !

Les filles jetèrent immédiatement leurs cigarettes et les écrasèrent sous leurs talons aiguilles, sauf une qui s'exclama :

– Ah, ces Américains ! Ils ne comprennent rien à la vie !

La Matrone la fusilla du regard ; la fille éteignit sa cigarette. Le parquet ressemblait à un cendrier. Valentina Borisovna ouvrit grand les portes et laissa entrer cinquante Américains. Le silence tomba d'un coup. J'inspectai les hommes qui avançaient dans la pénombre. Certains avaient l'air confiant. À juste titre. Ils étaient un produit recherché par ici. Nous les voyions comme des tickets gagnants : entrée, plat, dessert, téléphone portable et carte de crédit.

Aller simple à destination du rêve américain : stabilité, opulence et maison moderne.

Les hommes restaient en petits groupes près de la porte ; les femmes attendaient autour des tables. Une atmosphère d'appréhension tendue régnait dans la salle. Tout le monde rêvait d'amour. Les hommes avaient parcouru des milliers de kilomètres pour le trouver. Les filles d'Odessa misaient tout sur l'Américain, prêtes à perdre gros pour remporter une vie meilleure loin d'ici.

Les femmes brisèrent le silence.

– Ils ont l'air aussi stressés que moi, murmura l'une d'elles.

– Qui les a fagotés comme ça ? demanda une autre qui lorgnait les chemises de flanelle et les jeans délavés.

– Pourquoi vous chuchotez ? lança une troisième. Ils ne parlent pas russe.

Toutes les femmes rirent pour dissiper leur anxiété.

– Ils sont plus vieux que j'imaginais.

– Croyez-moi, les filles, les vieux font les meilleurs amants : ils tiennent plus longtemps parce qu'ils se disent que c'est peut-être la dernière fois qu'ils y goûtent, et puis, ils sont toujours contents !

Les rires fusèrent à nouveau.

Une des plus jeunes, vêtue d'une mini-jupe qui lui couvrait à peine les fesses, confia à son amie, vêtue d'un haut qui lui couvrait à peine les seins :

– Je vais devoir boire pas mal de verres avant de les trouver beaux.

Elles se ruèrent vers le bar. Larissa, une femme robuste plus âgée que les autres, commenta :

– On verra si elles disent la même chose dans un ou deux ans quand elles auront vécu avec un homme d'Odessa !

Cette remarque résumait les motivations des candidates. Galya, une jeune fille de dix-neuf ans aux yeux hagards d'angoisse, demanda :

– Alors, vous croyez que l'amour n'existe pas ?

– Bien sûr que si, mon petit chou, répondit Larissa. Dans les jolis romans américains.

Galya se tourna vers moi:

– Toi, tu n'as jamais tremblé devant un homme?

– Si, le dentiste.

Les femmes rirent de la vieille plaisanterie. Je repensai brièvement à mes dents arrachées entre les pinces et portai machinalement la main à ma bouche. *Vous pouvez arrêter de faire ça maintenant.* Je reposai la main sur mon genou.

La plupart des hommes se tenaient encore debout près de la porte. Je trouvais leur retenue plutôt élégante. La réserve était une marque de politesse. Ils dévisageaient les femmes: celles qui se rengorgeaient, celles qui prenaient une pose détachée, celles qui dansaient les unes avec les autres. La Matrone voulait que je crée un site Internet ainsi qu'un catalogue réunissant le profil de toutes les filles avec photos et fiche de renseignements: signe astrologique, taille, poids, centres d'intérêt, traits de caractère (un peu comme dans *Playboy*), mais je n'avais pas encore eu le temps de rentrer toutes ces données dans l'ordinateur. Elle demanderait cent dollars aux hommes qui souhaiteraient consulter le catalogue avant la soirée afin de sélectionner, parmi les deux cents candidates, les dix concurrentes qu'ils rencontreraient en priorité.

Quelques hommes parurent intimidés. Il y avait de quoi. Ils étaient dans une ville étrangère, en minorité dans une salle remplie de femmes, dont certaines se comportaient comme des sociopathes, nullement gênées d'exhiber leurs visages et leurs corps pour capturer leurs proies. Ces hommes qui se montraient si malins dans la vie courante se laissaient prendre au piège.

Je vous donne un exemple. Une de mes anciennes camarades de classe, Alexandra, avait mis un débardeur turquoise très décolleté, assorti à ses yeux. À chaque fois qu'elle se penchait en avant – ce qu'elle faisait très souvent –, ses seins débordants subjuguaient l'assistance. Elle se caressait sans cesse, comme par inadvertance, et les hommes suivaient ses doigts qui couraient derrière sa nuque, sur ses épaules, le long de ses hanches, sa main jouant magnifiquement le rôle d'un pendule d'hypnose. Elle parlait assez bien anglais pour pouvoir poser les bonnes questions. Où habitez-vous? (Seules ces initiales étaient admises : N.Y. ou L.A.) Qu'est-ce que vous faites? (Seules trois professions étaient acceptées : dentiste, avocat, et/ou propriétaire de pétrole.) Son anglais rudimentaire lui aurait permis de poser d'autres questions, mais elle se fichait des réponses. Elle lançait des sourires attentifs et frottait de haut en bas le bras de son interlocuteur sans jamais le quitter des yeux. Certaines femmes étaient de vraies sirènes.

Je l'observai tandis qu'elle achevait sa proie. Une alerte rouge aurait dû sonner dans le cerveau de cet homme, mais elle avait réussi à couper tous les systèmes d'alarme. Jane et ses amis américains appelaient ces femmes des «robots-putes» et disaient qu'on avait beau les flinguer ou les faire sauter, elles se reconstituaient instantanément et continuaient à avancer vers leur cible. À quoi bon parler d'elles? Elles n'avaient rien d'extraordinaire : elles croyaient que leur physique les mènerait loin aussi facilement que les flots dévalent le lit d'une rivière. Elles existaient partout dans le monde. Je passai des chansons romantiques américaines : *The Sea of Love* ou encore *Isn't She Lovely* de Stevie Wonder, mais la piste de danse restait vide. Une serveuse en jupe courte noire et chemisier blanc transparent accourut vers la Matrone :

– Valentina Borisovna, appela-t-elle d'une voix paniquée, certains hommes me demandent du rosé, mais nous n'avons que du rouge et du blanc. Que dois-je faire?

– Idiote! Vous ne savez pas que rouge et blanc, ça fait rose? Mélangez un peu des deux. Ils n'y verront que du feu. Il suffit de le faire discrètement. Pourquoi personne ne danse?

Elle lança un disque de musique techno et monta le volume. Les hommes se rapprochèrent des femmes et choisirent des partenaires d'après les seuls critères dont ils disposaient à ce stade : leur apparence physique.

Cinq femmes m'avaient été confiées. La première, Maria, avait divorcé deux fois et s'occupait de ses vieux parents tout en élevant sa fille. Toute la famille vivait dans un deux-pièces. Elle travaillait comme serveuse et gagnait quarante dollars par mois, malgré son diplôme d'éducatrice sportive. Les professeurs d'anglais et de maths réussissaient à arrondir leurs fins de mois en donnant des cours particuliers, mais malheureusement pour Maria, la demande de professeurs de foot à domicile n'était actuellement pas au plus haut. Je me tournai vers elle : son regard me dit qu'elle devait absolument trouver l'âme sœur. Ce soir.

Un vieux monsieur au visage couperosé vint me demander mon nom. Je lui fis comprendre que je n'étais pas candidate en lui présentant immédiatement Maria. Il apprécia ses yeux noirs et son petit corps menu.

– Quel âge ? aboya-t-il.

Scandaleux. Pas même bonjour. Aucun homme d'Odessa n'aurait fait preuve d'une telle grossièreté. Je ne pus me résoudre à révéler son manque de finesse et traduisit :

– Il dit qu'il est enchanté de vous rencontrer. Il vous trouve très jeune. Quel âge avez-vous exactement ?

– Il a dit tout ça ? articula-t-elle par-dessus la techno qui hurlait.

– Rappelez-vous vos cours d'anglais à l'école. Les Américains utilisent beaucoup les formes contractées.

Elle hocha la tête d'un air entendu.

– Vingt-six, répondit-elle, retranchant neuf ans à son âge véritable avec autant de dextérité que celle avec laquelle ma grand-mère épluchait les pommes de terre.

Je coupai la poire en deux et traduisis :

– Elle a trente ans.

– Combien d'argent a-t-il sur son compte en banque ? demanda-t-elle.

Les gens d'Odessa allaient toujours droit au but. Il n'était peut-être pas nécessaire d'en faire la démonstration dès ce soir.

– Maria vous souhaite la bienvenue à Odessa. Elle se demande ce que vous faites dans la vie.

– Je suis ingénieur, répondit-il. Elle a des enfants ?

Je fis oui de la tête. Il s'éloigna.

– Je n'ai pas besoin qu'il soit millionnaire, dit-elle, l'air soulagé. Je veux juste un homme gentil plus proche de mon âge. Un homme qui me respecte. Et qui soit un bon père.

Je lui pressai la main.

– Ne vous inquiétez pas. On va le trouver.

Pendant l'heure qui suivit, nous discutâmes avec James, Pat, Michael, Kevin et George. Trop vieux, trop immature, trop évasif, trop brutal, trop porté sur le sexe. Comme je ne traduisais pas tous leurs propos, Maria restait pleine d'espoir. Je commençais à désespérer.

Je parcourus des yeux la salle et remarquai un homme timide à l'air doux. Je croisai son regard et y lus un désir inquiet. Je pris Maria par la main et la conduisis vers son destin. Nous n'étions pas encore à sa hauteur qu'une sirène nous barrait déjà la route. Un murmure aurait suffi à nous en débarrasser : « Il y a un dentiste qui roule en Porsche là-bas. » Mais une scène était clairement la solution la plus efficace : les gens d'Odessa adoraient le spectacle. Notre Opéra était le troisième plus beau du monde, après ceux de Venise et Bratislava, et nous possédions des dizaines de théâtres. Je poussai Maria devant moi pour la placer sur le même plan que la sirène.

– C'est celle-là qu'il vous faut, déclarai-je en montrant Maria. C'est la plus gentille de toutes les femmes qui sont ici ce soir. Elle fera une excellente épouse. Je suis sûre qu'une belle complicité et une vraie histoire d'amour peuvent naître entre vous.

L'homme regarda les deux femmes tour à tour. Ses yeux se posèrent sur Maria.

– Je la veux, elle.

La sirène s'enfuit. Maria était en transe parce qu'à ses yeux, l'homme s'était montré galant et l'avait préférée à une femme plus jeune et plus séduisante. Nous commençâmes à discuter. Ou plutôt, ils discutèrent et je traduisis. Cette fois, je n'eus pas besoin de mentir.

La Matrone avait assisté à la rencontre que je venais d'orchestrer et plus tard dans la soirée, elle m'offrit une légère augmentation.

– Si seulement tout le monde était aussi dévoué que toi à la cause du grand amour, soupira-t-elle.

Nous restâmes un instant debout à observer silencieusement le spectacle qui se jouait devant nous. Elle fit un geste en direction des hommes qui se rapprochaient progressivement des femmes.

– Regarde-les ! Mon punch à la vodka commence enfin à faire son effet. Tu veux bien aider Anya ?

Je servis d'interprète à Anya, Macha, Véra et Nadia. Les Américains me parurent convenables, pas toujours très fins, mais plutôt gentils. La plupart avaient besoin de conseils vestimentaires, d'une coupe de cheveux et de lunettes plus seyantes, mais quel homme savait se passer d'une touche féminine ? Je trouvai étrange que mon anglais soit si indispensable à leur rencontre. Je recommandai aux filles de s'y mettre. Quand nous fermâmes les portes de la salle, mes oreilles bourdonnaient encore des questions répétées durant toute la soirée.

– Est-ce qu'elle aime les dîners aux chandelles ?

– Essayez de savoir s'il aime les enfants. (J'en ai deux, mais attendez un peu avant de le lui dire.)

– Est-ce qu'elle aime le théâtre ?

– Est-ce qu'il a un bon salaire ?

– Dis-lui que je la trouve très jolie.

– Essayez de savoir s'il vit seul et sans ses parents.

– Est-ce qu'elle fait du sport ?

– Quel âge a-t-il ?

– Est-ce qu'elle aime les voyages ? (Un éclat de rire suivait généralement cette question : la plupart des femmes d'Odessa n'avaient pas quitté la ville depuis des années.)

– Essayez de savoir discrètement s'il est porté sur la boisson. Je ne veux pas d'un poivrot.

Les cinquante hommes trouvèrent une femme à leur goût, même l'horrible vieux du début, mais plus de cent femmes rentrèrent chez elle sans cavalier. Comme d'habitude, les femmes étaient désavantagées.

Pendant ce temps-là, à la compagnie de fret, les rapports devenaient toujours plus difficiles. Olga me tournait autour comme un requin sous stéroïdes, vérifiant que je ne parlais pas à Harmon et qu'il ne me regardait pas trop. Elle scrutait les objets de mon bureau sans me gratifier d'un regard. Elle s'empara de mon horloge digitale, la première de ma vie qui fût silencieuse et qui ne me rendît pas nerveuse. Je me levai et essayai de la lui reprendre, mais elle la tenait derrière son dos.

— Tu me dois bien ça, siffla-t-elle. Si je ne me tapais pas le sale boulot pour lequel tu as été engagée, c'est toi qui passerais pour la pute de service ici, pas moi.

Je lui laissai l'horloge et me rassis, sonnée. Je pouvais bien la laisser me piquer quelques affaires. Elle les avait bien méritées.

J'observais Harmon et Olga avec un mélange de curiosité et d'agacement. Je me demandais quelle était entre eux la dose de passion. La part de folie. L'accord commercial. L'attirance animale. L'aspect pratique. À l'époque où Harmon me courtisait, il avait éconduit la moitié des femmes d'Odessa. J'aurais voulu savoir ce qu'elle lui apportait. De la facilité, sans doute. Elle ne parlait pas anglais, donc ils ne pouvaient pas se disputer. Ils ne pouvaient même pas discuter. Quand elle essayait de parler, ça donnait ça : «David, I like. David, toi so good, so nice.» «Non, répondait-il, toi so nice.» L'anglais d'Olga ne s'améliorait pas, celui d'Harmon dépérissait. Le soir, quand ils quittaient le bureau, ils ne faisaient même pas attention à moi, assise à ma place. Ils ne disaient jamais au revoir. Il m'avait oubliée si vite. J'en étais gênée.

Le jour, je traduisais les documents d'Harmon et, deux soirs par semaine, j'interprétais les désirs des femmes désespérées et des hommes seuls qui se rencontraient aux soirées. J'entretenais toujours une correspondance avec

Will d'Albuquerque et, dans mes moments de rêverie enfantine, j'espérais que notre amitié nous mènerait quelque part, peut-être même à l'autel. Je ne pensais pas qu'il était l'homme de ma vie, mais la plupart de mes amies d'enfance étaient mariées et je me sentais exclue de leur cercle. J'étais prête à fonder ma propre famille. *Très chère Daria, pendant ma pause au travail, j'ai encore écrit un poème en ton honneur. « Crépuscule violet, sommeil profond, promesse de la nuit sur les steppes ukrainiennes. Je viendrai, ma chérie, te délivrer des Huns. » Ton nouveau travail a l'air intéressant. J'espère que ta jolie personne n'est pas trop surmenée. Je pourrais peut-être venir te voir cet été pour que nous fassions connaissance. N'aie crainte, je dormirai dans la chambre d'amis. Ne mettons pas d'Will sur le feu.* Quelle chambre d'amis ? Nous n'avions même pas de chambre à nous. Nous transformions le canapé en lit tous les soirs. Will et moi vivions vraiment sur deux planètes différentes. Son quotidien restait flou, ses lettres me paraissaient souvent confuses, mais elles suffisaient à soulager sporadiquement ma solitude. Quand un homme m'invitait à sortir, je pouvais répondre sincèrement que j'avais déjà quelqu'un, même si je ne l'avais jamais vu.

Les *socials* prenaient une telle ampleur que la Matrone réclamait de plus en plus souvent mes services. « J'ai besoin de toi », miaulait-elle et je me laissais convaincre. J'acceptai de lui consacrer trois soirées supplémentaires par semaine. Les visages, les professions et les questions se brouillaient dans ma tête. J'étais épuisée. Je travaillais toute la journée, tous les soirs, et j'allais faire les courses le samedi. Entre les pickpockets, les gitans et les marchands qui volaient les clients pour tester leur vigilance, le marché n'était pas l'activité la plus reposante. Quel que soit mon emploi du temps, Boba et moi prenions toujours notre petit déjeuner ensemble. Tandis que nous buvions notre thé, elle me reprochait gentiment de travailler trop et de manger trop peu. Je savais bien que ces remontrances traduisaient son affection : *qui aime bien châtie bien.*

Un soir, Valentina Borisovna me montra un homme élégant aux cheveux gris, aux yeux gris et à la peau grise en disant :

– Va l'aider.

J'offris au client une coupe de *champanskoye* pour le mettre à l'aise et lui demandai ce qu'il recherchait.

– Je voudrais une belle femme à petite mâchoire.

– Pardon ?

– Comme vous. Vous avez une petite mâchoire.

Quand je croisai son regard plus froid que la Sibérie, un sentiment très dérangeant m'envahit, comme un mauvais pressentiment. La plupart des clients d'Unions soviétiques étaient un peu bizarres, mais ils paraissaient sincères et gentils. Cet homme n'était pas comme eux.

– J'ai déjà quelqu'un, dis-je, soulagée de pouvoir utiliser Will comme rempart.

Valentina Borisovna, qui rôdait autour de nous, répéta furtivement :

– Aide-le.

– Pourriez-vous me donner quelques précisions ? demandai-je en tâchant d'oublier mes soupçons. Je connais presque toutes les filles qui sont là. Plus vous serez précis dans la description de votre future épouse, plus j'aurai de chances de cibler celle qui vous correspond.

Il parcourut la salle du regard.

– Je suis face à un océan de seins, de cuisses et de cheveux. Et c'est moi le capitaine du navire.

Un vrai groin. Il avait dû payer très cher parce que la Matrone nous tournait encore autour. Je lui lançai un regard de détresse, mais elle se contenta de serrer les lèvres et de plisser ses yeux bleus.

– Je préfère les blondes, dit-il au bout d'un moment.

Je levai les yeux au ciel. N'importe quelle femme pouvait être blonde.

– Quels sont vos loisirs ? demandai-je. Lecture ? Voile ? Opéra ?

– Je suis avocat. Je n'ai aucun loisir. Le temps, c'est de l'argent.

Je hochai la tête. J'appelai Katya et lui expliquai rapidement en russe :

— C'est le genre de type que tu recherches : un riche avocat qui n'est jamais à la maison.

Elle le scruta de haut en bas.

— Parfait, déclara-t-elle en russe bien qu'il eût l'âge de son père. Hhhello, lui chanta-t-elle.

Elle affichait un sourire sec et un regard plus dur que le béton soviétique.

Je ne supportais plus ce travail. Le décor me parut soudain absurde. J'étais exténuée et Boba me manquait. Je n'étais pas descendue voir la mer depuis des siècles. Je ne pensais plus qu'au travail. Je n'avais plus le temps d'ouvrir un livre. Je me dirigeai vers la Matrone et lui dis :

— Je démissionne.

— Tu ne peux pas me faire ça, j'ai besoin de toi. C'est ce travail qui te rend un peu désabusée et cynique ? C'est la vie, mon petit poisson en sucre !

Elle tendit un bras et l'agita vers les participants de la soirée.

— Ce n'est pas de l'amour, ça. C'est du commerce, en grande partie. Mais souviens-toi de Maria. Tu lui as rendu service. Elle est heureuse comme une reine en Amérique.

C'était vrai. Chaque semaine, nous recevions une lettre de remerciements de sa part. Valentina Borisovna avait eu l'idée de créer une page de témoignages sur notre site. J'étais heureuse pour Maria. Son récit nous donnait à toutes de l'espoir. Oui. Peut-être que ça marcherait pour moi aussi. *Ma beauté russe, j'espère te rencontrer bientôt*, écrivait Will. Je n'arrivais pas à croire qu'il viendrait jusqu'à Odessa. Je me frottai les yeux. Les journées me semblaient de plus en plus longues. *Alentour se tenait la nuit. Il régnait une sensation de solitude, il y avait comme un désir d'amis, il y avait comme un désir de soi*[1].

---

1. Velimir Khlebnikov, *Zanguezi et autres poèmes*, trad. Jean-Claude Lanne, Flammarion.

– Ma chérie, tu as l'air fatiguée, remarqua la Matrone. Aides-en encore un et rentre te reposer. Est-ce que je t'en demande trop?

Je secouai la tête.

– Notre informaticien vient de créer un programme qui relie les profils qui se correspondent. Pourquoi tu n'essaierais pas?

– J'ai déjà essayé les rencontres sur Internet. Ça n'a pas marché. Et puis, je suis toujours en lien avec un des prétendants de Milla de Donetsk.

– Si tu le considères toujours comme «un des prétendants de Milla», tu ne dois pas le porter très haut dans ton cœur. Je suis sûre qu'avec cette méthode, ce sera différent: l'informaticien m'a assuré qu'un simple questionnaire permettait d'obtenir des résultats infaillibles. Je veux que tu essaies. Pour moi. Pour tester le programme. Je te donnerai un bonus.

Elle souriait triomphalement. Je comprenais qu'elle ait pu compter parmi les dirigeants les plus efficaces du Parti. Et qu'elle ait réussi à me persuader de lui consacrer cinq soirs par semaine.

– D'accord. Pour vous. Je veux bien essayer.

Un client s'approcha de nous.

– Bonjour, je m'appelle Robert, dit-il nerveusement en me tendant sa main droite.

Je lui serrai la main. Il appartenait à la catégorie sociale que Jane appelait les *geeks*: un homme gentil et intelligent. Il était grand, mince et plutôt séduisant de maladresse, bien qu'il eût grand besoin d'une coupe de cheveux et de vêtements plus flatteurs. Pourquoi ces hommes portaient-ils des T-shirts XXL et des chaussures éraflées?

– Vous avez l'air jeune, fis-je remarquer.

– On me dit toujours ça. En réalité, j'ai trente ans. Je suis prêt à me poser et à construire un foyer. J'ai un travail sérieux et une jolie maison. Je voudrais partager tout ça avec quelqu'un.

J'approuvai.

– Vous avez un désir particulier?

– Je ne suis pas comme la plupart des types qui sont là. Je ne veux pas choisir au hasard. Je ne joue pas ma vie au loto. Je me disais que vous pourriez peut-être m'aider. Je cherche une femme intelligente, gentille et pas trop jolie.

– Pas trop jolie ? répétai-je.

C'était bien la première fois que j'entendais ça.

– Il n'y a pas que l'aspect physique dans la vie.

– Quand on fréquente tous les jours ce genre de milieu, on a tendance à l'oublier. En général, les filles les plus jolies sont choisies en premier.

Pour la première fois, la conversation était plaisante et je me sentais même pleine de compassion pour un client.

– À quoi consacrez-vous vos loisirs ?

– J'aime bien la lecture, la cuisine et le jardinage.

Je regardai Robert avec curiosité et me demandai s'il pouvait être celui qu'il me fallait. Puis je me souvins de Will d'Albuquerque et me sentis déloyale. La Matrone vint ajouter une couche à ma culpabilité en choisissant ce moment précis pour intervenir :

– Daria, tu es ma meilleure interprète : la seule qui n'oserait jamais se garder un client pour elle. Merci pour ton dévouement. Je t'en suis reconnaissante.

La culpabilité et la honte : deux arguments très efficaces dans la vie.

Je présentai Robert à une fille réservée et douce qui parlait anglais et les laissai faire connaissance. Valentina Borisovna me rappela de me dépêcher pour ne pas rater le dernier bus qui rejoignait mon quartier. Je regrettai d'avoir couru. Comme toujours, il était en retard. Quand la femme qui attendait près de moi vit le bus arriver, elle grogna. Bien qu'il fût presque minuit, il était encore plein. Nos regards se croisèrent et nous haussâmes les épaules comme pour dire : « Qu'est-ce qu'on y peut ? » Je prenais ce bus depuis des années et je n'avais jamais eu de place assise. Je souhaitais presque voir Vladimir Stanislavski apparaître et me proposer de me raccompagner en voiture. Je le croisais souvent le soir, mais je refusais toujours. Je regardais droit devant pour ne pas lui montrer que je savais qu'il m'escortait jusqu'à l'arrêt de bus, puis suivait le bus pour s'assurer que je rentrais saine et sauve. Un jour où je mourais d'envie d'aller regarder les vagues, j'avais accepté son invitation. Il m'avait emmenée sur une plage déserte et nous nous étions assis sur le sable, face à l'horizon. Il m'avait pris la main. Je ne l'avais dit à personne.

Je soupirai. Je descendis à mon arrêt et regardai les grands immeubles sous le clair de lune. Si Will venait me voir, il verrait ça: des tombes jaillies hors de terre. Je ne voulais pas lui offrir ce décor. Je calculai qu'entre mes deux emplois et les primes des clients qui me remerciaient d'avoir aidé leurs marchandises à passer la douane, j'aurais bientôt de quoi acheter un appartement dans le centre. Cette perspective me comblait de joie. J'en étais venue à détester notre immeuble. Parfois même, j'en venais à haïr ma vie, mais je m'efforçais toujours d'enfouir ce sentiment loin, très loin dans les profondeurs de mon être.

Le parking était plein. La voiture d'Harmon était garée sur le trottoir juste devant la porte de l'immeuble. Il m'avait déjà confié en passant qu'il trouverait plus pratique de vivre avec Olga. Des paris circulaient sur le jour où elle emménagerait chez lui. Vita et Véra misaient sur le vendredi suivant. Je leur laissais encore deux mois. Je levai les yeux vers l'appartement d'Olga. Les fenêtres étaient encore éclairées. Je soupirai. Je pénétrai dans ma tombe grise et gravis les escaliers à pas lourd.

Comme toujours, Boba ouvrit les derniers loquets. Elle me débarrassa de mon sac et m'aida à retirer mon manteau. Jane racontait qu'en Amérique, il y avait beaucoup de *latchkey kids*, des enfants qui rentraient chez eux avant leurs parents et trouvaient la maison vide. J'avais de la peine pour ces enfants qui ne connaissaient pas la joie d'être accueillis par une grand-mère aimante.

— Ma petite-fille qui travaille tant, dit-elle en souriant. Je t'ai préparé un bon petit plat pour ton dîner.

— Tu me gâtes trop, Boba. Merci.

Je déposai un baiser sur sa joue.

– Ça fait des siècles qu'on n'a pas vu Olga, fit-elle remarquer.

Je me penchai pour retirer mes escarpins.

– Elle est occupée.

– Elle a dû se trouver un nouveau pigeon à plumer, marmonna Boba.

Les bruits qui couraient au sujet d'Harmon étaient arrivés jusqu'à elle.

Je la suivis dans la cuisine où elle fit couler l'eau des robinets pour que je me lave les mains avant le repas. Elle arracha le torchon de son épaule pour me les essuyer. Tandis que je dégustais ses poivrons au *kacha* grillés au four, Boba me cuisina. Elle était fascinée par les *socials* : avant la perestroïka, de tels événements n'auraient jamais eu lieu. Si quelqu'un était venu me dire qu'un jour, les hommes pourraient choisir leur épouse sur catalogue, je lui aurais conseillé d'arrêter la vodka artisanale.

Boba n'avait aucun respect pour les hommes d'Odessa. Le soir, elle attendait mon retour en regardant des films américains pleins de belles maisons et de fins heureuses et s'imaginait que les hommes de là-bas étaient tous travailleurs et droits. Elle rêvait qu'un étranger riche et cultivé tombe amoureux de moi et m'emporte dans son palais au bord d'une plage américaine.

– *Nu ?* demanda-t-elle. Tu as rencontré quelqu'un de bien ?

– Boba, combien de fois dois-je te répéter que mon travail est d'aider les filles à trouver un mari, pas de trouver un mari pour moi.

– Ça ne t'empêche pas de regarder.

Je la pris dans mes bras.

– Tu sais bien que j'ai déjà un ami. Nous communiquons par e-mail.

– Par emmêle, se moqua-t-elle. Comment veux-tu que ça marche ?

La communication fonctionnait. Will d'Albuquerque écrivit qu'il ne pouvait finalement pas venir et demanda si je ne voulais pas plutôt venir chez lui. *Oui! Oui! Oui!* écrivis-je. *C'est mon rêve d'aller en Amérique! J'aimerais beaucoup te rencontrer.*

Je bourdonnai dans le bureau mais Harmon fit tout pour me couper les ailes.

Maintenant qu'il ne me harcelait plus, je m'aperçus que mes conversations avec Harmon dans la salle de conférences pendant les coupures de courant me manquaient. Aucun être ne m'avait autant exaspérée que lui, mais de toute ma vie, seule Boba m'avait accordé autant de confiance : j'étais la seule d'Odessa à posséder les clefs de son bureau et de son appartement. Il me les avait confiées dès le premier mois. Même Olga n'avait pas ce privilège. Malgré mon refus, il faisait toujours livrer des marchandises de nos cargos chez moi. Boba n'avait jamais aussi bien mangé de sa vie. Nous avions un peu plus d'argent, mais elle refusait toujours de s'offrir le moindre luxe, comme par exemple des fraises hors saison. J'étais soulagée qu'Harmon soit avec Olga. Il me laissait tranquille. Pourtant je me sentais triste. Sans doute parce que j'avais perdu une amie.

– *Fuck! Fuck! Fuck!*

Un objet s'écrasa violemment contre le mur du bureau d'Harmon avant de tomber sur le sol.

– À quoi ça sert d'avoir des téléphones ultrasophistiqués si les lignes sont pourries! J'en ai marre de ce trou! Je suis censé participer à une téléconférence et j'entends que dalle!

Je m'avançai sur la pointe des pieds pour voir l'ampleur du désastre. Le téléphone était en miettes sur le parquet. Harmon était assis à son bureau, recroquevillé sur lui-même, le visage enfoui dans ses mains. Il faisait peur à voir. Je me retirai.

En temps normal, il paraissait inébranlable. Peut-être à cause de son torse puissant qui lui donnait l'air fort et autoritaire. Peut-être à cause de son apparence – costumes de luxe, mains hydratées, cheveux épais parfaitement coiffés

– qui le distinguait des gens d'ici. Contrairement aux gens d'Odessa qui subissaient la flambée des prix des denrées et le gel de leurs salaires, il ne se souciait guère de savoir s'il serait payé le trente ou le mois prochain, si la pénurie de sucre allait durer ou s'il aurait de quoi s'acheter des médicaments. Tout ce dont il avait besoin lui était livré par bateaux. Et comme ses navires, il pouvait lever les voiles à tout moment.

Il ne savait rien des difficultés de la vie.

– Un café? criai-je depuis mon bureau avant de rentrer chez lui ramasser les piles et les morceaux de plastique brisé.

Il se tourna vers moi. Sa cravate était de travers et sa respiration irrégulière. Une grimace déformait son visage. Il paraissait prêt à hurler. Ou à commettre un meurtre.

– Servez-m'en un double, soupira-t-il d'une voix éraillée.

Je le compris à demi-mot et versai une dose de *kognac* dans nos deux tasses. Nous nous assîmes dans la salle de conférences, comme avant. Il avala une gorgée.

– Le seul avantage ici est qu'on peut boire au boulot sans choquer personne. Les gens seraient surpris du contraire.

– Il y a sûrement d'autres avantages à vivre ici, dis-je en riant.

Il tourna les yeux vers moi.

– Non.

Son regard était aussi brûlant qu'au premier jour. Il ferma les yeux et secoua la tête comme pour remettre de l'ordre dans son esprit.

– Cet écrivain dont vous m'aviez parlé. Babel.

– Vous l'avez lu? demandai-je, soulagée qu'il nous ait engagés sur un terrain moins glissant.

– C'est d'une violence incroyable. *Oubliez pour un temps que vous avez des lunettes sur le nez et l'automne dans le cœur. Cessez de faire du scandale à votre table de travail et de bégayer devant les gens. Imaginez un instant que vous faites du scandale dans les lieux publics et que vous bégayez sur le papier… Si des anneaux étaient fixés au ciel et à la terre, vous saisiriez ces anneaux et attireriez le ciel vers la terre. Mais votre papa… À quoi pense un tel papa? Il pense à boire un bon petit verre de vodka, à cogner sur la gueule de quelqu'un, à ses chevaux, et à rien d'autre. Vous voulez vivre et il vous fait mourir vingt fois par jour*[1].

Je le regardai avec étonnement. À Odessa, c'était une habitude : on se divertissait en citant une blague piquante, quelques vers de poésie, un passage en prose. C'était facile et naturel chez nous. Les récitations d'école devant des rangs d'élèves dissipés étaient un bon entraînement. Je me souvenais encore des poèmes que j'avais appris quand j'avais huit ans. Mais je ne m'attendais pas à entendre mon patron citer un passage de Babel.

— *Toi, tu veux vivre, mais lui te fait mourir vingt fois par jour.* Comme mon père.

Sa voix était amère. Sa mine abattue. Il ressemblait aux hommes d'ici.

Depuis un an que je travaillais pour Harmon, j'avais économisé le moindre kopeck et, une fois vendu notre studio de la cité-dortoir, j'allais enfin pouvoir acheter un appartement dans le centre-ville pour Boba et moi. Comme tous les Juifs d'Odessa partaient vivre en Allemagne ou en Israël, il ne fut pas difficile de trouver un logement. La plupart quittaient volontiers leur vie et leur maison d'Ukraine. Notre nouvel appartement nous offrait une chambre, un sol en parquet, une belle hauteur sous plafond et de larges fenêtres. Vivre dans la beauté donnait du goût à la vie.

J'étais heureuse d'habiter près du parc Chevtchenko et de la mer, et c'était une vraie délivrance de pouvoir aller à pied au bureau sans emprunter les transports en commun. Certains de nos bus venaient d'Occident, où ils avaient été retirés de la circulation pour fuites ou autres problèmes mécaniques. Souvent les passagers vomissaient ou s'évanouissaient à cause des gaz d'échappement qui rentraient dans le compartiment. Asphyxiés par la misère. Les bus

---

1. Isaac Babel, *Contes d'Odessa*, extrait de *Comment cela se passait à Odessa*, trad. Adèle Bloch, Gallimard.

décrépits cahotaient dans les rues mal entretenues. Les temps de trajet étaient très longs. Mais l'économie des trajets n'était pas la seule raison pour laquelle j'étais heureuse de quitter l'immeuble. J'étais soulagée de n'avoir plus à espérer une visite d'Olga.

Boba et moi avions emballé les magazines de mode de ma mère, ses fines serviettes de toilette, son peigne retenant dans ses dents quelques reliques de cheveux. Tout ce que ma mère avait touché fut préservé. Nous avions si peu de photos d'elle. Je les rangeai dans mon sac pour être sûre de ne pas les perdre. Je décrochai les petites toiles qu'Olga m'avait offertes et les enveloppai dans des draps. Je retraçai intérieurement son parcours: des croquis de lycée au surréalisme néoclassique, jusqu'aux peintures kitsch gothiques d'aujourd'hui. Je retrouvai un livre que je lui avais offert cinq ans plus tôt. Selon notre habitude, nous avions échangé des cadeaux la veille du nouvel an. Elle m'avait peint un tableau de cinq centimètres sur cinq. Je lui avais acheté un livre de photos sur l'Albanie. Elle l'avait feuilleté, puis me l'avait jeté à la figure. Je m'étais baissée pour l'éviter. Le livre avait rebondi sur la chaise avant d'atterrir sur le sol.

– Arrête de m'offrir des livres à la con!

Je ne pouvais pas lui en vouloir. Sous le régime soviétique, à chaque nouvelle année, anniversaire, ou journée internationale de la femme, j'offrais et recevais des livres. Quand on n'avait pas d'argent et qu'on vivait dans un pays où les magasins étaient vides, que pouvait-on acheter d'autre? Les livres ne coûtaient pas cher et nous en avions à profusion.

Quand on ne pouvait pas quitter son pays, aussi fort que fût son désir d'évasion, quel recours avait-on? La seule façon de voyager était par les livres. Aujourd'hui encore, les gens d'Odessa commençaient presque toutes leurs phrases par: «J'ai lu que…» ou «Il paraît que…» On n'avait le droit d'aller nulle part, mais on avait le droit de lire. *J'ai lu que la Bible est la traduction d'une traduction d'une traduction, ce qui fait qu'on ne peut pas être sûr de l'exactitude des histoires. Il paraît que Sofia va bientôt devenir aussi branchée que Paris. D'après un sondage, Edgar Allan Poe est le poète mort le plus célèbre de tous les temps.* Et nos étagères se remplissaient de romans que nous n'avions jamais le temps de lire décrivant des pays que nous ne verrions jamais. Le seul terrain autorisé était celui de l'humour noir. Pour nous libérer du poids des rêves de départ et de mondes meilleurs, nous inventions des blagues. Et nous avions fait d'Odessa la capitale de l'humour de l'ex-URSS.

J'emballai le livre sur l'Albanie. Et des tas d'autres bricoles que j'aurais dû laisser derrière moi.

Dans notre nouveau quartier, les immeubles ne dépassaient pas les cinq étages. Le nôtre arborait un jaune safran. Cette teinte chaude renforcée par la glycine et le vieux puits de la cour rendait l'endroit accueillant. Nous étions enfin près de tout: de mon travail, du marché central, de la clinique, de la plage, des amis de Boba. Peut-être étais-je inconsciemment en train de préparer mon départ en permettant à ma grand-mère de se débrouiller sans mon aide. Je me demandais comment les choses évolueraient avec Will. Nous disposions d'une chambre d'amis pour l'accueillir au cas où il déciderait finalement de venir à Odessa. Je n'avais pas dit à Boba qu'il m'avait invitée chez lui. Je ne l'avais dit à personne. J'aurais voulu partager ma joie avec une amie, lui parler de Will, de mon départ pour l'Amérique. Lui demander des conseils d'aménagement pour notre nouvel appartement. J'avais eu tort de présenter Olga à Harmon. À présent, je n'avais plus personne à qui parler. Je devinais la joie que Boba éprouverait quand Will m'enverrait un billet d'avion. Elle répétait qu'il fallait que je parte à l'étranger et m'encourageait à trouver un homme aux soirées de l'agence. Elle voulait me voir mariée avec des enfants et savait bien qu'à Odessa, la chose était impossible: aucun homme ne voudrait d'une femme qui travaillait et gagnait plus que lui. Pour un Occidental, c'était peut-être acceptable, mais pour un homme d'ici, c'était rédhibitoire.

Olga n'était pas passée au bureau depuis trois jours. Vita et Vera racontaient que ses enfants avaient la varicelle. Je me faisais du souci pour eux, mais je profitai du répit. Harmon et moi pouvions travailler côte à côte et nous fûmes plus efficaces en une semaine que nous ne l'avions été en un mois. Je me sentais mieux.

En sortant du bureau, j'empruntai le chemin d'Unions soviétiques. Devant l'agence, un homme maigre et nerveux vêtu de noir était adossé contre une Mercedes. J'espérai que la voiture serait celle de la Matrone, mais pressentis que les Stanislavski avaient finalement découvert les activités matrimoniales de Valentina Borisovna et venaient réclamer leur part exorbitante. Mon petit doigt me disait que même si elle avait eu les moyens de s'offrir une nouvelle voiture, elle n'aurait sans doute pas embauché un chauffeur-garde du corps armé d'une Kalachnikov.

En entrant, j'aperçus trois frères aux cheveux bruns planqués derrière leurs lunettes de marque et leurs longs manteaux de cachemire identiques. Vlad était le plus grand et le plus beau des trois. Le frère du milieu était passable, et le benjamin était non seulement affreux, mais, comme disait Boba, il n'avait pas non plus inventé la poudre. La Matrone se tordait les mains derrière son bureau.

Je voulus m'approcher d'elle, mais Vlad me barrait la route.

— On dirait un épouvantail dans un champ de melons, sifflai-je.

Il sourit. Je fronçai les sourcils, ce qui le fit sourire davantage. Il était incorrigible.

— Tu veux aller faire un tour sur la plage ? murmura-t-il.

— On l'a déjà fait.

J'étais avec Will maintenant. Will, qui m'avait invitée en Amérique.

— C'était il y a des mois, répliqua-t-il.

La journée avait été splendide. Mais toute promenade au bord de la mer Noire était magique.

Mes escarpins s'enfonçaient dans le sable, alors nous avions dû marcher lentement. Au bord de la mer, la respiration devenait profonde. On se détendait, on baissait la garde. Un bras frôlait le vôtre et la décharge électrique courait le long du nerf jusqu'au cœur. Le contact se répétait à chaque pas et vous vous demandiez s'il ressentait le même frisson. J'avais tout fait pour l'ignorer, sans succès. Quelque chose en moi réagissait à sa présence. Je ne pouvais pas renier l'effet qu'il avait sur moi, mais je pouvais cacher mes émotions et faire en sorte que personne – lui particulièrement – ne sût jamais qu'elles existaient.

– Bonsoir, messieurs, dis-je en contournant Vlad pour rejoindre Valentina Borisovna. Vous cherchez l'âme sœur ? Nous avons tout ce qu'il vous faut.

Je regardai furtivement Valentina Borisovna, mais sentis le regard de Vlad peser sur moi.

– Daria, tu connais ces messieurs ? demanda-t-elle sans dissimuler son étonnement.

– Ils passent aussi régulièrement à la compagnie de fret récupérer leur « loyer », murmurai-je.

– Mr Harmon est au courant que tu travailles ici ? demanda le plus jeune.

Je voyais d'ici ce sale groin élaborer une stratégie pour me faire chanter.

– Bien sûr, mentis-je.

Demain, je devrais avouer la vérité à Harmon avant qu'il ne l'apprenne par quelqu'un d'autre. Je frémis en songeant à sa réaction. Hurlements et injures. Accusations de trahison et d'infidélité. Je risquais d'être licenciée.

– Pardonnez-moi, messieurs, esquissa la pauvre Valentina Borisovna en ricanant nerveusement, mais je ne peux pas inviter vos… vos filles de la nuit à nos soirées. J'ai une réputation irréprochable à l'étranger et je ne veux pas qu'elle se ternisse.

Les hommes restaient immobiles et impassibles, mais la pièce était chargée de menace. Des hommes d'affaires qui avaient tenu tête aux Stanislavski avaient été retrouvés morts. Un des collaborateurs d'Harmon, un étranger qui ne connaissait pas nos coutumes, leur avait dit «d'aller se faire foutre» quand ils étaient venus se présenter à son bureau. Le lendemain, Harmon l'avait trouvé vivant, mais défiguré. Un hélicoptère était venu le chercher pour l'emmener à Vienne se faire soigner. Harmon ne m'avait jamais dit ce qu'on lui avait fait, mais notre femme de ménage racontait qu'elle avait mis des jours à nettoyer le sang dans son bureau, reconverti depuis en grand débarras presque vide. Je n'osais pas imaginer ce qu'ils feraient à Valentina Borisovna si elle refusait de coopérer.

— Valentina Borisovna, dis-je, l'idée est excellente: elles viendront mettre un peu de piment dans nos soirées un peu ternes.

Elle me dévisagea comme si un bourgeon rouge, semblable à celui d'Eltsine, m'avait soudain poussé sur le nez.

— Vous devriez suivre les conseils de Daria, dit Vlad. Elle a le sens des affaires. C'est une femme très intelligente. Vous avez de la chance de l'avoir avec vous.

Ses paroles me réconfortèrent. Résignée, elle leur tendit leur argent ainsi qu'un planning des prochaines soirées. Dès qu'ils furent partis, la Matrone s'affala dans sa chaise et se mit à pleurer.

— Là, là, la consolai-je.

Je restai debout derrière elle à lui tapoter l'épaule et lui chantai le vieux refrain ukrainien:

— Tout ira bien. On trouvera une solution.

— Oui, laquelle? renifla-t-elle dans son mouchoir fripé. Tout allait tellement bien. Je ne veux pas que nos filles soient mélangées à des prostituées! Certains de nos clients qui ont fréquenté les soirées de Moscou et de Saint-Pétersbourg m'ont dit que j'avais les filles les plus élégantes et les plus jolies. Mieux qu'à Moscou! Tu te rends compte? Maintenant, c'est foutu.

— Tout ira bien, répétai-je sans forcément y croire.

— Daria, je ne serais pas étonnée qu'un jour, tu réussisses à quitter ce merdier. Tu es maligne; je suis sûre que tu n'as pas eu besoin de verser un centime à tes professeurs pour obtenir ton diplôme.

– Quel compliment! lançai-je avant d'éclater de rire.

Bien sûr, elle se trompait. Les professeurs refusaient de corriger les examens des élèves qui ne glissaient pas un billet de vingt dollars dans leur copie. Tout le monde devait payer les «frais de lecture», même si les étudiants flemmards et médiocres ajoutaient effectivement quelques billets de plus. Je ne m'étais pas inscrite en master d'ingénierie : j'aurais pu payer les frais de scolarité, mais pas les frais «annexes».

– Vous vouliez me montrer quelque chose? demandai-je.

– L'informaticien a terminé.

Elle alluma l'ordinateur et ouvrit la page d'accueil du site d'Unions soviétiques. On y voyait des portraits de jeunes femmes sages : une blonde aux pommettes gourmandes comme des pommes d'amour, une brune aux yeux noisette pétillants, et quelques photos en pied prises à nos soirées. Les femmes ressemblaient toutes à des mannequins : grandes, élancées, belles. En regardant de plus près, je remarquai une photo de moi.

– Valentina Borisovna! Comment avez-vous pu! Vous savez que je suis prise!

Et il m'a invitée chez lui en Amérique, ajoutai-je intérieurement. Je ne pus réprimer un sourire.

Elle me secoua légèrement l'épaule.

– Où vas-tu quand tu rêves comme ça?

Je haussai les épaules et descendis à contrecœur de mon nuage. Nous continuâmes à parcourir le site ensemble. J'étais impressionnée. En plus des filles, on y trouvait des liens vers les hôtels Krasnaya et Londonskaya, une liste de restaurants, des photos de la plage, de l'Opéra, du marché artisanal et du Théâtre philharmonique. Comme plusieurs femmes n'avaient pas réussi à obtenir leur «visa-fiancée», la Matrone m'avait demandé de me renseigner sur les démarches. Elle proposait donc aux clients d'acheter en ligne un «mode d'emploi» expliquant comment obtenir le visa, incluant tous les formulaires nécessaires (le G–325A et le I-129F, à ne pas confondre avec le I-129 sans F), ainsi que le tarif (actuellement fixé à 95 dollars). Était également fournie la liste des pièces à joindre au dossier : photos en couleurs des deux personnes intéressées, preuves que le couple s'était bien rencontré, et déclaration sur l'honneur du citoyen américain. *J'ai rencontré Julia grâce à Unions soviétiques, une agence matrimoniale sérieuse basée à Odessa. Julia et moi avons passé trois mois à nous écrire, puis je suis allé lui rendre visite. Elle doit bientôt venir chez moi, aux États-Unis où je l'espère, nous nous marierons. Dans mon dossier, vous trouverez une photo de Julia et moi à la plage, une prise chez elle avec ses parents, une autre prise à l'une des soirées organisées par Unions soviétiques. Etc. etc. etc.*

Le site était entièrement rédigé en anglais. Il faisait très professionnel. Dans la rubrique « Qui sommes-nous ? » apparaissait une grande photo de Valentina Borisovna, plutôt repeinte que retouchée. Je déroulai la page jusqu'à sa biographie dont l'unique paragraphe traduisait son désir d'aider chacun à trouver le grand amour et son bonheur d'unir des âmes esseulées. Juste en dessous, ma photo portait la légende : *vice-présidente.* Je fus émue aux larmes.

— *Brava, brava,* articulai-je.

Elle me prit dans ses bras.

Malgré cela, j'appréhendais notre prochaine soirée, inquiète de découvrir ce qui allait se passer. La mafia était rarement annonciatrice de bonnes nouvelles. Cette nuit-là, je m'endormis en pensant à Will, là-bas en Amérique. Cependant mes rêves furent pour Vladimir Stanislavski.

6

Je fis du café, allumai l'ordinateur et parcourus les fax reçus le matin, me demandant tout le temps comment parler à Harmon de mon travail pour Unions soviétiques. Je redoutais sa colère. Comme d'habitude, il était en retard. Je marinais dans les eaux troubles de ma mauvaise conscience. Coupable… Je rangeai mon bureau, puis la salle de conférences. J'allai jusqu'à trier ses documents à lui. Où était-il ? À chaque fois que je voulais être tranquille, il était là, à regarder par-dessus mon épaule. Mais le jour où j'avais vraiment besoin de lui, silence radio (une de mes expressions favorites).

Je vérifiai ma messagerie électronique. J'avais reçu un message de Will.

Chère Daria, je n'ai jamais eu tant de peine à écrire un e-mail. Je dois te dire que j'ai rencontré ton équivalent américain et que j'ai décidé de l'épouser. Je suis sûr que tu sauras partager notre bonheur. Nous te souhaitons tous les deux d'être heureuse. Bien à toi, Will.

La mâchoire affaissée, je fixai les mots jusqu'à ce que l'écran de veille fasse surgir un banc de poissons animés nageant dans une eau irréelle. « L'Amérique », murmurai-je. Réussirai-je à y aller un jour ? Ma gorge se serra et les larmes me montèrent aux yeux. J'avalai ma salive. Encore et encore. Je relevai la tête et regardai le plafond pour empêcher les larmes de couler. *Je vous en supplie, que personne ne voie que je suis triste. Respire. Allez, respire.* J'essayai d'inspirer lentement, mais l'air entrait et sortait de mes poumons par saccades.

Je n'avais jamais été amoureuse de Will. Je m'étais sentie flattée qu'un homme éduqué et non-alcoolique s'intéresse à moi. Et surtout, il avait glissé un mince écran entre moi et la solitude. Je me dis que nous ne nous étions jamais rencontrés, qu'il n'était qu'un pur produit de mon ordinateur. Mais cette vérité n'atténuait en rien ma souffrance et ma déception. Je fus surprise par la violence de la douleur qui encombrait ma poitrine. J'entendis la voix de Boba me répétant de regarder la chance que j'avais. Je mis du temps, mais je finis par trouver un bon côté à l'histoire. Je n'avais parlé à personne de mes projets de voyage. J'échappais à la honte de devoir avouer à tout le monde que mon départ était annulé.

Je supprimai tous les e-mails de Will. Hop. Comme s'il n'avait jamais existé. Je regardai ma boîte de réception, encore pleine de messages de Jane et de collègues d'Argonaut. Piètre vengeance. L'éradiquer de mon ordinateur ne me soulageait pas du tout. Je me sentais encore triste et rejetée et plus loin de l'Amérique que jamais. À quel point je comptais sur Will, sur ce voyage. Je ne m'en apercevais que lorsque le rêve m'était arraché. Je lui avais été fidèle, je m'interdisais de regarder les hommes aux soirées, par respect pour lui. Apparemment, il ne s'était pas montré si honnête. Les hommes disparaissaient. J'avais entendu Boba proférer cette vérité tant de fois. Comment avais-je pu penser qu'un Américain serait différent des autres ?

Soudain, annoncer à Harmon que j'avais un second travail ne me parut plus insurmontable. La journée ne pouvait pas être pire. Ne sachant comment m'occuper, je me dirigeai vers la cuisine pour préparer une camomille. Malheureusement comme toujours, la pièce n'était pas vide.

– Une tisane ? s'étonna Vita. Tu as des problèmes gastriques ?

– Tu vas nous annoncer une grande nouvelle ? ajouta Véra. Ah non, suis-je bête. Ça ne peut pas t'arriver, t'as pas de mec.

Strike-struck-struck : frapper.

– Ta gueule, espèce de vieille peau syphilitique, lançai-je à Véra en m'en allant.

– C'est quoi, son problème ? entendis-je Vita demander.

De retour à mon bureau, j'arrosai mon palmier pour la troisième fois de la journée. Je regardai par la fenêtre, dans l'espoir d'apercevoir Harmon. Il disparaîtrait sûrement, lui aussi. Rien ne le retenait à Odessa. Je me rassis et sortis une feuille de papier. *Chère Jane*, commençai-je. Je ne m'arrêtai que lorsque les deux côtés furent entièrement couverts de mes larmoiements ridicules.

Quand Harmon entra d'un pas détendu, il jeta un regard vers moi et demanda :

– Qu'est-ce qui ne va pas ?

– J'ai quelque chose à vous dire, dis-je en levant les yeux vers lui. Pour arrondir mes fins de mois, je travaille depuis quelque temps chez Unions soviétiques.

Je retins mon souffle et attendis sa réaction. Je me recroquevillai, prête à essuyer une tempête de cris. Au lieu de s'offusquer, il eut un sourire moqueur.

– L'agence matrimoniale?

Je hochai la tête, sûre encore que sa colère allait s'abattre. Il éclata de rire. Il riait aux éclats.

– Qu'y a-t-il de si drôle? demandai-je.

– L'ironie, prononça-t-il avant de reprendre son souffle. Chez nous vous faites dans l'import et là-bas, dans l'export.

Je me sentis à la fois humiliée et soulagée. Il se frappa la cuisse en répétant:

– Import-export.

Il continuait à rire, d'un rire chaleureux et sincère qui finit par me contaminer. Il commençait réellement à penser comme les gens d'ici. Je le regardai: ses yeux étincelants, ses lèvres ourlées par le sourire, son cou délicat qu'entourait un col de chemise blanc comme neige. Et d'un coup, il me parut à nouveau séduisant.

– Ce que vous faites de votre temps libre ne me regarde pas.

J'avais oublié que nous vivions dans une version de l'histoire corrigée où je pouvais faire tout ce que je voulais.

– Promettez-moi seulement de ne pas vous laisser embobiner par un de ces losers, dit-il. S'ils n'arrivent pas à trouver une femme chez eux, c'est qu'ils ont un problème quelque part.

– Aucun risque, dis-je en repensant à Will.

Le ton de ma voix dut trahir mon émotion car il vint me tapoter maladroitement l'épaule en ajoutant:

– Vous êtes une femme merveilleuse. Un jour, vous trouverez un homme digne de vous.

Et il s'installa à son bureau.

Je consacrai le reste de la matinée à oublier Will et à trouver une solution au problème posé par les Stanislavski.

Du moins, j'essayai. D'étranges bruits s'échappèrent du bureau d'Harmon.

– Bah! Bah!

– Que se passe-t-il? demandai-je en passant la tête.

– Ce truc, marmonna-t-il avec dégoût en désignant l'ordinateur. Il est comme vous! Il n'en fait qu'à sa tête.

À dire vrai, les problèmes techniques d'Harmon me réjouissaient. La situation était comique, et en toute franchise, il était bon de se sentir indispensable. Je fis le tour de son bureau et regardai l'écran. Je cliquai plusieurs fois sur la souris.

– Quand il se bloque comme ça, la meilleure chose à faire est de l'éteindre et de le rallumer.

Dix minutes plus tard, il me rappela dans son bureau. Il n'arrivait pas à ouvrir un document Word. Je posai une main sur son épaule, l'autre sur la souris et lui réexpliquai la technique du double-clic. Il leva les yeux vers moi en souriant. Je lui rendis son sourire.

Olga choisit ce moment précis pour entrer dans le bureau.

Harmon et moi lui dîmes bonjour, lui en anglais, moi en russe, mais elle ne répondit pas.

– Contente de te voir, Olga, tentai-je. Tu es allée voir l'exposition Vigée-Lebrun?

Pas de réponse.

– Tous les portraits de la collection de l'Ermitage sont exposés…

Toujours rien.

Je me redressai et retournai à mon bureau. Elle claqua la porte dans mon dos. La cloison n'étouffa en rien ses hurlements.

– Je, pas aimer. Méchante, Daria méchante. Elle partir. Moi rester. Elle partir.

J'entendis la voix grave d'Harmon qui tentait de l'apaiser. Quand elle gloussait, c'était un marteau-piqueur suraigu qui me transperçait le crâne. Je filai discrètement et me dirigeai vers Unions soviétiques. Pendant le déjeuner, je racontai à Valentina la défection de Will. Elle ouvrit son coffre-fort et sortit une bouteille de *kognac*.

– Qu'il aille se faire voir, dit-elle. Tu vaux mieux que ça. Alors, tu veux bien essayer mon programme de rencontres?

Je rechignai; elle rit de bon cœur.

De retour à la compagnie de fret, Olga était partie, mais Harmon rôdait autour de mon bureau. Il se racla la gorge et, les yeux baissés, annonça:

– Je, euh, j'ai quelque chose à vous dire.

J'avalai péniblement ma salive. Le couperet allait tomber.

– Je voudrais que vous vous habilliez de manière plus convenable. Par exemple, des cols roulés, des pantalons larges.

Mon soulagement céda rapidement la place à une colère noire. Je croisai les bras et haussai le ton:

– Je n'ai jamais mis le moindre vêtement moulant ou provocant. Je porte des tenues classiques, appropriées au monde du travail.

– Je sais, je sais. Vous êtes toujours magnifique. Je veux dire, convenable. Mais vous savez comment sont les femmes. Elles peuvent vite être jalouses.

Je sentis ma bouche se crisper et réussis à peine à articuler:

– Les femmes ou une femme en particulier?

Silence.

La réponse était claire.

– Quelle sorcière, marmonnai-je en russe.

– Que dites-vous?

– Vous n'êtes pas stupide. Essayez de deviner. Et depuis quand la laissez-vous décider pour vous? Et pour moi?

– Elle est jalouse. Elle passe ses journées seule chez elle, alors elle s'invente des histoires.

– À qui la faute? Elle pourrait chercher du travail ou renvoyer la nounou et essayer pour une fois de s'occuper des trois enfants qu'elle a mis au monde.

À chaque mot, ma voix devenait plus sèche. Je ne pouvais pas m'en empêcher. J'avais déployé d'immenses efforts pour garder ce poste. J'avais tout enduré : la séduction pesante d'Harmon, les rumeurs accablantes de mes collègues, une agression physique, et j'avais même procuré au vieux chien un nouvel os à ronger. Et maintenant sa maîtresse se permettait de me donner des ordres ? Elle n'avait qu'à essayer. Je décidai de m'autoriser à ruminer jusqu'à la fin de la journée. Je regardai mon palmier, mais mes yeux se posèrent sur les barreaux des fenêtres. Il doit bien y avoir un moyen de s'évader de cette prison, pensai-je.

Harmon vint m'apporter un plateau chargé de petits gâteaux et d'un café comme je l'aimais : deux cuillerées de sucre et un nuage de lait chaud, et il me demanda des nouvelles de Boba. L'attention aurait normalement suffi à m'amadouer. Quand il vit que ma colère ne retombait pas, il m'annonça d'un ton magnanime qu'il rédigerait le rapport d'activité de la semaine tout seul (il était déjà censé s'en occuper, mais je finissais toujours par le faire à sa place). Je le regardai sans répondre. Il se balançait d'un pied sur l'autre et frottait le dos de sa main du bout des doigts, ne sachant quoi dire d'autre. Voyant mon front crispé et ma mâchoire serrée, il comprit qu'il n'obtiendrait aucun résultat et eut la bonne idée de disparaître pour la journée. Bon débarras.

– Quand le fermier quitte la charrue, la bête de somme travaille mieux, hurlai-je dans le vide.

J'avalai une gorgée de café au lait. Je n'allais pas bouder mon plaisir : il faisait le meilleur café du monde.

À cinq heures, au moment où je sortais du bureau, Véra me rattrapa.

– T'as perdu ! cria-t-elle.

– Quoi ?

– Le pari ! Sur le jour où Olga et Harmon emménageraient ensemble. J'ai gagné ! J'avais parié sur le quinze !

– Comment l'avez-vous su ? Il ne m'a rien dit.

Elle eut un sourire moqueur.

– Tu crois qu'il raconte tout à sa secrétaire ? Je l'ai entendu en parler avec mon patron. Tu t'es carrément plantée.

– Félicitations, dis-je avec aigreur en lui tendant l'argent du pari.

Je quittai mon travail pour aller au travail. Valentina Borisovna avait posé une bouteille de vodka sur son bureau et un sac de glace sur sa tête. Elle gémit et but une rasade de vodka. Son penchant commençait à m'inquiéter.

– Les Stanislavski sont passés, dit-elle.

– Je sais que vous avez peur, mais n'importe qui peut entrer ici de toute façon, lui rappelai-je gentiment.

D'un coup, la Matrone se redressa et retrouva sa prestance. À Odessa, l'illusion était l'arme suprême. Elle sortit sa fausse poudre Chanel de son faux sac Vuitton, retoucha son maquillage, puis rangea la vodka dans son coffre-fort. Elle n'y gardait que trente dollars en liquide et des photos de ses petits-enfants. Tous ses objets de valeur étaient à l'abri dans son soutien-gorge blindé. Elle remit ses lunettes roses et pointa son nez dans ma direction.

– Qu'est-ce qu'on peut faire ?

Elle cacha son visage sous ses mains potelées aux ongles vernis.

– J'ai une idée, dis-je.

Elle leva la tête et plissa ses yeux bleus.

Au même moment, deux filles emmitouflées dans des gilets angora hirsutes vinrent se renseigner sur les prix pratiqués par l'agence. La Matrone plaqua un sourire sur son visage et leur débita son laïus :

– C'est les hommes qui casquent ! Essayez ! Vous n'avez rien à perdre ! Les Américains sont plus riches et plus fidèles que n'importe quel homme d'Odessa.

À son signal, je leur tendis des formulaires. Nom, situation professionnelle et maritale, goûts, préférences, âge, etc.

– Et si je suis mariée ? demanda l'une.

– Mettez *divorcée*, conseilla la Matrone.

Tandis qu'elles remplissaient les formulaires, je murmurai mon plan à l'oreille de Valentina Borisovna. Elle restait dubitative.

– Je suis sûre que ça peut marcher.

– Si tu le dis.

Une fois que les filles m'eurent rendu leurs formulaires, je rentrai leurs profils dans le programme informatique. *Vika, 25 ans, originaire d'Odessa, aime le tennis et les longues promenades romantiques sur la plage. Cherche un homme sportif avec qui fonder une famille.*

La Matrone les prit en photos. (Si la fille était enrobée, elle faisait un portrait. Si elle était mince comme Vita, la photo montrait ses atouts.) Nous les remerciâmes d'avoir choisi Unions soviétiques et leur tendîmes le programme des soirées à venir.

Dès qu'elles furent parties, je repris la conversation où nous l'avions laissée.

– À la compagnie de fret, je traite avec la mafia depuis plus d'un an. On ne peut pas les affronter, mais on peut les contourner. Faites-moi confiance.

Malgré tout, je n'étais pas rassurée et j'espérais que si Vlad découvrait notre stratagème, il serait agacé, mais nous épargnerait sa colère.

Elle hocha la tête.

– En attendant, Daria, à côté des prostituées, nos filles doivent avoir l'air irréprochable. Il faudra qu'on les prévienne.

Bien sûr, le « on » de Valentina se référait à moi seule.

– Les prévenir de quoi ?

– Qu'on attend un gros arrivage d'hommes riches, mais très conservateurs.

Je composai le premier numéro de notre liste.

– Irina ? Ici Daria. Voilà, ce week-end, nous attendons un groupe d'hommes aisés, mais très traditionnels. Je voulais vous prévenir… Oui, oui Irina, vous avez tout compris, une tenue sobre, un maquillage discret. Vous êtes rusée. Alors, à samedi ?

– Plus que cent quatre-vingt-dix-neuf, calcula Valentina Borisovna.

Je grognai et retirai mes chaussures. Je me dis que bientôt, Harmon m'obligerait à porter des chaussures orthopédiques.

Et pourquoi pas des bigoudis? Je grimaçai. Quel homme courageux! Et Vladimir Stanislavski ne valait pas mieux.

Devinant que ma journée avait été aussi éprouvante que la sienne, Valentina Borisovna composa la combinaison du coffre-fort et ressortit la bouteille de vodka.

– Aux heureux hasards et aux conséquences désastreuses!

– Aux hasards désastreux et aux conséquences heureuses! répliquai-je.

Nous bûmes nos verres d'un coup. Je composai le second numéro.

– Allô, Sveta? Ici, Daria. Je voulais vous prévenir qu'un nombre important de Mormons assistera à la prochaine soirée... Je vous conseille de réduire le maquillage et d'augmenter l'habillage... Non, non, je ne vous dis pas ce que vous devez faire. Vous êtes une grande fille. C'est juste que... nous ne voudrions pas que les clients vous prennent pour une prostituée.

La plaisanterie fit glousser Valentina Borisovna, mais la fille numéro deux n'avait pas envie de rire.

– Va te faire foutre, conclut-elle avant de raccrocher.

– À vous d'appeler, dis-je.

– Véra? Vérochka, ma chérie...

Nous étions si préoccupées par l'attitude des filles que j'avais complètement oublié de prévenir les Américains. La plupart étaient arrivés quelques jours plus tôt et s'ils s'étaient promenés dans la ville, ils avaient dû apercevoir des prostituées devant les hôtels ou près de la *vauxhall*, la gare ferroviaire.

Je remplis nos verres. Vladimir Stanislavski aurait pu faire sombrer n'importe quelle femme dans l'alcoolisme.

J'étais contente de passer la soirée au téléphone, car j'échappais ainsi au nouveau programme de rencontres que Valentina Borisovna me demandait d'essayer. Je ne voulais plus penser aux hommes.

Le jour de la soirée, je réunis les quarante-sept Américains dans la salle de bal, vérifiai que le micro fonctionnait et m'éclaircis la gorge.

– Messieurs, bienvenue dans notre belle ville d'Odessa. Vous avez déjà passé un ou deux jours dans cet endroit ensoleillé et avez sans doute rencontré quelques désagréments avec nos… filles de joie.

Ils acquiescèrent.

– Je dois vous prévenir que la police infiltre régulièrement nos soirées d'agentes provocantes chargées de pincer les étrangers. Évitez de tomber dans le piège. Si une policière infiltrée vient vous faire une proposition, éloignez-vous tranquillement. Croyez-moi, il ne fait pas bon vivre dans les prisons ukrainiennes.

Ils gloussèrent nerveusement. J'espérai que mon avertissement ferait son effet.

Quand nos femmes entrèrent, elles ressemblaient pour la plupart à des filles de la campagne, ce qui rendait les prostituées, avec leurs cuissardes, leur lingerie grossière et leur maquillage épais, d'autant plus voyantes. Chacune d'elles fut marquée au fer rouge par les regards durs et les dents serrées des clients. Elles appartenaient à la mafia, comme une Mercedes ou une Rolex, mais recevaient deux fois moins d'attention qu'un de ces accessoires. Je ne leur en voulais pas, je les plaignais. Elles n'étaient pas comme les poules du bureau qui couchaient avec leur patron et essayaient d'écraser les autres. Elles luttaient pour leur survie. J'imaginais qu'elles avaient d'abord vendu leurs objets précieux: une toque en fourrure et une louche en argent posées sur une serviette de toilette par terre au marché, puis elles avaient dû se séparer d'objets moins précieux: livres, souvenirs de l'époque soviétique, jouets d'enfance usés. Quand il n'était plus rien resté, elles avaient vendu le seul bien qu'elles possédaient encore: leur corps.

Au départ, les prostituées restaient adossées au mur, sûres que les clients s'approcheraient. Elles s'étonnèrent de voir qu'au bout d'une heure, les hommes n'avaient pas quitté leurs saintes-nitouches. Les filles qui n'avaient pas suivi nos conseils, comme Sveta qui portait une minijupe en cuir et des talons hauts, avaient beaucoup de mal à s'intégrer.

En général, avec ses cheveux blond platine ébouriffés et ses lèvres brillantes, Sveta était l'une des premières à être abordées. Mais ce soir-là, quand elle s'approchait d'un homme, il battait en retraite. Huit fois de suite, je la vis s'avancer vers une cible qui reculait.

Elle vint à ma rencontre.

– Daria, je voulais te dire, je suis désolée. Je n'avais pas compris… Bref, j'aurais dû t'écouter. Tu essayais seulement de m'aider.

Elle tourna la tête vers les professionnelles alignées le long du mur, puis inspecta sa tenue. Malheureusement, elle portait les mêmes chaussures qu'une des filles : des sandales argentées aux talons d'au moins dix centimètres ornés de bijoux clinquants.

– Il n'est pas trop tard, lui dis-je. Allez enlever votre maquillage aux toilettes et retirez-moi ces chaussures.

Elle m'obéit et rencontra plus de succès. Un des hommes la surnomma «ma princesse aux pieds nus». Valentina Borisovna regardait nos petites filles modèles évoluer avec la plus grande satisfaction.

– Tu vois, la vertu a ses vertus.

Au bout d'une heure, les intruses se glissèrent sournoisement près des hommes pour leur proposer leurs services, mais ils les renvoyèrent toutes du seul mot russe qu'ils connaissaient, en dehors de *vodka* : *Niet, niet, niet.*

Autant nos filles que les prostituées furent impressionnées par la fermeté du refus des hommes et beaucoup de couples se formèrent ce soir-là. Elle était triste pourtant, cette société où l'homme devenait un héros simplement pour avoir refusé une prostituée. Plusieurs d'entre elles voulurent s'inscrire chez nous. Valentina Borisovna leur fournit des formulaires sur-le-champ. Elle trouvait toujours le moyen de transformer un malheur en profit.

Harmon et moi nous connaissions par cœur. S'il chantonnait, il était de bonne humeur ; s'il soupirait, il avait besoin d'un carré de chocolat noir pour se donner du courage. Je savais qu'il détestait les scènes, le mauvais café et l'administration. Il savait que j'avais mes humeurs et que quand mes sourcils se rejoignaient comme deux nuages noirs, il fallait me laisser tranquille. Il savait aussi que le meilleur moment pour me convaincre était la fin d'un repas, quand j'étais repue.

Lundi, il installa un déjeuner dans la salle de conférences : olives, houmous, riz pilaf, crème d'ail et feuilles de vigne farcies. *Que voulait-il ?* Il me regarda plonger mon pain *lavash* dans la crème d'ail qu'il avait recouverte d'un filet d'huile d'olive gourmande, puis attraper délicatement une généreuse olive noire. Je fermai les yeux et mordis la chair tendre. Je laissai échapper un soupir, oubliant qu'il avait une idée derrière la tête. Il remplit nos verres de bordeaux. Il savait comment me faire succomber.

Cet après-midi-là, je me sentis légère, le ventre gorgé d'allégresse. Harmon en profita pour demander :

– Où peut-on acheter une belle bague à Odessa ?

Je lui recommandai quelques prêteurs sur gage et trois bijoutiers connus pour la qualité de leur or sans songer qu'il ne pouvait avoir qu'une seule raison d'acheter une bague. Harmon, ou plutôt ce travail, m'apportait un ancrage, une stabilité financière. J'aurais dû m'accrocher à ce rocher avec autant d'ardeur que celle avec laquelle les Soviétiques préservaient la dépouille de Lénine.

Imprudente.

J'avais été imprudente.

Quand j'entrai dans l'agence, les Stanislavski étaient déjà là. *Win-won-won : gagner.* La Matrone affichait sa mine des grands jours ; sa permanente blonde laquée se dressait encore plus haut que d'habitude. Sur les longs rebords de la fenêtre, ses fougères et ses orchidées dégouttaient d'eau. Elle les arrosait toujours quand elle était angoissée. Si les Stanislavski continuaient à nous rendre visite, nous finirions pas nous retrouver avec des cadavres de plantes sur les bras. Les deux plus jeunes la dévisageaient d'un air sombre, comme si elle leur parlait d'un nouveau traitement contre le cancer ou de leur part sur nos bénéfices. Vlad feuilletait une de nos nouvelles brochures, étudiant les portraits et les descriptions de nos filles.

– Que voulez-vous que je vous dise? lança Valentina Borisovna en leur adressant malgré elle un sourire narquois. Nos clients sont des hommes vertueux qui cherchent des femmes bien, pas des traînées.

– Ça n'existe pas, les hommes vertueux, rétorqua Oleg, le plus jeune des frères.

– Messieurs, comprenez bien que ces hommes viennent ici rencontrer leur future épouse, ajoutai-je. S'ils cherchaient une prostituée, ils iraient faire du tourisme sexuel en Asie. Ils ne sont pas inscrits sur un site de rencontres par hasard. Partir avec une prostituée devant deux cents épouses potentielles serait idiot de leur part.

Ils opinèrent du chef et restèrent silencieux un moment.

– On pourrait envoyer les putes à leurs hôtels, suggéra Oleg. Elles se débrouilleraient pour savoir dans quelles chambres ils sont et iraient frapper à leur porte. À Moscou, c'est ce qu'elles font, les filles. C'est le room service à la russe.

La Matrone fulminait. D'un regard, je la dissuadai de réagir. Tant qu'ils exposaient leurs stratégies, nous pouvions les contrecarrer.

Voyant que leurs propositions obscènes ne me décontenançaient pas, Vlad posa la brochure, retira ses lunettes de soleil et vint planter son visage à deux centimètres du mien. Nous étions presque de la même taille. Ses cheveux noirs plaqués en arrière étaient noyés sous une couche de gel occidental, mais il n'en était pas moins splendide.

– La faux a rencontré une pierre, dit-il, sous-entendant: *Mesure-toi à moi si tu l'oses.*

Je me retins de cligner les yeux ou de regarder ailleurs. Le courant électrique entre nous grésillait aussi fort que les *pirojki* dans la friteuse de Boba. J'avais beau l'ignorer, me répéter mille fois que je ne représentais pour lui qu'un défi, je ne pouvais m'empêcher de penser à lui. Il ne me restait plus qu'à espérer qu'il ne lût pas dans mes pensées.

– J'ai trente ans; il est peut-être temps que je me case, dit-il. Trouve-moi une femme. Je veux que tu me trouves une femme.

Ses frères hennirent de rire.

– Le coût sera déduit de votre part, répondis-je.

– C'est normal.

– Notre frère veut porter les épaulettes de Daria! dit Oleg.

Choquée, je reculai d'un pas. Ce commentaire odieux faisait référence à la position sexuelle qui consistait, pour la femme, à poser ses chevilles sur les épaules de l'homme.

– Hé, doucement, vous! cria Valentina Borisovna, si révoltée qu'elle se fichait d'avoir affaire à des tueurs. Daria est une fille intelligente et bien élevée et j'exige qu'elle soit traitée avec respect. Présentez-lui vos excuses immédiatement, espèce de chacal.

– Excuse-toi! répéta le frère du milieu en regardant son jeune frère avec insistance.

– Je ne vais pas demander pardon à cette vieille génisse, ni à sa pute de caniveau, rétorqua Oleg.

– Oh! s'offusqua Valentina Borisovna.

D'un geste protecteur, elle passa son bras autour de mon épaule, puis enfouit mon visage entre ses seins, dans un ultime effort pour me protéger de la laideur du monde. Aucun homme ne nous avait jamais parlé sur ce ton. La Matrone et moi étions habituées aux manières civiles et galantes, mais les gangsters ne respectaient personne.

– Ça t'arracherait la gueule de t'excuser? insista le frère du milieu.

Vlad se tourna vers Oleg et lui décocha un coup de poing si féroce que je crus qu'en plus de la fontaine de sang et de l'os fracassé, son nez lui était réellement rentré dans la face.

– Va te faire foutre! hurla Oleg en portant la main à son visage.

Le sang inondait le tapis persan. Je pressai le bras de Valentina, surprise d'assister à une telle démonstration de violence. Elle miaulait notre refrain :

– Tout ira bien. Tout ira bien.

– Au nom de mon frère, je vous présente mes excuses, fit Vlad.

– Ne vous en faites pas, bredouilla Valentina. Le sang est de la même couleur que le tapis. Personne ne verra rien.

Elle piétina la tache du bout de sa chaussure rose vernie.

– Vous voyez? On ne voit plus rien.

Vlad saisit Oleg par le col et l'entraîna vers la sortie. Je fis un pas en avant. Je voulais le remercier d'avoir pris ma défense, mais je ne trouvais pas les mots. Du coup, je redressai le menton et posai les mains sur mes hanches.

– Vous serez gentils de nous envoyer quelqu'un pour nettoyer tout ça! lançai-je à leurs dos qui partaient.

Vlad tourna vers moi son sourire de fauve.

Une fois que leur voiture eut démarré, Valentina Borisovna ouvrit le coffre-fort et nous nous assîmes.

– Vlad a eu raison de punir son frère de t'avoir insultée. Il a l'air épris. Je me trompe peut-être, mais est-ce que tu ne le… draguerais pas un peu?

Elle m'interrogeait avec insouciance, mais la suspicion que je lisais dans ses yeux était aussi grande que celle des vendeurs face aux gitanes du marché. Je réprimai mon sourire. J'ignorais pourquoi je prenais un tel plaisir à torturer Vlad. Valentina Borisovna fouilla dans son sac et me tendit un livre qui devait avoir été dévoré des centaines de fois.

– Promets-moi de le lire. Il m'a aidée à surmonter trois divorces pénibles.

J'examinai la couverture. *Belles, intelligentes et seules*, par le Dr Connell Cowain.

Une demi-heure plus tard, une femme d'une quarantaine d'années en robe de chambre et chaussons d'intérieur sortit de la voiture de Vlad. Quand elle entra dans la pièce, elle remarqua les giclées de sang sur le côté du bureau.

– Que s'est-il passé ici?

– Vlad a frappé Oleg, répondit Valentina Borisovna.

– Il n'a jamais été comme ça, commenta-t-elle en sortant un torchon et un carré de savon de son seau.

Valentina Borisovna expliqua qu'Oleg s'était montré *nogli*, mot russe combinant insultant et odieux.

– J'ai toujours pensé que rien ne viendrait jamais se mettre entre ces deux frères.

– Rien ne s'est mis entre eux, corrigea Valentina Borisovna. Les garçons sont comme ça, c'est tout.

Mais elle me regardait d'un air inquisiteur. J'annonçai que j'avais mal à la tête et rentrai chez moi.

La mafia italienne est certainement célèbre, mais la plupart des gens ignorent que notre mafia est bien plus dangereuse, et bien plus riche. La mafia italienne repose sur une hiérarchie, une tradition et des valeurs familiales. En Ukraine et en Russie où les fortunes et les opportunités sont nouvelles, il n'y a ni hiérarchie, ni tradition, ni guère de valeurs familiales. Nos mafieux achètent des manoirs partout dans le monde, collectionnent des œufs Fabergé ou des bombardiers et tirent une étrange fierté de la rapidité avec laquelle ils sont capables de jeter l'argent par les fenêtres. En lisant des articles sur Internet, j'avais cru comprendre que dans d'autres pays, la mafia contrôlait les réseaux de prostitution, les jeux clandestins et la drogue. Alors qu'à Odessa, elle contrôlait tout le commerce, pas seulement le trafic illégal. Les conditions de vie étaient sans doute meilleures à Kiev, car tous les politiciens et tous les journalistes étrangers y travaillaient, mais hors de la capitale, pour obtenir du chauffage, de l'électricité ou une ligne téléphonique, il fallait s'adresser à la mafia. Quand un médecin voulait se procurer du matériel médical, il demandait à la mafia. Et au fond, les gens d'Odessa comptaient plus sur la mafia pour rénover les infrastructures de la ville – même à un prix élevé – que sur les promesses des dirigeants: un tas d'anciens communistes imbus d'eux-mêmes qui se remplissaient les poches aussi vite que possible et qui, eux, ne donnaient rien en retour.

La mafia avait bien sûr aussi ses mauvais côtés. Après la perestroïka, il fut un temps où les fusillades lancées depuis des voitures en marche étaient monnaie courante. Tous les *businessmeni* avaient des gardes du corps. Dans une sorte de mêlée générale, les mafieux se battaient pour prendre le pouvoir. Aujourd'hui, le calme était à peu près revenu : bon nombre de rivaux s'étaient fait descendre, ou avaient fui en emportant les fruits de leurs méfaits, ou étaient morts d'overdose ou s'étaient reconvertis dans la politique. Vlad s'était autoproclamé roi de la colline d'Odessa. Et je sentais que nous n'avions pas fini de le voir.

Jamais je ne fus plus heureuse de trouver Boba debout sur le seuil de notre appartement. Elle avait dû m'entendre gravir les escaliers.

– Oh, Boba ! dis-je en la prenant dans mes bras.

Elle sentait bon le biscuit chaud.

– Ça fait du bien de rentrer chez soi.

Je retirai mes chaussures et les jetai sous la table de l'entrée, puis lui tendis ma veste et ma mallette. Tout ce que d'ordinaire j'aurais confié à Olga, je le racontai à Boba sans y penser. Les péripéties de la semaine jaillissaient de ma bouche :

– Je me suis fait plaquer par mon amoureux d'Internet. Olga essaie de piquer ma place, et Harmon est tellement envoûté qu'il est capable d'accepter. Il y a eu une bagarre dans le bureau d'Unions soviétiques. Et pour couronner le tout, ce bandit de Vladimir Stanislavski veut qu'on lui arrange un coup. Il n'a jamais respecté une femme de sa vie. Je parie que les seules filles qu'il fréquente sont des putes !

Boba me prit la main.

– Prenons les problèmes un par un, Dacha. As-tu dîné ?

J'avais été trop contrariée pour manger. Boba me mena à la cuisine, m'assit à la table et me tendit une miche de pain noir à couper. Elle alluma deux feux de la gazinière sur lesquels réchauffer son bortsch et ses aubergines, puis s'assit à son tour.

– Vas-y, raconte-moi tout.

Quand j'expliquai à Boba l'histoire de Will d'Internet, elle eut exactement la réaction que j'attendais et mit tout sur le compte de la malédiction.

– Cette autre femme te l'a volé! On n'a jamais le droit d'être heureuse. C'est la malédiction, c'est la malédiction, j'en suis sûre.

– Je crois surtout qu'il a compris qu'une vraie femme lui donnait plus d'affection que son ordinateur, soupirai-je.

À la moindre difficulté, Boba nous ressortait son laïus sur la malédiction. La malédiction avait fait tourner le lait: acheté frais au marché, le pot avait caillé dès qu'il avait franchi le seuil de chez nous. La malédiction faisait pleurer les nourrissons, arrêtait les pendules, et chassait les hommes. La malédiction réglait le cours de ma vie. Ruptures, grippes, mauvaises notes, tout était dû à la malédiction.

Ni Boba ni Maman n'expliquaient d'où venait la malédiction. Je ne voyais pas en quoi notre famille était plus maudite que les autres. «Avons-nous fait quelque chose d'affreux?» avais-je un jour demandé à Boba. Tout le monde savait qu'une malédiction ne tombait pas par hasard sur les gens. Elle avait détourné les yeux. «Alors? avais-je insisté. Qu'est-ce qu'on a fait de mal?» Elle ne m'avait rien avoué et s'était contentée de déclarer: «Nous sommes nées ici. C'est déjà une malédiction.»

Je repensai à Will. J'avais failli aller en Amérique. Pendant quelque temps, ce mirage m'avait paru réel. Les larmes me montèrent aux yeux. Boba me regardait avec étonnement.

– Je suis désolée que tu sois triste, ma petite patte de lapin, mais je ne comprends pas comment tu peux pleurer quelqu'un que tu n'as jamais vu, ni touché.

Sa réflexion me fit sourire malgré moi. Elle n'avait jamais vu d'ordinateur et ne connaissait rien au principe des e-mails. Elle ignorait que tous les jours, j'allais au bureau en espérant y trouver un message de Will. Elle ignorait combien ses lettres me rendaient heureuse. Ces sentiments avaient été bien réels.

– Mange, mon petit, mange. Ça te fera du bien.

Elle nous servit deux bols fumants, puis y déposa une cuillerée de crème fraîche et une poignée du persil qu'elle faisait pousser sur le rebord de la fenêtre. L'odeur était délicieuse, douce comme un jour de printemps passé dans la datcha de notre voisine. Nous mangeâmes en silence. Son bortsch était déjà une forme de consolation.

Quand Boba m'interrogea sur Olga, je reconnus lui avoir arrangé un coup avec Harmon, qui s'arrangeait maintenant pour l'installer chez lui.

– Elle a changé, Boba. Je sais que c'est de ma faute, mais elle a changé. Elle est tellement jalouse que Mr Harmon m'a demandé de porter des pantalons larges et des cols roulés à la place de mes tenues habituelles. Elle ne m'adresse plus la parole depuis des mois.

– Tu as essayé de la ramener à la raison ?

– Oui, mais la seule chose qui l'intéresse maintenant, c'est l'argent.

– Essaie de lui parler encore, conseilla Boba. Elle finira peut-être par revenir vers toi.

J'acquiesçai. Quand je fus sur le point de finir mon bol, Boba le souleva pour me permettre d'avaler la dernière lampée.

– Et qu'est-ce que tu disais au sujet des Stanislavski ? demanda-t-elle.

– Le plus jeune… a été grossier envers moi. Vlad a pris ma défense et il l'a frappé.

– Tu appelles Vladimir Stanislavski par son prénom maintenant ?

Sa voix trahissait de l'inquiétude.

– Pas vraiment, tentai-je de la rassurer. Je veux dire, je ne l'appelle pas, en général.

Elle servit les aubergines. Boba cuisinait merveilleusement, mais elle ne m'avait jamais appris. Quand ses amies

125

s'en étonnaient, Boba rétorquait toujours d'un ton sec que j'avais été bien trop prise par mes études. À vrai dire, je ne savais même pas faire cuire des spaghettis ou une omelette. Je ne pouvais pas survivre sans ma Boba.

Ce soir-là, dans ma chambre, j'établis la liste des choses à faire :

Trouver une femme pour Vlad.

Dire aux Américains de ne pas ouvrir aux prostituées qui viendraient frapper à la porte de leur chambre d'hôtel.

Avoir une explication avec Olga.

Qu'allais-je bien pouvoir lui dire ? J'avais souvent essayé d'ouvrir le dialogue avec elle quand elle passait au bureau, sauf récemment où j'avais été trop prise par mon travail pour Unions soviétiques. Je m'étais sûrement laissé distraire pour éviter de penser à la souffrance que me causait la perte d'une amie chère. Je devais essayer une dernière fois. Peut-être qu'en apprenant combien elle me manquait, se laisserait-elle fléchir. Peut-être avait-elle honte de son sacrifice. De mon côté, je m'en voulais terriblement de l'avoir sacrifiée. J'espérais que nous pourrions redevenir amies. Pour la première fois, je priai. *Je vous en supplie, mon Dieu, ne m'enlevez pas Olga aussi.*

Au bureau le lendemain, je prévins Mr Harmon :

– Je vais aller rendre visite à Olga tout à l'heure. Si vous ne voulez pas assister à la scène, je vous conseille de travailler tard.

Je traduisis des documents, envoyai des fax au siège social de Haïfa, pris des notes à une réunion, essayai d'expliquer à Vita et Véra comment utiliser Excel et courus au port faire dédouaner nos marchandises, sans jamais cesser de penser à ce que j'allais dire le soir à Olga. *Think-thought-thought : penser. Tread-trod-trodden : piétiner.* À la fin de la journée, je m'aperçus que j'avais passé plus de temps à penser à Olga qu'à Will et compris alors que la douleur, si vive et si brutale, de la veille n'avait été qu'une blessure d'orgueil.

Je quittai le port et sillonnai mes rues préférées, passant devant les vendeuses de fleurs qui psalmodiaient: «Mademoiselle, mademoiselle, achetez mes fleurs!», les babouchkas qui vendaient leurs beignets chauds couverts de miel, les peintres de la rue piétonne étalant leurs reproductions de l'Opéra, de la mer Noire ou de femmes nues dans d'étranges positions. Je traversai la cour poussiéreuse de l'immeuble fraîchement rénové où vivait Harmon. Je montai à pied jusqu'au dernier étage car l'ascenseur était plein d'urine. Olga ouvrit la porte, prête à accueillir son amant. Elle portait un déshabillé rouge orné de dentelle blanche. Je reconnaissais la jolie fille menue de mon enfance, mais son regard avait changé.

Dur. Froid. Distant.

– Je vais enfiler ma robe de chambre, dit-elle en s'en allant.

Elle ne m'avait pas invitée à entrer, alors je restai dans le vestibule. Si elle m'avait encore considérée comme une amie, elle m'aurait proposé de boire un thé dans la cuisine. Une femme d'Odessa ne laissait jamais un visiteur dans le couloir. Tout le monde possédait une paire de *tapochki*, des chaussons supplémentaires qui permettaient aux invités de se sentir chez eux, en famille.

Je jetai un coup d'œil dans le salon et vis qu'il avait été complètement réaménagé depuis ma dernière visite. Harmon avait opté pour des murs sombres et des meubles en cuir noir, tandis qu'Olga avait préféré un papier peint rose et des causeuses de velours rouge. *Bend-bent-bent: plier. Bind-bound-bound: lier. Break-broke-broken: casser.*

– Il faut qu'on parle, appelai-je d'une voix forte.

Mes paroles se perdirent dans les grandes pièces de l'appartement.

– Je n'ai rien à te dire, déclara Olga quand elle revint vers moi dans une robe de chambre en coton qu'elle avait dû garder de son ancienne vie.

– Olga, Olga, nous étions si proches avant, articulai-je de ma voix la plus douce et la plus tendre. Boba et moi

127

gardions tes enfants. Tu venais tout le temps prendre le thé chez nous. Boba n'arrête pas de me dire combien tu lui manques.

Je crus voir l'ombre d'un sourire passer sur son visage, mais son air orageux le chassa vite.

– Es-tu fâchée contre moi ? demandai-je, les yeux baissés sur mes chaussures.

Si elle était malheureuse, c'était de ma faute. Connaissant ses problèmes d'argent, j'avais pensé qu'Harmon pourrait la soulager, même si j'avais aussi agi pour me débarrasser de lui.

– Je suis tellement jalouse.

– Mais pourquoi ? Tu sais que j'ai passé un an à le fuir.

– Oh, parce que tu penses que tu es trop bien pour lui ?

– Mais non, voyons.

De toute évidence, je ne marquerai pas des points sur ce terrain. Je décidai donc de jouer la carte de l'éloge.

– Mr Harmon est très attaché à toi. Regarde tout ce qu'il a fait pour toi : il a engagé une nounou pour que tu aies le temps de peindre, il t'a laissé redécorer son appartement à ton goût, il t'a offert une nouvelle garde-robe. Depuis que tu es entrée dans sa vie, il ne voit plus d'autres femmes. Je suis bien placée pour le savoir. Je tiens ses comptes.

Elle soupira :

– Il n'arrête pas de répéter combien tu es intelligente et drôle.

Elle croisait les bras comme une fillette de cinq ans à qui on a refusé le droit de jouer avec les autres enfants du square. Finalement, c'était de la faute d'Harmon.

– Il ne dit pas ça pour te blesser, tentai-je. Il doit penser que ça t'intéresse parce que… parce qu'on est amies.

– J'en ai assez d'être en compétition avec toi, dit-elle d'un ton cassant. Je sais que c'est toi la plus maligne.

Le compliment n'en était pas un. En russe, on associait souvent l'attribut « malin » à un autre terme : « juif ». Dans ce cas, malin ne voulait pas dire intelligent, mais vicieux.

En compétition avec moi? Maligne? Je restai muette et abasourdie. Olga prit les choses en main. Elle tendit le bras, ouvrit la porte derrière moi et me poussa sur le palier. Ses yeux autrefois brillants d'humour et d'affection brûlaient d'une rage nouvelle. Sa robe de chambre s'ouvrit pour découvrir son déshabillé provocant et sa poitrine haletante. Elle eut un rire méprisant pour l'étrangère qui restait bouche bée devant elle et serrait les poings pour s'accrocher à quelque chose alors qu'une amitié s'effondrait sous ses yeux.

– Je n'ai plus besoin de toi. J'arriverai bien à me débarrasser de toi, même si c'est la seule chose que je réussisse dans ma vie, sale Juive, siffla-t-elle avant de me claquer la porte à la figure.

7

Cette nuit-là, je ne parvins pas à dormir. Je tournai et retournai dans ma tête les différentes étapes de mon amitié avec Olga. Comment avais-je pu être aussi aveugle. Je croyais que nous étions amies. Mais en y réfléchissant bien, je me souvins qu'à l'école, elle m'adressait à peine la parole. Elle venait seulement chez moi après les cours, quand personne ne pouvait nous voir, pour recopier mes devoirs. Des années plus tard, le soir, elle n'était pas venue pour discuter, elle était venue chercher à manger. Quand je lui confiais mes soucis, elle ne m'encourageait jamais. Ses conseils étaient plus malveillants que salutaires. Quand je lui avais parlé des avances d'Harmon, elle m'avait dit: «Tu lui dois bien ça.» Quelle amie donnait ce type de conseil? Comment n'avais-je pas ouvert les yeux plus tôt? Je m'en voulais d'avoir été si naïve. J'avais toujours trouvé plusieurs explications à son attitude et à ses paroles et lui avais toujours accordé le bénéfice du doute. Et j'avais toujours cru en elle.

Je comprenais enfin pourquoi Boba avait renié sa foi: parce qu'elle en avait eu assez de perdre. Perdre non pas à cause d'une parole ou d'un acte mais à cause de ce qu'elle était. Comment oserais-je avouer à Boba que nous avions encore perdu?

Le lendemain au petit déjeuner, je me demandai quoi faire. Boba était assise dans sa robe de chambre bleu pâle; je portais mon tailleur gris et un col roulé, fidèle aux exigences d'Harmon. *Harmon.* Je devrais lui dire la vérité sur Olga. Oui. Ça lui apprendrait. Elle regretterait son attitude quand il botterait son gros cul pour la jeter dehors. Je me la représentai en train d'errer sans un kopeck dans la rue et me sentis mieux. Jusqu'au moment où j'imaginai ses trois enfants assis près d'elle dans le caniveau.

– Tu as mauvaise mine, ma petite patte de lapin.

Je m'efforçai de sourire. J'hésitai à me confier, mais il fallait que je parle à quelqu'un. Tout en finissant mon café, je lui fis le récit de l'altercation. Elle secoua la tête.

– C'est pour ça que tu dois quitter Odessa, dit-elle tristement. Tu m'as ri au nez quand je t'ai conseillé de te choisir un Américain, mais tu comprends maintenant pourquoi je veux que tu trouves un homme qui t'emmène loin de ce monde de misère et de haine. J'ai passé ma vie entourée d'hypocrites comme Olga, sans jamais savoir à qui faire confiance. Je ne veux pas que tu aies cette vie-là. Je t'ai épargné beaucoup d'horreurs, mais je ne peux pas te protéger de tout. Ni de tout le monde. Et je ne serai pas là indéfiniment…

– Oh, Boba…

J'enroulai mes bras autour d'elle et la serrai contre moi. Je ne voulais pas imaginer ma vie sans elle.

Pour la première fois depuis longtemps, Harmon et moi prîmes notre café ensemble. Nous nous assîmes dans la salle de conférences et il me demanda comment s'était passée mon «entrevue» avec Olga. Je m'apprêtai à lui dire la vérité, non sans plaisir, mais l'expression de son visage, son regard tendre, son sourire hésitant, me firent comprendre qu'il espérait autant que moi que la situation s'arrangerait. Je me souvins de tous ses cadeaux et de sa patience face à mes humeurs. Je ne pouvais pas lui dire la vérité.

– Elle n'était pas là. J'essaierai un autre jour.

– Vous êtes gentille, dit-il en tapotant ma main d'un geste gauche.

Je m'enfermai dans les toilettes pour pleurer en paix.

Une fois encore, je réunis les Américains dans la salle de bal. Cette fois, je leur recommandai de ne pas ouvrir aux créatures qui viendraient frapper à leur porte, utilisant à nouveau le mensonge des agents infiltrés. Par sécurité, j'ajoutai une dose de mise en garde contre une maladie vénérienne courante.

Le bon côté de ma rencontre malheureuse avec Olga était qu'elle m'avait empêchée de penser que Vlad assisterait désormais à nos soirées. Je ne voyais pas comment nous pourrions lui trouver une femme. Je n'étais même pas sûre qu'il en voulût. Malgré mes efforts pour ne pas penser à lui, je sentis l'instant précis où il entra dans la pièce. Je levai la tête et croisai son regard. Bien sûr, comme il était jeune et fringant, parlait russe, possédait une Rolex et une Mercedes, toutes les sirènes s'agglutinèrent autour de lui. Malheureusement pour elles, il marcha droit vers moi. Je servais d'interprète à Alina, une jeune femme douce récemment divorcée, et à Jim, un physicien du Nevada. Vlad resta debout derrière moi et nous observa en silence.

– Tu es sexy quand tu parles anglais, me dit-il quand Alina et Jim partirent vers la piste de danse. Enfin, tu es sexy aussi quand tu parles russe.

Un tendre sourire arrondissait ses lèvres. J'ignorai ses compliments du mieux que je pus et demandai :

– Voulez-vous que je vous présente quelques-unes de nos filles ? Quel genre de femme cherchez-vous ?

– Je veux une femme intelligente, grande, qui parle anglais et hébreu, qui travaille dur et que je trouve super-sexy.

– Vous ne pouvez pas répondre sérieusement pour une fois ?

– Je suis très sérieux, rétorqua-t-il en me prenant la main.

Je frissonnai sans savoir si c'était de joie ou de peur. Ou à cause d'un court-circuit dans mon cerveau.

— Je travaille, sifflai-je en retirant ma main de son emprise brûlante. Vous êtes pire que mon ombre. Je ne sais pas comment me débarrasser de vous.

J'appelai une des sirènes qui attendait dans les coulisses de notre scène.

— Tatiana, vous connaissez Vlad ?

Elle savait qu'il était riche et le gratifia d'un sourire charmeur. Je remarquai que son numéro tapait sur les nerfs de Vlad. Je ne m'attendais pas à le voir agacé. J'aurais parié que ce genre de cour lui plairait.

Tatiana avait assisté déjà à quinze soirées sans trouver de partenaire.

— En général, notre stock se renouvelle assez vite, commentait Valentina Borisovna visiblement perplexe.

Tatiana était une belle fille aux longs cheveux châtains, au nez fin et aux lèvres sensuelles. On ne pouvait pas s'empêcher de remarquer ses seins fermes dont les tétons bruns pointaient sous son mince chemisier blanc. Malheureusement, son parfum, sans doute issu d'une bouteille vide remplie d'insecticide, brisait le charme. (Sur le marché, ce genre d'escroquerie était classique. Une boîte annonçant « Chanel » ne voulait pas dire que le contenu en était.)

— Vlad vient de me confier qu'il adore danser, mentis-je.

Elle lui prit la main et l'attira sur la piste de danse. Il me fusilla du regard et reçut en échange un éclatant sourire. Elle colla son corps contre le sien, mais il gardait ses yeux de glace figés sur moi.

La Matrone aperçut le manège et vint m'avertir :

— Fais attention à toi, Daria.

— Comment suggérez-vous que je m'en débarrasse ?

Elle sourit.

— Tu es sûre que c'est ce que tu veux ?

Elle me connaissait par cœur. Vlad et moi continuâmes à nous regarder tandis qu'il dansait avec Tatiana.

Dans les moments où j'oubliais tout ce que je savais sur Vlad, j'étais attirée par lui. Il venait à la compagnie de fret sans ses frères, rien que pour dire bonjour. Je faisais semblant d'être agacée en lui demandant ce qu'il faisait là, et il répondait en plaisantant: «Daria, je suis ton toit», ce qui dans le langage de la mafia signifiait qu'il était mon protecteur, mais plus généralement impliquait aussi qu'il était mon abri, mon refuge. «Malheureusement chez toi, le toit s'est envolé», répondais-je en utilisant l'expression ukrainienne signifiant qu'il lui manquait une case.

Les plaisanteries d'ici étaient innocentes, mais rarement anodines. Si l'anglais était direct, le russe était tordu. En anglais, il n'existait qu'un pronom d'adresse: *you*. En russe, pour chaque interlocuteur, un choix se présentait: *vi* ou *ti*, distant ou familier, ami ou ennemi, travail ou détente, indifférence ou intérêt, mégère ou jeune fille. Non ou oui. La formule polie maintenait la distance et freinait un homme; l'adresse familière revenait à entrebâiller légèrement la porte. Je vouvoyais toujours Vlad, du moins au début. Mais il plaisantait et souriait, si bien qu'un jour, ma langue fourcha et je lâchai un *ti*. Son expression de plaisir, le frémissement de ses lèvres, la douceur soudaine de son regard, me firent immédiatement retourner au vouvoiement et à mon rôle de mégère. J'avais croisé les bras en disant: «Mr Harmon n'est pas là. Je lui dirai que vous êtes passé.» Distante. Austère. J'avais beau le repousser, il revenait toujours. Un jour ou l'autre, il se lasserait et finirait par partir.

À la fin du morceau, il revint vers moi.

– Tu es contente? demanda-t-il sans dissimuler son irritation.

– Je fais mon travail.

Il m'invita à danser d'un mot russe:

– *Tantsouyesh?*

– *Tantsouyou*, acceptai-je.

Il posa sa main contre la cambrure de mes reins et me mena à la piste de danse. C'était la première fois que je dansais à une soirée. Je reconnus les premières notes de

When a Man Loves a Woman de Percy Sledge. Un jour où j'avais mis ce disque chez moi en présence de Jane, elle m'avait expliqué que cette chanson était le morceau le plus joué dans les supermarchés américains parce qu'il poussait les femmes à la consommation. Les bras enroulés autour du cou de Vlad, je lui aurais acheté n'importe quoi. Il me tint par les hanches et je me laissai fondre, juste le temps du morceau. Il me regardait droit dans les yeux et j'aperçus sur ses lèvres l'esquisse d'un sourire.

Quand la musique s'arrêta, je cherchai un moyen de briser le charme.

– Comment va votre frère ?

– Bien… Je crois.

Ses mains restaient posées sur mes hanches. Curieuse, je demandai.

– Comment ça, vous croyez ?

– Je l'ai envoyé à Irkoutsk.

– Quoi ? m'exclamai-je d'une voix suraiguë. Vous avez envoyé votre frère en Sibérie ?

– Ça va ! protesta-t-il. Irkoutsk est à la Sibérie ce que Paris est à la France.

– J'espère que vous ne l'avez pas envoyé là-bas à cause de moi.

– Je n'ai pas aimé la manière dont il t'a parlé.

– Vous envoyez votre frère à des milliers de kilomètres parce que vous n'avez pas aimé la manière dont il m'a parlé ? Vous êtes taré ?

– Je n'ai pas aimé la manière dont il t'a parlé, répéta-t-il en faisant glisser ses doigts le long de ma joue.

Je le dévisageai, la bouche légèrement entrouverte.

– Il va surveiller les affaires familiales là-bas, ajouta-t-il.

Il caressa ma joue d'un baiser doux et envoûtant.

– Vous êtes dingue. Vous pouvez prendre n'importe laquelle de ces femmes.

Je fis un geste en direction de toutes les belles filles qui étaient là.

– Vous n'avez qu'à choisir.

– J'ai déjà choisi.

Je m'éloignai, mais n'eus pas le temps d'aller très loin. Valentina Borisovna me faisait signe de la rejoindre.

– Vous comprenez, Valentina Borisovna, expliquait Katya, une des filles les plus douces du catalogue, Mick m'avait choisie, mais cette salope d'Yelena me l'a volé!

– On devrait se mettre en haut d'une tour et leur pisser dessus! s'exclama Valentina Borisovna. Aucun respect! Tu es bien mieux sans lui!

Elle prit Katya par l'épaule.

– Pourquoi parier sur un seul cheval quand on a plein d'étalons! Va en sonder un ou deux. Daria sera ravie de t'aider.

Je parcourus la salle du regard. Vlad était parti. Tant mieux. J'allais pouvoir travailler en paix. Je servis d'interprète à Katya, Tanya, Irina, Macha, Natacha, puis rentrai à la maison. Boba m'accueillit à la porte et me demanda comment s'était passée la soirée. Je ne lui dis rien de ma danse avec Vlad. Cela n'aurait servi qu'à l'inquiéter.

Le lendemain matin, Boba trouva que j'étais pensive. Je m'efforçai de lui sourire.

– *Bcio boudiet karacho,* me dit-elle.

Tout ira bien.

J'allai à pied au bureau, évitant les trous et les bosses des trottoirs poussiéreux. Près de notre immeuble, j'aperçus au coin de la rue une vieille avec une écharpe rouge et un pansement à l'oreille. Assise sur un seau retourné, elle vendait des graines de tournesol emballées dans du papier journal pour quelques kopecks de plus qu'au marché. Quand je lui tendis un dollar au lieu des quelques sous qu'elle demandait pour un paquet, elle fut enchantée. Nos pauvres retraités. J'étais trop jeune pour comprendre la vie d'avant la perestroïka, notamment parce que Boba m'avait épargné le pire: les files d'attente pour la nourriture, les disparitions, l'État policier. Elle avait toujours fait comme si tout était un jeu. Quand je lui posais des questions, elle disait: «Chhht. Même les bouleaux nous regardent. Viens, on va compter leurs yeux.» Nous posions les mains sur les arbres à peau d'albâtre et comptions leurs yeux d'ébène tournés dans toutes les directions. Aujourd'hui, je n'avais pas l'impression que la vie d'après la perestroïka était plus tendre avec les vieux d'Odessa. Leur retraite mensuelle ne leur permettait pas de survivre plus d'une semaine.

La criminalité faisait rage et les vieux sans défense en étaient les premières victimes. Je voyais de plus en plus de femmes aux oreilles bandées. Les voyous arrachaient leurs boucles d'oreilles en or (des bijoux de famille transmis de mère en fille depuis des générations) en pleine rue, en plein jour. J'avais du mal à imaginer qu'un gamin fût capable d'une telle cruauté.

Je passai devant l'agent de sécurité, suivis le couloir, m'assis à mon bureau et commençai à lire les fax émis depuis Haïfa. Harmon et Olga arrivèrent à dix heures. Il venait chaque jour un peu plus tard. Elle restait chaque jour un peu plus longtemps. J'en avais assez d'assurer ses arrières.

– Daria, bouge-toi un peu et va nous chercher deux cafés, ordonna Olga avec mépris en attrapant une boîte de punaises posée sur mon bureau.

C'était la première fois que je la croisais depuis qu'elle m'avait mise à la porte et c'était comme si je la voyais pour la première fois: une étrangère. Une étrangère sans cœur. Elle n'était pas mon amie. Elle n'avait jamais été mon amie. J'avais essayé de rétablir la paix et toléré son attitude parce que je m'étais sentie coupable de lui avoir confié ce rôle auprès d'Harmon. J'en avais assez fait. Je ne l'avais pas forcée. Elle avait pris sa décision toute seule. *Je lui devais bien ça? À elle de payer maintenant!*

– Tu sais, lui aussi, il est juif, dis-je.

– Écoute-moi bien, petite merde, les hommes sont tous les mêmes: des mauvais baiseurs qui croient qu'il leur suffit de remuer vaguement leur cul pour satisfaire une femme.

Je la regardai, stupéfaite.

– Va me chercher mon café!

Je baissai la tête et répondis en russe:

– Bien, Votre Majesté.

– Elle méchante, articula Olga dans son babil enfantin qui plaisait tant à Harmon. Daria méchante.

Je me dirigeai vers la cuisine et m'aperçus que quelqu'un avait déjà fait du café. La cafetière était presque pleine, mais le contenu était tiède. Un diablotin vint murmurer dans mon oreille et je cédai à la tentation. La guerre. Si elle la voulait, elle l'aurait. Je n'allais pas me laisser faire. Je défis la bride d'une de mes chaussures, empoignai la cafetière et marchai vers la salle de conférences où Olga et Harmon m'attendaient. En arrivant près d'eux, je trébuchai et renversai la cafetière sur les genoux d'Olga. Elle hulula, étonnée de n'être pas ébouillantée.

– Oh, Olga, dis-je en anglais par considération pour Harmon, je t'ai brûlée? Je suis si maladroite! La sangle de ma sandale s'est défaite! Excuse-moi!

– Gros cul plein de merde! chanta-t-elle en russe d'une voix innocente pour tromper Harmon.

Elle utilisa le mouchoir qu'il lui tendait pour essuyer ses jambes et sa minijupe de cuir blanc. Une fois qu'il se fut assuré qu'elle n'était pas brûlée, Harmon sortit prévenir la femme de ménage.

– La prochaine fois que tu m'ordonnes de te servir, le café sera brûlant, l'avertis-je en me baissant jusqu'à elle pour amener mon visage tout près du sien. Ne me regarde pas, ne me parle pas, n'essaie pas de prendre quoi que ce soit sur mon bureau, même un mouchoir, et arrête de voler les cadeaux que m'envoient les clients. Si tu ne me laisses pas tranquille, je lui dirai ce que tu penses vraiment de lui.

– Salope! Tu n'oserais pas. Je vais demander à David de te virer.

– Vas-y, essaie. Ton précieux David ne peut pas envoyer un fax sans mon aide.

Ma gorge se serra d'un coup. Dans toute cette agitation, je n'avais pas remarqué le gros diamant qui brillait à son doigt.

À cinq heures, je partis travailler pour Unions soviétiques. Dans la rue, les passants me regardaient avec méfiance, je marmonnais toute seule à voix haute les questions qui avaient trotté dans ma tête tout l'après-midi. « Quel imbécile demande sa maîtresse en mariage ? J'aurais dû le voir venir. Que vais-je devenir maintenant ? Osera-t-il me renvoyer ? Devrais-je lui dire la vérité ? Me détestera-t-il si je la lui disais ? »

Valentina Borisovna m'attendait à son bureau. Son tailleur noir dissimulait une multitude de péchés. Son éternel collier de perles roses ne suffisait pas à détourner les regards de son décolleté plongeant.

– Ahh, Daria. L'informaticien m'a aidée à entrer ton profil et voilà les résultats qu'on a obtenus.

Elle me montra l'écran d'ordinateur. Je m'assis et lus des mots sans réellement les comprendre.

– Lequel te plaît ? demanda-t-elle en ouvrant des photos les unes après les autres. Steve de Cincinnati ? Billy d'Austin ? Peyton du New Hampshire ? Nate du Minnesota ? James de Seattle ? Tristan de San Francisco ?

– Je m'en fiche, Valentina Borisovna, dis-je en suivant le défilé des photos. N'importe lequel. Attendez ! Vous avez dit San Francisco ?

Jane m'avait dit que son petit ami vivait là-bas.

– Oui, San Francisco, en Californie. C'est tentant, non ? Toi, tu es une vraie fille d'Odessa. Tu as besoin de la mer. C'est pour ça que ça ne pouvait pas coller avec Will. Où vivait-il déjà ? Ah oui, ça y est, je m'en souviens : nulle part.

– Peu importe à qui j'écris. Ça ne changera rien.

– Dacha, ma chérie, tu es faite pour des horizons plus grands, plus beaux. Tu es intelligente, tu travailles dur et tu es cultivée. Tu trouveras l'amour. Tu trouveras un mari et tu fonderas une famille. Lis ça.

Elle me tendit un livre intitulé: *Le Bonheur en sept étapes*. La quatrième de couverture laissait entendre que l'auteur était une sorte de gourou psychologue de Chicago.

– Les Américains donnent toujours de bons conseils, ajouta Valentina Borisovna.

Ses paroles parvenaient à peine jusqu'à mon cerveau. J'étais fatiguée, triste, perdue. Harmon embaucherait Olga et me renverrait aussi vite qu'un technicien en informatique. Boba et moi nous retrouverions dans une situation précaire, par ma faute. Je me mordis les lèvres pour ne pas pleurer. Pourquoi pas San Francisco?

Valentina Borisovna me regarda et ce qu'elle vit dut l'inquiéter, car elle sortit la bouteille de *kognac* de secours de son coffre-fort et nous servit deux verres.

– *Za nas!* À nous!

– Raconte tout à ta tante Valya, me pressa-t-elle.

Je me sentis plus proche d'elle, comme s'il y avait une barrière de moins entre nous, comme si nous étions des amies. Il était temps d'abandonner le vouvoiement et l'emploi du patronyme.

J'avalai mon *kognac*, savourant la sensation de brûlure qui descendait dans ma gorge. Je lui racontai tout. Tout. L'exigence initiale d'Harmon. Mes dents. Ses avances. L'agression. La nécessité de lui trouver une maîtresse. La transformation d'Olga de douce et fidèle épagneule russe en vraie salope. Ses vols, mes tentatives de dialogue, ses ordres incessants, ma résistance. La bague en diamant. Et la goutte d'eau: l'insulte antisémite.

Les yeux perçants de Valentina me sondaient. Elle était attentive à ce que je taisais autant qu'à ce que je disais. Elle resta silencieuse un moment, puis rendit son jugement:

– À ta place, j'aurais fait exactement la même chose. Toute personne intelligente aurait agi comme toi. Bien ou mal, va savoir. Tu n'as rien à te reprocher, ma chérie. Rien du tout.

Elle rit et ajouta:

– Le coup du café, c'était bien envoyé! Je n'aurais pas trouvé mieux. J'aurais donné cher pour voir la tête d'Olga quand sa peur d'être brûlée s'est transformée en colère d'avoir été bernée.

Je fus un instant soulagée d'être comprise, puis observai l'opportuniste impitoyable qui louait ma ligne de défense et mes attaques, ce serpent qui changeait de peau à la moindre occasion, qui avait servi le communisme pour survivre et qui épousait désormais la cause démocratique parce qu'elle lui permettait de gagner beaucoup d'argent, cette calculatrice qui ne pensait qu'à son intérêt. Je l'aimais bien. Mais je ne voulais pas devenir comme elle. Pas du tout.

Je n'osai lui demander ce qu'elle me conseillait. Par chance, elle me proposa une stratégie :

– J'imagine qu'Harmon a des enfants adultes. Dacha, tu dois les appeler et les féliciter d'avoir bientôt une si gentille belle-mère. Ils seront ravis.

Ce soir-là, Valentina m'appela pour me dire que j'avais oublié de noter l'adresse de Tristan. Je la notai sans nourrir la moindre intention de lui écrire.

– Promets-moi que tu écriras, insista Valentina.

Je me demandais si elle ne se sentait pas coupable de mon état de servitude contractuelle et n'essayait pas de se rattraper en me trouvant un compagnon.

– D'accord, soupirai-je.

Au bureau, j'eus tout le temps d'écrire à Tristan car Harmon arriva avec plus d'une heure de retard. Une fois de plus. J'entrai dans son bureau, nettement plus grand que le mien. Son plan de travail était immense. Son fauteuil était confortable. J'allumai son ordinateur. Je me sentais bien à son poste. *Cher Tristan, merci d'avoir choisi Unions soviétiques, la première agence matrimoniale d'Ukraine.* Je relus cette première phrase et hochai la tête. J'avais passé trop de temps à m'occuper des relations publiques de Valentina. J'effaçai tout et recommençai. *Cher Tristan, pourquoi n'arrivez-vous pas à trouver une fille dans votre pays ?* L'approche directe n'était peut-être pas idéale. J'effaçai tout. *Je m'appelle Daria. Je suis secrétaire.* Secrétaire? Traductrice, informaticienne, comptable et jongleuse, plus exactement. *Quand j'ai du temps libre, j'aime aller à la plage.* Quel temps libre? Je cherchai quoi écrire d'autre. *Write-wrote-written: écrire.* Ma vie me parut incroyablement étriquée.

J'adore la mer…

La sonnerie du téléphone me tira de ma rêverie. Je répondis sur la ligne directe d'Harmon sans y penser. C'était Mr Kessler qui appelait de Haïfa. Quand je lui dis qu'Harmon était en réunion, il eut l'air sceptique. Je lui avais servi cette excuse un millier de fois. J'utilisais aussi: «Il est au port» ou «Il est chez le médecin». Quand il s'agissait d'inventer des excuses plausibles pour justifier l'absence de mon patron, je manquais de créativité. J'appréciais Mr Kessler et n'aimais pas avoir à lui mentir.

— Daria, si vous pensiez que je devrais remplacer David, vous me le diriez, n'est-ce pas?

Je ne répondis pas. Les gens d'Odessa n'aimaient pas le changement. Mieux valait un danger connu qu'un patron inconnu.

— Daria, avez-vous quelque chose à me dire?

Je ne répondis pas.

— C'est tout ce que je voulais savoir, dit-il avant de raccrocher.

Trente minutes plus tard, Harmon entra en sifflant un air jovial. Je lui lançai un regard noir pour lui faire comprendre que j'étais fâchée.

— Qu'est-ce que vous avez? demanda-t-il. Et que faites-vous à mon bureau?

— Je fais votre travail, à votre place. Je n'en peux plus. Mr Kessler n'arrête pas d'appeler et vous n'êtes jamais là. Il se pose des questions. Quand je lui mens en disant que vous êtes en réunion, je suis sûre qu'il appelle Pavel et Yuri pour vérifier. Je ne peux plus vous couvrir.

— Eh bien, puisque vous cherchez à me nuire, vous feriez peut-être mieux de partir.

Je le pris au mot.

– Oui, peut-être.

– D'ailleurs justement, reprit-il, je voulais vous parler. Kessler me dit que les rapports d'activité lui parviennent de plus en plus tard. Qu'avez-vous à répondre?

Alors voilà comment nous allions nous quitter. Il me condamnerait pour des choses qui échappaient à mon contrôle. Il me renverrait pour mettre Olga à ma place. J'avançai vers lui jusqu'à ce que mon visage ne soit plus qu'à quelques centimètres du sien. Je plantai mon index sur sa poitrine pour faire entrer chaque mot dans son corps.

– Que les choses soient bien claires entre nous. Mon travail consiste à chanter cocorico. Ce n'est pas de ma faute si le soleil ne se lève pas.

– Qu'est-ce que vous insinuez?

– Ce n'est pas de ma faute s'il y a des coupures de courant presque tous les jours et si la poste est lente. Je fais mon travail et le vôtre. Je n'y peux rien si les documents n'arrivent pas à Haïfa dans les temps.

Harmon ne sut pas quoi répondre et se réfugia dans la salle de conférences. Je vérifiai mes e-mails et vis que j'avais déjà reçu une réponse de Tristan. *Chère Daria, j'étais si heureux de trouver ton e-mail. J'ai vu ta photo sur le site. Tu es magnifique. Et intelligente! Je n'arrive pas à croire que tu parles trois langues. Tu devrais travailler aux Nations unies!* Enfin quelqu'un qui sait reconnaître mes talents, pensai-je en jetant des regards noirs dans la direction où Harmon était parti. *J'adore la mer aussi. J'habite près de San Francisco et vais camper sur la plage aussi souvent que je peux. J'adore aussi faire des randonnées dans le parc de Yosemite. C'est le plus beau parc du monde, il est calme et paisible. Tu l'aimerais beaucoup. J'aimerais beaucoup t'emmener là-bas. Je devrais peut-être te parler un peu de moi. Je suis professeur. J'enseigne la physique à des jeunes de 11 à 14 ans. Je suis aussi chef scout et je passe beaucoup de temps à montrer aux enfants comment faire des tas de choses, comme monter la tente, chasser et survivre en harmonie avec la nature. Comme tu peux le voir, j'adore enseigner et j'adore les enfants.*

Bon, déjà deux points positifs.

C'est la première fois que je fais ce genre de chose…

D'un air digne, Harmon entra dans son bureau récupérer une pile de documents.

– Vous êtes vraiment la femme la plus énervante que j'aie jamais rencontrée.

– N'essayez pas de briser un mur avec la tête, marmonnai-je pour moi-même et pour lui.

En d'autres termes: Ne vous entêtez pas à parler à quelqu'un de têtu.

Il fallait que je quitte ce bureau, que je quitte Odessa. San Francisco se teintait soudain d'un attrait immense. Je répondis à Tristan sur-le-champ.

Une heure plus tard, Harmon sortit de la salle de conférences et vint vers moi comme si rien ne s'était passé.

– Vous savez, je viens de penser qu'il manquait quelque chose ici. J'ai toujours cru que cette filiale fermerait au bout d'un mois, alors je n'ai pas pris la peine de décorer le bureau. Mais cela fait plus d'un an que nous sommes là. Si nous accrochions quelques tableaux?

– Très bien, dis-je, je vais m'en occuper.

Une corvée de plus sur ma liste.

– Non, non, vous avez déjà beaucoup à faire. Je m'en charge.

J'aurais dû me douter qu'il avait une idée derrière la tête. Il ne proposait jamais de travailler en dehors des heures de bureau. Il ne proposait jamais de travailler tout court. Le lendemain, les murs du couloir étaient presque entièrement recouverts de peintures. Des taches jaunes jetées sur des taches noires composaient le tableau *Hématome*. Une toile couverte d'un bleu uni était intitulée: *Ciel*. Je n'avais pas besoin de lire la signature pour reconnaître le carnaval postmoderniste d'Olga. Les prix étaient inscrits sur des cartes glissées entre les toiles et les cadres : *100$, 75$, 150$.* Montants exorbitants dans un pays où le salaire mensuel moyen ne dépassait pas les trente dollars.

Assise à mon bureau, j'aperçus une toile d'un mètre sur un mètre représentant un immense escarpin rouge dont le talon écrasait une figure humaine. Je m'approchai. C'était moi sous le talon, aplatie comme un mégot de cigarette éteint. *Mort subite* était bradée à vingt dollars. Quelle salope. Et Harmon qui la laissait faire ! Je me réfugiai dans la cuisine pour fuir cet art dégénéré. Les tableaux y étaient aussi laids, mais au moins, ils ne me dépeignaient pas en train d'agoniser. J'attendis l'arrivée d'Harmon. C'était la goutte d'eau qui faisait déborder le vase.

Il arriva à dix heures, affichant un sourire radieux.

– Alors, qu'en pensez-vous ? Ces tableaux égayent l'espace, non ?

– Vous avez vu mon portrait ?

Je le saisis par la cravate et le tirai dans le couloir jusqu'à mon bureau où je montrai du doigt la chaussure meurtrière.

– Ça n'est pas vous.

– Et mon cul, c'est du poulet ? dis-je pour reprendre l'expression que le capitaine d'un de nos cargos m'avait apprise. Décrochez-le.

– Olga a pensé que vous aimeriez particulièrement ce tableau et a insisté pour l'accrocher devant votre bureau.

– On se demande bien pourquoi.

– Ça n'est pas bien méchant.

– Facile à dire, ce n'est pas vous qui êtes écrabouillé sous son pied. Bien sûr, si elle avait fait votre portrait, elle vous aurait peint sous son cul.

– Ça suffit ! rugit-il. Le tableau reste.

Il marcha à grands pas vers la salle de conférences et claqua la porte. Je regardai autour de moi et m'aperçus que j'étais encerclée de photos de la Barbie et de son chien-chien et maintenant aussi de peintures criardes. Je gémis.

Pourquoi n'avais-je jamais droit à une journée tranquille et ennuyeuse ?

Quelques minutes plus tard, quand je reçus un appel de Mélinda, la fille d'Harmon, je jetai un bref coup d'œil à la peinture bradée et n'eus aucun scrupule à dire :

– Ah, oui, votre père est là. J'espère être la première à vous féliciter…

– Me féliciter pour quoi ?

– Oh, non ! Votre père ne vous a pas encore annoncé ses fiançailles ?

Quand je l'entendis hurler dans le combiné, je carillonnai :

– Harmon, c'est pour vous.

Depuis l'incident, je l'appelais intérieurement uniquement par son nom, mais c'était la première fois que j'osai m'adresser à lui sans ajouter le titre respectueux de « Monsieur ». C'était aussi la première fois que je partais avant la fin de la journée. Et que j'enfonçais mon poing dans une toile peinte.

Je n'étais pas inquiète de retourner au bureau le lendemain. Je savais qu'Harmon ne ferait allusion ni à sa fille ni au tableau : il détestait le conflit plus que Boba la poussière. Mais je savais aussi que mes jours étaient comptés et que mon stupide méfait de la veille avait probablement enclenché le compte à rebours.

Pour la première fois depuis l'incident, il était arrivé avant moi. Il avait même fait du café. J'appréciai son effort, d'autant plus que, de nous deux, j'étais celle qui aurait dû faire amende honorable. Il déposa sur un plateau la cafetière, les tasses, les cuillères, des petits sablés anglais, un bol de sucre et porta le tout dans la salle de conférences. Il s'assit au bout de la table ; je m'installai à sa droite.

Je versai le café et attendis qu'il prenne la parole.

– Je ne vous en veux pas d'avoir annoncé mes fiançailles à Mélinda. Je suis désolé de ne pas vous l'avoir dit moi-même. Mais vous l'avez peut-être su avant moi.

– J'ai vu la bague.

Je l'avais voulu. Depuis le départ, j'avais espéré voir Harmon lié à une autre femme. Alors pourquoi me sentais-je abattue?

– Merci de m'avoir présenté Olga. Je suis très attaché à elle et à ses trois enfants.

Il plongea les yeux dans le fond de sa tasse de porcelaine blanche venue tout droit de France.

– Je ne vous ai pas rendu la vie facile. Surtout au début. Je m'excuse. Pour tout.

Je ne savais pas quoi répondre. Je n'aurais jamais cru qu'il me ferait des excuses. Ni qu'il éprouverait des sentiments pour Olga.

– Je veux que vous sachiez que quand je vous ai dit que… coucher avec moi était l'aspect le plus agréable du travail…

Ses mots restaient suspendus dans l'air.

– Ce n'était pas moi. Jamais je n'avais osé dire une chose pareille avant… Mais le jour où je suis arrivé à Odessa, j'ai rencontré un type, Skelton, et il m'a dit…

Je grognai. Pas Skelton. N'importe qui, mais pas lui.

Tout s'éclaira. Odessa était un village. Tout le monde se connaissait. Et chaque village avait son idiot. Chez nous, c'était Skelton: brute rousse bruyante et rougeaude, propriétaire d'un Tex-Mex. Tous ceux qui avaient un peu d'argent allaient chez lui: étrangers, mafieux, marins, enfants gâtés des nouveaux riches. J'étais persuadée qu'il avait ouvert ce restaurant uniquement pour draguer les serveuses et les clientes. Les vendredis, il animait des soirées «Miss Tex-Mex», concours de beauté dont les participantes étaient les clientes du restaurant. Ancien Texan, Skelton avait une vision biaisée des pays de l'ex-URSS. Certes, les femmes couchaient avec lui par intérêt. Mais cette pratique avait lieu partout dans le monde.

– Comment avez-vous pu vous laisser convaincre par Skelton? hurlai-je.

– Je sais. Je n'en sais rien. Je l'ai rencontré le premier jour, au casino. Il m'a paru sympathique. Et il avait l'air de savoir comment les choses se passaient ici.

Au casino! Un euphémisme d'Odessa pour parler du bordel. Je voyais la scène d'ici. Deux hommes saouls en train de regarder les stripteaseuses onduler au rythme d'un rock russe lancinant: Harmon, nouveau venu fragile, éberlué par l'exotisme d'Odessa, incapable de déchiffrer les noms des rues, de prononcer trois mots, de lire une carte au restaurant, de commander à boire, et Skelton, vieux loup de mer charismatique trop heureux de transmettre à Harmon les leçons de sa grande expérience, de lui donner des tuyaux fumeux en lui payant des verres. Je l'imaginai très bien en train d'expliquer à Harmon que toutes les femmes se laissaient faire, qu'elles s'arrangeaient toujours pour mélanger le travail et le plaisir, et que dans cette ville, on obtenait tout ce qu'on voulait sans lever le petit doigt.

– Enfin bref, il m'a dit…

– Je n'arrive pas à croire que vous ayez suivi les conseils de Skelton. C'est un idiot. Et vous aussi!

– Je m'en rends bien compte, continua-t-il. Je n'essaie pas de me trouver des excuses. J'essaie de reconnaître mes torts. C'est tout. Après ce qui s'était passé, le mal que je vous avais fait, je me suis dit que la meilleure façon de vous montrer que j'étais désolé était de garder mes distances. C'est pour ça que je suis peu venu au bureau et souvent avec votre amie Olga. Pour vous montrer que vous n'aviez plus rien à craindre. Pour que vous vous sentiez à l'aise sur votre lieu de travail.

– Vous voulez dire que vous êtes sorti avec Olga pour me rassurer?

– Eh bien, oui.

Il regarda par la fenêtre, comme si les réponses étaient dehors, dans l'avenue poussiéreuse.

– Je me suis dit que c'était ce que vous vouliez puisque vous l'aviez amenée ici. Mais maintenant…

Je ne voulais pas l'entendre dire qu'il l'aimait.

– Félicitations. Je vous souhaite d'être heureux ensemble.

Les mots m'écorchaient la bouche. Il releva les yeux de sa tasse.

– Je tiens à m'excuser aussi, dis-je. D'avoir agi comme je l'ai fait avec votre fille.

– Je vais devoir aller à Haïfa arrondir les angles, avoua-t-il.

– Je vous ai réservé un billet.

– Vous êtes toujours là quand on a besoin de vous.

Quand il saisit doucement ma main, j'eus l'impression qu'il écrasait mon cœur.

8

Cette journée fut pleine d'arrivées inattendues. Au petit jour, la fille d'Harmon passa la porte et vint se planter devant mon bureau. Adolescente épaisse au look punk, au regard mauvais et à la moue sarcastique, elle portait un baggy noir et ses cheveux verts dressés sur la tête.

– T'es pas étonnée de me voir ? demanda-t-elle.

– Pas spécialement.

Je retournai à mon rapport d'activité.

– Va me chercher un expresso.

Encore une qui voulait que je lui serve son café.

– La cuisine est au bout du couloir, dis-je. Tu peux te servir.

– J'ai dit : va me chercher un expresso.

Le directeur se tenait dans l'embrasure de la porte et regardait Mélinda. Après notre étrange conversation téléphonique et ses doutes exprimés sur Harmon, je n'aurais pas dû être étonnée de le voir. Pourtant je l'étais. Mr Kessler s'adressa à Mélinda en hébreu, une langue gutturale et rugueuse quand elle se chargeait de reproches.

– Je n'aime pas que tu parles à Daria sur ce ton. Si tu lui parles mal encore une fois, je demande à la sécurité de te mettre dehors.

Elle ouvrit la bouche, puis la referma, pareille à une grosse carpe de la mer Noire.

148

– Va attendre ton père dans son bureau, ordonna-t-il pour se débarrasser d'elle.

– Merci, dis-je. Un café ?

Personnellement, j'en avais bien besoin. Il acquiesça. Quand je revins avec le plateau, il était en train d'étudier les tableaux de la salle de conférences.

– Qui a eu l'idée d'accrocher ces horreurs ?

Horreurs. C'était le mot juste. J'approuvai son jugement, heureuse de voir que nous partagions les mêmes goûts.

– Mr Harmon a décidé de soutenir les artistes locaux, murmurai-je.

Il s'assit et je sortis de l'armoire une pile de papiers officiels.

– L'inconvénient quand on doit rédiger trois livres de comptes dans trois langues différentes, c'est que cela prend beaucoup de temps ; l'avantage, c'est que nos mafieux et nos fonctionnaires ne lisent pas l'hébreu, dis-je en souriant.

– Il paraît que la mafia d'ici est plus terrible que celle de New York. Vous n'avez pas eu trop d'ennuis ?

Personnels ou professionnels ? Ici ou à l'agence matrimoniale ?

– Non. Leurs tarifs ne sont pas si élevés et leur présence tient les skinheads à distance. Depuis qu'ils ont fait savoir que nous étions sous leur protection, nous avons reçu moins de menaces et nous n'avons plus jamais trouvé de bombe dans les bureaux. Je regrette d'avoir à le reconnaître, mais ce n'est pas de l'argent jeté par les fenêtres.

Il jeta un coup d'œil à sa montre et se racla la gorge.

– Je sais que c'est un sujet délicat, mais je voudrais que nous parlions de David.

J'espérai qu'il arriverait bientôt ; il avait déjà une heure de retard. Encore une fois, je devais le couvrir. Mes fausses dents se mirent à grincer, ce qui ne servit qu'à me rappeler tout ce que je lui devais, moi qui avais horreur des dettes. Je choisis mes mots avec soin :

– Il est vrai… que… ces derniers temps, il est un peu… distrait. Mais comme il vient de se fiancer, on ne peut pas lui en vouloir.

149

Je vis que mon annonce informelle et ma plaidoirie étonnaient le directeur. Peut-être que l'engagement matrimonial jouerait en faveur d'Harmon. Tout le monde aimait les dénouements heureux. Peut-être que le directeur se souvenait de moi dans une tout autre posture et se disait que si moi, je le défendais, c'était qu'il devait avoir des circonstances atténuantes.

Comme toujours, Harmon et Olga arrivèrent ensemble. Quand elle vit que je n'étais pas à mon bureau, elle dit :

– Daria, mal travail. Moi, bon travail. Elle mal. Elle partir. Moi rester.

Malgré ses leçons d'anglais quotidiennes, le langage d'Olga restait aussi brut que l'architecture soviétique. Mais tant que son vocabulaire était limité, elle n'avait pas suffisamment d'arguments pour prendre ma place.

Sans prêter la moindre attention à Mr Kessler et moi, le couple épanoui entra dans le bureau d'Harmon où Mélinda rongeait ses ongles fourchus.

– Papa, comment peux-tu épouser cette pute ?

Mélinda dut se jeter sur Harmon parce qu'on entendit un choc lourd, suivi d'un râle. Je ne pouvais pas lui reprocher de vouloir son père pour elle toute seule.

– J'imagine qu'il est trop tard pour fuir, dit le directeur en regardant avec un sourire amusé la porte fermée de la salle de conférences qui étouffait à peine la scène adjacente.

– Ma puce, s'excusa Harmon, comme je te l'ai dit au téléphone je tiens beaucoup à Olga.

– Comment as-tu osé offrir à cette vache un diamant plus gros que celui de Maman ? T'es qu'un vieux pervers lubrique.

Elle éclata en sanglots.

– Olga me rend heureux. Tu ne veux pas que je sois heureux ?

– Nooon, geignit-elle.

Ce qui me surprit le plus durant toute cette altercation fut le silence d'Olga. J'étais prête à l'entendre geindre à son tour. Mais elle se contenta de dire :

– Je partir. Vous parler.

Sa délicatesse me rappela le rôle méprisable que j'avais joué dans ce drame familial.

– Combien de temps pensez-vous que nous allons rester coincés ici ? demanda Mr Kessler.

Je haussai les épaules. Il était libre de partir n'importe quand, moi seule restais prisonnière. *Voûtée à la fenêtre, faisant fondre les vitres de mon front brûlant*[1]. Je me sentais lasse. Lasse de la pauvreté. Des complots. De la manipulation. De passer d'un travail à l'autre sans jamais voir Boba. De devoir me rappeler sans cesse la chance que j'avais d'avoir un joli appartement et un bon salaire. Parce que ces derniers temps, je ne voyais pas ma chance. Pas du tout. *Sur les vitres, les gouttes grises de la pluie*[2]. J'avais envie de pouvoir me reposer sur quelqu'un, de trouver force et refuge. De vivre dans un endroit où les lois n'étaient pas dictées par la mafia, où policiers, professeurs et médecins n'étaient pas corrompus, où les gens se parlaient avec respect et franchise. Encore fallait-il qu'un tel endroit existe.

D'après Tristan, la Californie ressemblait à ce rêve. Ses lettres me persuadaient que son monde était plus doux, plus aimable. *En allant au travail ce matin, j'ai crevé. La première voiture qui passait s'est arrêtée et le conducteur m'a aidé. Ce genre de geste me rend heureux de vivre là où je vis. Mais je suis sûr que les gens sont gentils là où tu vis aussi. Tous les gens sont pareils, pas vrai ? Ce week-end, je suis allé au parc national de Yosemite. Je t'en ai déjà parlé ? On peut y voir les trucs vivants les plus grands du monde, des séquoias. Ils sont tellement gros qu'il y a très longtemps, un homme a percé un trou dans un des troncs pour laisser passer les voitures. Ils sont tellement grands qu'ils doivent monter jusqu'au paradis.*

J'aimais cette image d'arbres si grands que leurs branches chatouillaient les pieds de Dieu. Mais j'imaginais

---

1. Vladimir Maïakovski, « Le Nuage en pantalon », trad. Wladimir Berelowitch, Mille et une nuits.

2. *Ibid.*

mal une voiture passant à travers un arbre : cela me paraissait invraisemblable.

Au départ, il m'écrivait des choses légères et même un peu superficielles. Mais au fil du temps, son ton changea : *La journée dans Yosemite a été super. L'odeur des feuilles fraîches, la lumière qui filtrait dans les arbres, mais tout ce à quoi je pensais, c'était à toi. Tu as pris beaucoup de place dans ma vie. J'ai quarante ans. Tous mes amis sont casés. Ils ont des familles et des enfants qu'ils retrouvent le soir. Moi aussi, je voudrais partager ma vie avec quelqu'un...*

Il commençait à m'attendrir. Je lui écrivis que j'attendais ses lettres avec impatience, qu'elles rendaient mes journées au bureau moins pesantes et que selon toute apparence, nos désirs étaient les mêmes : de l'amour, du soutien, une famille. Je lui demandai s'il voulait des enfants. Dès que j'eus envoyé le message, je regrettai mon geste et essayai de rattraper le courrier. Trop tard. Il me trouverait sûrement trop directe. Et je n'entendrais plus jamais parler de lui. Malgré tout, je vérifiai ma messagerie toutes les quatre-vingt-dix secondes et espérai. Je reconnus que seule une maniaque obsessionnelle agissait ainsi, mais je ne pouvais pas m'empêcher de continuer. Je n'arrivais pas à me concentrer sur autre chose. Quand je reçus sa réponse, le soulagement déferla sur moi comme un torrent.

Chère Daria,

J'adorerais avoir une famille, des enfants, et surtout une petite fille qui te ressemble.

Avec tout mon amour,

Tristan

Pour la première fois, j'imprimai son courrier. Et caressai les mots du bout des doigts.

Pendant ce temps, Vlad devenait de plus en plus insistant. Il m'envoya des fleurs au bureau. Harmon décréta qu'elles lui donnaient des allergies, alors je les laissai à Vita et Véra. Puis il m'envoya des chocolats. Je les donnai à la vieille qui mendiait dans la rue. Puis des bijoux. Mais en voyant mon reflet dans la glace avec une émeraude de cinq carats autour du cou, je me souvins que les gangsters offraient des bijoux comme les gens normaux proposaient un bonbon à la menthe. J'offris le bracelet de rubis à Valentina et l'émeraude à Boba.

Il glissait des petits mots sous mon clavier et dans mes dossiers. Je les trouvai à toute heure du jour. Des citations de Pouchkine :

> *Je vois la mer avant l'orage :*
> *Que j'enviais ces flots altiers*
> *Se succédant, rouleaux sauvages,*
> *Pour se fondre, aimants, à ses pieds.*
> *Que je voulais, dans quelle fièvre,*
> *Voir que ces vagues soient mes lèvres*[1] *!*

Je gardai ses mots sous mon oreiller.

Tristan écrivit : *La chose la plus importante pour moi est d'avoir une femme et des enfants. Mon souhait le plus cher est d'avoir une famille. Je n'ai pas besoin de millions ou d'une belle voiture. Mon rêve est simple : je veux aimer et être aimé de ma femme et de mes enfants. Est-ce qu'il est trop tôt pour parler de ça ? Est-ce qu'il vaut mieux que j'attende ?* Je répondis que je partageais son rêve. Que je voulais aussi un foyer et une famille : quelle femme ne nourrissait pas cet espoir ? J'hésitai à envoyer le message. Je pensais à Vlad. Je ne l'aurais jamais avoué tout haut, mais il me plaisait. Il me plaisait même beaucoup. Il me mettait dans tous mes états, comme dirait Jane. Mais il disparaissait pendant des mois et son argent était plus sale que les rues d'Odessa. Il ne ferait jamais un bon père. Et si je voulais vivre loin des gardes du corps et des gardiens de la morgue, Tristan, mon professeur californien, était l'option la plus sûre.

J'appuyai sur le bouton et envoyai le message.

---

1. Pouchkine, *Eugène Onéguine*, trad. André Markowicz.

Après tout, la morgue a aussi ses attraits, pensai-je en m'asseyant à mon bureau pour rédiger notre rapport trimestriel, tout en écoutant d'une oreille Harmon qui venait de coincer des collègues dans le couloir pour essayer de les convaincre d'acheter les délires pseudo-artistiques d'Olga. Parfois, j'étais tentée de tout raconter à Vlad pour qu'il me débarrasse du problème. J'imaginais la peau bleuie d'Olga, ses yeux exorbités, de légères marques autour du cou là où les doigts auraient pressé sa gorge, et une crevasse sanguinolente dans la tête d'Harmon là où la pelle l'aurait frappé. Ces images avaient de quoi réjouir le cœur. Mais je ne parlais jamais de mon travail avec Vlad, même si certains jours, la tentation était forte. Aujourd'hui, particulièrement.

Quand Harmon retourna dans son bureau après avoir discuté avec Mélinda, Olga et Mr Kessler, il m'annonça :

– J'ai à vous parler.

Rien ne me terrifiait plus que ces quatre mots mis ensemble. Je joignis les mains et attendis.

– Daria, je ne sais pas comment vous annoncer ça autrement. Olga veut votre poste.

Il ferma les yeux, prêt sans doute à recevoir une pluie de rage sur ses flots de cheveux bruns.

– Je suis prête à négocier, dis-je en me dirigeant vers la salle de conférences.

Je savais que ce jour arriverait et m'y étais préparée. Harmon me suivit et s'assit dans le fauteuil de cuir noir au bout de la table. Je pris le siège en face de lui.

– Quand j'ai dit à Kessler que vous envisagiez de vous réinscrire en master, il m'a autorisé à vous accorder une prime de départ équivalente à six mois de salaire.

Je souris gentiment. Bien sûr, il avait fait croire à Mr Kessler que l'idée venait de moi. Si Harmon m'offrait six mois, Mr Kessler lui en avait sans doute proposé neuf. J'irais vérifier.

– Six semaines, répondis-je. Je vous donne six semaines avec cette femme dans le bureau. Si vous survivez et si vous êtes content de son travail, je vous donne ma prime de départ. Prenez ça comme un cadeau de mariage de votre entremetteuse.

– D'accord! dit-il avec joie, se préparant déjà mentalement à encaisser l'argent.

– Si au bout de six semaines, vous vous rendez compte que vous ne vous en sortez pas sans moi, je reviendrai. Vous doublerez mon salaire. Et vous lui interdirez l'accès au bureau.

– Quitte ou double, alors? Ça me convient.

Pendant qu'il me serrait la main, je demandai:

– Vous êtes sûr que c'est ce que vous voulez? Vous pouvez à peine ouvrir votre messagerie électronique sans moi. Et qui s'occupera des Stanislavski? Qui effacera les sites pornographiques de votre historique avant que les dirigeants de Haïfa ne viennent inspecter nos bureaux?

– C'était vous? demanda-t-il d'un ton pour une fois sincèrement impressionné.

– Quand vous n'arriviez plus à retrouver vos liens de «bombes à gros seins», vous vous êtes dit quoi? Bien sûr que c'était moi. Et si en voyant Vlad Stanislavski, elle décidait de vous échanger contre un modèle plus jeune?

– Elle ne ferait jamais ça, bredouilla-t-il. Elle est avec moi.

J'avais réussi à éveiller en lui un brin de soupçon.

– Je la connais mieux que vous, dis-je avec aigreur.

Il me regarda, sa main toujours dans la mienne, comme s'il hésitait à ajouter quelque chose. Nous restâmes immobiles pendant un temps qui me sembla durer de longues minutes. Je ne le quittais pas des yeux, je sentais sa main chaude dans la mienne et j'avais envie de parler, de lui avouer la vérité sur Olga. Le moment semblait propice. Mais j'avais peur qu'il ne me croie pas. Ou qu'il se mette en colère.

– Je vais demander un congé exceptionnel de six semaines et nous verrons ce qui se passe ensuite, ajoutai-je seulement.

– Vous êtes bien sûre de vous, grommela-t-il en lâchant ma main.

– Vous avez besoin de moi.

Je n'aurais jamais osé avouer que j'avais peut-être, mais seulement peut-être, besoin de lui aussi.

– Je n'ai plus besoin de vous. J'ai Olga.

Je pris sans doute mes désirs pour des réalités, mais je crus entendre sa voix chevroter.

– Voulez-vous que je lui explique les rudiments?

– Non, elle dit que vous en avez assez fait.

Je le regardai longuement.

– Eh bien, au revoir.

Je n'avais apporté aucun objet personnel au bureau. Je vérifiai sous mon clavier et fouillai dans mes papiers pour être sûre de ne laisser aucun mot de Vlad derrière moi. Harmon me dit au revoir. Je lui lançai un regard furieux et partis à grands pas vers l'agence d'Unions soviétiques. Quand Valentina apprit que je pouvais désormais lui consacrer tout mon temps, elle roucoula de plaisir.

– Je vais profiter de la bêtise de cet idiot! Au moins pendant les six prochaines semaines. Ma pauvre, tu es livide! Tu travailles trop.

Elle avait sans doute raison. J'allais pouvoir passer plus de temps avec Boba. Je pensai à Olga, Vita et Véra. Cela me ferait le plus grand bien de quitter quelque temps ce nœud de vipères. Tandis que je parcourais les factures de nos traiteurs et distributeurs d'alcools, Valentina rédigea une liste de missions pour moi.

– Comme tu seras là à plein temps, je vais en profiter pour organiser un thé le mercredi et une visite de la ville le jeudi. Tu t'occuperas des deux événements. Et je veux te faire ajouter des nouvelles rubriques sur notre site: «Questions fréquentes» et «Comment trouver l'amour de votre vie?» Tu pourrais aussi prendre des photos de nos couples heureux pour les mettre sur notre page témoignages…

La sonnerie du téléphone interrompit son énumération.

– Allô, dit-elle en me tendant le combiné.

– Daria. Il faut que vous m'aidiez. Mon ordinateur est bloqué, je ne sais pas quoi faire.

– Éteignez-le et rallumez-le.

– Ah. Oui. Oui. J'aurais dû y penser tout seul. Comment ça va?

– Vous voulez dire, depuis que nous nous sommes quittés il y a une heure?

Je vérifiai l'heure sur la montre de nacre qu'il m'avait offerte pour nos six mois de collaboration.

– Tout va bien, répondis-je.

Il se racla la gorge.

– Bon, eh bien, au revoir.

Je reposai le téléphone sur son socle.

– Alors, tu lui manques déjà?

– Problèmes d'ordinateur.

– Comme je disais, tu pourrais interroger les couples à succès.

Le téléphone sonna de nouveau.

– Vladimir Stanislavski est là et il est très fâché de ne pas vous voir. Il veut savoir pourquoi vous êtes partie. Comment dit-on «Elle n'est pas virée» en russe?

– Vous m'avez virée.

– Ce n'est qu'une période d'essai!

– Vous ne pouvez pas appeler ici toutes les dix minutes. Ça ne se fait pas. Demandez à Olga de lui parler. Comment avez-vous eu ce numéro?

Les pages jaunes et blanches n'existaient pas en Ukraine. Quand il le voulait, il savait très bien se débrouiller seul.

Je raccrochai et m'excusai auprès de Valentina. Dix minutes plus tard, une berline noire lustrée s'arrêta sous nos fenêtres.

– Moi qui croyais que t'avoir à plein temps me soulagerait, ironisa Valentina.

Vlad débaula dans le bureau.

– Que s'est-il passé? Harmon ne m'a donné aucune explication. Cet imbécile ne sait pas aligner deux mots.

Harmon s'exprimait généralement assez bien, mais Vlad l'intimidait. Je l'invitai à s'asseoir et lui fit un récit abrégé des événements.

– Tu veux que j'aille te récupérer ton boulot? demanda-t-il.

– Certainement pas. Je n'ai pas besoin qu'on aille prendre ma défense.

– Tu sais, parfois ça fait du bien de se reposer sur quelqu'un. J'ai les épaules assez solides.

Je me mordis les lèvres. J'avais remarqué sa carrure quand nous avions dansé ensemble.

– Viens te promener avec moi après le travail, proposa-t-il d'une voix enjôleuse.

Valentina nous regardait d'un air soupçonneux. J'acceptai pour le faire sortir de l'agence.

– Elle a dit oui! s'extasia Vlad en lançant un clin d'œil à Valentina sur le chemin de la sortie.

Il plissa presque imperceptiblement les yeux. Il avait dû voir qu'elle portait le bracelet de rubis qu'il m'avait offert. Il brillait magnifiquement contre son pull angora noir.

– Donc, pour le site Internet, une rubrique «questions fréquentes», des conseils pour trouver l'amour et des témoignages, récapitulai-je, espérant que Valentina ne me cuisinerait pas sur Vlad.

– Et une présentation des thés du mercredi et des visites d'Odessa du jeudi. Tu t'occuperas des entretiens d'embauche pour recruter deux nouvelles interprètes: elles me filent toutes entre les doigts; elles se marient les unes après les autres. Tu te rends compte: je les paie pour traduire et quand elles trouvent un type qui leur plaît, elles font tout pour détruire la relation qu'il avait démarrée avec la fille qu'elles aidaient. C'est comme si je les payais pour leur fournir un visa. C'est quand même incroyable!

Elle pesta ensuite contre l'ingratitude de la jeune génération et je m'enfonçai dans mon fauteuil, soulagée qu'elle ait choisi d'oublier le passage de Vlad. Elle me lança alors un grand sourire.

– T'avoir à plein temps apporte son lot d'émotion! Un rendez-vous avec Vladimir Stanislavski?

– Ce n'est pas un rendez-vous. C'est une promenade. Il m'a invitée plusieurs fois au restaurant et à l'opéra, mais j'ai toujours refusé.

– Tu adores l'opéra. Pourquoi refuser de sortir avec un beau jeune homme?

– Tu veux dire le roi de l'escroquerie, un chef de la mafia et sûrement aussi un assassin?

– Personne n'est parfait. Au moins, il ne fume pas.

À cinq heures, Vlad revint me chercher. Je pris le bras qu'il me tendait. Il aurait été mesquin de ma part de refuser. Nous empruntâmes la rue Pouchkine, puis tournâmes dans Malaya Arnautskaya en direction du parc Chevtchenko, immense oasis en jachère, planté de grands arbres et envahi d'herbes hautes. Même en été, ses sentiers restaient sombres: cadre idéal pour les rendez-vous clandestins.

– Que faisiez-vous… avant? demandai-je tandis que nous marchions sur le boulevard ombragé.

– J'étais chercheur en biologie marine, répondit-il. J'étudiais les dauphins en Crimée. On avait même mis en place un séjour pour que les enfants de Tchernobyl puissent venir nager avec eux l'été. Ces enfants étaient impressionnants, pleins de force et d'optimisme malgré leurs cancers et leurs maladies. Ils vous dévisageaient de leurs yeux sérieux et pénétrants. C'étaient déjà de vieilles âmes. Les traitements et les visites médicales avaient usé leur jeunesse. Mais ils adoraient la mer et quand ils jouaient avec les dauphins au centre aquatique, ils redevenaient des enfants, l'espace d'une heure.

Qu'était-il en train de me faire? Je me détournai pour l'empêcher de voir la tendresse qui brillait dans mes yeux.

– Si c'était si beau, pourquoi êtes-vous parti? demandai-je sèchement.

– J'aimais ce métier, mais je gagnais juste vingt dollars par mois, quand j'étais payé. Et puis, on arrivait à peine à nourrir les dauphins. Ce n'était pas une vie. Alors je suis rentré à Odessa.

Sa réponse discrète éveilla mon désir. J'aurais voulu freiner mes sentiments. D'abord, je pensai à Tristan, mais ses yeux bleus étroits et son sourire gentil me semblèrent fades en comparaison. Je me répétai les phrases que j'avais lues sur la Californie : *Au bord du Pacifique – Un climat de rêve et des ressources gigantesques – La ville de San Francisco est réputée pour son port splendide – Los Angeles, la capitale, est aussi le berceau de l'industrie du cinéma – Surnommée : The Golden State, l'État doré.* Je me souvins qu'en Amérique, Jane gagnait en une semaine ce que je gagnais ici en un mois. Je récitai la liste des défauts de Vlad que j'avais répertoriés : roi de l'escroquerie, chef de la mafia et, sûrement aussi, assassin. Un homme puissant et riche qui ne se contenterait jamais d'une seule femme. J'essayai à nouveau de penser à Tristan, mon gentil professeur. Tristan, un homme simple et modeste, tout le contraire de Vlad, un homme qui rêvait de fonder une famille et de mener une vie paisible dans son bel État californien. Sans gardes du corps.

– Comment faites-vous pour vivre en sachant que vous êtes surveillé en permanence ?

Je fis un geste en direction de l'homme qui nous suivait. Vlad se raidit et s'arrêta.

– On s'y habitue, fit-il en haussant les épaules.

Nous continuâmes à marcher vers la mer. Au bout d'un moment, il dit :

– Quand j'ai vu que tu n'étais pas au bureau de la compagnie de fret aujourd'hui, ça m'a foutu un coup. Je me suis rendu compte à quel point j'avais besoin de te voir.

À la plage, il se tourna vers moi et passa ses doigts dans mes cheveux, puis il caressa mon visage et mon cou du revers de la main. J'appelais ces gestes de tout mon être. Je fermai les yeux et laissai le bout de ses doigts courir sur mes joues, mes paupières, mes lèvres. J'écoutai les vagues s'approcher et reculer. Je respirai l'air salé.

– Pourquoi as-tu donné le bracelet à Valentina Borisovna ? demanda-t-il.

– Vous m'en voulez ?

J'avais toujours les yeux fermés. Ses doigts frôlaient mon cou et le contour de mon visage.

– Je suis étonné. Tu es la seule fille que je connaisse qui soit insensible aux bijoux.

Mes yeux s'ouvrirent brusquement.

– Parce que vous offrez des bijoux à beaucoup de filles?

– Plus maintenant. J'ai eu des histoires. Toi aussi. Je ne peux pas effacer le passé, mais je peux construire un avenir. Avec toi.

9

Lundi

Il a quarante-six ans. Elle, vingt-quatre. Il a les cheveux couleur sel. Elle, poivre. Il ne parle qu'anglais: vite et avec un accent nasal prononcé. Elle ne parle que russe. Près de l'Opéra (le troisième plus beau du monde), au restaurant Bondarenko (le meilleur d'Odessa), ils sont assis l'un à côté de l'autre. Je suis face à elle. Elle joue avec sa fourchette. Il lève les yeux au plafond et se racle la gorge.

C'est la première fois que j'assiste à un tête-à-tête, loin de la musique tonitruante et de la camaraderie des soirées. Je suis aussi stressée que le couple que j'assiste.

Il lui prend la main.

– Je l'aime. Dis-lui que je l'aime.

– Mais vous ne la connaissez que depuis hier soir.

– Je ne te paie pas pour donner ton avis, je te paie pour traduire.

Je traduis. Il s'attend à lire de la joie sur son visage. Elle n'en exprime aucune. Dans ses yeux, je lis que tout est fini.

Mardi

Il a cinquante-trois ans. Elle, vingt-deux. Il est divorcé. Elle est divorcée. Il vit seul. Elle vit avec ses parents. Au restaurant Bondarenko, nous tenons chacun une flûte de champagne: il a commandé la bouteille la plus chère de la carte. Je le déguste. Il l'engloutit. Elle fait semblant de boire. Elle a l'esprit alerte et veut rester en éveil. Ils sont assis côte à côte. Je suis assise face à elle. Elle est magnifique. Si belle que je ne peux m'empêcher de la dévisager.

Il parle de plus en plus fort. Les serveurs m'interrogent du regard. Je hausse les épaules. Ils ont de la chance de ne pas le comprendre. Elle a de la chance de ne pas le comprendre.

– La peine de mort, c'est la seule solution, aboie-t-il.

Je traduis.

– Je suis d'accord, murmure-t-elle en lui caressant la cuisse.

– Certaines personnes ne méritent pas de vivre.

Ses mots se brouillent. Je traduis.

– Vous êtes très intelligent, dit-elle. Si nous retournions à votre hôtel ?

Sa mâchoire tombe de surprise, mais il se ressaisit et la prend par l'épaule. Elle garde un sourire figé, mais il ne remarque rien. Je me demande si elle prévoit de l'épouser ou de le rouler dans la farine. Son petit ami les attend peut-être à l'extérieur. L'homme sort une grande quantité de billets et en jette quelques-uns vers moi. Ils sortent enlacés.

Mercredi

Il a quarante ans. Elle, vingt-quatre. Lui est homme d'affaires en quête d'une blonde. Elle, une vétérinaire rêvant d'un compagnon aimant les animaux. À la soirée de la veille, j'avais essayé de lui faire comprendre qu'elle n'était pas pour lui. Mais l'alcool, le décalage horaire et le désir lui avaient fait perdre tout sens commun. Ou bien, entendant mes doutes, il avait voulu me prouver que j'avais tort en restant persuadé qu'elle était celle qu'il lui fallait. Près de l'Opéra, au restaurant Bondarenko – lumières tamisées, personnel discret –, ils sont assis côte à côte, je suis assise face à elle. Ils n'ont absolument rien à se dire. Je ne dis rien non plus.

Avant l'arrivée du second plat, il me dit :

– Ça ne marche pas. Trouve-moi une autre fille.

– Vous ne lui avez même pas laissé sa chance.

– Je n'ai pas le déclic.

– Le déclic?

Elle nous regarde pour essayer de comprendre le sens de ce dialogue tendu.

– J'ai payé trois mille dollars et je n'ai qu'une semaine. Je ne veux pas d'elle.

Je me tourne vers les yeux de biche et cherche comment lui expliquer.

Elle n'a pas besoin de mon aide pour comprendre. Elle lui jette son *champanskoye* au visage et s'en va. Digne sortie d'une fille d'Odessa.

Il essuie son visage et sa chemise avec sa serviette en lin. Dommage qu'il n'ait pas commandé du vin rouge.

J'appelle Valentina du restaurant pour qu'elle lui envoie une autre fille.

Pendant que nous l'attendons, il me prend la main et dit:

– Tu es très séduisante.

Jeudi

Il a cinquante ans. Elle, vingt-huit. Ils ont tous les deux l'œil triste et l'âme tendre. Près de l'Opéra, au restaurant Bondarenko – nourriture délicieuse, cadre élégant –, ils sont assis côte à côte, je suis face à elle.

Il lance la conversation en expliquant:

– J'ai été marié pendant vingt-cinq ans. J'ai divorcé il y a trois ans. J'ai deux enfants.

– Il a deux enfants, traduis-je.

C'est à elle de parler.

– J'ai été avec un homme pendant quatre ans. Je croyais que c'était le bon. En rentrant du travail, je l'ai trouvé au lit avec ma meilleure amie.

– Elle n'a pas d'enfant, dis-je.

– Je pensais que je resterais marié toute ma vie, tu comprends? dit-il. Quand elle est partie, j'ai cru mourir.

– Je devrais déjà être mariée. Je devrais déjà avoir des enfants et tout. Pourquoi j'ai perdu toutes ces années avec lui?

Vendredi

Il a trente-six ans. Elle, vingt-six. Il est poète et professeur à l'université. Il parle d'une voix douce et pose de bonnes questions. Elle porte le charme discret d'un Botticelli, une beauté mystérieuse, éthérée. Au restaurant Bondarenko, on entend l'orchestre qui répète non loin dans la cour de l'Opéra. Ils sont assis côte à côte, je suis face à elle.

Il fait tout comme il faut. Il écoute. Il n'insiste pas pour lui prendre la main. Il ne parle pas de ses histoires anciennes. Il regarde dans les yeux sans dévisager. Il ne se plaint pas des carriéristes américaines cupides qu'il a rencontrées et ne raconte aucune blague salace.

Elle évite son regard. Elle est mélancolique. Je connais son histoire : pas de diplôme, parents morts, employée comme femme de ménage. Ses mains sont rêches. Elle est rêche. Mais il a assez de patience pour croire qu'il pourra la guérir de son malheur.

— Écoutez, me dit-elle une fois qu'il a réglé la note. Dites-lui ce que vous voulez. Je m'en vais.

Elle me dit au revoir et sort. Il n'en revient pas. Je lui demande d'attendre et la rattrape dehors.

— Pensez à votre avenir. C'est un homme bien. Et croyez-moi, j'en ai vu défiler. Pourquoi ne lui laissez-vous pas une chance ?

— Ça ne marchera pas, dit-elle.

Elle enfonce ses mains dans ses poches et s'en va.

Je retourne à l'intérieur lui annoncer la nouvelle.

Samedi

Pour mon anniversaire, quelques amis passent chez moi vers seize heures. Les gens d'Odessa n'envoient jamais d'invitation. Les vrais amis se reconnaissent tout seuls et viennent d'eux-mêmes. Boba a passé la semaine en cuisine. Valeria, Inna, Genia, Maria et Yelena s'assoient à notre table. Varvara n'a pas pu venir, son fils est malade.

— Encore une année qu'on n'a pas vue passer !

164

– Je te jure qu'en dehors du travail, je ne sors plus que pour les anniversaires ou pour faire le marché ! Et on ne peut pas dire qu'acheter des patates, des betteraves et des oignons soit une partie de plaisir. Les anniversaires sont les seules occasions que j'aie de m'amuser.

– La petite Dima m'épuise. Si seulement j'avais le quart de son énergie !

– Daria, tu as de la chance d'être libre ! Le mariage n'a rien à voir avec ce qu'on imagine… Je passe plus de temps à la cuisine que dans la chambre à coucher !

Avant que la conversation ne prenne un tour grivois, Boba lève son verre.

– À Daria, très bon anniversaire ! Que tous tes vœux se réalisent !

– À Daria ! Qu'elle garde la santé, qu'elle réussisse dans son travail, et qu'elle soit heureuse en amour !

Autour de la table, les toasts s'enchaînent au même rythme effréné que les plats. Quand nous étions écolières, puis étudiantes, elles passaient des week-ends entiers chez nous. Nous allions nous balader, nous échangions nos habits, nous nous faisions des coiffures et discutions pendant des heures. Mais elles se sont mariées les unes après les autres et les longues journées complices ont laissé place à quelques rares après-midi.

– Où est Olga ? Cette salope ne rate jamais une occasion de boire du *kognac* à l'œil.

– Tu ne connais pas la nouvelle ? Elle s'est trouvé un pigeon. Un étranger.

– Il retournera chez lui et la laissera crever dans la boue. Elle ne changera jamais.

Dimanche
Je dors.

165

10

Une des raisons pour lesquelles Olga voulait mon poste était les cadeaux des clients. Bijoux, chocolats, parfums français, figues, dattes, enveloppes pleines. Elle pensait sans doute que mon charme suffisait à m'obtenir ces bienfaits. Ni Olga ni Harmon ne devinaient quels efforts ces signes de reconnaissance venaient récompenser. Mais ils allaient bientôt le savoir. À Odessa, on ne pouvait pas passer la douane – ni pour sortir, ni pour entrer – sans payer une redevance, ou, comme les douaniers l'appelaient, une «taxe de passage». Ça pouvait être n'importe quoi. Tout dépendait de l'officier et de son humeur. Si l'on manquait de perspicacité ou de tact, les marchandises végétaient. Les agents avaient même le pouvoir de recharger les containers pleins sur les bateaux et de les renvoyer d'où ils étaient venus.

On ne pouvait pas simplement aller trouver un associé et lui verser un pot-de-vin. Cette méthode était jugée vulgaire. Il fallait passer du temps avec chacun pour deviner quelle était la meilleure approche. Les jeunes voulaient des appareils électroniques. Les pères de famille espéraient éviter à leurs fils le service militaire et voulaient des lettres de dispense du médecin. La flatterie marchait bien auprès des vieux. À la fin de l'année, tous recevaient une bouteille et une enveloppe accompagnées d'une lettre de remerciements pour leur gentillesse et leurs efforts. Bien sûr, je m'occupais personnellement de faire passer les marchandises les plus précieuses. Ces jours-là, je préparais un panier garni de caviar (rouge et noir), de sardines de la mer Noire, d'une large sélection de fromages locaux, de pain et d'un gâteau au fromage blanc préparé par Boba, pour exprimer ma gratitude. En échange, j'exigeais que nos marchandises aient quitté la douane le jour de leur arrivée, en parfait état et sans pièce manquante. J'avais mis beaucoup de temps à trouver comment dédouaner nos marchandises en priorité. Nos clients étaient conscients que sans moi leurs produits ne traverseraient jamais la douane d'Odessa, même si Harmon et Olga n'en savaient rien.

La position qu'Harmon occupait dans la compagnie avant de venir ici n'était pas très claire. Il m'avait raconté que son grand-père l'avait fondée et qu'il avait hérité du poste, contre sa volonté. Harmon ne parlait jamais de son ex-femme, ni de ses amis, ni de sa vie d'avant. Odessa avait cet effet-là : elle effaçait le passé et l'avenir.

Pour survivre, il fallait vivre dans le présent : observer les réactions de ses collègues, garder un œil vigilant sur les vendeurs du marché, surveiller les pickpockets dans la rue. J'étais sur mes gardes. Vita et Véra avaient arrêté de parler de moi. Olga était devenue leur principal sujet de ragot et elles se répétaient ce que leurs patrons respectifs disaient d'Harmon : qu'il était naïf et incapable de prendre une décision intelligente permettant de sauver la filiale d'Odessa du naufrage. Quand j'étais encore sa secrétaire, j'arrivais à dissiper cette rumeur, au prix de nombreux efforts car elle n'était pas sans fondement.

Harmon appelait tous les jours Unions soviétiques pour me demander comment mettre du papier dans le fax, comment passer un appel en téléconférence, et autres tâches simples qu'Olga était censée accomplir. L'ironie de la situation me faisait sourire. Quand je travaillais pour la compagnie de fret, je faisais son travail et le mien. À présent, il était obligé de faire les deux. Il lui fallut dix jours pour s'apercevoir que nos marchandises étaient bloquées à la douane.

– Je ne sais pas ce qu'Olga a dit aux douaniers, mais ils sont très en colère. Ils veulent négocier avec vous. La viande et le fromage vont pourrir là-bas ! Qu'est-ce que je dois faire ?

Il vagissait dans le téléphone.

– Qu'est-ce qu'ils veulent ? Que leur avez-vous raconté ? Que dois-je faire ?

Dans un des magazines américains pour femmes ambitieuses de Jane, j'avais lu que le secret pour garder un poste était de se rendre indispensable. Faire en sorte qu'il y ait toujours une tâche que vous maîtrisiez mieux que personne : *un joker*, disait le magazine. Passer la douane était mon joker. Et je n'allais sûrement pas m'en séparer comme ça.

– J'aimerais vous aider, mais je dois interroger des couples pour notre rubrique « Témoignages ». Votre nouvelle secrétaire finira bien par trouver la solution, dans un an ou deux. Les clients n'auront qu'à retirer les asticots du fromage et de la viande. Si les produits passent la douane un jour.

Il émit un drôle de bruit étranglé.

Un grand sourire aux lèvres, je raccrochai et retournai vers le couple qui attendait à mon bureau. Comme toujours, la femme avait une vingtaine d'années, un décolleté plongeant, une minijupe et des talons, et l'homme un certain âge, un jean et des baskets. Comme toujours, l'homme était envoûté, la femme distante. Il serrait sa petite main dans la sienne.

– Donc, Pete, vous me parliez du jour où vous avez rencontré Natacha.

– Eh bien, sans mentir, c'était la plus jolie fille de la soirée. Même si nous ne parlons pas la même langue, j'ai tout de suite senti la connexion.

Connekchonne, prononçait-il.

Je griffonnai sa réponse, puis me tournai vers Natacha et lui posai la même question en russe, puisqu'elle ne parlait pas anglais.

– Il a un regard gentil, répondit-elle.

– Natacha dit que la première chose qu'elle a remarquée chez vous était votre regard gentil.

– Ah, merci chérie. Tes yeux sont très jolis aussi.

Il l'embrassa sur la bouche. Elle me regarda et rougit.

– Qu'est-ce qui vous a fait venir à Odessa ?

– Les Américaines, en tout cas celles que j'ai rencontrées, sont plus intéressées par l'argent et par leur travail que par l'amour. Elles n'ont plus un gramme de féminité. J'ai testé les réseaux de rencontres de Moscou, mais ça n'a pas marché. Il y avait trop de filles et elles n'étaient pas aussi jolies et gentilles qu'à Odessa.

Cette remarque ferait plaisir à Valentina qui se targuait toujours de surpasser Moscou.

– Un copain à moi a rencontré sa femme à Odessa. Il m'a dit que la ville était belle et que les gens étaient tous très sympas.

Odessa était effectivement une ville magnifique. Je me sentis fière à mon tour. J'aimais entendre des compliments sur Odessa et je traduisis ses propos à Natacha qui tira immédiatement sur la manche de Pete en s'exclamant:

– *Da, da, da.*

Les gens d'Odessa adoraient leur ville.

– Est-ce que notre pack visa vous a été utile dans vos démarches pour faire venir Natacha aux États-Unis?

– Très utile. Nous avons rempli tous les formulaires et j'ai écrit ma déclaration. Un jeu d'enfants.

– Bien. Y a-t-il d'autres services que vous auriez voulu trouver sur votre route vers l'amour de votre vie?

Les questions avaient été rédigées à l'avance par Valentina. Il hocha la tête.

– Non. J'ai parcouru le site et j'ai vu la femme que je voulais, j'ai discuté avec elle grâce aux interprètes et voilà.

Il pressa la cuisse nue de Natacha.

– J'ai apprécié l'ambiance des soirées: on s'amusait gentiment et proprement. Le plus dur a été d'obtenir un visa pour venir en Ukraine.

La Matrone cherchait activement comment remédier à ce problème.

Je pris leur photo pour notre page d'histoires réussies. La mâchoire serrée de Natacha contrastait avec les bajoues flapies de l'homme.

– Eh bien, bonne chance à tous les deux, dis-je. Envoyez-nous un faire-part de mariage!

Nous pourrions le publier sur le site aussi.

Après leur départ, je préparai une tasse de thé et ajoutai une grande quantité de sucre pour faire descendre la bile qui me serrait la gorge. J'étais jalouse. Elle allait vivre en Californie. J'aurais dû être à sa place. Je voyais les filles partir les unes après les autres, ou plutôt par paquets, et je restais là. Je mourais d'envie de fuir. Qu'un homme vienne m'arracher à ma pauvreté et mes soucis. Un homme comme Tristan. Il était plus jeune et plus beau que Pete. Je savais qu'il serait sincère et droit. Plus âgé que moi (mais pas trop) et plus sage. Nous aurions de grandes conversations sur l'art, la littérature et la philosophie. Nous irions à des expositions et au théâtre. Il embrasserait merveilleusement et aurait des mains fortes et sensuelles. J'étais impatiente de le rencontrer. D'avoir ce que Natacha avait trouvé. *La jalousie est une perte de temps,* aurait dit Boba. Je bus mon thé et m'attelai à la rédaction de l'histoire du couple.

Le téléphone se remit à sonner. C'était sûrement Harmon. Je décrochai et dis:

– Comment allez-vous faire pour tenir pendant six longues semaines?

Il cracha un juron et raccrocha violemment. Sa colère me remplissait d'un plaisir pervers.

Le fait de n'avoir qu'un seul travail me donnait l'impression d'être en vacances. Cela faisait des mois que je n'avais pas dîné avec Boba. La soirée était tiède, alors nous décidâmes d'aller nous promener. J'adorais cette saison de l'année où l'humidité de l'air enveloppait les épaules comme un châle de crochet fin.

Je me penchai pour enfiler mes sandales.

– Mets tes autres chaussures, ordonna Boba. Elles sont mieux pour marcher.

J'enfilai mes chaussures plates et nous descendîmes bras dessus bras dessous les rues poussiéreuses en direction de la plage. Elle désigna l'angle d'une rue où se trouvait un immeuble en béton.

– C'est là que ma mère, ma sœur et moi avons vécu avant la guerre. Quand les nazis sont arrivés, on est allées se terrer dans les catacombes en dehors de la ville. Des semaines plus tard, quand on est sorties de notre cachette, l'immeuble n'était plus là. Mais nous avions de la chance : nous étions toutes en vie.

Je l'embrassai sur la joue. L'optimisme de Boba m'impressionnerait toujours. Les femmes de notre famille étaient si courageuses, si fortes. Elles avaient enduré la famine, la guerre, la perestroïka, et elles s'en étaient toujours sorties, sans l'aide d'aucun homme. Mon arrière-grand-mère, ma grand-mère et ma mère avaient eu chacune une fille et pas de mari. Je me demandais si c'était dans nos gênes. Ou à cause de la malédiction. Et si je connaîtrais le même sort. Si on pouvait échapper à son destin ou s'il ne finissait pas toujours par nous rattraper. Jane ne croyait ni au destin ni aux malédictions. Elle croyait en ce qu'elle appelait le « libre arbitre » qui signifiait que chacun d'entre nous était maître de ses choix et de son avenir. Je souhaitais qu'elle eût raison car je redoutais mon destin.

Le lendemain, j'étais contente d'aller travailler. Pour la première fois, j'allais emmener un groupe d'Américains en visite guidée dans le centre-ville. De nos cinquante clients, trente se présentèrent à l'heure dite.

– Merci de vous intéresser à ma ville natale. Odessa fait partie des « villes héros », un titre honorifique décerné à douze villes qui combattirent avec courage pendant la Grande Guerre patriotique.

– Hein ?

– La Seconde Guerre mondiale, précisa l'homme qui se tenait près de lui.

– Odessa est la ville la plus ensoleillée et la plus conviviale de l'ex-URSS. La conversation est notre passe-temps favori. Les gens de tous les âges se promènent dans le parc ou bronzent à la plage sans jamais s'arrêter de parler.

Je m'interrompis pour attirer leur attention sur un de mes hommes préférés.

– Voici une statue du duc de Richelieu. En 1803, le tsar Alexandre Ier a fait du duc de Richelieu le premier maire d'Odessa.

Le duc était vêtu d'une toge, bien que cet habit ait été largement dépassé au XIXᵉ siècle et que l'homme n'ait pas du tout été grec. Les gens d'Odessa ne pensaient pas en termes de nationalité. C'était l'affection qui primait. Catherine II, la tsarine russe au grand cœur, avait fondé Odessa. Nos premiers maires étaient français. Un Néerlandais avait dessiné les plans de la ville. Les Autrichiens avaient construit l'Opéra. Les Italiens y chantaient. Comment aurait-on pu se cantonner à une seule nationalité ? Tout ce qui constituait notre identité – fascinante, vibrante, cosmopolite – venait de cette fusion.

Mais les étrangers étaient souvent perdus. Odessa était en Ukraine. Nous parlions russe. Tout le monde avait de la famille en Russie. Quel Odessite ne possédait pas des chaises, des serviettes de toilette ou des assiettes fabriquées en Russie ? Bien que l'URSS eût été démembrée, son squelette gris était resté debout puisque la plupart des bâtiments de la ville étaient de facture soviétique. Dans les années qui avaient suivi la perestroïka, on employait les termes « Russe », « Ukrainien » ou « Soviétique » indifféremment. Les habitudes ne changeaient pas pendant le sommeil. La Nouvelle-Amsterdam n'était pas devenue New York en une nuit. Boba aurait dit : « Un homme glisse une lame de couteau sur le visage d'une femme. Le docteur recoud la blessure. Un jour, il retire les points de suture. Mais la cicatrice reste. Moscou a manié le couteau. Nos âmes portent les cicatrices. »

Il ne servait à rien de nous demander notre nationalité. Nous étions les gens d'Odessa.

Les hommes attendaient la suite.

– Sur votre droite, vous avez le boulevard Primosky, continuai-je. Les acacias qui bordent les trottoirs pavés ont été importés de Vienne à la demande du duc. Devant nous se dressent l'imposant escalier Potemkine et ses cent quatre-vingt-douze marches de granit qui descendent vers la mer. L'escalier fut immortalisé par Serguei Eisenstein, dans *Le Cuirassé Potemkine*, un des grands chefs-d'œuvre du cinéma. Quand la sœur de mon amie Varvara s'est fiancée, elle a dit à son prétendant : « Je veux bien t'épouser à une condition : que tu me portes jusqu'en haut des marches. » Et un dimanche matin, sous un soleil radieux, nous nous sommes tous réunis pour regarder Igor porter Katya jusqu'en haut de l'escalier Potemkine. Au cas où l'un de vous cherche une idée pour prouver son amour…

Les hommes rirent et plus d'un ajouta qu'il devrait faire du sport avant de déclarer sa flamme. Nous quadrillâmes la ville, allant d'un monument à l'autre – aucune ville n'était plus riche qu'Odessa –, et pour finir la visite, je les emmenai dans un café du bord de mer.

Quelques jours plus tard, Vlad entra dans l'agence pour me proposer d'aller me promener avec lui sur la plage avant d'aller voir *Carmen*. Je n'avais pas vu d'opéra depuis des siècles. J'éteignis l'ordinateur et attrapai mon sac à main avant d'énoncer des raisons de refuser.

– Je me souviens de la première fois que je t'ai vue, commença-t-il.

Je tenais ma main dans la sienne et nous marchions le long de la mer.

– Tu avais l'air d'une reine : le port altier, le regard profond, la peau dorée. Et tu n'arrêtais pas de sourire.

– Je venais de finir un stage à Kiev. J'étais contente de rentrer.

– Tu n'as pas eu du mal à quitter notre chère capitale ?

Il s'assit sur le sable et m'attira près de lui.

Je me mordis les lèvres, hésitant à lui confier la vérité.

– J'étais impatiente de quitter Odessa et de me débrouiller seule, mais j'ai trouvé que la vie dans la capitale était dure. Boba et Odessa me manquaient. Je ne rêvais plus que d'une chose : rentrer chez moi.

Nous restâmes quelques instants à écouter le bruit des vagues qui heurtaient le sable.

– Quand je suis rentrée, le plus dur a été d'admettre que j'avais eu tort de partir. J'étais trop fière, et d'ailleurs, j'étais restée à Kiev jusqu'au bout parce que j'avais eu peur que les

173

gens rient de mon échec. Si j'avais été plus intelligente, je serais rentrée tout de suite.

– Il n'y a pas de mal à être fière. Parfois, la fierté est tout ce qui nous reste.

Je pliai les genoux et y déposai le menton. Mes doigts dessinaient des lignes sur le sable. J'avais le cœur réjoui. Enfin, quelqu'un comprenait ce que je ressentais.

– Et vous ? Comment en êtes-vous arrivé à…

– Faire ce que je fais ?

J'acquiesçai.

– Après la Crimée, je suis retourné à Odessa et j'ai trouvé un boulot de chauffeur chez un nouveau riche russe. Le premier mois, j'ai gagné quarante dollars: le double de mon salaire de biologiste.

Il eut un sourire triste.

– Un autre mafieux a remarqué que je savais entretenir les voitures et tenir ma langue et il m'a embauché comme garde du corps et chauffeur en triplant mon salaire. Et ainsi de suite. J'ai travaillé pour les plus grands. Ils réglaient toutes leurs transactions au téléphone dans la voiture. Je retenais tout. Quand Lev Tomashenko s'est enfui en Californie pour échapper à la taule, j'ai repris ses affaires en main.

– Vous étiez juste au bon endroit au bon moment ?

– J'avais deux jeunes frères à nourrir. J'ai fait ce que j'avais à faire.

Je compatis. Assis l'un contre l'autre, nous regardions dans deux directions opposées. Je repensai aux avances d'Harmon, à ma résistance. À la douleur causée par les rumeurs du bureau. À ma persévérance, envers et contre tout. Je me demandai si Vlad se remémorait aussi tous les événements qui l'avaient mené jusqu'ici.

Il s'éclaircit la gorge et dissipa la brume qui nous entourait.

– À la soirée, les hommes ne te quittaient pas des yeux, mais tu ne faisais pas du tout attention à eux.

Il étudia ma réaction.

– Je pensais que toutes les filles rêvaient de se trouver un riche mari américain.

– Vous pensez que toutes les filles sont pareilles?

Je me levai et balayai le sable de ma jupe.

– J'ai eu un tas de demandes en mariage. D'après Boba, n'importe quelle idiote peut trouver un mari. Mais moi je voudrais construire une relation d'amour et d'amitié avec un homme sur lequel je puisse compter, et je ne me marierai que quand je l'aurai trouvé.

Il se leva à son tour.

– À la soirée, toutes les femmes s'intéressaient aussi à vous, ajoutai-je. Est-ce que vous allez sortir avec elles pour autant?

– J'ai connu des filles comme elles. Ça ne m'intéresse pas. Plus maintenant.

– Qu'est-ce qui vous intéresse?

– Depuis le temps, tu n'as pas encore compris? C'est toi qui m'intéresses.

Je me détournai. Mon cœur se mit à battre très fort, comme pour me rappeler qu'il était bien là, prêt à donner tout son amour et sa confiance. Mon cerveau sonnait l'alerte et m'ordonnait de ne faire confiance à aucun homme, et encore moins à celui-là. Je fis tout mon possible pour faire taire mon cœur: j'inspirai profondément, je pensai à tous les gens que Vlad avait dû torturer, et à Tristan, là-bas en Amérique.

Nous nous dirigeâmes vers l'Opéra, sans dire un mot.

Quand j'aperçus au loin le monument grandiose, je brisai le silence:

– Je me souviens d'une fois où je suis allée à l'Opéra avec Maman et Boba. Ma mère portait un béret noir et Boba et moi trouvions qu'elle ressemblait à une Française. Elles me tenaient chacune par la main. Les lumières de l'Opéra brillaient au loin comme les signaux d'un phare. Des flocons de neige s'étaient mis à tomber et j'essayais de les attraper du bout de la langue, ce qui faisait rire Maman et Boba.

Il me regarda avec tendresse.

– C'est un de mes souvenirs les plus chers, dis-je timidement.

Il déposa un baiser sur ma main et dit :

– J'espère que toi et moi, nous allons créer plein de beaux souvenirs.

Au guichet, il me demanda où je préférais être assise et acheta les billets. Nous étions placés dans une loge de la corbeille, mon endroit favori. Je pouvais voir les musiciens dans la fosse, les chanteurs sur la scène et les spectateurs assis en face. Je me penchai et appuyai mes coudes sur le rebord, n'osant pas quitter des yeux la scène de tout le premier acte. Je sentais le regard de Vlad fixé sur mon visage. Pendant l'entracte, il me demanda quels ballets de la saison prochaine me tentaient. Si j'avais appartenu à une autre catégorie de filles, il se serait penché vers moi et m'aurait demandé d'une voix grave et suave si je voulais finir le spectacle chez lui. Quand les lumières s'éteignirent de nouveau, je tournai mes yeux vers la scène et me dis que parfois, j'aurais bien voulu être ce genre de fille.

Le lendemain, j'arrivai tôt à l'agence. Valentina m'avait confié une clef de l'appartement ainsi qu'une liste de tâches à accomplir. Elle était à Kiev. Comme il était difficile et coûteux pour les hommes d'obtenir un visa ukrainien – il fallait notamment fournir une invitation –, Valentina avait créé un groupe de pression et était allée convaincre (en les arrosant) les hommes politiques d'accorder facilement des visas aux Américains et aux Européens de l'Ouest. Elle et ses pairs espéraient qu'il serait bientôt plus facile pour les hommes d'aller chercher l'amour en Ukraine qu'en Russie.

Je m'assis près des fougères et des orchidées et relus notre liste de questions fréquentes. Valentina m'avait demandé de publier ses réponses sur notre site.

Pourquoi les femmes russes et ukrainiennes veulent-elles épouser un Américain ?

Elles désirent fonder un foyer stable, ce que beaucoup d'hommes d'ici ne peuvent pas leur offrir pour des raisons économiques. (Dans la marge, Valentina demandait: «Doit-on parler du fort taux d'alcoolisme chez les hommes? De leur infidélité?») Le stress lié aux difficultés pour se loger, à l'alcoolisme et au chômage a pour conséquence un nombre élevé de divorces, dont le taux atteindrait aujourd'hui les 70 %.

Sur les photos de votre site, les femmes ont l'air trop parfaites. Sont-elles réelles?

À 100 %. Nos femmes prennent soin de leur corps en pratiquant la marche, la danse et toutes sortes d'activités physiques. De plus, une alimentation naturelle (Valentina avait ajouté: «loin des produits chimiques et de la nourriture industrielle que les Américaines servent à leur famille», mais je pris l'initiative de supprimer cette phrase) aide nos femmes à garder des cheveux longs et forts et une peau saine et éclatante.

Qu'est-ce qui différencie principalement les Ukrainiennes des Américaines?

Les Ukrainiennes sont des femmes traditionnelles qui aiment coudre, cuisiner et tricoter. Pour elles, la famille est une priorité. Elles mettent un point d'honneur à être de bonnes cuisinières et de bonnes ménagères.

Notre premier contact avec les Américains se faisait de plus en plus souvent par Internet et nous avions donc intérêt à rendre la navigation sur notre site la plus agréable possible. Dans ce but, je visitai d'autres sites et analysai leurs méthodes. Il en existait des dizaines. Je ne m'attendais pas à une telle concurrence. Nos tarifs étaient plus élevés qu'ailleurs: trois mille dollars pour une semaine de soirées. Valentina était évidemment plus chère que les autres.

Voyant qu'une agence se vantait d'avoir la plus grande équipe de conseillers, je mettais en avant le caractère intime et personnalisé de nos services. Lorsqu'une autre promettait un nombre imbattable de femmes, je précisais que nos soirées n'étaient jamais bondées. La plupart des traductions étaient approximatives. Certains passages étaient traduits littéralement du russe et publiés tels quels: *Femmes vouloir aller États-Unis pour devenir bonne femme de homme honnête.* (L'article n'existe pas en russe.) D'autres annonces transposaient la grammaire russe dans la langue traduite: *M'appellent Tanya. À moi vingt ans.* J'attirais l'attention sur le fait que notre anglais était irréprochable. Je contrais chacun des arguments et renvoyais toujours la balle dans le camp adverse, tel un avocat du barreau disputant un match de tennis. Forme olympienne. Niveau inégalé. Maîtrise totale du jeu. Du moins, jusqu'à ce que je tombe sur un site s'ouvrant sur une mosaïque de femmes qui donnait le choix entre trois catégories: «Femmes joignables au téléphone», «Femmes sans enfants» et «Femmes oubliées». Je cliquai sur la dernière rubrique et découvris une page remplie de photos de cinq centimètres sur cinq. J'observai toutes ces femmes qui me dévisageaient. Je cliquai sur Marina, une brune potelée. Elle essayait vainement de sourire. D'après les renseignements qui complétaient sa photo, elle avait vingt-trois ans, son signe astrologique était poisson et elle avait eu un enfant un an plus tôt. Son profil maladroitement traduit disait: *Je aime lire, tricoter bas chauds et habits magnifiques. Je bonne cuisinière, aime se reposer à la mer, aller au zoo et au cirque avec fille bébé. Je aime préparer plats bons pour dîner familles et fêtes. Je honnête femme, modeste, bonne mère et ménagère. Je cherche homme qui aime enfants et rêve famille avec valeurs traditionnelles. Vous trouver bonheur et famille, paisible et maison confortable avec moi. (25-45 ans, sans enfant, pas de musulman).*

Sur l'écran, ses yeux abattus semblèrent croiser les miens. Je compris que nous n'aidions pas ces femmes à trouver l'amour, ni un partenaire, ni tout ce que je m'étais persuadée que nous les aidions à trouver. Nous ne vendions pas du romantisme, des rencontres ou de l'amour. Nous vendions des femmes. Point barre.

Je fermai la fenêtre du profil et la page précédente réapparut. Des dizaines de femmes me dévisagèrent à nouveau. J'aurais voulu m'en aller, mais ne pouvais m'arrêter de les regarder. La plus jeune avait vingt ans. Elle s'appelait Véra, ce qui, en russe, signifie « foi ». Elle avait les yeux gris, pesait cinquante kilos et mesurait un mètre soixante-cinq. Dans la rubrique des langues étrangères, on lisait: *Anglais (notions d'école oubliées).* Elle se décrivait ainsi: *Fille calme, discrète et sérieuse sachant créer une atmosphère agréable en toutes circonstances. Je suis une personne joyeuse et facile à vivre qui aime communiquer avec les gens et qui apprécie les amitiés humaines. Je rêve de réussir dans la vie, mais la chose la plus importante pour moi est le bonheur dans la famille. Je veux rendre heureux les gens près de moi et pour y arriver, je fais tout. Mon homme parfait est actif, créatif, protecteur, fort, gentil et intelligent. Et surtout, un vrai homme. Si je trouve cet homme, de 22 à 49 ans, je sais qu'il sera heureux avec moi.*

La plus âgée, Galina, avait cinquante-cinq ans. Elle pesait soixante-trois kilos, avait les cheveux blonds et les yeux bleus. Dans la rubrique « Profession », on lisait: *experte en esthétique.* Elle expliquait: *Je suis femme active, mon cœur est plein d'amour. J'ai beaucoup d'amis et ils m'aiment mais hélas, je ne vois pas l'homme pour moi parmi eux. Je cherche un homme qui m'aime et qui a les mêmes centres d'intérêt que moi (littérature, théâtre, promenades romantiques). Pas de limite d'âge, si possible grand, si possible européen.*

Je visitai un autre site. Je cliquai sur les liens les uns après les autres et parcourus les profils. Ils étaient tous accompagnés d'un portrait et de deux photos montrant leurs corps moulés dans des jupes courtes et des hauts en dentelle transparents. Des dizaines de visages d'anges me sautaient aux yeux, mais aussi des seins, des nombrils, des fesses. Elles se penchaient en avant ou en arrière pour montrer leurs formes et le site ressemblait plus à un site érotique qu'à un site de rencontres. Toutes les photos avaient le même fond. Cette agence devait avoir deux activités et servir aussi de studio photo. Ces femmes avaient dû payer des fortunes pour obtenir ces clichés coquins. Je lus les profils d'Inna, Inga, Vika, Genia, Ksenia, Nadia, Tamara… Voyeuse, j'entrais dans la vie de ces femmes sans ressources : économistes, enseignantes, journalistes, la plupart divorcées avec enfant, toutes jolies et diplômées, en mal de stabilité.

L'une d'elles écrivait : *Je crois que les gens ne sont pas parfaits ; tout le monde a ses hauts et ses bas. Je impatiente de construire famille stable et durable. Grandie dans une famille de l'Est, je peux dire que je sais ce que les hommes veulent et comment leur donner.* Sous ce paragraphe, je pouvais cliquer sur « Obtenir l'adresse », « Envoyer un message », « Offrir un cadeau ou des fleurs » ou encore « Ajouter à ma sélection ».

Alors que je sillonnais les pages avec la curiosité morbide du témoin qui traîne sur une scène d'accident, la nausée m'envahit. Mais je ne pouvais pas m'arrêter. J'atterris sur un forum où les hommes racontaient leurs mariages avec des femmes d'Europe de l'Est. *Salut, mec ! T'en as marre des sales Américaines exigeantes qui passent leur temps à t'engueuler, qui ne foutent rien à la maison, et qui veulent que tu t'occupes de tout à leur place ? Les femmes russes sont tout le contraire de ces radines. Elles te préparent des petits plats avec amour, elles lavent tes affaires à la main et même elles font le repassage (t'as déjà essayé de convaincre une Américaine de repasser ta chemise ?) et le mieux, c'est qu'elles ne réclament jamais d'argent. Pour elles, un centime, c'est une vraie mine d'or. Elles sont splendides sans avoir besoin de passer des heures à la salle de sport ou chez le coiffeur. Elles savent rester bien sagement à leur place, à la maison à s'occuper du ménage et des enfants. Normal, elles sont reconnaissantes d'avoir un toit au-dessus de leur tête et de ne pas avoir à le partager avec leurs parents. Fais-toi plaisir, prends une femme russe, tu seras adulé et dorloté.*

C'était ignoble. Nous exhibions les filles comme des éleveurs présentant leurs pur-sang. Comme des maquerelles montrant leurs prostituées. Comme des propriétaires comptant leurs serfs. Et moi qui avais aidé ces femmes à rédiger leurs profils, qui avais passé des mois à traduire leurs conversations avec les hommes, je n'avais ressenti aucun dégoût.

Parce que je n'avais pas le choix. L'excuse classique.

Je marchai en long et en large dans le petit bureau et repensai à une scène, parmi tant d'autres pareilles, dont j'avais été témoin à une des soirées. J'étais avec un groupe de femmes et attendais que le couple dont je m'occupais revienne de la piste de danse. L'homme avait escorté sa cavalière jusqu'à nous et murmuré :

– On se verra tout à l'heure, Macha.

Elle avait souri timidement. Il avait rejoint d'un pas nonchalant ses amis. Qu'allait-il dire de Macha, une des filles les plus innocentes de la soirée ? Je m'étais positionnée de façon à avoir le groupe d'hommes dans mon dos et le groupe de femmes face à moi.

– Macha, tu ne vas pas sortir avec ce gros tas ! avait dit une des filles. On ne voit même plus ses yeux tellement ses paupières sont grasses et tombantes !

– Il a un cou de dindon.

– Glouglou, glouglou !

– On dirait une vieille peau de couille desséchée !

– Arrêtez ! avait crié Macha. Je cherche seulement un homme expérimenté et gentil…

Elle avait fait un geste en direction de son prétendant.

– … et qui ait envie de fonder une famille…

(– Je vous jure, les mecs, avait commencé le prétendant, c'est exactement comme acheter une voiture d'occasion.)

– … et qui soit honnête avec moi…

(– Une jolie petite voiture d'occase.)

– … et qui respecte les femmes…

(– Je vais devoir lui faire faire un tour d'essai. Vroum, vroum !)

– … pas comme les hommes de chez nous…

(– Je vais en essayer quelques-unes avant de savoir laquelle je prends.)

– … qui n'ont qu'une idée en tête…

(– On est dans une pièce remplie de jolies petites Corvette d'occasion.)

– … Les Américains sont sérieux. Prêts à s'engager avec une seule femme.

(– Et je vais voir un peu ce qu'elles ont dans le ventre avant d'en ramener une à la maison et de la ranger dans mon garage.)

J'avais inventé mille excuses pour justifier ma participation : je faisais seulement mon travail ; les femmes voulaient partir en Amérique et je les aidais à réaliser leur rêve ; Boba et moi avions besoin d'argent ; je me contentais d'obéir aux ordres ; je n'avais pas le choix. Il était toujours facile de juger les autres et de décréter qu'ils agissaient mal. Beaucoup plus difficile de prendre du recul et de juger ses propres actes. J'avais attendu de me trouver face à nos concurrents pour me voir moi-même. J'étais méprisable. Entre elles, les femmes étaient capables du pire.

Je m'assis au bureau et me cachai le visage.

Le crépuscule tomba doucement.

Le téléphone sonna. Je m'attendais à reconnaître Harmon ou bien Valentina, encore en mission à Kiev.

– Valentina Borisovna ? Valentina Borisovna ? hurla une voix féminine suraiguë.

– Elle n'est pas là, dis-je. Puis-je prendre un message ?

– Daria, Daria ? C'est vous ?

– Qui est à l'appareil ?

– C'est Katya. De Californie. Je veux rentrer à la maison. Il me fait du mal, il me fait du mal.

Elle se mit à pleurer. Tous les poils de mon corps se hérissèrent. Je ne savais pas quoi faire. Pas du tout quoi faire.

– Il m'a accusée d'avoir voulu séduire un de ses amis à la fête de son entreprise. Quand on est rentrés à la maison, il m'a donné un coup de poing dans le ventre. Il sait où frapper pour qu'aucun bleu n'apparaisse, pour que personne ne soit au courant.

– Je suis vraiment désolée.

Mes paroles semblaient ridicules et vaines.

– Quand il verra que j'ai passé un appel à l'étranger, il me frappera encore. Je vous en supplie, Daria, aidez-moi, je vous en supplie.

– Votre famille ne peut pas vous aider ? demandai-je.

– Où voulez-vous qu'ils trouvent les mille dollars pour mon billet ? Mon père gagne trente-cinq dollars par mois. Et j'étais tellement fière de partir en Amérique. J'aurais trop honte de leur avouer la vérité.

Je réfléchis.

– J'ai une amie en Amérique. Elle pourra nous donner des conseils. Donnez-moi votre numéro, je vous rappelle tout de suite.

Jane me proposa deux options. Katya pouvait aller dans un centre d'hébergement pour femmes battues et rester en Amérique. Elle dut m'expliquer le concept du centre parce que, à Odessa, de tels endroits n'existaient pas. Ou alors, elle pouvait se rendre aux bureaux de l'immigration, expliquer qu'elle s'était mariée pour obtenir des papiers, auquel cas, elle serait renvoyée dans son pays. Je transmis ces deux solutions à Katya. Elle me dit qu'elle voulait rentrer.

J'aurais dû m'y attendre. La plupart de nos clients semblaient normaux, mais cet avocat m'avait donné froid dans le dos. Je ne pouvais que m'interroger sur le type d'hommes qui faisait appel à nos services. Bien sûr, je m'étais fait un point d'honneur d'expliquer aux filles qu'elles avaient le choix et je leur conseillais toujours d'attendre de sentir qu'il se passait vraiment quelque chose entre elles et leur prétendant, mais la plupart tombaient amoureuses de l'idée qu'elles se faisaient de l'Amérique et non de celui qui leur offrait le billet. Après la lune de miel, elles comprenaient soudain qu'elles avaient commis une grave erreur, mais elles avaient trop de fierté et trop peu d'argent pour la réparer.

Je comparai nos photos avec celles des sites concurrents. La plupart étaient des photos de groupe prises au cours des soirées ou des thés de l'après-midi, mais quelques-unes montraient aussi des cuisses, des nombrils et des seins dans des postures légèrement provocantes. Les sourires étaient forcés. Les hommes, de dix à trente ans plus âgés que les filles, affichaient des grimaces de jouissance. Tout ça n'était pas sain. Pas normal. Je songeai à Harmon et espérai qu'il me rendrait mon poste.

J'éteignis l'ordinateur et me levai pour partir quand Vlad entra dans l'agence.

– Quand vas-tu me trouver une riche Américaine qui s'occupe de moi ? plaisanta-t-il.

Quand il vit que je ne répondais pas, il prit ma main dans la sienne et demanda :

– Qu'est-ce qui t'arrive ?

– Je ne m'aime pas, articulai-je les yeux rivés au sol.

– Eh bien, moi, je t'aime bien.

Il me releva le menton pour rencontrer mon regard.

– Allons-nous-en d'ici.

– D'accord.

Je lui tendis les clefs et le laissai fermer les cinq verrous.

– Tu veux faire un tour en voiture ?

Il ouvrit la portière, je m'enfonçai dans le siège en cuir et fermai les yeux.

– Où est ton chauffeur ? demandai-je.

– J'avais envie d'être un peu tranquille, répondit-il. Où on va ?

– Je ne suis jamais allée chez toi.

Nous partîmes en direction du centre-ville. Sa conduite était si douce que je ne sentis pas le pavé. J'observais ses mains sur le volant et les imaginais sur mon corps. Je voulais ce que les filles des soirées décrivaient en riant. Je voulais me sentir aimée, même pour un soir. Je voulais sentir ce qui unissait Harmon et Olga. Nous nous approchâmes lentement du quartier sécurisé où les nouveaux riches avaient leurs villas. Vlad fit un signe au gardien qui leva la barrière. Il ralentit car la route était pleine de nids-de-poule et plus abîmée qu'en ville, ce qui n'était pas peu dire. J'aurais pensé que les riches d'Odessa auraient mis leur argent sale en commun pour réparer la route qui menait à leurs grandes demeures, mais non.

– À quoi penses-tu ? demanda-t-il.

– À la route cabossée.

184

– La vie est pleine de surprises.

J'étais d'accord.

Il vint m'ouvrir la portière et me tendit la main pour m'aider à descendre de voiture. Le vent s'était levé et une mèche s'échappa de mon chignon. Je m'apprêtai à la remettre en place, mais il m'arrêta.

– Laisse-la.

Il prit la mèche entre ses doigts et l'embrassa. Nous échangeâmes un long regard.

Le charme fut rompu par le majordome qui apparut sur le seuil. Vlad posa sa main sur le creux de mes reins et m'escorta en haut des marches. Son salon ressemblait à celui d'Harmon dans sa période pré-Olga. Canapés de cuir noir, télévision dernier cri et chaîne hi-fi. Le major-dome apporta un seau à champagne sur un plateau d'argent et posa deux flûtes sur la table basse. Vlad ouvrit la bouteille avec l'aisance de l'homme ukrainien et remplit nos verres.

– À toi, Dacha. Merci d'égayer la maison de ta gracieuse présence.

Après avoir trinqué, nous bûmes notre Dom Pérignon à petites gorgées. Il se pencha vers moi pour amener sa joue contre la mienne, puis fit courir ses lèvres sur mes tempes, ma joue, mon cou. Ma respiration s'alourdit. Il sentait le bois de santal. Quand il m'embrassa, je lui rendis son baiser et rêvai d'être quelqu'un d'autre, une femme passionnée et fougueuse. Une autre femme. Ses bras m'attirèrent à lui, je fermai les yeux et ignorai les voix qui tentaient de me raisonner, laissant les frissons et les picotements du désir m'envahir. Il me porta jusqu'à l'étage, exactement comme Igor avait porté Katya en haut de l'escalier Potemkine et me coucha délicatement sur le lit. Au moment où il retirait mes chaussures et ma jupe, je murmurai :

– Je ne suis pas très douée pour ça.

Il prit ma main et la porta à ses lèvres.

– Les gens sont nés pour faire l'amour. Si tu penses que tu n'es pas douée, c'est qu'un homme t'a mal traitée. On a tout le temps. J'ai le sentiment que dans ce domaine, comme dans tous les autres, tu atteindras des sommets.

Ses mots m'encouragèrent. Je ressentais une attirance profonde et puissante pour lui: ses mains élégantes, ses épaules solides, ses hanches. J'avais envie de lui et de l'oubli, pour un instant. Il me tenait avec précaution, comme s'il avait entre les mains un fragile œuf Fabergé. Je voulais qu'il aille plus vite et essayai de forcer ses mains à exprimer la frénésie qui m'habitait. Il résista.

– Tu m'as fait attendre tellement longtemps. J'avais presque arrêté de rêver à ce moment. Maintenant qu'on y est, laisse-moi le savourer. Laisse-moi te savourer.

Ses mots m'extasiaient. Personne ne m'avait jamais parlé de cette façon. Son souffle effleura mon cou. Il saupoudra mon ventre de baisers aussi doux que les rayons tièdes d'un soleil printanier. Quand je voulus me redresser, il me repoussa doucement en arrière et continua à descendre le long de mes cuisses, de mes genoux, de mes chevilles. Il posa la plante de mon pied contre la courbe de sa joue, puis tourna la tête et embrassa ma voûte délicate. Je soupirai.

Personne ne m'avait jamais fait l'amour comme ça. J'avais connu deux hommes qui s'étaient contentés d'arracher ma culotte, de sortir leur pénis et de l'enfoncer sans autre forme de procès. Après un court moment douloureux, tout était fini et ils m'avaient reproché de les avoir fait jouir trop fort trop vite.

– À quoi tu penses? demanda-t-il. Pourquoi est-ce que tu me regardes comme ça?

– Comme quoi?

– Comme si tu venais de comprendre quelque chose.

– Jusqu'à présent, je croyais que je détestais le sexe, dis-je. Mais avec toi, c'est différent.

– Dacha, *Douchenka,* murmura-t-il, ma petite âme.

Il me caressa les cuisses et le ventre et je me surpris à en désirer plus. Il me frôla et m'embrassa et je confondis ses doigts, ses lèvres, ses dents, ses joues, sa langue et sa langueur et je ne sus bientôt plus différencier son corps du mien.

Quand je me réveillai, je distinguai des nuances de gris : des murs aux tons pâles, des draps de satin nacré, une couette d'un blanc nuageux. Je cherchai ma montre et m'aperçus qu'il était dix heures. Je m'habillai et dévalai les escaliers jusqu'au salon pour appeler Boba et lui dire qu'elle ne s'inquiète pas, que je vivais un moment merveilleux.

– Merveilleux ? entendis-je répéter dans mon dos.

Je me retournai et découvris Vlad, une serviette enroulée autour de la taille. Un puissant frisson de désir me parcourut le corps.

– Tu as faim ? demanda-t-il.

J'acquiesçai et raccrochai le téléphone.

Il me prit par la main et m'entraîna dans la cuisine.

Je le regardai casser sept œufs (les chiffres impairs portaient bonheur), les battre en omelette, gratter une allumette, allumer le gaz, verser les œufs dans une poêle et la poser sur le feu. Je restai debout immobile à le regarder : un homme d'Odessa faisant la cuisine était aussi rare qu'un homme en train d'accoucher. Jusqu'à présent, j'avais cru que ni l'un ni l'autre n'étaient scientifiquement possibles.

Nous mangeâmes directement dans la poêle, nous distribuant mutuellement des bouchées et des baisers.

– Ça fait combien de temps qu'on se connaît ?

– Tu viens m'extorquer de l'argent depuis près d'un an et demi.

– Je ne t'extorque pas, toi ! Normalement, je ne fais jamais la collecte. J'allais à la compagnie de fret uniquement pour te voir.

– Je suis très flattée.

– Je t'ai observée pendant des mois et je n'arrivais pas à croire que tu n'aies pas de copain. Et quand je t'ai parlé et que tu m'as répondu de ton petit ton acerbe, j'ai su que j'étais foutu.

– Qu'est-ce que tu voulais dire quand tu parlais d'atteindre des sommets ?

Il rit, me prit la main et m'attira en haut des escaliers.

11

Le lendemain matin, je profitai encore un peu de la chaleur du corps de Vlad, savourant en mémoire notre nuit, puis me levai et m'habillai. Je lui secouai l'épaule et lui demandai de me raccompagner chez moi.

– Demande au chauffeur, marmonna-t-il.

Je fis courir mes doigts le long de ses côtes et il se leva d'un bond.

– Je me lève. Je me lève.

Il me raccompagna en silence. Je sentais comme une condamnation peser sur le calme apparent et espérais me tromper.

– Je ne suis pas vraiment du matin, dit-il finalement en arrivant dans ma rue. Je t'appellerai.

Ses paroles me redonnèrent un germe d'espoir. Je descendis de voiture avant qu'il se soit arrêté, courus dans la cour et gravis les escaliers. Quand j'enfonçai ma clef dans la serrure, Boba ouvrit les verrous.

– Dacha, où étais-tu? Ce n'est pas dans tes habitudes de passer la nuit dehors.

Je la pris dans mes bras.

– Boba, j'ai vécu un moment magnifique, dis-je en repensant à la complicité de la veille entre Vlad et moi.

Elle m'attira dans la cuisine où elle commença à réchauffer notre petit déjeuner.

– Tu dois mourir de faim. Avec qui étais-tu? Pourquoi ne m'as-tu pas dit où tu allais? Tu étais avec une amie ou avec un homme?

J'avalai une grande bouchée de flocons d'avoine pour me donner le temps de préparer ma réponse.

– J'ai rencontré un homme. Un homme pas comme les autres.

– Un Américain? demanda-t-elle avec espoir.

– Je te parlerai de lui plus tard, il faut que je me change avant d'aller au travail.

Je m'enfermai dans la salle de bains. Sous la douche, j'imaginai encore la barbe légère de Vlad courant sur mon ventre. Des larmes coulèrent dans le jet d'eau: j'étais heureuse et en même temps un peu triste. J'ignorais pourquoi je me sentais si fragile.

Une fois changée, je me précipitai dehors sans laisser à Boba le temps de m'interroger, puis je pressai le pas sur le pavé d'Odessa, aussi légère qu'un ricochet sur la mer.

Quand j'arrivai à l'agence, le dégoût et la honte de la veille me submergèrent brutalement. Je ne voyais qu'une solution. Quand Valentina rentrerait de Kiev, je lui donnerais ma démission et je supplierais Harmon de me reprendre auprès de lui.

Je ne supportais plus l'idée de faire partie de ce trafic.

Je ne supportais plus de regarder ma montre toutes les trente secondes me demandant quand Vlad pousserait la porte du bureau.

Valentina m'avait confié plusieurs missions, mais je n'avais pas envie de chercher de nouveaux conseils pour hommes seuls, ni de mettre à jour nos catalogues. Elle m'avait demandé de décrire la ville et de prendre des photos pour le site. Je passai trois jours à rédiger une ode à Odessa, citant les auteurs qui y avaient séjourné, de Pouchkine à Balzac en passant par Mark Twain, m'efforçant toujours de penser à Vlad le moins possible. Durant trois longues journées, je restai seule à l'agence, à surveiller la porte, à regarder par la fenêtre, à attendre son apparition. J'espérais entendre sonner le téléphone. Mais les trois jours furent silencieux comme trois dimanches.

Le téléphone était peut-être cassé. Je soulevai le combiné. J'entendis la tonalité. Je composai un numéro.

– Qu'est-ce qui se passe, ma petite patte de lapin? Tu ne m'appelles jamais du bureau.

– C'est juste que… tu me manquais, c'est tout.

Je ravalai mes larmes, les trouvant idiotes et inutiles.

Je sortis de l'agence à cinq heures et empruntai le chemin le plus long, traversai le parc Chevtchenko, longeai la mer, avant de rentrer dans le centre-ville. Je le voyais partout, sur la plage, dans chaque berline noire qui passait. Dans mon lit je ne dormais pas. Je restais allongée à écouter en boucle la *Vocalise* de Rachmaninov. Le rythme langou-reux du duo élégant et profond. La pulsation mélancolique du piano. J'essayais de penser à autre chose qu'à Vlad, à ma mère, au travail qui m'attendait à l'agence, à Jane en Amérique, mais mes pensées revenaient toujours vers lui. *Vlad-Vlad-Vlad.*

Cela ne faisait que trois jours. Il réapparaîtrait.

Quatre jours.

Pourquoi n'appelle-t-il pas ?

Cinq jours.

Il lui est peut-être arrivé quelque chose.

Six jours.

Il a tant d'ennemis.

Je commençais à devenir folle. Il fallait que je sorte du bureau. Son travail comportait certains risques… Combien avant lui s'étaient fait descendre ou enfermer dans une voiture piégée ? À Odessa, quand un accident avait lieu, les langues allaient bon train. Je n'avais rien entendu. Je saisis l'appareil photo de Valentina et me promenai sur le boule-vard verdoyant qui surplombait la mer. *Calme-toi. Respire.* J'aimais les rangées de rosiers rouges, devenus sauvages depuis qu'on ne payait plus les jardiniers pour les entretenir ; les jeunes mères poussaient leurs landaus, les jeunes filles gloussaient sur les bancs publics, les garçons de l'école navale défilaient dans leurs uniformes bleus et leurs casquettes, bombant le torse, espérant attirer le regard d'une fille.

Pourquoi n'appelle-t-il pas ?

Comme toujours au printemps, Odessa regorgeait de mariées en robes blanches. Des groupes faisaient la queue pour être pris en photo sur l'escalier Potemkine ou devant la mairie aux imposantes colonnes blanches. Le plus beau jour de la vie d'une femme : tous les yeux se braquaient sur la fiancée amoureuse qui réconciliait ce jour-là son rêve de petite fille romantique et son désir adulte de foyer et d'enfants. Les fillettes couraient vers la princesse de conte de fées qui leur distribuait des bonbons et promettait: «Si vous êtes gentilles, mes chéries, un jour vous serez jolies comme moi et tous vos souhaits se réaliseront.» Tout le monde voulait croire à l'amour. Tout le monde rêvait d'un instant éternel. Les mariées nous aidaient à croire aux contes de fées.

Pourquoi n'a-t-il pas appelé?

Le photographe éloigna une mariée du groupe de témoins. Il n'avait pas besoin de lui demander de sourire. Elle était radieuse. Lumineuse. Il arrangea sa traîne, lui tourna le menton légèrement vers la gauche, puis retourna à son trépied. Roses rouges, morceau de satin doux contre sa joue délicate et le tableau était prêt. Une photo d'elle seule pour plus tard, quand le rêve s'écroulerait, pour qu'il lui reste cet instant, ce portrait d'elle sous son meilleur jour, à mettre en ligne sur le site de Valentina.

J'étais devenue cynique. Je regardai les mariées se faire photographier pendant encore une heure, certaine de ce qui les attendait et pourtant envieuse de leur sort.

Il n'appellera jamais.

Ce soir-là, Boba et moi étions assises sur le canapé. La télévision était allumée, mais nous ne la regardions pas.

– Boba, tu te souviens du soir où je ne suis pas rentrée? Je croyais avoir vécu un moment unique, mais je m'étais trompée.

Elle attira ma tête sur ses genoux et me caressa les cheveux.

– Ça se passe souvent comme ça, ma petite patte de lapin, ça se passe souvent comme ça. Les hommes sont comme des chiens errants, ils vont de maison en maison à la recherche d'un os à ronger. Une fois qu'ils l'ont obtenu, ils passent à la maison suivante.

Je lui enserrai la taille et appuyai ma tête contre son ventre, les épaules secouées de sanglots, inondant sa robe de chambre. Je me jurai que ces larmes étaient les dernières que je versais pour Vladimir Stanislavski. Dès qu'il viendrait envahir mes pensées, je le repousserais loin de moi. Je me promis d'être prudente et de ne plus jamais baisser la garde. J'ignorais que bientôt, toutes mes résolutions s'envoleraient.

Le lendemain, alors que je marchais vers l'agence, je m'aperçus que la ville que j'aimais tant commençait à revêtir pour moi l'aspect d'une prison. Je pressai le pas, contournai les immeubles, les yeux baissés sur le sol. Mon corps me trahissait: j'avais l'estomac noué, la gorge et la mâchoire serrées. J'avais souhaité revoir Vlad; maintenant je redoutais la rencontre. Je le surprendrais sûrement quelque part en pleine discussion avec une créature sexy, drôle, libre, et il ne me verrait même pas. Ou pire, il me verrait et l'instant porterait toute l'horreur et la gêne d'un Salut-oui-oui-on-a-couché-ensemble-c'est-ça-au-revoir.

Quand j'entendis la sonnette, je levai la tête, espérant voir Vlad, puis détestai mon impatience, ma naïveté, ma stupidité. C'était Harmon. Je n'étais pas déçue: cela faisait trois semaines que je ne l'avais pas vu. Il avait l'air bien. Très bien même. Il avait perdu du poids et portait un costume bleu marine et la cravate rouge que je lui avais offerte pour le nouvel an. Il resta debout dans l'entrée, hésitant, un bouquet de roses roses à la main. J'avançai vers lui et le pris dans mes bras, de l'étreinte que je réservais uniquement à Boba.

– J'allais venir vous voir, dis-je en me mettant à pleurer.

Il me tendit un mouchoir. Je me mouchai et pleurai de plus belle. Mes soucis n'avaient pas trait qu'au travail.

Il me tapota le dos maladroitement.

– Là, là. Vous aviez raison. J'ai besoin de vous. Olga est prête à rentrer chez elle et à retourner à sa peinture, si vous acceptez de revenir. S'il vous plaît, revenez.

– Je croyais que vous n'aviez plus besoin de moi, reniflai-je.

– Je suis perdu sans vous, avoua-t-il en me tendant les fleurs.

Douze. Ça n'allait pas.

– Combien de fois dois-je vous le répéter? Les nombres pairs seulement pour les enterrements!

– Je ne peux pas me souvenir de toutes vos superstitions idiotes, rétorqua-t-il.

Ça n'avait rien d'idiot. C'était très sérieux. Les nombres impairs portaient bonheur. Tout le monde savait ça. Même lui. Il l'avait fait exprès pour me mettre en colère. Je retirai une rose du bouquet, coupai la tige et plaçai la fleur à sa boutonnière, puis ajustai sa cravate, lissai son col et retirai des poussières imaginaires de ses épaules et de ses manches. Je pris une grande inspiration qui m'emplit du parfum des roses et me donna une joie que je n'avais pas ressentie depuis des jours.

Je griffonnai un mot à Valentina, lui expliquant qu'Harmon avait besoin de moi.

– Passons d'abord au port, dit-il en m'ouvrant la portière de sa vieille BMW. Je dois m'acheter une nouvelle voiture.

– Non, dis-je en songeant à Vlad. Ne laissez pas trop voir que vous êtes riche. Ça ne servira qu'à vous attirer des ennuis.

Quand les douaniers m'aperçurent, ils se rassemblèrent tous autour de nous.

– Dacha, où étiez-vous passée? Vous nous avez manqué!

Ils employaient mon diminutif, preuve qu'ils éprouvaient de l'affection pour moi, ou pour l'argent que je leur rapportais. Tous les six se montrèrent sceptiques à l'égard de nos marchandises. De quelles cassettes vidéo s'agissait-il? Quelle musique? Encore des objets qui allaient pervertir la jeunesse! Pourquoi toute cette viande et ces fromages étrangers? Notre nourriture n'était pas assez bonne? Et ces plats tout prêts pleins de produits chimiques! Ajouter de l'eau et mélanger? Ça n'était pas naturel. Et ça encouragerait les gens à arrêter de cultiver leur jardin! Ils n'étaient pas sûrs de vouloir laisser entrer ces poisons dans notre pays.

Je souris.

– Je comprends vos réticences. Elles sont légitimes, dis-je.

Je leur offris à tous des échantillons pour apaiser leurs craintes.

Bien qu'il ne comprît pas la négociation qui se déroulait en russe, Harmon me regardait opérer, un sourire extatique aux lèvres. Les discussions durèrent presque tout l'après-midi. J'étais heureuse de retrouver ce travail; il m'empêchait de penser à Vlad. La plupart du temps.

Boba avait préparé mon dessert préféré pour le dîner. Sa spécialité était le napoléon: une couche de pâte, une couche de crème, une couche de pâte, une couche de crème, le tout fondant délicieusement dans la bouche.

Quand je regagnai mon poste à la compagnie de fret, les choses avaient changé. Les tableaux et les photos d'Olga avaient disparu et les murs avaient été repeints en bleu clair, ma couleur préférée. Harmon avait dû faire travailler les ouvriers toute la nuit. Il gagna d'un coup tout mon respect. Il comprenait enfin les manières d'Odessa.

Quand je voulus m'asseoir, il insista pour me laisser son bureau.

– Vous faites la majeure partie du travail, dit-il avec ironie.

Sur son bureau, je trouvai un bouquet de roses rouges. Vingt-cinq. Cette fois, il ne s'était pas trompé. Je n'aurais jamais cru assister à une telle démonstration de reconnaissance, ni à tant d'efforts de sa part. Je le regardai, prête à subir un nouvel assaut, mais au lieu de cela, il s'assit à la table de conférence et commença à éplucher les bons de commande que les nouveaux supermarchés occidentaux de la ville nous avaient envoyés. Je tournai les yeux vers lui. Mon estime pour lui débordait. Il avait fait tant de choses pour moi. Et il avait l'air de ne plus rien attendre en retour. Je ne le considérais alors plus comme Harmon et, dans ma tête du moins, je l'appelais déjà par son prénom: David.

Je n'avais pas vu Vlad depuis plus de deux semaines. Naïvement, je n'arrêtais pas de me dire qu'il réapparaîtrait, s'il savait où me trouver. J'essayais de ne pas broyer du noir et m'en voulais d'être devenue si sensible, de sursauter à chaque sonnerie du téléphone, d'épier le couloir au moindre bruit de pas. J'étais sur le point de dépasser la frontière qui sépare le fragile du pathétique. Cette menace me poussait à maintenir le dos droit et les dents serrées. Je ne laisserais pas un homme me rendre malheureuse.

En y repensant, des tas d'indices auraient dû m'alerter. Une bouteille de champagne au frais, au cas où. Un lit gigantesque et des draps en satin. Aucun doute, c'était un séducteur. Un joueur. Il m'avait piochée et m'avait fait tourner entre ses doigts avant de me jeter sur la table pour ramasser sa mise. Et je m'étais laissé faire, pensant que j'étais la carte maîtresse. *Il ne faut pas confondre sexe et amour*, disait Boba. Elle avait bien raison.

Pour m'assurer que Valentina n'était pas fâchée, je lui rendis visite à l'agence avec une bouteille de *kognac*, une orchidée et une boîte de chocolats allemands. Je ne lui donnai pas les causes de ma démission soudaine et expliquai seulement que j'étais très fatiguée et que mon salaire à la compagnie de fret était plus élevé : deux raisons qu'elle pouvait comprendre.

– Tu vas me manquer, dit-elle. Tu es une fille honnête et fiable.

– Ça me fait une belle jambe, marmonnai-je.

Elle aboya de rire et me serra contre ses seins. Elle était d'excellente humeur car elle allait bientôt obtenir une nouvelle réglementation permettant aux Américains et aux Européens de l'Ouest (particulièrement aux hommes seuls) de venir en Ukraine sans difficulté et sans visa.

– Ces imbéciles de Moscou ! claironna-t-elle. Ils ont durci les formalités d'entrée dans leur pays. Les hommes vont tous venir en Ukraine, parce que c'est beaucoup plus facile. Je vais élargir ma clientèle. À la Douma, ils envisagent même de retirer la nationalité russe aux femmes qui émigrent à l'Ouest, comme à l'époque soviétique. Tu te rends compte? Les politiciens russes ne croient pas au progrès...

Bien sûr, quand elle disait «progrès», elle voulait dire commerce.

Je voulais lui raconter ma mésaventure avec Vlad, mais quelque chose me retenait. Personne n'aime reconnaître sa bêtise. Je lui parlai alors du coup de fil de Katya.

— Valentina, que ferais-tu si ton mari te battait?

— Voyons, c'est évident! s'exclama-t-elle en me dévisageant comme si j'avais du bortsch dans le cerveau. Tu l'emmènes loin des voisins passer quelques jours dans une datcha au coin d'un bon poêle à bois. Tu l'assois à la table de la cuisine et tu lui fais boire des litres de vodka artisanale bien forte.

— Je ne saisis pas.

Elle but une gorgée de *kognac*.

— Ah, les femmes d'aujourd'hui! Vous ne connaissez rien à rien. Tu dois absolument savoir ça: la vodka artisanale est un remède puissant. Utile en toutes circonstances. Ah, la vie était plus simple avant la perestroïka! Les gens se débrouillaient tout seuls et on n'avait pas tous ces problèmes d'alcoolisme et de pauvreté. Le monde est devenu bien triste.

Valentina regarda par la fenêtre un moment, comme si dans la rue, les jours meilleurs de l'époque soviétique s'écoulaient encore. Elle revint vers le présent et continua:

— Une fois qu'il est cuit, il tombe inconscient sur la table, tu attrapes une bûche et tu le bats. Jusqu'à ce que les tendons de son dos se mêlent aux mailles du coton de son T-shirt. Jusqu'à ce que tu ne puisses plus soulever la bûche. Ensuite, tu jettes la bûche dans le poêle. Sans laisser de traces. Au passage, chérie, cette méthode marche aussi contre la picole.

J'eus enfin l'idée de vérifier mes e-mails. Je trouvai douze messages de Tristan, plus anxieux les uns que les autres.

J'avais honte de la facilité avec laquelle je l'avais oublié. Je lui répondis sur-le-champ que j'avais dû régler quelques problèmes du quotidien. Tristan écrivit: *Ça suffit d'écrire. Voyons-nous. Bientôt ?*

Je pensai à Vlad et laissai ce qui, je l'espérais, serait le dernier sursaut de rage, de douleur et de déception m'envahir avant de taper ma réponse. *D'accord.*

Pour me repentir de ma défection, j'envoyai à Tristan une sélection de photos d'Odessa. Il m'envoya des clichés pris dans le parc de Yosemite : des couchers de soleil incroyables, des tronçons de routes solitaires et des plantes minuscules qui révélaient toute l'étendue du monde. En regardant ses photos de séquoias, l'espèce vivante la plus grande, je pouvais sentir le tronc contre ma peau.

Il m'écrivait de longues lettres tous les jours. J'appris que ses arrière-grands-parents étaient russes. Je lui racontai que j'étais moitié ukrainienne, moitié hongroise. Il répondit qu'il aimerait en savoir plus sur ses ancêtres et je lui répondis que moi aussi, même si, entre les études, le travail et la vie courante, j'avais déjà très peu de temps à consacrer à Boba et encore moins à mes ancêtres. Tristan proposa que nous nous rencontrions à Budapest, ce que j'acceptai volontiers. J'étais curieuse de découvrir la ville où mon père était né et où il était retourné dans sa fuite.

Je donnai à Tristan mon numéro de téléphone et il se mit à m'appeler le week-end.

— Dora ? Salut, c'est Tristan.

Son assurance paraissait un peu forcée. La ligne grésillait et si nous parlions en même temps, nos paroles s'effaçaient.

— Daria, corrigeai-je avant de songer que Dora était peut-être un surnom affectueux, comme Dacha.

— Qu'est-ce que t'as dit ?

Nous renouvelâmes la tentative. Rien. Un bourdonnement couvrait sa voix.

— À toi, dit-il.

— Je suis contente que vous appeliez.

— Ça me fait plaisir que…

La ligne fut soudain coupée. Un phénomène courant à Odessa.

Bien que la conversation fût difficile à cause de la mauvaise qualité des lignes, ses efforts et sa patience me disaient tout ce que j'avais besoin de savoir.

Il m'avait envoyé une photo de lui dans son uniforme de scout vert. Il avait l'air sérieux. Gentil. Fiable. Il aimait les enfants. Il était prêt à fonder une famille. À s'engager. Il n'était pas le genre d'homme qui gardait du champagne au frais au cas où. Il était un peu maladroit, mais cela voulait dire qu'il n'était sûrement pas manipulateur comme Vlad. Et j'étais attendrie par ses silences gênés et ses questions bizarres.

« Tu as la télévision ? »

« Tu veux que je t'apporte des collants ? Ou du papier toilette ? »

« Est-ce que vous faites la queue au magasin pendant des heures ? »

La question qui m'étonna le plus fut : « Vous avez des jeans en Ukraine ? »

Il ignorait que le jean avait été inventé à Odessa.

Il m'envoya un billet d'avion pour Budapest. J'étais folle d'impatience à l'idée de le rencontrer et de me promener dans la ville. Mon premier voyage à l'étranger. Chaque jour, mon excitation grandissait et je m'agitais dans tous les sens au bureau comme une abeille ivre de pollen. Pendant une coupure de courant, je versai un reste de café dans deux tasses et David et moi nous assîmes dans la salle de conférences pour bavarder. Nous n'avions rien d'autre à faire puisque les ordinateurs, imprimantes et fax étaient éteints. J'étais contente qu'il n'ait pas fait installer de générateur. J'avais pris goût à nos tête-à-tête dans la salle obscure.

– Pourquoi êtes-vous ici ? demandai-je.

– Je me pose la même question que vous, répondit-il en riant. Je pourrais vous dire que j'ai le transport maritime dans le sang, puisque mon grand-père a monté cette entreprise. Mais la vérité est que j'ai eu quelques ennuis et qu'on m'a envoyé passer deux ans à l'ombre ici.

Vita et Véra ne s'étaient donc pas trompées. Odessa était son châtiment.

J'attendais qu'il m'en dise plus, mais il resta silencieux. Après un long moment, il changea de sujet.

– Et vous ? Pourquoi êtes-vous encore ici ?

– J'adore Odessa.

– Vous n'avez rien vu d'autre.

– Est-ce qu'on est obligé de coucher avec deux cents filles pour savoir laquelle on désire ? Et de goûter cinquante desserts différents pour être sûr qu'on préfère le chocolat ?

– Non, dit-il. Vous avez raison. Parfois, c'est une évidence.

– Je ne sais pas ce que je désire. Boba voudrais que je trouve un Américain et que je parte d'ici. Et parfois, c'est ce que je souhaite aussi. J'ai envie de voir le monde, de voyager, de tomber amoureuse, de rencontrer des gens, de parler anglais tout le temps, comme je le fais ici, au bureau. Mais parfois, j'ai peur de quitter tout ce que je connais.

– Odessa sera toujours là. Vous l'appelez bien « Odessa-Mama », non ? Elle sera toujours là, à vous attendre au cas où vous voudriez revenir. Vous êtes jeune, vous devriez partir, explorer le monde, vivre un peu.

Le retour du courant vint briser notre intimité. Mais nous restâmes dans la salle de conférences. Je songeai à Budapest. J'allais partir, explorer, vivre. Il se leva et éteignit les lumières. Pour le plaisir.

– Qu'est-ce qui vous rend si heureuse ? demanda-t-il.

Je ne voulais pas m'attirer la poisse en parlant de mon voyage.

– Si vous en avez assez d'Olga, je peux vous aider à trouver une gentille Ukrainienne, dis-je.

– J'étais marié à une gentille femme, dit-il, maintenant j'en voudrais une méchante.

Je rougis, heureuse que nous puissions plaisanter comme avant, comme si rien ne s'était passé. Car en réalité, les choses avaient changé. Mon salaire avait doublé. Olga, ce pion, était sorti de l'échiquier. Mon sacrifice stratégique avait fonctionné et j'avais gagné.

Il me parla de leurs préparatifs de mariage. Je me demandais si je devais le mettre en garde. Elle se retournerait contre lui comme elle s'était retournée contre moi. Mais je ne voulais pas le faire souffrir, ni le décevoir. Il ne me croirait peut-être pas. Et puis, tout le monde savait bien qu'aux échecs, comme à Odessa, c'était chacun pour soi.

– Vos parents doivent se demander où vous travaillez. Si vous leur proposiez de déjeuner avec nous?

J'écarquillai les yeux.

– Quoi? interrogea-t-il. C'est la barrière de la langue qui vous fait peur?

Plutôt la barrière de la mort. Comment lui expliquer que l'une était morte et enterrée et l'autre mort dans l'esprit de Boba et le mien? Il se plaignait toujours de ses parents intrusifs et autoritaires. Il ne connaissait pas sa chance. Et je ne voulais surtout pas éveiller sa pitié. Je redressai légèrement le menton et dis:

– Je vais proposer à Boba, ma grand-mère.

– Vous faites toujours ce geste.

– Quel geste?

– Avec votre menton.

– De quoi parlez-vous?

– Vous avez une petite conversation avec vous-même. Je le sais parce que vous bougez légèrement la bouche et parfois même, vous marmonnez. Vous trouvez la solution, vous levez le menton et annoncez la décision que vous avez prise.

Je me renfrognai. Nous passions clairement trop de temps ensemble. *L'attaque est toujours la meilleure défense,* disait-on à Odessa.

– Et vous alors? Quand vous êtes stressé, vous vous raclez la gorge environ cinquante fois de suite. Et quand Vlad vient, vous vous cachez dans le bureau.

– Je ne me cache pas. Je suis occupé.

– Occupé à vous cacher.

– Ça ne sert à rien que je discute avec lui, vous savez le faire beaucoup mieux que moi.

– Ce n'est pas un compliment bien placé qui vous tirera d'affaire.

– Vous êtes la seule à qui je fasse des compliments. Sans vous, cette ville n'a aucun attrait pour moi.

Sacrilège !

– Odessa est la plus belle ville du monde ! N'oubliez jamais ça !

Il étendit les bras pour repousser mes reproches.

– Ne me pendez pas pour haute trahison ! Invitez plutôt votre grand-mère à déjeuner demain.

Natalia Temofeevna. Il essaya de prononcer son nom cinq fois avant de me demander de l'écrire. Il essaya de le lire, mais il l'écorcha tant de fois que je renonçai.

– Vous n'avez qu'à l'appeler Boba, comme tout le monde.

Bien sûr que non, pas comme tout le monde. Les étrangers n'avaient le droit d'utiliser que la forme simplifiée de nos noms.

Boba scruta le bureau dans l'espoir d'y trouver un défaut. Son œil de lynx opérait malgré elle. Mais la poussière était absente et le sol impeccable. Elle hocha la tête avec satisfaction, un geste rare qui en disait long.

– Est-elle la mère de votre mère ou de votre père ?

– De ma mère.

Boba posa sa main dans le creux du bras qu'il lui tendait. Il la mena jusqu'à la salle de conférences où elle s'émerveilla devant le festin. La dernière fois que j'avais vu Harmon déployer tant d'efforts, c'était lors d'une visite de Mr Kessler. Des homards du Maine. Du caviar du Danube. Du champagne de France. Il avait enfin appris à boire comme un homme d'Odessa. En France, ils choisissaient peut-être de boire du vin blanc ou du vin rouge en fonction du plat. À Odessa, un bouchon qui sautait était une invitation non-officielle à passer à table. *Le champanskoye va avec tout*, disait-on à Odessa.

– Il a fait tous ces efforts pour toi, murmura Boba.

– Pour toi, Boba.

– Et il est bel homme…

– Mélanger le travail et le plaisir, c'est comme mélanger des cornichons et de la glace. Tu te serais vue sortir avec ton patron ?

– S'il avait ressemblé à ça, peut-être.

Harmon baissa les yeux vers le cahier où son professeur de russe avait écrit des phrases en langage phonétique.

– Il fait beau aujourd'hui, dit-il.

– Bien sûr, répondit Boba. On est à Odessa.

Il leva un sourcil et se tourna vers moi.

– Je vois de qui vous tenez ça.

– De qui je tiens quoi ? demandai-je.

Il se retourna vers Boba.

– Le champagne vous plaît ?

– *Gorko.*

Amer. Elle fronça les sourcils. Les gens d'Odessa s'y connaissaient en amertume.

– La prochaine fois, prenez du *champanskoye* d'Odessa. Il est léger et sucré.

Il avait tout fait de travers. Le beurre était plein de produits chimiques. Boba les sentait sur sa langue. Il fallait acheter du beurre naturel au marché, conseilla-t-elle. Comment pouvais-je le laisser acheter ça ? me réprimanda-t-elle. Elle trouva ensuite que le homard était fade et les légumes pas assez cuits.

Harmon et moi emportâmes les assiettes dans la cuisine et attendîmes que le café ait fini de couler.

– Elle déteste tout, chuchota-t-il avec découragement.

– Non, le rassurai-je. Elle adore tout. Et elle vous aime beaucoup. Elle ne se donnerait pas la peine de critiquer le moindre détail sinon. Si elle était polie, vous auriez de quoi vous inquiéter. Elle pense que vous avez dépensé trop d'argent pour elle. Elle veut que vous soyez plus raisonnable la prochaine fois.

– Vraiment ?

– *Absoloutna!* Plus nous critiquons, plus nous aimons. Méfiez-vous des gens qui sont trop gentils, ils sont rarement sincères.

Je songeai à Olga et espérai qu'il prendrait note de mon avertissement.

– En tout cas vous, vous êtes la personne la plus sincère que je connaisse, dit-il sèchement.

Après le café, Boba se leva et dit :

– Je ferais mieux de vous laisser retourner travailler tous les deux. Merci pour ce délicieux repas.

Harmon la raccompagna jusqu'à la porte, je marchai derrière. Le soleil força Boba à plisser les yeux.

– J'étais ravi de vous rencontrer, articula Harmon dans un russe hésitant. La prochaine fois, venez avec votre fille.

Boba me jeta un bref coup d'œil. Je secouai la tête, mais elle lui avoua quand même :

– Ma fille. Morte.

Harmon resta coi. Boba lui tapota la joue avec compassion et s'engagea sur la rue de l'Armée-Soviétique.

– Quand ? demanda-t-il.

– Quand j'avais dix ans.

– Pourquoi ne me l'avez-vous pas dit ?

Je levai le menton vers lui.

– Ça ne vous regarde pas.

– Vous devriez rentrer chez vous.

Il se montrait aussi cinglant que moi. Mais il se radoucit.

– Profitez-en pour passer l'après-midi avec Boba.

– Je vais ranger la salle de conférences.

– Faites ce que vous voulez.

– C'est ce que je fais toujours.

– Petite insolente.

Il partit vers son bureau. Je le rattrapai par le bras.

– Attendez. Merci. Pour tout ce que vous avez fait… pour Boba.

Il baissa les yeux vers ma main qui tenait sa manche.

– Je vous en prie, dit-il machinalement. Je ferai n'importe quoi… pour Boba.

Trois jours avant mon rendez-vous avec Tristan, j'eus Jane au téléphone et lui racontai mon projet. Grave erreur. Il ne fallait jamais rien dire à personne.

– Tu es dingue! hurla-t-elle si fort que toute la population comprise entre le Montana et Odessa dut l'entendre. Si ça se trouve, c'est un pervers ou un assassin qui tue ses victimes à la hache. Ou bien un séducteur en série qui invite des filles à l'étranger pour les sauter dans les hôtels. Ou un pédophile! Ou un homme marié! Tu sais quoi sur lui?

– Il est prof de physique.

– Et alors? vociféra-t-elle. Fuis-le tant qu'il est temps. Laisse tomber tout de suite!

Je n'avais jamais vu Jane réagir si violemment. Son humeur était habituellement constante et joyeuse. Mais elle avait peut-être raison. Elle avait deux ans de plus que moi, elle avait voyagé et surtout, elle était américaine et connaissait mieux que moi les hommes de son pays. J'avais peut-être affaire à un chasseur de femmes étrangères. Comme Milla de Donetsk, il écrivait peut-être à dix filles en même temps. Je n'arrivais pas à me décider. Mais je ne me sentais pas le courage d'appeler Tristan pour annuler. Alors, je ne fis rien. Comme après ma nuit avec Vlad, les jours s'écoulèrent au compte-gouttes comme une fuite d'eau abandonnée.

Chute.

Chute.

Chute.

Shut-shut-shut: fermer. Comme j'avais fixé mes jours de congé à l'avance, je les passai à la maison. Quand je me mettais à regretter de ne pas découvrir Budapest, je me répétais les avertissements de Jane. Assassin. Séducteur en série. Pédophile. Marié. Je réduisis le billet d'avion en miettes de confettis tristes. Je ne pouvais pas croire que je m'étais trompée. Je regardai ma montre. Nous aurions été en train de dîner. En train de parler et de rire de mes craintes stupides. Il m'aurait pris la main pour dissiper mes doutes.

J'aurais souri timidement. Il m'aurait caressé de son œil tendre… Mais Jane avait raison. Tristan, si c'était son nom, était sans doute un arnaqueur professionnel qui séduisait des filles sur Internet pour les sauter dans des hôtels.

La pensée était douloureuse. Il m'avait paru sincère. Cela dit, Vlad aussi. Tristan n'avait jamais fait partie de ma vie. Ni Will d'Albuquerque. Je ne l'avais jamais vu, ni touché. Il n'était pas réel. Dans ce cas pourquoi souffrais-je tant? La blessure de Vlad était peut-être encore vive. Je regrettai de m'être laissé duper. Encore une fois. J'avais été bête au point d'accepter de prendre un avion vers un pays étranger pour rencontrer un homme que je n'avais jamais vu. Comportement imbécile. Je n'avais pas retenu ma leçon.

La sonnerie du téléphone me tira de ma rêverie.

– Allô?

– Où es-tu? demanda Tristan d'une voix plus douce et plus triste que jamais. Pourquoi n'es-tu pas venue?

À cet instant, j'eus la certitude d'avoir affaire à un homme honnête, un peu gauche, un peu bourru, en mal d'amour. Je m'enfonçai dans le fauteuil noir que David m'avait légué quand il avait refait la décoration de son appartement.

– Pourquoi as-tu changé d'avis?

Je n'osai pas lui dire la vérité. Lui avouer que mon amie m'avait convaincue que c'était un pervers. Que j'avais déchiré mon billet. Il ne servait à rien d'aggraver le mal que j'avais déjà fait.

– Tristan, articulai-je d'une voix rauque, ma grand-mère est malade. Très malade. Je ne peux pas la laisser seule. J'ai essayé de vous appeler, mais vous étiez déjà parti.

J'attendis une réponse, mais n'entendis que des grésillements.

– Vous ne me croyez pas? demandai-je.

Je savais aussi être une sirène. Il renifla.

– Je ne sais pas quoi penser, avoua-t-il finalement d'une voix aussi frêle qu'un grain de sable.

– Je voulais venir. Vous me croyez?

– Bien sûr que je te crois.

Il renifla encore.

– Je suis tellement content. Pas que ta grand-mère soit malade, mais j'ai cru que tu avais changé d'avis.

– Jamais, dis-je avec conviction.

Nous discutâmes encore quelques minutes et je lui promis de l'appeler du bureau le lendemain. Je m'aperçus trop tard qu'il pouvait paraître étrange que j'aie prévu de quitter le lit de mort de ma grand-mère dès le lendemain pour aller travailler, mais heureusement, mon énorme culot n'avait d'égal que son immense crédulité. Parfois, nous avions tellement envie de croire aux mensonges que nous les avalions goulûment sans mâcher. Boba disait souvent que mon père avait cherché à me rencontrer. Je n'avais jamais mis en doute sa parole. Parce que j'avais envie d'y croire.

Ensuite, je restai hébétée près du téléphone, en proie à une lourde culpabilité. J'essayai d'accuser Jane qui m'avait dissuadée d'aller au rendez-vous, mais ne parvins pas à lui en vouloir. Elle avait voulu me protéger. Je ne pouvais m'en prendre qu'à moi-même. J'avais encouragé un homme à venir jusqu'en Europe pour lui poser un lapin. Le lendemain, je l'appelai et m'excusai sans relâche. Il me dit de « laisser tomber » et que la prochaine fois, il viendrait directement à Odessa. Il avait l'air convaincu et heureux de cette solution, mais j'étais terrifiée.

Boba commença à réfléchir aux plats qu'elle préparerait, signe évident qu'elle attendait sa visite avec impatience. J'avais des sentiments contradictoires. J'avais envie de le rencontrer, mais je m'inquiétais. Il m'embobinerait et disparaîtrait, comme Will. Il m'utiliserait et disparaîtrait, comme Vlad. Il ne m'aimerait pas et disparaîtrait, comme mon père. J'avais envie de demander conseil à Jane, mais je craignais qu'elle ne me persuade encore une fois d'annuler le rendez-vous.

Jane ne voyait pas d'un bon œil les alliances russo-américaines. Pour financer ses études, elle avait traduit les lettres d'un vieux fermier de cinquante ans accro aux femmes russes. Il correspondait avec une dizaine de Moscovites, partait en rencontrer quelques-unes et rentrait chez lui avec une jeune fiancée. La première avait raconté à Jane qu'elle n'avait pas supporté les grands espaces désolés des prairies du Montana. Quand elle était retournée en Russie, le fermier l'avait pleurée pendant deux mois, puis était remonté en selle et reparti au galop vers Moscou. Nous avions aussi croisé quelques habitués aux soirées. Ils avaient même inspiré à Valentina une idée de campagne : *Si votre premier mariage ne marche pas, le second est gratuit.*

Valentina et Boba me poussaient vers Tristan. (*L'étranger est forcément supérieur.*)

J'espérais que tout se passerait bien, qu'il m'aimerait, qu'il me proposerait de le rejoindre en Californie, l'État doré, que nous fonderions une famille et serions heureux. Mais dans ma vie, les choses ne se passaient généralement pas comme je le souhaitais.

12

Tristan retourna immédiatement chez lui. Il ne profita pas de Budapest sans moi. Il m'avoua que c'était la première fois qu'il prenait l'avion pour un pays étranger. Je m'en voulus encore plus d'avoir manqué notre rendez-vous. J'allais devoir apprendre à lui faire confiance.

Je suis vraiment désolée. Je tapai ces mots vingt fois.

Y a pas de mal. Ta grand-mère était malade. C'est pas de ta faute. Ça aurait été bien que j'aie pu venir. Si j'avais été là, je t'aurais aidée à t'occuper d'elle. Est-ce qu'elle va mieux ? Et toi ?

Beaucoup mieux, écrivis-je. Je ne mentais pas. J'étais sûre d'avoir trouvé un homme bien et que notre rencontre était prédestinée.

Trois semaines plus tard, le jour de son arrivée, je fis quelque chose que je n'avais jamais fait auparavant : j'appelai David et lui annonçai que j'étais malade. Il me conseilla de me reposer. À vrai dire, j'étais si nerveuse que je n'avais pas dormi depuis deux jours. *Choose-chose-chosen : choisir.*

Devant le miroir, j'attachai mes cheveux en chignon comme pour aller au travail. *Vieille fille.* Puis je retirai les épingles et brossai mes cheveux. *Become-became-become: devenir.* Dans mon tailleur noir, on aurait dit que j'allais à un rendez-vous professionnel. J'enfilai une jupe courte et un chemisier traditionnel léger. J'appliquai du mascara d'une main tremblante et noircis mes paupières du bout des doigts. Je n'avais jamais été si angoissée. *Begin-began-begun: commencer.*

Que se passera-t-il si ça ne colle pas ?

Et si ça colle ?

– Dacha, Dacha, me rassura Boba. Tu n'as aucune raison de t'inquiéter. Ce n'est qu'un homme, parmi des millions. Tu trouveras le bon.

J'acquiesçai et passai devant le puits, sous la glycine agrippée au mur, puis m'engageai dans la rue. Plutôt que de prendre le bus, je hélai ce qu'on appelle à Odessa un «taxi non-officiel» et négociai un prix décent pour aller et revenir de l'aéroport. Quand le chauffeur me demanda si j'allais chercher quelqu'un, je lui racontai le bobard que j'avais préparé pour David, au cas où il me verrait avec Tristan :

– Un cousin américain qui veut renouer avec ses racines.

– Ils viennent pour voir, mais ils repartent toujours, dit-il amèrement.

Je regrettai mon mensonge. Les chauffeurs de taxi m'avaient toujours intriguée : ces hommes et ces femmes connaissaient la ville par cœur, assistaient à vos plus beaux moments – en route vers un mariage ou un opéra – et à vos drames – après un rendez-vous catastrophique ou autre mésaventure qui vous poussaient à la confidence. Le silence me rendit à ma solitude encombrée de doutes et de peurs.

– Quel est votre premier métier ? demandai-je.

– Chirurgien.

Les médecins gagnaient une misère. Tout le monde avait deux emplois, un travail principal et un à côté, pour garder la tête hors de l'eau et éviter d'être aspiré par la vague de pauvreté qui recouvrait l'Ukraine. Sans ça, jamais je n'aurais envisagé d'épouser un inconnu. Je gagnais un salaire confortable aujourd'hui, mais je pouvais me retrouver au chômage demain, sans les indemnités ni les primes de licenciement offertes à l'Ouest. Argonaut était soumise à une surveillance étroite de l'État qui voulait augmenter ses prélèvements. Malgré la «protection» que nous payions, en six mois, nous avions essuyé trois attaques antisémites. Sans enquête ni arrestation. L'entreprise était israélienne et à Odessa, tout le monde se fichait des Juifs. Je ne comprenais pas pourquoi David restait. Même moi, je rêvais de partir. J'allais à l'aéroport pour ça. Parce que Tristan était mon ticket de sortie.

Pendant que le chauffeur se garait, je vérifiai que l'avion était à l'heure. Puis j'attendis l'apparition de l'homme qui avait parcouru la moitié du monde pour me voir. Les voyageurs affluaient vers la sortie et je me dressai sur la pointe des pieds, pressée d'apercevoir ses cheveux bruns et ses yeux bleus. Je remarquai immédiatement ses mèches de cheveux gris. Les photos qu'il m'avait envoyées avaient au moins dix ans, peut-être plus. Je me doutais bien que le vol avait dû le fatiguer et je connaissais son âge, mais je ne m'attendais pas à le trouver si… vieux. Et il portait un jean et des baskets. Je ne me l'étais pas imaginé débarquant en costume, mais je pensais qu'il aurait fait un petit effort pour notre première rencontre.

Je compris à sa tête que je le stupéfiais.

– Content. De te rencontrer. Dora. Waouh. De te voir enfin. Waouh. D'être ici. Waouh. Tu es vraiment belle.

– Daria. Enchantée de te rencontrer.

J'étais déçue. Il ne ressemblait pas à ce que j'avais imaginé. Boba m'aurait encouragée à voir ses bons côtés. Son regard bleu était tendre et son sourire hésitant. Il avait fait un long trajet depuis l'Amérique pour être avec moi. C'était un vrai homme. Un homme honnête. Pas un séducteur.

Tristan me dévisageait, apparemment à court de mots. Je ne savais pas quoi dire non plus. Nous nous étions écrit des dizaines de lettres, mais face à face, nous restions sans voix.

L'ordinateur était moins intimidant. J'aurais dû préparer mon discours. *Swim-swam-swum: nager. Dive-dove… doven ? Plonger. Do-did-done: faire.*

– Je vais prendre sa valise, dit le chauffeur. Il a l'air tellement fasciné qu'il est capable de l'oublier.

Hébété, Tristan ne pouvait pas fermer la bouche. Alors que nous marchions vers la voiture, sa main s'approcha, prête à prendre la mienne ou à se poser au creux de mes reins. Elle s'agita près de mon corps pendant quelques instants, puis retomba inerte. Le chauffeur ouvrit le coffre de sa Lada.

– Cet Américain ne vous regarde pas comme un cousin.

Je souris.

– Nous sommes une famille très unie.

Le chauffeur ricana. Les gens d'Odessa étaient habitués au mensonge. Mais ils appréciaient quand l'interlocuteur se donnait la peine de l'enrichir. Pour que Tristan ne soit pas surpris de monter dans la voiture d'un étranger, je lui présentai le chauffeur comme mon oncle. Ce dernier rit, se frappa la cuisse et s'exclama: « Oncle Vadim ! » Nous étions des passagers non-officiels dans un taxi non-officiel. Pour éviter que la police ne nous soupçonne d'être des clients clandestins, je m'assis devant et installai Tristan sur la banquette arrière.

L'aéroport était près d'Odessa; dix minutes suffisaient à passer de la campagne à la ville. Nous contournâmes les énormes nids-de-poule et filâmes à travers les quartiers modernes aux rues pavées bordées de tours en béton soviétiques avant de rejoindre le centre historique. Pendant le trajet, je demandai à Tristan ce qu'il en pensait.

– Ça ne ressemble à rien de ce que je connais. Je ne pensais pas qu'il y aurait autant de, euh, de beaux bâtiments. Je veux dire, j'ai vu toutes les belles photos que tu m'as envoyées, mais, tu comprends… je veux dire, c'est encore plus beau en vrai.

Je souris, revigorée par ses paroles. Il continua à me livrer ses impressions. J'étais curieuse de parler avec un anglophone. Sa prononciation était étrange. Il disait beaucoup «je veux dire» et le son «euh» parsemait ses phrases comme les copeaux de cannelle les tartes aux pommes de Boba.

Le chauffeur sortit la valise de Tristan du coffre et me tendit un morceau de papier sur lequel était inscrit son numéro sous le mot *takci*.

– N'hésitez pas à appeler l'oncle Vadim. Et j'espère que vous m'inviterez au mariage.

Je rougis.

– Au revoir et bonne chance, dit-il à Tristan en anglais.

– Ta famille a l'air gentille, dit Tristan.

– Merci. Bienvenue à la maison.

Quand Boba reconnut ma voix, elle descendit les escaliers et vint nous saluer dans la cour. Elle joignait les mains devant son cœur. Elle regardait alternativement Tristan et moi et rayonnait d'une joie plus pure que toutes celles que je lui avais connues.

– Quel bel homme! Et il a fait ce long voyage pour te voir.

Boba était pleine de sagesse.

– Dis-lui que je lui souhaite la bienvenue sous le soleil d'Odessa.

Je traduisis ses paroles à Tristan qui se tourna vers elle.

– HELLO. NICE TO MEET YOU.

Nous le conduisîmes en haut des escaliers, dans l'entrée, puis dans le salon. Nous avions recouvert la table de la cuisine d'une nappe brodée garnie de tous mes plats préférés: des betteraves éclatantes qui auraient égayé la plus morne journée d'hiver, une salade de pommes de terre si délicieuse qu'aucun invité ne partait sans en demander la recette, un caviar d'aubergine à tomber par terre, du poisson dont Boba avait retiré une par une les arêtes (ce qui avait laissé ses mains noueuses couvertes de minuscules coupures) et du pain noir encore chaud acheté chez le boulanger. Boba et moi étions toutes les deux végétariennes, mais elle avait aussi préparé du lapin. Avant, quand les denrées étaient rares, les marchands malhonnêtes vendaient des chats dépecés qu'ils faisaient passer pour des lapins. Depuis, on les achetait avec leurs pattes velues et leurs dents intactes pour être sûr qu'il n'y avait pas erreur sur la marchandise.

– Dacha, fais asseoir le monsieur, ordonna ma grand-mère en se tordant nerveusement les mains.

– Tu veux t'asseoir ? demandai-je en remplissant son assiette.

Alors que j'attrapai une spécialité d'Odessa – une tranche de pain recouverte d'une épaisse couche de beurre et de succulentes sardines –, Tristan murmura :

– Je n'ai pas faim.

– S'il te plaît, ne refuse pas, tu vas vexer ma grand-mère.

– J'ai l'estomac dérangé, murmura-t-il encore. Je vois que vous vous êtes donné beaucoup de mal, mais je préfère attendre un peu avant de manger.

La pauvre Boba ne comprenait pas. Je lui répétai ses paroles.

– Je n'ai jamais vu un homme refuser de manger, dit-elle d'une bouche pincée.

À Odessa, plus qu'un besoin alimentaire, la nourriture représentait une preuve d'amour et de respect. Quand quelqu'un vous invitait à sa table, celle-ci était toujours couverte de plats préparés spécialement pour vous. Quand quelqu'un vous invitait à sa table, il vous invitait à devenir son ami.

– Tristan, il faut que tu comprennes qu'à Odessa, refuser un repas, c'est comme refuser de serrer la main de quelqu'un.

Il interrogea le visage impassible de Boba et attrapa une tartine.

– Je dois manger la tête et la queue ?

J'acquiesçai. Il mordit dans le pain et mâcha lentement. Je vis non seulement qu'il n'avait pas faim, mais qu'il n'aimait pas les sardines. Il tenta de masquer son dégoût en buvant entre chaque bouchée une gorgée du jus préparé par Boba. Il finit sans un mot. Puis il s'attaqua à la viande.

Il me sourit. Je l'encourageai d'un hochement de tête. L'approbation de ma grand-mère était cruciale. Boba et moi avions été si anxieuses que nous n'avions pas mangé depuis deux jours. Une fois Tristan mis en route, nous le rejoignîmes. Je vis qu'il n'aimait pas le lapin, mais dès la première bouchée de salade de pommes de terre, il s'écria:

– Waouh! C'est dingue ce truc! Maintenant que j'ai goûté ça, je peux mourir heureux.

Je n'eus pas besoin de traduire ses paroles. La salade de Boba provoquait la même réaction chez tout le monde. Au moment de servir le gâteau, je vis que les paupières de Tristan tombaient malgré ses efforts pour les relever. Je le menai à ma chambre que je lui laissais le temps de son séjour.

Boba et moi mangeâmes le dessert en tête à tête, comme tant de fois. Certaines choses ne changeraient jamais. Je levai mon verre de *champanskoye*.

– À notre charmante hôtesse aux mains de fée!

– À ma sublime petite-fille! Qu'elle soit heureuse en amour!

Je l'embrassai trois fois sur la bouche, selon la coutume. Elle me caressa les cheveux.

– Un homme promet à sa fiancée: «Quand nous serons mariés, je serai toujours là pour partager tes soucis et tes chagrins.» Sa fiancée répond: «Mais je n'en ai aucun...» Il l'interrompt: «J'ai dit, quand nous serons mariés...»

Je pouffai de rire.

– En tout cas, reprit Boba, il a aimé la salade de pommes de terre.

– Évidemment.

– Que penses-tu de notre jeune homme?

Je haussai les épaules. Je n'osais pas confier à ma grand-mère que je ne sentais pas mon cœur chavirer.

– Il n'est pas mal. Il est trop tôt pour le dire.

– Trop tôt pour le dire?

Elle leva les mains au ciel et les yeux au plafond.

– Il est américain. Il a fait ce long voyage. Il est poli, si poli qu'il a mangé des plats qu'il n'aimait pas pour ne pas nous vexer. Tu m'as dit qu'il ne vivait pas chez ses parents et qu'il avait un travail stable. Qu'est-ce qu'il te faut de plus ? Une bénédiction divine signée par les douze apôtres ?

Je restai bouche bée. Je ne la reconnaissais pas. Boba ne m'avait jamais forcée à fréquenter un homme. Elle m'avait toujours conseillé de ne pas me presser et de prendre des décisions réfléchies. Pour elle, le choix d'un compagnon était la décision la plus importante de la vie d'une femme.

– Qu'est-ce que tu veux dire ?

– Arrête de te morfondre à cause de Vladimir Stanislavski. Ce n'est pas un homme pour toi. Donne une chance à cet homme-là. Je ne te demande pas de l'épouser demain. Prends le temps de le découvrir. Laisse-le te découvrir. Tu veux fonder une famille ? Tu veux des enfants ?

– Tu sais bien que oui, Boba. Plus que tout.

Ma lèvre inférieure se mit à trembler toute seule. Je ne comprenais pas pourquoi Boba m'attaquait comme ça. Je m'étais remise de ma déception avec Vladimir Stanislavski qui n'était plus maintenant qu'une tache à l'horizon. Presque invisible. Je ne me morfondais pas du tout.

– Ne le prends pas mal, ma petite-fille.

Elle me caressa le visage.

– Si tu veux fonder une famille, si tu veux briser la malédiction, tu dois ouvrir ton cœur et regarder au-delà des apparences. Les beaux diables ne sont que ça : des diables. Ils ne te rendront jamais heureuse. En tout cas, pas pour longtemps. Crois-en mon expérience et celle de ta mère.

Apparemment, tout était dit. Sans échanger un mot, nous nous levâmes pour emporter les plats à la cuisine.

– Quand j'étais jeune, reprit Boba, ma voisine Alla est venue me demander de préparer ma salade de pommes de terre pour son petit ami Arcady qu'elle avait invité à dîner. Bien sûr, j'ai accepté et bien sûr, elle lui a fait croire que c'était elle qui l'avait faite. Il l'a demandée en mariage le soir même. Je suis sûre que c'est ma salade qui l'a convaincu.

– J'en suis sûre aussi.

Elle racontait cette histoire à chaque fois qu'elle faisait sa salade. J'avais entendu chacune de ses histoires au moins cent fois.

– Des années plus tard, un soir où il avait un peu bu, il me confia qu'il avait épousé la mauvaise femme. Il avait découvert seulement après le mariage que c'était moi qui avais fait la fameuse salade. Ah ! Les hommes ! Ils se seraient tous damnés pour ma salade.

Cette nuit-là, dans mon lit, je fixai le plafond et repensai aux conseils de Boba. J'avais des a priori sur les gens ; je les jugeais trop sévèrement ; je devais faire preuve d'indulgence.

Le lendemain matin, Tristan sortit de la salle de bains après une longue douche. Il avait les cheveux mouillés et les yeux brillants. Je le trouvai plus séduisant que la veille. Mais peut-être que les paroles de Boba me le faisaient voir autrement.

– Tu as bien dormi, Tristan ?

– J'aime quand tu prononces mon nom. C'est tellement sexy.

Je rougis, heureuse de lui faire plaisir.

Boba sourit en le voyant dévorer les *vareniki* au fromage qu'elle avait préparés pour le petit déjeuner.

– Ah, l'appétit de la jeunesse ! claironna-t-elle avec contentement.

– C'est dément, dit-il. Vous me gâtez, les filles.

Sa voix était enrouée. J'espérai qu'il n'avait pas dormi la fenêtre ouverte. C'était le meilleur moyen d'attraper un rhume.

– Tu veux que je te fasse découvrir la ville ? demandai-je, déjà inquiète à l'idée de croiser des connaissances.

– Si ça ne te dérange pas, je préfère rester ici. Je crois que j'ai chopé la crève.

Boba prépara un poulet rôti et une purée de pommes de terre, puis alla rendre visite à des vieux amis de notre ancien quartier pour nous laisser seuls. Si nous étions restées dans la cité-dortoir, nos voisins auraient trouvé des

215

prétextes, comme un besoin urgent de farine, pour venir jeter un coup d'œil à notre invité. Heureusement, nos nouveaux voisins, de jeunes étrangers, ne s'intéressaient pas à nous.

Dans le salon bleu et tranquille, Tristan et moi étions assis dans les fauteuils de David.

— Ton appartement est très joli, dit-il. Petit. Confortable. À l'université, je vivais dans un dortoir, mais j'étais carrément content de retourner dans une maison.

— En ville, presque personne ne peut s'offrir une maison privée. J'ai toujours habité dans un appartement. Qu'est-ce qui te plaît tant dans le fait d'habiter une maison?

— C'est surtout le jardin. Faire pousser des arbres fruitiers et des légumes. Rien ne me rend plus heureux que d'être dans la nature. J'adore travailler dans le jardin, à genoux, les mains dans la terre. Ça peut paraître bizarre, mais je me sens relié à quelque chose de grand qui me dépasse.

Il me regarda brièvement, comme pour vérifier que je ne le trouvais pas moins viril.

— Je ressens exactement la même chose quand je me promène au bord de la mer.

— C'est génial comme sentiment, non?

— Le meilleur.

— J'adore mes roses. Ma mère en faisait pousser aussi, et quand je les vois fleurir, je pense à elle.

Il parlait d'une voix très basse et paraissait penaud, honteux même.

— Nos parents vivent toujours en nous, n'est-ce pas?

— Encore heureux, approuva-t-il.

La conversation céda la place à un silence gêné. Nous pensions peut-être chacun à notre famille, à notre passé, à l'avenir inconnu et incertain. Je cherchai quoi dire. Un mot qui détendrait l'atmosphère devenue trop sombre. Enfin, je me décidai:

— Qu'est-ce qui te plaît dans l'enseignement?

Il sourit.

– J'aime travailler avec les jeunes. Je ne gagne pas un fric fou, mais ça me rend heureux de savoir que j'aide les enfants. Il y en a un par exemple : Adam. Il est en CM1, il a neuf ans, et il balance toujours sa tête d'avant en arrière comme les chiens en plastique qu'on voit à l'arrière des voitures parce que son père l'a trop secoué quand il était petit. Tous les jours, il m'offre un dessin d'avion. Je suis triste pour ces gosses et j'ai envie de les aider à construire un avenir. Il sait à peine lire, mais qu'est-ce qu'il est doué en dessin ! Il fait aussi partie des scouts dont je m'occupe. Je veux aider ces jeunes à garder au moins quelques bons souvenirs de leur enfance… Et puis, je veux aussi faire des enfants, alors en attendant, je m'entraîne… Et toi ? Qu'est-ce que tu aimes dans ton travail ?

Spontanément, j'aurais répondu les après-midi dans la salle de conférences avec David pendant les coupures de courant, quand nous buvions du café froid en parlant de littérature.

– Les visites touristiques. J'adore faire découvrir ma ville natale aux étrangers.

– On pourrait peut-être sortir tout à l'heure ?

Il se massa les joues et le cou.

– Tu as mal à la gorge ?

Il acquiesça.

– Un thé noir avec de la confiture de framboises te fera du bien.

J'allai préparer le thé à la cuisine. Il me suivit et sortit les tasses du placard. Cela me surprit : la plupart des hommes d'Odessa seraient restés assis à table, en attendant d'être servis. Je déposai trois grosses cuillères de confiture confectionnée par Boba dans chaque tasse et trois petites cuillères de thé dans la théière. Une fois infusé, je le versai dans les tasses, puis ouvris une boîte de biscuits de ma grand-mère. Il attrapa sa tasse et la boîte de biscuits et sortit de la cuisine.

– Où vas-tu ?

– Je retourne au salon.

– Habituellement, on prend le thé ici.

La cuisine était la pièce la plus chaleureuse de la maison.

– Les fauteuils sont plus confortables là-bas. Viens.

Il avait raison.

De retour au salon, il me contempla.

– Je suis si heureux d'être ici, de t'avoir en face de moi. J'en avais assez d'appeler et qu'on ne puisse jamais parler.

– Je sais. Mon patron déteste aussi les lignes téléphoniques d'Odessa. Une fois, ça l'a tellement énervé qu'il a jeté le téléphone.

– Le pauvre mec. Il a besoin de se faire soigner, non?

– Il n'est pas méchant.

Pendant la discussion, Tristan me prit la main. Je sentais sur moi ses regards approbateurs. Je n'étais pas indifférente non plus à cet étranger de Californie et espérais que ma curiosité se transformerait en affection. *Une petite étincelle peut créer un feu de joie,* disait-on à Odessa. Il était venu seulement pour moi. Moi seule. Il ne tenait pas un bloc-notes pour comparer et donner des notes aux femmes qu'il rencontrait.

– Le thé est dément, dit-il, reprenant un mot que Jane employait beaucoup. Personne ne s'est jamais occupé de moi comme ça.

– Tu es à Odessa. La ville la plus accueillante du monde.

– De l'univers, ajouta-t-il. Ça a l'air d'être un endroit magnifique.

– Ça l'est. J'adore Odessa. J'adore vivre ici. Mais…

– Mais quoi?

– Je me demande s'il n'y a pas autre chose, répondis-je.

– Comment ça?

– Je voudrais… J'aimerais…

Je n'arrivais pas à formuler mes désirs. Je baissai les yeux vers mes mains.

– C'est pas grave, dit-il. Moi aussi, parfois, j'ai du mal à trouver les mots.

Je le remerciai d'un sourire.

– *Ti krasivaya.*

Tu es belle. Il dit ensuite bonjour et merci en russe.

– Je voulais être capable de dire quelques mots dans ta langue, alors j'ai écouté des cassettes dans mon camion. Je voulais dire bonjour à ta grand-mère en russe hier, mais j'ai eu trop peur.

– Merci, dis-je. C'est un cadeau très touchant et inattendu.

Tout à coup, l'air s'emplit d'une note nouvelle. Intense et fragile. Il se pencha vers moi. Je me penchai vers lui. Nos lèvres s'unirent. Il sentait bon la framboise chaude.

Au bout d'un moment, il recula.

– Tu vas attraper mon rhume.

– Ça ne me dérange pas, souris-je timidement.

La conversation dura tout l'après-midi. Je fus surprise de découvrir que nous avions des tas de points communs. Par exemple, notre signe astrologique : balance. Nous voulions des enfants. Nous rêvions d'aller à Paris. Nous aimions la mer. Il aimait regarder des photos de moi, j'aimais être prise en photo. Si nous devions choisir entre être heureux et être riche, nous préférions tous les deux être heureux.

Vingt ans d'écart, ça n'était pas grand-chose. Boba et moi étions comme des amies. Et Valentina et moi aussi, malgré nos trente ans de différence. La plupart des femmes épousaient des hommes plus âgés. Après tout, comme on nous l'apprenait aux cours d'éducation sanitaire, les filles mûrissaient plus vite que les garçons. Les années de Tristan lui avaient donné de l'expérience, ce qui était sûrement un bon point. Sûrement.

Pour le dîner, je servis à Tristan une grosse portion de purée et une délicieuse cuisse tendre.

– Tu n'as pas besoin de me servir, dit-il. Vas-y, sers-toi. Les femmes d'abord.

Un homme d'Odessa n'aurait jamais eu une telle idée et n'aurait jamais proféré de telles paroles.

– Tu cuisines bien.

J'aurais dû avouer que j'étais incapable de toucher une carcasse de poulet et encore moins de le faire rôtir à la perfection comme Boba. Mais je voulais gagner son estime, alors je répondis :

– *Spaciba.*

– *Nie za chto*, répondit-il en russe.

– Ça me fait du bien de passer la soirée ici avec toi. En général, j'ai tellement de travail que je ne rentre jamais avant sept heures. Mes amis disent que j'en fais trop.

– Mais nous ne serions pas tous les deux ici ce soir si tu n'étais pas travailleuse, si tu n'avais pas pris un second travail. Tu as raison d'avoir des rêves. En Amérique, on dit : *Visez la lune. En cas d'échec, vous serez toujours dans les étoiles.*

– À Odessa, on dit : *Gardez les pieds sur terre et la tête hors des nuages.*

– C'est déprimant. On peut rêver un peu, non ? Je veux dire, si je ne m'étais pas inscrit à Unions soviétiques, en ce moment, je serais tout seul à Emerson au lieu d'être avec toi dans cette ville géniale.

Deux jours plus tard, Tristan déclara qu'il s'était remis du décalage horaire et nous sortîmes explorer la ville.

– C'est un peu décrépi, mais c'est joli, dit-il. Ça pue l'essence.

Je n'arrivais pas à me concentrer sur ses paroles. Je regardais par-dessus mon épaule, terrifiée à l'idée de rencontrer un ami ou un collègue de bureau. *Catch-caught-caught : attraper.* Je n'avais parlé de lui à personne, pour ne pas m'attirer la poisse. Tant de choses pouvaient mal tourner. Il pouvait disparaître brutalement, comme Will. Vita et Véra pouvaient essayer de me le voler, ou pire, tout raconter à David. Je ne me promenais jamais plus de cinq minutes sans rencontrer quelqu'un. Mais ce soir-là, la chance était avec moi.

– Rien n'est écrit en anglais.

– C'est normal, tu es à Odessa, dis-je d'un ton acerbe. On trouve beaucoup de panneaux écrits en russe à San Francisco ?

– On a une colline entière qui est russe, dit-il.

J'eus soudain une folle envie d'aller là-bas et oubliai mon irritation passagère. Je mourais d'envie de découvrir l'Amérique et Tristan allait m'en donner les moyens. Il pouvait bien se plaindre de la puanteur de la ville. Les choses n'étaient pas parfaites ici, ce n'était pas sans raison que tout le monde voulait partir.

Alors que nous traversions la rue Pouchkine, il s'arrêta pour observer les pavés dorés qui lui donnaient l'aspect d'une coulée d'or.

– Waouh ! s'exclama-t-il. Comme dans *Le Magicien d'Oz* ! Comment ça se fait ?

Je lui récitai l'explication du guide touristique.

– Ces pavés d'argile ont cuit très longtemps dans la fournaise ; c'est ce qui leur donne cet aspect vitrifié.

– Une route de briques jaunes ! s'écria-t-il en prenant ma main. On n'est plus au Kansas, Dorothy !

Je ne comprenais pas toujours ce qu'il disait. Comme le jour où j'avais vu mon premier film américain, *Manhattan* de Woody Allen, des années auparavant. J'avais acheté mon ticket des semaines à l'avance et je l'emmenais partout avec moi. J'avais hâte d'entendre enfin de vrais Américains et j'y étais allée toute seule pour ne pas risquer d'être dérangée par des blagues ou des commentaires. Au cinéma, les lumières s'étaient éteintes et j'avais fixé l'écran, gigotant sur mon fauteuil, prête à vivre une expérience bouleversante. J'étais dans une salle obscure et le film me parut aussi obscur. Je comprenais les mots, mais je ne comprenais pas leur sens. J'étais extrêmement frustrée de comprendre sans comprendre. Je ne voyais pas pourquoi Tristan me parlait du Kansas. Ni pourquoi il m'appelait Dorothy.

Je lui fis faire le même parcours que celui des clients d'Unions soviétiques, puis je l'emmenai dans une discothèque sans prétention, sur la plage. Ils servaient des boissons de chez nous, de la vodka, du *kognac* et du *champanskoye*, contrairement aux boîtes comme le Crazy Horse qui ne servaient que des cocktails étrangers (à des prix étrangers).

La porte vitrée de la discothèque était ouverte sur la nuit. L'espace était divisé en deux: une piste de danse et un restaurant aux tables recouvertes de nappes blanches tombant jusqu'au sol. Le portier regarda brièvement le jean et les baskets de Tristan et secoua la tête; je lui tendis quelques billets en expliquant:

– Il est étranger.

Il fronça les sourcils, mais nous laissa entrer. Tristan découvrit les jeunes qui dansaient:

– Ils sont parfaits. Peau parfaite, cheveux parfaits, corps parfaits.

Je les regardai avec indifférence. Il était plus intéressé par nos jeunes que par notre architecture. Il me demanda leur âge et le prix de l'entrée dans une boîte comme celle-ci. Je ne comprenais pas sa fascination. L'endroit n'avait rien de spécial.

– Aux États-Unis, on a beaucoup de problèmes d'obésité, expliqua-t-il. Et beaucoup d'adolescents luttent contre l'acné. J'en ai fait partie. Tu verras quand tu viendras en Amérique.

L'Amérique. Il avait l'air si sûr de lui. J'espérai qu'il ne disparaîtrait pas comme les autres. Comme Will. Comme Vlad.

– Ils sont tous si... beaux, continua-t-il. Et bien habillés, avec des vêtements chic et tout.

Il avait l'air surpris. Il détailla les jeunes hommes en chemises satinées et pantalons de soirée qui dansaient avec des filles élancées dont les robes légères flottaient sur leurs jambes hâlées.

– Pourquoi es-tu si étonné? dis-je, curieuse.

S'attendait-il à trouver des habitants en haillons? Nous avions notre fierté. Notre beauté criait que malgré notre pauvreté, nous n'étions jamais vaincus.

– Eh bien... tu vas me trouver affreux, mais nous, les Américains, on pense toujours qu'on est les meilleurs et qu'on fait tout mieux que tout le monde, mais quand je vois ces jeunes, je me dis qu'ils savent profiter de la vie.

Je ne comprenais toujours pas ce qu'il voulait dire. Il passa un doigt sur mon front contrarié et essaya de m'expliquer.

– Chez nous, quand les jeunes veulent s'éclater…

Je dus lui sembler perdue car il opta pour une autre formule.

– Quand les jeunes sortent, c'est dans le but de boire le plus possible pour être saouls le plus vite possible.

– Bizarre, dis-je.

– Alors qu'ici, je vois des jeunes qui dansent et qui s'amusent. Ils ne sont pas en train de se saouler comme des porcs, ils mangent ensemble, ils discutent, ils dansent. À leur âge, j'allais avec un pote me bourrer la gueule dans ma bagnole sous un pont.

Je ne voyais pas l'intérêt.

Un slow démarra et il m'invita à danser. Je posai ma main délicatement sur son épaule. Il fit descendre la sienne le long de mon dos, à la lisière de mes fesses. Les hommes me dévisageaient l'air de dire : « Qu'est-ce que tu fais avec ce beauf ? »

Pour fuir leur jugement, je fermai les yeux et posai le menton sur l'épaule de Tristan. Il prit ce geste pour un encouragement et m'attira contre lui. J'entendais Vlad susurrer : *Dans ce domaine, comme dans tous les autres, tu atteindras des sommets.* J'imaginai que c'était Vlad qui m'embrassait la tempe, Vlad qui me tenait dans ses bras, Vlad qui me désirait.

À la fin de la chanson, j'ouvris les yeux et m'étonnai de voir Tristan. Je reculai et baissai mes yeux consternés vers le parquet. Quand je relevai la tête, je vis ses yeux briller de la même passion que celle que j'avais ressentie une seconde plus tôt.

Une chanson rythmée démarra ; je remuai les hanches et étirai mes bras vers le ciel. La tension s'échappa de mon corps et je fermai encore les yeux, décidée cette fois à profiter de l'instant avec Tristan. Quand je les rouvris, il me regardait. Je souris. Il m'embrassa. J'eus l'impression que les aigrettes blanches d'un pissenlit me chatouillaient les lèvres. Douces. Soyeuses.

Je l'embrassai à mon tour.

– Dis mon nom, murmura-t-il.

– Tristan.

– Trii-staahn, répéta-t-il doucement.

Le lundi matin, au bureau, je m'inquiétai. Si Tristan décidait de sortir, il se perdrait. Il ne savait même pas lire les panneaux. J'étais blanche comme un linge et moite comme une bouteille de vodka sortie du congélateur. Je m'agitais malgré moi. David supporta ma frénésie pendant deux heures avant de déclarer :

– Qu'est-ce qui vous arrive ? Si vous êtes encore malade, rentrez chez vous. Je n'ai pas envie de me retrouver dans le même état que vous !

Je n'arrivais pas à diagnostiquer mon état. Sur le chemin du retour, j'essayai de mettre de l'ordre dans mes idées. J'étais angoissée. Et perdue. Avant de rencontrer Tristan, j'avais en tête l'image d'un professeur romantique. J'étais tombée un peu amoureuse du fantasme que j'avais créé. Je m'étais repue de ses lettres, y lisant tout ce que je voulais y trouver. Ses photos étaient vieilles de dix ans, alors j'avais imaginé un homme jeune et viril. Maintenant qu'il était là, j'étais forcée de reconnaître que la réalité ne ressemblait pas du tout à mon rêve.

Quand Boba ouvrit la porte, je lui dis bonjour, mais elle me fit taire immédiatement.

– Il se repose.

Je m'étais inquiétée pour rien. Il était là, bien au chaud. Boba m'attira à la cuisine et me fit asseoir.

– Tu as repensé à ce que je t'ai dit ? demanda-t-elle.

– Oui, Boba, dis-je timidement.

– Il te parle et te traite comme son égale. Et il a dépensé beaucoup d'argent pour le billet d'avion. Il est mieux que n'importe lequel des hommes d'ici.

Elle avait peut-être raison.

Tristan était prêt à s'engager et à fonder une famille. Moi aussi. Tristan était une personne sérieuse en quête d'amour et de partage. Moi aussi. Tristan avait une situation stable. Je ne pouvais pas en dire autant de Vlad ni des autres hommes que j'avais fréquentés. Tristan avait traversé un océan pour me rencontrer. Vlad n'était même pas capable de traverser la ville. Tristan se comportait en gentleman, sans rien réclamer en échange. Et il me promettait un avenir doré en Californie. Le choix n'était pas difficile. La belle Amérique ou la sombre Ukraine, ombre oubliée de la Russie. Tristan, stable, mature, gentil, ou Vlad, volage, immature, insensible. Certes, je ne sentais pas entre Tristan et moi le courant électrique qui m'avait attirée vers Vlad. Mais c'était sans doute une bonne chose. Ces feux m'avaient brûlée et la douleur persistait. Je ne voulais plus souffrir. Tristan était l'option la plus sage.

Il sortit de la chambre en se frottant les yeux. Ses jambes étaient encore engourdies et il titubait. Il posa une main sur le mur pour retrouver l'équilibre. Il nous vit en train de l'observer et nous renvoya un regard timide, embarrassé. Sa vulnérabilité le rendait étrangement plus séduisant.

– Le pauvre, il a besoin de reprendre des forces, gloussa Boba avant de lui caresser le bras pour l'attirer dans la cuisine.

Une fois qu'il eut mangé, j'eus soudain envie d'être seule avec lui et lui proposai une promenade. Bien sûr, à Odessa, toutes les routes menaient à la mer. Il accepta d'un sourire.

– Alors comme ça, tu es fille unique, dit-il tandis que nous marchions sur la plage. Tu n'as jamais eu envie d'avoir des frères et sœurs?

– Si.

Je pensai à Olga et au petit Ivan.

– J'aurais adoré avoir un petit frère.

– Moi, j'aurais bien aimé une petite sœur. J'ai grandi dans une famille de garçons. Ma mère est morte quand j'avais quatre ans, alors j'ai vécu seul avec mon père et mon grand frère, Hal. C'est peut-être pour ça que j'ai toujours été mal à l'aise avec les filles… Je n'ai jamais su quoi dire ni quoi faire. C'est pour ça que j'aime bien les sites de rencontres. Je peux prendre le temps de réfléchir à ce que je vais dire. Je me sens moins stressé et coincé. Et puis je suis dans mon salon et pas dans un restaurant chic en train d'essayer de faire bonne impression en me trompant de fourchette ou en renversant de la nourriture sur ma chemise.

Il était touchant. J'ignorais que les hommes s'inquiétaient de ce genre de détail.

– Tu dois me prendre pour un gros débile.

– Non, non! Bien sûr que non. Moi aussi, je suis stressée quand je dîne en tête à tête.

– Ah bon? Je veux dire, tu es tellement belle.

– Parfois les hommes d'ici vous font croire des choses…

Boba avait raison. Je devais arrêter de penser à Vlad.

– Je veux dire, les hommes de mon âge ne pensent souvent qu'à s'amuser. Ils ne s'intéressent pas au mariage ni à la famille. Moi si.

Il me prit la main.

– Moi aussi.

J'espère pour toi que ton utérus n'est pas encore desséché. Instinctivement, j'arrondis la main sur mon ventre.

– Vous ne me trouvez pas trop vieille, j'espère?

Il me regarda comme s'il était face à une folle.

– Une amie, enfin une fille que je connaissais m'a dit… que j'étais trop vieille… et qu'aucun homme ne voudrait jamais de moi.

– Elle est tarée ta copine. Je ne vois pas quel homme ne voudrait pas de toi. Tu es courageuse, intelligente et sublime. Si l'un de nous deux est trop vieux, c'est moi.

– Non!

Je m'arrêtai et me campai en face de lui.

– Non. Je cherche un homme mature. Qui sait ce qu'il veut.

– Tu es sûre?

Il détourna les yeux.

– J'ai l'impression d'être un vieux dégoûtant.

– Moi, je me sens bien.

Et comme je prononçai ces mots, je me rendis compte que c'était vrai. Avec lui, je n'étais pas nerveuse comme avec Vlad. Il n'attendait rien de moi. Il ne me forçait à rien, contrairement à ceux que j'avais connus jusqu'alors.

– Je suis prête à…

– Fondons une famille.

Ses lèvres étaient froides contre les miennes comme si elles réclamaient l'amour que je brûlais de donner.

Mais je voulais être sûre, alors je décidai de le mettre à l'épreuve une dernière fois. Je lui parlai des soirées, du *champanskoye* qui coulait à flots et de l'avantage numéraire des filles, toutes sublimes et quatre fois plus nombreuses que les hommes. Techniquement, il était client d'Unions soviétiques. Il était en droit d'assister à une soirée.

Il répondit qu'il n'y tenait pas, qu'à partir de maintenant, il était avec moi.

13

La veille de son départ, Tristan me demanda de le remmener sur la plage.

– Je n'ai pas envie de partir, dit-il. Je veux rester à Odessa avec toi.

– Loin des yeux, près du cœur, lançai-je pour plaisanter, malgré la tristesse que je ressentais de le voir partir.

Sur le sable chaud, il s'agenouilla devant moi et me prit la main.

– Tu es la femme la plus belle que j'aie jamais vue, belle à l'intérieur comme à l'extérieur. Je t'aime et je veux t'épouser. Viens à Emerson avec moi.

Je ne pensai qu'à une chose: *Californie*. Il m'avait choisie.

– Avec joie.

Nous échangeâmes un baiser. Agréable, mais pas électrique. De retour dans l'appartement, il alla dans sa chambre chercher une boîte enveloppée dans du papier argenté, un cadeau d'Amérique. Il s'assit à côté de moi sur le canapé et posa le paquet sur mes genoux.

– Qu'est-ce que c'est?

– Ouvre-le, dit-il avec tendresse.

Je déballai délicatement la boîte qui renfermait un ordinateur portable.

– C'est trop, murmurai-je.

– Ce n'est pas assez. Maintenant tu pourras m'écrire de chez toi.

Tristan suivit le chemin de notre ligne téléphonique et s'aperçut qu'on ne pouvait pas se connecter: le fil disparaissait dans le mur. On ne pouvait pas non plus brancher l'ordinateur car les prises n'étaient pas les mêmes qu'en Amérique. Je ne pourrais pas me servir de son cadeau toute de suite, mais peu m'importait. L'ordinateur avait déjà rempli son usage. Il montrait que Tristan était un homme généreux qui ne regarderait pas à la dépense. Il devait être riche.

– Merci, dis-je.

– Dis-le avec un baiser.

Je posai mes mains sur ses épaules et collai mes lèvres sur les siennes. Il gémit. Je n'en revenais pas de plaire à un Américain. Il avait fait tout ce chemin et bientôt, j'aurais la chance d'aller le rejoindre en Californie. Tous mes rêves se réalisaient. Il m'attira sur ses genoux. Je passai ma main dans ses cheveux.

– C'est dingue ce que j'aime te sentir contre moi, dit-il en collant ses hanches contre les miennes.

– J'aime ça aussi.

J'entendis tourner les verrous et essayai de me libérer avant que ma grand-mère ne nous surprenne.

– Tu crois que Boba pourrait venir habiter avec nous?

– Tout ce que tu voudras… grommela-t-il en me serrant plus fort contre lui. Tout ce que tu voudras.

Avant son départ, il me confia un billet d'avion. Je partirais dans un mois, juste après mon rendez-vous au consulat américain. Nous avions eu de la chance d'en obtenir un rapidement. Il y avait généralement deux mois d'attente. Au moins, mon travail chez Unions soviétiques m'avait préparée aux démarches administratives fastidieuses qui m'attendaient.

Boba et moi dansions dans la cuisine et nous prenions dans les bras en chantant: *L'Amérique, l'Amérique. La Californie, la Californie.* Je n'arrivais pas à dormir. Je passais mes nuits à regarder le plafond et à songer à toutes les choses merveilleuses que j'allais découvrir. J'aurais une voiture. Une maison. Un jardin. Un mariage et deux enfants. Une fille nommée Nadejda et un garçon nommé Ivan. Non, un garçon nommé Alan.

Je n'osai parler à personne de mon départ. Boba non plus. Pour ne pas défier le sort. Nous protégions notre secret. Même s'il nous brûlait les lèvres. Je n'arrivais plus du tout à me concentrer sur mon travail. Assise à mon bureau, je rêvais de mon futur appartement de San Francisco. Une maison victorienne. Avec un bow-window. Quand il ferait beau, j'irais me promener sur la plage. Quand il pleuvrait, je m'installerais confortablement devant la fenêtre avec un livre. J'aurais des amis intelligents, drôles et ouverts sur le monde. Une voiture. Et un énorme salaire. Une American Express. Assez de temps libre pour boire un café en terrasse, aller au musée, au théâtre, au restaurant. Je m'habillerais dans des magasins de luxe. Je passerais des heures dans des librairies pleines de romans et de magazines en anglais.

Alors que la vie ne pouvait me paraître plus merveilleuse, elle embellit encore. Jane appela pour m'annoncer qu'elle arrivait par le train avec son ami dans deux semaines. Mais je ne devrais rien lui dire. Pas un mot. Sinon, elle me dissuaderait de partir et je resterais coincée ici.

– Magnifique! s'extasia Jane en m'apercevant sur le quai de la gare. Tu es resplendissante!

Je lui tendis un bouquet de roses, le cadeau des gens d'Odessa à un visiteur. Elle me fit tourner dans ses bras.

– Quelque chose a changé. Tu es radieuse. Quoi de neuf?

– Je suis seulement contente de te voir.

C'était vrai, bien que partiellement.

Elle avait remplacé sa longue crinière rousse par une coupe au carré. Des montures de lunettes en écaille encadraient ses yeux noisette pétillants et elle était rose et potelée. Elle me présenta Tans, un homme qui avait l'âge d'être son grand-père.

– Tans? demandai-je.

– Edward Tansley III, précisa-t-il, mais tout le monde m'appelle Tans.

Plus petit qu'elle, il avait des cheveux gris ondulés et une moustache brune. Il n'arrêtait pas de la toucher, caressant son bras, ses épaules, sa nuque. J'étais impatiente de retrouver Jane, de lui parler en tête à tête, de Tristan, de la Californie, de l'avenir. Parfois, je sentais la nouvelle prête à franchir mes lèvres. Heureusement, la présence de Tans assurait mon silence. Je ne posai que des questions détournées comme: «Qui sont les *rednecks*[1] exactement?», car Tristan se considérait comme un «*redneck* repenti». Jane resta interloquée. Je les interrogeai sur Emerson (que je n'avais pas réussi à situer sur une carte). Tans n'en était pas certain, mais pensait que c'était près de Sonoma, dans la région viticole. Perspicace, Jane demanda:

– Qu'est-ce que tu nous caches?

Je changeai de sujet et lui demandai ce qu'elle avait ressenti avant de venir enseigner à Odessa.

– J'avais peur et hâte en même temps. Je ne savais pas ce que j'allais trouver, ce que je devais emporter, comment me comporter.

– Comment ça?

– En arrivant ici, je n'ai pas pris le temps d'observer les habitudes des gens. J'ai foncé tête baissée comme un général lunatique. Une enfant gâtée de vingt-trois ans. Je n'ai pas respecté la hiérarchie et les règles tacites. Mes

---

1. Littéralement «cous rouges». Ce terme, souvent péjoratif, désigne les travailleurs pauvres ruraux des États-Unis.

collègues étaient censés m'obéir, respecter mes idées et mes sentiments. Je me suis mis à dos ma supérieure tout de suite parce que je l'ai contredite sans prendre en compte son point de vue. Si j'avais eu un peu plus d'expérience et de sagesse, j'aurais agi autrement.

J'acquiesçai. Souviens-toi de cette leçon, me promis-je. Observe. Essaie de t'adapter. Ne te précipite pas. Ne juge pas. Attends. Écoute. Réfléchis.

Jane soupira comme si elle endurait intérieurement la souffrance de ces moments passés.

– Ma chérie, dit Tans en la prenant dans ses bras. Comment pourrait-on ne pas t'aimer ? Tu es sincère, entière. C'est pour ça que je t'aime. Tu es une exception. Si rare. Si belle.

– Je ne sais pas si je peux te croire. Mais tu as raison sur un point. Je suis différente. Ils l'ont vu tout de suite. Je n'étais pas ukrainienne. La plupart du temps, ça ne me dérangeait pas de sortir du lot, mais parfois, c'était pénible.

À côté des filles d'Odessa, Jane paraissait négligée. Ses habits étaient froissés ; elle avait la flemme de les repasser. Ses Birkenstock cognaient le pavé et quand il pleuvait, la boue souillait l'arrière de son pantalon crème depuis l'ourlet jusqu'à mi-cuisse.

– Si tu prépares un long voyage, emporte les livres et les photos qui te sont chers, dit-elle.

Je me demandai si elle ne lisait pas dans mes pensées. Elle gardait les yeux fixés sur moi et son regard me rendait vulnérable. Elle me connaissait assez bien pour savoir que je lui cachais quelque chose, mais en vraie fille d'Odessa, elle savait se montrer discrète.

Ils restèrent une semaine. Tous les jours, nous nous retrouvions pour marcher au bord de la mer. Nous sortîmes même un soir avec Micha, l'ancien petit ami ukrainien de Jane. Pendant qu'elle discutait avec lui, Tans, le ventre rentré, se tenait droit sur son siège. Micha était légèrement plus jeune que Jane et bien sûr, avait un ventre aussi plat que la planche à repasser de Boba.

Micha voulut nous inviter, mais Tans s'y opposa.

Le lendemain soir, alors que Jane et Tans s'apprêtaient à quitter la ville par le train de nuit pour Kiev, Micha déboucha une bouteille de *champanskoye*. Nous trinquâmes dans leur wagon et je leur souhaitai un bon voyage, mais le souhaitai aussi, secrètement, à moi-même.

Une fois nos verres vides, je pris Jane dans mes bras et lui glissai à l'oreille :

– Je serai en Amérique avant toi.

– Quoi ?

– Rien, ajoutai-je après un bref sourire. Je plaisantais.

Elle voulut parler, mais le sifflet retentit et Micha et moi dûmes descendre du train. Il héla une voiture et paya la course. Je me tournai vers lui qui s'éloignait et me demandai si je n'avais pas jugé trop rapidement les hommes d'Odessa. Jane lui avait proposé de l'accompagner aux États-Unis mais il n'avait pas voulu abandonner sa mère qui venait de perdre son mari.

Comme j'allais bientôt partir pour Kiev chercher mon visa américain, je rendis visite à tous mes amis, notamment Valentina. Pas pour leur dire au revoir. Seulement pour les voir une dernière fois.

Pendant ma dernière journée à la compagnie de fret, je me sentis émue. Odessa et mon travail me manqueraient. Et même David. Il vit que je me tamponnais les yeux avec un mouchoir et demanda :

– Qu'est-ce qui ne va pas ? Vous avez besoin d'aide ? Vous avez des problèmes d'argent ?

Sa sollicitude alimentait ma tristesse.

Je lui avais demandé un congé exceptionnel pour aller m'occuper d'une vieille tante à Kiev.

– J'ai préparé une liste d'instructions pour votre prochaine secrétaire…

Il ouvrit la bouche, mais je ne lui laissai pas le temps de parler.

– J'explique aussi comment négocier avec les douaniers, pour que la transition se fasse en douceur pour tout le monde.

Il tira cinq billets de cent dollars froissés de son porte-feuille.

– Prenez-les. La corruption médicale est effrayante dans ce pays.

Je m'étonnai du chemin parcouru. Du prédateur agressif face à sa proie tremblante, en passant par une guerre froide et une alliance avec Olga qui avait enflammé le conflit, c'était finalement un lien d'amitié qui s'était créé. Il me manquerait. Il me manquait déjà.

Je contemplai l'argent qu'il m'offrait par affection, gratuitement. Je le serrai fort dans mes bras.

– Merci, David. Merci.

Il déposa un baiser dans mes cheveux.

– Revenez vite. J'ai besoin de vous.

Je refusai l'argent. Je n'en aurais pas besoin en Amérique. Mais une fois chez moi, je retrouvai les billets fourrés dans mon sac.

Je prenais constamment Boba dans mes bras, lui demandant sans cesse si ma décision était la bonne.

– Évidemment! Tu ne trouveras jamais personne ici! Je ne t'ai pas élevée pour laver les chaussettes d'un homme et lui obéir au doigt et à l'œil. Va en Amérique! Ils ont des tas de choses que nous n'avons pas ici, leurs vies sont plus faciles que les nôtres ne le seront jamais. Regarde mes mains, Dacha.

Ses ongles étaient courts, sa peau sèche et tendue; ses veines gonflées étaient comme une chaîne de montagnes à la surface d'un paysage ponctué de taches marron.

– Ces mains ont connu une vie de lessives de draps, d'habits, de couches et de linges périodiques; elles ont trempé des heures dans des baquets d'eau bouillante. Je ne veux pas de cette vie-là pour toi. Je veux que tu sois libre. Loin de ces tâches ingrates, avec un bon travail et un salaire décent reçu pour tes compétences et non pour divers services rendus au patron; libre de vivre ta vie sans avoir peur de manquer et sans te demander comment faire pour régler les factures.

Je la serrai fort dans mes bras.

– Je ne veux pas te laisser toute seule.

– Ça ne me dérange pas. J'ai connu de longues périodes de solitude. Je ne sais pas si cet homme est l'amour de ta vie, mais il a un regard gentil et il est poli. Pendant son séjour, il n'a pas fumé et il ne s'est pas saoulé. Tu seras mieux avec lui qu'avec un Ukrainien. Mieux là-bas qu'ici. Ce départ est une bénédiction divine. Allez, va.

À genoux devant mon énorme valise, je voyais Boba faire des allées et venues entre le salon et la chambre pour m'apporter des livres et des photos. J'emportai mes plus beaux vêtements pour me fondre le mieux possible dans la société américaine. Je ne voulais pas laisser penser que j'étais pauvre. Je me demandais si les Américains m'accepteraient. Si j'aurais un choc culturel. Sûrement pas, tout était rose là-bas. Je suivrais les conseils de Jane et observerais silencieusement les habitudes des Américains. Je n'émettrais aucun jugement hâtif et je m'adapterais. J'étais plongée dans ma valise et dans mes pensées quand j'entendis des pas dans mon dos.

– Je veux bien prendre toutes les photos que tu veux, mais je ne peux plus faire rentrer le moindre livre. Babel, Pouchkine, Akhmatova et Tolstoï, ça suffit !

– Je n'ai pas apporté de livre, dit une voix grave derrière moi.

Je fermai les yeux. J'avais attendu son retour pendant des semaines. Je ne m'autorisais même plus à penser à lui. Pourtant, dès qu'il l'entendit, mon cœur rétif fit un bond. Je ne me retournai pas et continuai à ranger mes chaussures et mes livres.

– Je comprends que tu ne veuilles pas me regarder, dit Vlad dans l'embrasure de la porte. J'ai du mal à me regarder en face aussi. J'ai tellement honte.

Je ne bougeai pas.

– Je dois te faire un aveu. Le matin de la nuit qu'on a passée ensemble, j'étais réveillé. En fait, je n'avais pas dormi du tout. J'étais terrifié, je ressentais des émotions que je n'avais jamais senties avant, je désirais des choses que la veille, je ne savais même pas que je désirerais un jour. Je veux passer ma vie avec toi. Je veux t'épouser.

Je me composai un visage et me tournai vers lui. Mes yeux allèrent droit à ses pommettes. Il avait maigri. Il retira ses lunettes. Les cernes sous ses yeux étaient presque violets. Une barbe couvrait ses joues et son menton, mais ses lèvres n'avaient rien perdu de leur sensualité.

– Moi, moi, moi. Tu ne penses qu'à toi, à ce que toi, tu penses, à ce que toi, tu ressens. Tu es comme tous les hommes que j'ai connus : égoïste et volage et lâche. Qu'est-ce que tu faisais pendant tout ce temps ? Où étais-tu ?

– Je suis allé à Irkoutsk voir mon frère et régler quelques affaires. Au départ, j'avais prévu de rester là-bas jusqu'à ce que je ne ressente plus rien pour toi. Au bout de trois mois, j'ai compris que mes sentiments ne s'en iraient jamais. Et je suis revenu.

Pendant des mois j'avais rêvé de ces paroles. J'avais espéré mille fois le revoir. J'aurais pu me jeter dans ses bras, mais ma fierté m'en empêchait. Alors je levai les yeux au ciel et ricanai avec dédain :

– Tu parles de moi comme si j'étais une maladie. Tu crois que j'ai passé tout ce temps à t'attendre en pleurant ? J'ai d'autres projets.

Il fit un geste en direction des vêtements en pagaille dans la pièce.

– Qu'est-ce que c'est que ce bazar ? Tu t'en vas ?

– Je vais à Kiev.

S'il voulait me retenir, il saurait se montrer convaincant.

– Laisse-moi t'accompagner.

Il traversa la pièce et se planta devant moi.

– Je n'ai pas besoin de toi. S'il te plaît, va-t'en.

Je me tournai vers la fenêtre. Je ne voulais plus le regarder. Je ne voulais pas flancher.

– Pourquoi emportes-tu tous ces vêtements et ces livres ?

Il me prit la main. Je le repoussai et me dirigeai vers la porte.

– Combien de temps seras-tu partie ?

– J'ai pris un congé… pour m'occuper d'une vieille tante malade. Je ne sais pas combien de temps je serai partie.

– Tu n'as aucune famille en dehors de ta grand-mère.

– Cette femme était… une amie de ma mère. Je l'ai toujours appelée « tata ». Je dois finir mes bagages. S'il te plaît, va-t'en.

Mais je bloquai malgré moi la sortie. Une partie de moi refusait qu'il s'en aille. Plus qu'une partie. Tout mon être.

Il s'agenouilla et se pencha légèrement pour me tendre un écrin de cuir vert.

– Je me prosterne devant toi, ma reine. Je t'offre ma main et mon cœur scellés dans ce diamant de sept carats.

Je baissai mes yeux et mon sourire vers lui. Mes larmes tombèrent sur ses joues.

– Petite âme, murmura-t-il en passant la bague à mon doigt.

Je levai la main ; la pierre scintillait. Ses mains se posèrent sur mes hanches et mon corps se souvint des sensations que j'avais tenté d'oublier. Il m'embrassa le ventre avec révérence ; je pressai sa tête contre moi et passai la main dans ses cheveux. Il soupira et noua ses bras autour de ma taille.

Puis il se leva et me prit dans ses bras. Un souffle d'air léger entra par la fenêtre. Alors qu'il se penchait pour m'embrasser, une odeur me chatouilla le nez.

Vodka.

Je reculai d'un pas. Mes pupilles se contractèrent et je retrouvai mon aplomb.

– Tu as bu ?

– Les copains ont voulu célébrer mon retour à Odessa et mes fiançailles. J'avais peur de venir te voir, alors j'ai bu un peu plus que d'habitude.

Je ne savais pas ce qui m'énervait le plus : qu'il ait été certain que j'allais retomber dans ses bras et accepter sa demande ou qu'il ait eu besoin de boire (quelques verres d'après l'odeur) pour se donner du courage. Ma mère était tombée amoureuse d'un alcoolique qui avait fui à la première difficulté. Je ne suivrais pas ses traces. Vlad ferait un très mauvais mari et un encore plus mauvais père. Si je l'épousais, je resterais coincée ici. La brise m'envoyait un présage qu'en femme intelligente, je ne pouvais ignorer. Je remis la bague dans son écrin et y renfermai tous mes rêves naïfs.

Je lui tendis la boîte.

– Va-t'en. Allez, va-t'en.

Il refusa de la prendre.

– Qu'est-ce qu'il y a?

Je croisai les bras et me détournai.

– Tu m'en veux d'être parti?

Je ne répondis pas.

– Je comprends que tu n'aies plus confiance. Je vais te laisser aller à Kiev. Je t'aime, je peux attendre. Je ne t'en veux pas d'être fière ni de vouloir me faire subir le même enfer que celui que je t'ai fait vivre.

Me laisser aller à Kiev? Il avait l'arrogance de penser que le monde avait attendu qu'il revienne pour se remettre à tourner. Il espérait me voir défaillir dans ses bras et dans son lit géant. Il tenta de me rendre l'écrin, mais je ne décroisai pas les bras. Il le posa sur la valise et se tourna vers moi. Il me saisit les épaules et les serra légèrement. Je me libérai de son emprise. J'avais honte de m'être laissé prendre dans ses filets encore une fois.

– Je veux que tu sois à moi. Je veux que tu portes cette bague. Dacha, promets-moi que dès que tu reviendras à Odessa, on parlera.

Prête à rire, je me mordis la lèvre, puis le regardai droit dans les yeux et dis:

– Parole d'honneur. Le jour où je reviendrai à Odessa, on parlera.

Cette promesse me rendit tellement heureuse que j'en formulai secrètement une seconde: ne jamais revenir. Jamais. Pas même en cas de désespoir. Je laissai mon rire éclater en un déferlement de joie. En Amérique, le désespoir n'existait pas.

Vlad sourit à son tour, comme si mon hilarité le concernait. Il était si vaniteux. Comment avais-je pu tenir à lui? Il essaya de m'embrasser, mais je me dégageai si vite qu'il n'avala qu'une bouchée de cheveux. Il me prit la main, l'embrassa et sortit.

Après son départ, Boba revint dans la chambre et demanda:

— Ça n'était pas…?

Quand j'acquiesçai, elle eut un petit rire sournois.

— Le bandit. Tu es mieux sans lui!

Puis elle fit le signe de croix des Russes orthodoxes, se tapant le front, la poitrine, l'épaule droite et l'épaule gauche avant de cracher trois fois. Je tendis à Boba le cadeau de Vlad et la chargeai de le lui rendre.

J'appelai l'oncle Vadim et lui demandai de me conduire à la gare. Il chargea ma valise dans le coffre.

— Vous allez voir votre cousin d'Amérique. C'est ça. J'ai raison, n'est-ce pas?

— Elle va passer quelque temps à Kiev, dit Boba pour couper court à ses spéculations.

Alors que nous quittions le trottoir, je vis qu'une berline noire s'engageait derrière nous sur la chaussée.

— Vous avez un admirateur, dit l'oncle Vadim. C'est à cause de lui que vous partez en Amér… je veux dire, à Kiev?

— Entre autres, avouai-je.

Quand nous arrivâmes à la gare, je sentis les yeux de Vlad me suivre au rythme ralenti de la berline. L'oncle Vadim prit ma valise et nous partîmes à la recherche de mon compartiment. Boba sortit une bouteille de *champanskoye* et des gobelets en plastique de son sac. Nous trinquâmes et tous les deux me souhaitèrent bonne chance. L'oncle Vadim s'éloigna pour nous laisser un moment d'intimité. Boba sortit l'écrin vert de son sac et le pressa contre ma paume.

— Prends-le, Dacha. Si un jour tu veux rentrer à la maison, tu n'auras qu'à le vendre.

Je ne voulais pas lui dire que je ne rentrerais jamais, pour ne pas clore nos adieux par une dispute, alors je pris la bague, l'enfilai sur la chaîne en argent que David m'avait offerte pour notre premier mois de collaboration et la rangeai sous ma chemise. Le diamant était assez précieux pour me mettre en danger s'il tombait sous de mauvais regards.

– Si tu épousais Vlad, il te faudrait un garde du corps pour surveiller cette bague, souligna Boba. Tu vas me manquer. Tu vas beaucoup me manquer, ma petite patte de lapin, mais tu prends la décision la plus sage.

– Je t'aime, Boba.

Je la serrai fort dans mes bras et pressai ma joue contre la sienne. Nos larmes se mêlèrent. Elles étaient amères et salées, comme la mer Noire.

DEUXIÈME PARTIE

Il aimait trois choses au monde :
Le chant des vêpres, les paons blancs
Et les vieilles cartes d'Amérique.

Il n'aimait pas que les enfants pleurent,
Il n'aimait pas le thé à la framboise
Ni l'hystérie féminine.
… Et j'étais sa femme.

Anna Akhmatova,
L'églantier fleurit et autres poèmes,
trad. Marion Graf et José-Flore Tappy,
éd. La Dogana.

1

Voler dans le ciel au milieu des nuages me parut être un vrai miracle. Un miracle de technologie. Les hommes étaient capables d'accomplir des prodiges. Le voyage jusqu'à San Francisco dura vingt-quatre heures. De Kiev à Varsovie, de Varsovie à Atlanta et d'Atlanta à San Francisco. Mais le parcours du combattant des transits d'aéroports ne fut rien en comparaison de la journée d'attente au consulat pour récupérer mon visa.

Avec ses cafés et son architecture colorée, Odessa était une ville accueillante. Des inconnus ronchonnaient de concert en attendant le tramway. Les rencontres étaient faciles, les gens curieux et ouverts. Comme les États-Unis, Odessa avait fêté récemment son bicentenaire. Kiev avait plus de mille ans. Ses habitants étaient plus polis qu'amicaux. La capitale grise et réservée, avec son architecture classique, impressionnait et même, intimidait le visiteur. Malheureusement, je n'eus pas le temps de parcourir les imposantes avenues et les galeries des musées. J'avais rendez-vous au consulat des États-Unis.

Une fois là-bas, je rejoignis la foule qui attendait devant les hautes grilles. Nous avions tous une date de rendez-vous sans autre précision, alors nous devions attendre le long du mur pendant des heures qu'on nous appelle. Puis attendre encore debout dans le consulat. Il n'y avait pas de chaises, pas même pour les personnes âgées. Et pas de toilettes. Je me sentis prête à exploser. Le fonctionnaire nous avait prévenus que si nous n'étions pas là à l'appel, nous devrions prendre un autre rendez-vous, or il y avait des semaines de délai.

L'attente dura si longtemps que je commençai à croire qu'on m'avait oubliée. Mais toutes les filles pensaient comme moi. Des heures d'attente. *Stand-stood-stood : se tenir debout.* Je repensai à Irina, la fille à l'humour décapant. On lui avait refusé son visa parce qu'elle avait osé plaisanter pendant son entretien. Quand le fonctionnaire lui avait demandé si elle comptait épouser John, elle avait répondu : «Si sa maison me plaît, je l'épouserai.»

Les filles racontaient que les fonctionnaires américains n'avaient aucun humour et que nulle redevance versée ne pouvait les convaincre. Je préparai mes réponses aux questions qu'elles m'avaient transmises. *Comment vous êtes-vous rencontrés ? Vos parents approuvent-ils cette union ? Quels sont vos points communs ? Qu'avez-vous partagé ensemble ?*

Quand mon tour arriva, je tendis le dossier contenant ma demande de visa, mes photos d'identité, l'avis d'imposition de Tristan, mon passeport et la preuve que nous nous connaissions : des photos de nous deux ensemble, des photocopies de ses factures de téléphone montrant qu'il appelait souvent et une sélection d'e-mails. On me mena dans une petite pièce ou une fonctionnaire me fit signe de m'asseoir.

– Quand vous êtes-vous fiancée ? demanda-t-elle.

Bizarrement, cette question me décontenança. Jusqu'alors, je ne m'étais pas considérée fiancée à Tristan. L'engagement me paraissait plus lourd que mon départ pour l'Amérique. Mes prévisions portaient sur les mois à venir, pas sur le reste de ma vie.

– Nous ne sommes pas réellement fiancés. Je veux dire… il m'a fait sa demande, mais je lui ai dit que je devais encore réfléchir. C'est une décision importante.

Elle écrivit rageusement. *Write-wrote-written : écrire.* J'avais dû répondre de travers.

– Donc, vous venez demander un visa-fiancée, mais vous n'êtes pas fiancée ?

Elle paraissait sceptique. Je lui montrai les documents étalés sous ses yeux.

– Nous nous écrivons depuis longtemps. Mais nous ne nous sommes rencontrés que le mois dernier, quand il est venu à Odessa. Je voudrais le connaître un peu mieux avant de m'engager pour la vie.

Je déblatérai, plus pour moi-même que pour mon interlocutrice. Fiancée. Une nouvelle vie. Un choix irréversible. J'ignorais quelle était la bonne décision. Ses lèvres dessinaient un sourire cynique. Je pouvais lire chacune des pensées qui traversaient sa cervelle de moineau. *Et tu veux apprendre à le connaître en Amérique. Et tu penses qu'une fois là-bas, tu pourras te trouver un homme plus appétissant.*

La femme regarda les photos de Tristan et moi.

– Et cet homme, il vous plaît vraiment ou vous vous servez de lui pour obtenir des papiers ?

Elle ajouta dans sa barbe :

– Toujours ces putains de sites de rencontres !

Mais elle m'accorda mon visa.

L'aéroport de Varsovie n'avait rien de spécial, celui d'Atlanta m'époustoufla. Je n'avais pas senti à quel point la vie d'Odessa était brumeuse avant d'entrer dans un bâtiment où, semblait-il, personne n'avait jamais fumé. Tout était propre et brillant : les murs, les baies vitrées, la moquette. Même en plein jour, les lumières restaient allumées. Des toiles décoraient les murs, comme dans un musée. Personne ne se poussait, ne se bousculait, ne se plaignait. Je me laissai envelopper par les flots de conversation anglaise, les visages souriants, les restaurants, les boutiques. Cette fois, j'étais en Amérique. Oui, c'était bien ce que je voulais.

Oui.

Je montai à bord de l'avion suivant en direction de San Francisco.

Malgré ma fatigue, je bondis de l'avion pour commencer ma nouvelle vie. En attendant la livraison des bagages, j'allai aux toilettes et fermai le loquet du box. Box était le mot juste : je me sentis comme un cheval dans l'écurie. Tout le monde pouvait me voir. Un espace de plusieurs centimètres séparait la cloison de la porte qui ne descendait même pas jusqu'au sol. Je n'en revenais pas. Quand j'eus fini, j'entendis le rugissement d'un avion gigantesque qui décollait derrière moi. Je me retournai et compris que le bruit venait du torrent qui jaillissait dans la cuvette de porcelaine. Je pensai aux toilettes publiques d'Odessa. Même à l'Opéra, deux empreintes de pieds en céramique suffisaient à habiller un trou dans le sol. Dans leurs tenues de soirée, les femmes s'accroupissaient comme des bêtes.

Je m'approchai du lavabo pour me laver les mains, mais ne compris pas comment faire couler l'eau. J'observai alors une femme à côté de moi. Elle passa les mains sous le robinet argenté et l'eau se mit à couler. Je regardai mon reflet dans la glace. Mon chignon commençait à s'ébouriffer, alors je détachai mes cheveux et me recoiffai. Une petite fille leva les yeux vers moi et dit:

– Tu es très jolie, madame.

Je la remerciai et lui donnai un bonbon. Elle le reluqua sans le prendre. Tant pis. Je séchai mes mains sous l'air chaud, n'en revenant toujours pas d'être arrivée. *Land of the Free, Home of the Brave*[1]. Peut-être qu'un jour, je serais citoyenne américaine.

Alors que j'attendais devant le tapis roulant, j'observai les gens. Grands, petits, minces, gros, au naturel ou tout refaits: une impressionnante variété de visages et de traits. Les styles vestimentaires m'étonnèrent. Je remarquai quelques hommes d'affaires et quelques femmes en tailleurs, mais sinon presque tout le monde portait jeans délavés, baskets ou tongs usées. Les jeunes portaient leurs jeans bas sur les hanches, laissant dépasser leurs chairs et leurs sous-vêtements. J'étais surprise que la population du pays le plus riche du monde ait l'air si pauvre et mal habillée. Dans mon tailleur noir et mes escarpins, je ne me sentais pas à ma place.

---

1. « Terre de la liberté et patrie des braves », extrait de l'hymne national des États-Unis.

Je récupérai ma valise et me dirigeai vers la sortie. Tristan fut la première personne que je vis. Je souris de mes lèvres tremblantes; il s'avança, béat. Il avait embelli depuis Odessa, il était bronzé et ses joues étaient roses. Cette fois, c'était moi qui étais pâle et fatiguée. Il me serra dans ses bras. Ses mains me pétrirent le dos, les bras, les cheveux. *Hold-held-held: tenir. Run-ran-run: courir.*

– Comment vas-tu? demanda-t-il. Tu as l'air crevée. J'espère que les vols n'étaient pas trop longs.

Il jubilait. Moi aussi, j'étais heureuse d'être au bout du voyage.

Tristan conduisait un camion poussiéreux. Il ouvrit la portière du siège passager.

– Tu veux qu'on s'arrête pour manger quelque chose?

Je secouai la tête, honteuse en repensant au repas copieux que nous l'avions forcé à avaler à son arrivée. J'ignorais qu'un long voyage en avion rendait nauséeux, comme si, en altitude, l'estomac s'était rempli d'hélium.

– Allons directement à la maison alors.

Sur l'autoroute, j'observai les voitures de tailles et de couleurs variées. Tout le monde roulait à toute allure, comme dans une course. J'aperçus au loin les gratte-ciel de San Francisco. Tristan me parlait et j'essayais de l'écouter, mais mes oreilles se fermèrent en même temps que mes paupières.

Il me pressa la cuisse.

– Quand tu seras reposée, on ira visiter la ville.

La route était lisse. Malgré mon excitation, le ronronnement du moteur me berça jusqu'au sommeil. Alors qu'il s'engageait dans une allée, Tristan me secoua l'épaule. Il appuya sur un bouton et la porte du garage se leva. Je n'en croyais pas mes yeux. Toilettes automatiques, robinet automatique, porte automatique, tout était automatique. Voyant mon air ébahi, Tristan dit:

– Vas-y, appuie sur le bouton.

J'obéis et la porte coulissa jusqu'au sol. Mon éblouissement était stupide, mais il révélait l'écart immense qui séparait mon vieux pays de ce *nouveau monde*.

Tristan me prit par la main et m'entraîna vers sa maison de bois sombre, en harmonie avec les plantes et les arbres environnants. Des roses fleurissaient près de la porte d'entrée. Les fenêtres étaient larges et sans barreaux. Le voisinage devait être tranquille. Je remarquai la cheminée et me demandai si nous pourrions faire du feu comme dans les films. Il me surprit en me soulevant dans ses bras avant de franchir le seuil de la porte. *Bite-bit-bit: mordre. Sweep-swept-swept: emporter.* Il me considérait déjà clairement comme son épouse. De retour sur terre, je me sentis émue par son geste romantique. Tristan n'était pas le genre d'homme à coucher avec moi pour disparaître aussitôt.

– Et voilà, dit-il plein d'appréhension.

– Eh oui, répondis-je, mal à l'aise.

Je ne savais pas comment me comporter avec lui, ni ce qu'il attendait de moi. D'après mon expérience, les hommes avaient toujours une idée en tête. Il écarta les bras pour m'inviter à regarder autour de moi. La maison était baignée de lumière. Murs blancs, moquette beige. Posters encadrés du parc de Yosemite. Photos d'enfants souriants sur le frigidaire. Les siens ? Les questions se bousculaient dans ma tête. Il disait n'avoir jamais été marié. Il avait pu mentir. Ou omettre l'existence d'enfants illégitimes. Je secouai la tête pour évacuer toutes ces pensées horribles. Je devais apprendre à lui faire confiance. Loin d'Odessa, j'allais pouvoir baisser la garde. J'étais en Amérique, devant Tristan, mon gentil professeur venu de si loin pour me rencontrer, celui qui m'avait demandée en mariage et avait acheté mon billet pour San Francisco, un homme honnête et plein de bonnes intentions.

Je quittai l'entrée et découvris le salon, la cuisine et la salle à manger. L'espace était entièrement ouvert, sans cloison, inondé de lumière. Tout me séduisit, surtout la cheminée de pierre.

– Ta maison est ravissante. Si lumineuse, si spacieuse.

– Je l'ai dessinée moi-même, dit-il en parcourant les lieux d'un regard fier et heureux.

Je me sentais heureuse aussi.

Il me montra la chambre, le bureau et les salles d'eau au bout du couloir en face de l'entrée. Je commençais tout juste à me détendre quand Tristan alla poser mes affaires dans sa chambre. La surprise m'ôta les mots de la bouche, mais je retrouvai rapidement la parole.

– Nous ne sommes pas encore mariés, lui rappelai-je d'une voix ferme. Je peux dormir sur le canapé.

Boba disait toujours que si on leur donnait des œufs gratis, les hommes n'achetaient jamais la poule. J'en avais fait les frais avec Vlad et je ne comptais pas répéter mon erreur.

Tristan dit qu'il respectait mes principes et transféra mes affaires dans son bureau. Il installa mon lit sur le canapé. Bien qu'il ne fût que vingt heures, je me couchai immédiatement, sans même passer par la salle de bains.

Je me réveillai à six heures, comme à la maison. Jane m'avait un jour décrit les souffrances du décalage horaire, mais apparemment, j'étais épargnée. Je restai dans mon lit et écoutai. Ni klaxon, ni pleurs d'enfants, ni cris de voisins, ni pas lourd à l'étage. Tout était calme. Sans le gazouillis des oiseaux, j'aurais pu croire que j'étais devenue sourde.

Je me levai pour aller préparer le café. La machine de Tristan n'était pas aussi sophistiquée que celle que David m'avait offerte. Pendant qu'il passait, je regardai par les fenêtres qui donnaient toutes sur la forêt. Je me sentais plus à la campagne qu'en ville et me demandai où nous étions exactement.

Tristan sortit de sa chambre déjà vêtu d'un jean et d'un T-shirt.

– Pardon de devoir te laisser seule, mais je n'ai pas pu prendre de vacances parce que j'ai utilisé tous mes jours pour aller à Budapest.

Sa remarque était teintée d'une légère note de reproche.

– Et à Odessa, où nous nous sommes rencontrés et où tu as pu profiter de l'hospitalité de ma grand-mère, rectifiai-je.

Je ne savais pas qu'en Amérique les professeurs travaillaient pendant l'été.

Ma remarque parut l'étonner.

– Vous travaillez l'été ? insistai-je. Vous devez nettoyer votre classe ? À Odessa les professeurs sont responsables de leur salle de classe et doivent tout mettre en ordre avant la rentrée. Mes amis enseignants ont dû repeindre les murs et l'un d'eux a même posé du lino sur le sol en béton.

– Non, dit-il. Ici, les professeurs ne font pas ce genre de travail. Je donne des cours d'été.

– Des cours d'été ? demandai-je, incrédule.

Je n'avais jamais entendu parler de cours d'été.

– Pour les enfants en difficulté.

– Je pourrais peut-être t'accompagner. J'aimerais bien voir où tu travailles.

– Non !

J'étais déconcertée par la brutalité de son refus.

– Non, tu ferais mieux de te reposer. C'est ton premier jour, tu n'es pas pressée. Et puis, les enfants sont timides.

S'ils avaient des difficultés, je comprenais qu'ils n'aient pas envie d'être observés.

Il ouvrit un placard, sortit une boîte en carton, versa le contenu dans un bol et ajouta du lait. Il s'assit au comptoir de la cuisine et mastiqua les morceaux secs qui me rappelèrent les derniers produits arrivés à Odessa : des croquettes pour animaux domestiques. Notre voisine étrangère en achetait pour son chat.

– T'en veux ?

Je secouai la tête.

– Qu'est-ce que c'est ?

– Des céréales. C'est bon pour la santé.

Il poussa la boîte vers moi et je lus la liste des ingrédients sans réussir à en prononcer la moitié. Je lui demandai s'il avait des flocons d'avoine, Boba m'en préparait toujours le matin. Je lui demandai ensuite si je pouvais l'appeler pour la prévenir que j'étais bien arrivée.

– T'es dans le répertoire, marmonna-t-il.

– Pardon ?

– Excuse-moi, chérie, je suis un peu bourru le matin.

Il me prit dans ses bras. Je repensai à Vlad le lendemain de notre nuit.

– Tu regrettes de m'avoir invitée ?

– Non ! Bien sûr que non.

Il composa le numéro et déposa un bref baiser sur mes lèvres.

– Je dois aller au boulot. Parle à ta grand-mère. Je serai de retour à cinq heures.

– Allô ? Boba ? Boba, c'est moi. Tu ne peux pas savoir comme c'est beau ici. Comme à la télévision. Tout est magnifique. Et la maison est immense. Par contre, il n'habite pas en ville. Nous sommes en banlieue.

– Tu as pris la bonne décision, dit-elle.

La ligne grésillait. Boba me parut au bout du monde. Hébétée, je m'assis sur le canapé et caressai la surface duveteuse du coussin blanc en fixant les murs nus du salon. Je l'imaginai assise dans la cuisine, les yeux dans le vide. Elle m'avait tellement poussée à quitter Odessa qu'elle m'avait convaincue que j'avais raison de la laisser seule. Mais quand le train avait démarré, j'avais surpris son visage et compris que derrière son masque d'inflexibilité se cachaient une désolation et une solitude immenses. Pauvre Boba.

Finalement, la curiosité l'emporta sur la mélancolie et je décidai d'explorer mon nouvel environnement, espérant découvrir des indices sur la vie et la personnalité de Tristan. J'allai d'abord dans sa chambre, me demandant si elle ressemblerait à celle de Vlad.

Le lit était large et couvert d'un édredon écossais. Aucun livre sur la table de nuit, rien qu'un téléphone et une horloge numérique. Je me retournai et vis qu'il avait épinglé au mur toutes les photos que je lui avais envoyées. Moi sur la plage. Boba et moi sur le canapé. Moi au bureau (j'avais découpé David mais sa main était restée posée sur ma hanche).

Le téléphone sonna. Je décrochai.

– Salut, chérie. Tu me manques déjà.

Il était plein d'attention.

Dans la cuisine, j'admirai le lave-vaisselle, un appareil que ma grand-mère convoitait avec ardeur. Alors que je passais devant l'énorme frigidaire scintillant, un bruit me fit ouvrir la porte. Des glaçons tombèrent dans une boîte en plastique. Boba n'en aurait pas cru ses yeux ! Dans les placards, je trouvai les céréales de Tristan, des boîtes de soupes toutes prêtes, de la farce déshydratée en sachets et un paquet de riz cuisiné. Dans la salle à manger, sur des étagères, étaient rangés des livres de photographie comme *Une journée dans la vie de l'Union soviétique,* une encyclopédie en plusieurs volumes et dix livres sur la guerre de Sécession. Il ne possédait pas beaucoup de romans, mais le plus grand roman de la littérature mondiale était là : *Anna Karénine.* C'était bon signe.

Je passai au salon et jetai un coup d'œil à sa collection de CD (de la musique des années soixante) et de vidéos (des films d'action). Je suivis le couloir blanc jusqu'à une petite pièce où se trouvaient une machine à laver et un sèche-linge. Dehors, sur la terrasse, j'écoutai le silence et respirai l'air frais qui sentait bon la mousse et le soleil. Je n'aurais jamais cru la banlieue si calme.

– Bonjour ! appela une voix de femme.

Elle était dans la maison. Je courus à l'intérieur. L'intruse avait les joues roses et des cheveux frisés et quand elle me vit, elle ouvrit de grands yeux. Je la dévisageai aussi. À Odessa, personne n'entrait chez les gens. Nos portes restaient verrouillées en toutes circonstances.

– Waouh ! Tu dois être Dora. Enchantée.

Elle posa une assiette de cookies sur le comptoir et me prit dans ses bras.

– Heureuse de faire ta connaissance. Je suis Molly.

– Daria. Je suis contente de rencontrer une amie de Tristan.

– Ah ça oui ! Je le connais depuis que j'ai commencé à sortir avec Toby. Tristan et lui étaient les meilleurs copains au lycée. Ça doit faire plus de vingt ans maintenant. C'est mes enfants sur le frigo.

Je regardai les photos des deux chérubins. Je devais apprendre à lui faire confiance. J'étais tellement habituée au mensonge, aux vendeurs du marché qui vantaient les fruits les plus frais du monde que vous trouviez pourris chez vous, aux hommes politiques comme Gorbatchev qui, après la catastrophe de Tchernobyl, avait déclaré que l'incident était sans gravité, aux filles comme Olga qui ne m'avait côtoyée pendant des années que par intérêt. Les choses seraient différentes ici.

– *Honey!* Je suis venue voir si tu avais besoin de quoi que ce soit et j'en profite pour vous inviter à notre barbecue demain.

Je la remerciai d'avoir pensé à moi. Je me réjouissais d'assister à ma première fête américaine. J'avais hâte de découvrir les plats. Jane m'avait parlé des dîners de Noël et de Thanksgiving, pour lesquels sa mère préparait des tartes, de la purée et de la dinde farcie aux cranberries. Il me tardait de découvrir les spécialités de Molly.

Quand Tristan rentra, il m'embrassa et demanda :
– Qu'est-ce qu'on mange de bon ce soir ?
Le sang me monta au visage. J'étais censée préparer à manger.
– Je ne sais pas cuisiner, avouai-je.
Il fronça les sourcils.
– Mais sur le site Internet, vous dites que toutes vos femmes savent cuisiner, coudre, tricoter, laver le linge à la main et repasser. Tu m'as fait à manger à Odessa…

Lie-lay-lain : coucher. Lie-lied-lied : mentir.

– En fait, commençai-je, les yeux baissés vers la moquette beige, c'est ma grand-mère qui avait préparé tous les plats. Je n'ai jamais appris. Elle préférait que je me concentre sur ma carrière au lieu de m'entraîner à préparer le bortsch. Mais le site ne ment pas, la plupart des Ukrainiennes sont de bonnes ménagères.

Il resta silencieux un moment.

– Tu ne sais pas du tout cuisiner ? Alors, tu m'as menti ?

– Je suis désolée.

Je mordillais ma lèvre inférieure, attendant une remarque de sa part, mais il me dévisageait sans rien dire. S'il me trouvait bonne à rien, il pouvait décider de me renvoyer.

– Tu regrettes de m'avoir choisie ?

– Non, dit-il en me prenant dans ses bras. Je suis sûr que tu as plein de talents cachés.

Une lueur traversa ses yeux.

– N'en doute pas, confirmai-je.

Je savais mieux que personne utiliser les mots pour me défendre des hommes.

– On cuisinera ensemble. Je vais t'apprendre.

– Avec plaisir.

Il me serra contre lui.

– Et puis, je ne voulais pas sous-entendre que c'est à toi de cuisiner. C'est ton premier jour ici. On va se détendre. Passer une soirée tranquille. Qu'est-ce que tu veux qu'on commande ? Une pizza ? Des tacos ? Des hamburgers ? On peut se faire livrer ce qu'on veut.

Quelqu'un allait nous apporter le dîner ?

Notre choix s'arrêta sur une pizza, moitié fromage, moitié bolognaise.

– Tu vois, dit-il en raccrochant, tu n'as pas besoin de savoir cuisiner ou faire le ménage. C'est ça, l'Amérique. Tu n'as qu'à demander ce que tu veux et on te le donne.

Je regardai la cheminée.

– J'aimerais bien faire du feu, mais j'imagine qu'il faut attendre qu'il fasse froid…

– Mais non ! Je vais monter la clim et t'en allumer un.

Nous mangeâmes notre pizza dans des assiettes en carton en regardant le feu crépiter. Après le dîner, nous jetâmes les assiettes et la boîte à pizza dans les flammes. Je n'avais jamais vécu avec tant d'insouciance.

Anticipant le festin de Molly, je ne mangeai rien au petit déjeuner ni à midi. J'étais impatiente de rencontrer les amis de Tristan et revêtis la robe bleu nuit qui caressait mes cuisses à chaque pas. Quand Tristan sortit de sa chambre en jean, je m'étonnai, mais ne dis rien. De son côté, il ne put s'empêcher de dire :

– Pourquoi t'es toujours en noir, chérie ? On dirait que tu vas à un enterrement.

Je baissai les yeux et mon image de femme sophistiquée céda la place à celle d'un corbeau affecté. À Odessa, comme dans la plupart des grandes villes, les gens portaient des couleurs sombres. Je n'avais pas d'argent à dépenser dans des tenues décontractées : tout ce que j'achetais devait convenir au travail. Et quand je rentrais du bureau, j'enfilais une robe de chambre cousue par Boba.

Nous allâmes chez Molly en voiture, bien que, d'après Tristan, elle n'habitât qu'à un quart d'heure à pied. Je lui demandai si nous pouvions lui acheter des fleurs, mais il me persuada que c'était inutile. J'étais gênée d'arriver chez quelqu'un les mains vides. À Odessa, seuls les porcs stupides et grossiers omettaient d'offrir un cadeau à l'hôtesse.

Au-dessus de la porte, une bannière proclamait : *Bienvenue, Dora !* Je souris. Ils s'étaient presque rappelé mon nom. Je voulus sonner mais Tristan me dit que nous faisions partie de la famille et entra. La maison ressemblait en tous points à celle de Tristan : des murs blancs et une moquette beige. Des bribes de conversation parvinrent à mes oreilles. Tristan s'avança. J'aurais voulu m'arrêter pour les écouter et savourer l'instant. M'enivrer d'anglais. Si Maria Pavlovna avait su que cette langue me donnerait un jour tant de joie… C'était bien ce que je voulais. De l'anglais partout autour de moi. Les gens discutaient et riaient. J'étais aux anges.

Dès que nous entrâmes dans le salon, les conversations s'arrêtèrent. Tristan sourit jusqu'aux oreilles et passa un bras autour de mon épaule. Les gens nous dévisageaient. Je n'étais pas choquée. Les femmes d'Odessa étaient éblouissantes.

– Voici ma nouvelle fiancée.

Nouvelle fiancée ? Je n'étais donc pas la première. Non, je devais arrêter de me méfier.

Les convives restèrent muets un moment, puis un homme s'avança, m'attrapa la main et la secoua vigoureusement.

– Alors c'est toi, la petite Russe que Tristan a sauvée ?

Sauvée ?

Une femme de l'âge de Tristan me tendit une pile de livres pour enfants.

– *Les Trois Petits Cochons*, lus-je à voix haute. Merci.

– C'est pour t'aider à apprendre l'anglais, dit-elle d'une voix forte et articulée.

– Merci.

– Tu dois être contente d'être sortie de la misère, dit un autre. En tout cas, t'es un sacré châssis !

– Alors, ça te plaît l'Amérique, chérie ? T'as dû en baver, là-bas, en Russie.

– En fait, je suis ukrainienne.

– Saleté de communisme, dit un homme en se frottant la barbe. Un vrai fléau !

Tous me saluèrent avec la même chaleur. À ma grande surprise, ils me voyaient comme une sorte de réfugiée.

– Je viens d'Odessa, une ville portuaire de la mer Noire. Notre Opéra est le troisième plus beau du monde. Notre climat est doux et les gens viennent du monde entier, surtout de Moscou, de Kiev et de Saint-Pétersbourg, passer leurs vacances sur nos plages. Odessa est en Ukraine. L'Ukraine et la Russie sont deux pays séparés et distincts.

Il me sembla que leurs regards devenaient vagues. Ils ne firent aucun commentaire et ne posèrent aucune question. J'aurais peut-être dû m'inspirer des nombreuses métaphores de Valentina. Lors d'une soirée où elle avait bu un peu trop de vodka, je l'avais entendue expliquer l'histoire de l'ex-URSS à un Américain qui heureusement avait un peu trop bu aussi.

– Voyez-vous, mon cher monsieur, imaginez l'URSS comme un sein, avait-elle dit de sa voix rauque en malaxant son opulente poitrine pour illustrer son propos. La Russie occupe la partie blanche et charnue du sein. Elle est étendue, mais elle n'intéresse personne. Personne. Tout le monde est attiré par le téton : petit, mais coloré et bien plus intéressant. C'est lui qui nourrit le monde. Le téton, c'est l'Ukraine, la vache à lait de l'ex-URSS.

Ce souvenir éclaira mon visage d'un sourire que j'offris à tous les gens aimables qui se trouvaient devant moi.

– Elle adore ce pays, expliquait Tristan. Le premier jour, elle s'est extasiée devant la porte du garage. Elle y a passé des heures : ouvert, fermé, ouvert, fermé. Pas vrai, chérie ?

Il m'imitait, ouvrant grand les yeux et la bouche.

– Je vous jure, quand je pars travailler, je suis sûre qu'elle se précipite sur le bouton.

Les rires fusèrent. Je me sentis idiote et jurai de ne plus jamais baisser la garde.

– Tu la fais rougir, observa une invitée. Tu ne devrais pas te moquer d'elle.

Tristan me prit dans ses bras.

– Excuse-moi, chérie. Je te taquine.

Au bout d'un moment, les rires se dissipèrent et les invités retournèrent à d'autres sujets, notamment l'équipe de football du lycée.

Molly entra dans le salon et s'exclama :

– Je prie sans cesse pour que Peter ne se casse pas encore quelque chose. Je ne sais pas pourquoi je le laisse jouer. Il me tuera, cet enfant.

Elle m'éloigna de Tristan et me poussa dans la cuisine.

– Nous sommes si heureux pour Tristan et toi. Sers-toi. Fais comme chez toi.

La table débordait de sigles éclatants : Doritos, Cheetos, Fritos. Je reconnus aussi des sauces de supermarché, des cornichons, du ketchup, des cannettes de Coca et de bière, un seau de salade de pommes de terre et un plateau de tomates, salade et oignons crus. J'étais déçue. À Odessa, le temps passé en cuisine était un juste indicateur de l'affection portée aux invités.

Un homme ouvrit la porte coulissante et demanda :

– Qui veut une chipo ?

Molly lui glissa un mot à l'oreille.

– Tu dois être Dora, dit-il en se tournant vers moi. Moi, c'est Toby. On est très heureux de te rencontrer.

Il me prit dans ses bras. Il me faudrait du temps pour m'habituer à ces effusions permanentes. Il m'étudia de haut en bas, puis donna une grande tape dans le dos de Tristan.

– Putain, bien joué, mec !

Mon estomac grogna ; je toussai pour masquer le bruit. Molly me tendit une assiette en carton sur laquelle je déposai des tomates, de la salade, quelques oignons et des cornichons. Les invités entassèrent de la nourriture sur leurs assiettes, puis tout le monde s'assit à la table de pique-nique. Toby me regarda dévorer les légumes.

– Pour une maigrichonne, t'as de l'appétit. Tu veux un hot-dog ?

Je n'eus pas le temps d'expliquer que j'étais végétarienne que Tristan intervint :

– Les Russes sont tellement pauvres qu'ils ne mangent jamais de viande. Du coup, elle n'aime pas ça. Mais elle ne sait sûrement même pas quel goût ça a.

Les invités hochèrent la tête, comme si Tristan faisait figure d'autorité parce qu'il avait passé cinq jours là-bas. Je ravalai une repartie acide et dit :

– En général, les Russes *et les Ukrainiens* mangent beaucoup de viande, mais je suis végétarienne.

Quand j'avais treize ans, ma classe était partie une semaine s'occuper des animaux dans une ferme communautaire. Je m'étais soudain retrouvée face à ce qui atterrissait dans mon assiette. J'avais été révoltée de manger des aliments dotés d'yeux. Et d'une âme. À partir de ce jour, Boba et moi n'avions plus jamais mangé de viande.

– Ce n'est pas un mal d'être végétarienne, dit Molly gentiment. J'ai une nièce à Berkeley qui l'est aussi.

Les invités mangeaient et bavardaient au soleil. Je buvais mon Coca acidulé et les écoutais. La femme qui m'avait donné les livres pour enfants disait :

– Je me méfie de cette Rita. Brownie doit se faire opérer de la hanche et elle ne veut pas débourser un centime. Je vais te dire, quand elle a refusé de me donner les deux mille dollars, j'ai enfin vu quel genre de femme c'était... J'ai décidé de ne plus lui adresser la parole tant qu'elle ne fera pas quelque chose pour sauver ce chien.

Quand je compris que les deux mille dollars serviraient à payer l'opération chirurgicale d'un chien, le Coca jaillit hors de ma bouche. Comme je m'étouffais, Tristan vint me donner de grandes tapes dans le dos.

– Ça va, chérie ? demanda-t-il.

Toby et lui partirent chercher une bière à la cuisine. Mon radar se mit à sonner l'alerte. Je n'avais pas fui l'Ukraine et nos hommes à problèmes pour me retrouver avec un Américain alcoolique. Je devrais rester vigilante. Les trois mois de séjour autorisés par mon visa me permettraient de mieux le connaître.

– Que penses-tu d'Emerson ? demanda une femme à ma gauche.

Elle portait un T-shirt et une jupe aux motifs psychédéliques et ses cheveux étaient si longs qu'elle aurait pu s'asseoir dessus. Le ciel était bleu, nous étions tous assis dans un jardin, j'avais l'impression d'être dans une scène idyllique de série américaine. Je me pinçai avant de répondre :

– Je n'arrive toujours pas à croire que je suis ici. Cela ne fait que deux jours, mais pour l'instant, je suis surtout impressionnée par le calme. Tu vis ici depuis longtemps ?

– Dix ans maintenant. J'ai fui L.A. J'ai ouvert une boutique à Paloma, c'est tout droit en continuant sur la route. Je fabrique des bougies parfumées et des savons.

– J'aimerais beaucoup voir ta boutique.

Artiste et chef d'entreprise. Tout paraissait possible en Amérique.

Un petit diamant brillait à son annulaire gauche. Je portai instinctivement la main à ma poitrine pour sentir mon propre joyau à l'abri des regards inquisiteurs.

— Est-ce malpoli de demander si tu es fiancée?

— Pas du tout, rit-elle. Oui, je suis fiancée depuis huit ans.

Elle s'interrompit pour me laisser le temps de me remettre de ma surprise.

— Quand on est arrivés ici, on traînait chacun un passé chargé et on avait tous les deux besoin de construire une maison. Moi, j'ai construit ma cabane en rondins de A à Z: j'ai creusé les fondations, coulé le ciment, coupé et monté les rondins. De son côté, Jason a mis toute son énergie dans un dôme géodésique. Mais maintenant, aucun de nous deux n'est prêt à déménager. Alors on passe la moitié de la semaine chez moi et l'autre moitié chez lui.

Les gens d'ici n'avaient pas les mêmes problèmes que chez nous. Les Américains avaient tant de possibilités qu'ils ne savaient plus où habiter.

— Comment connais-tu Tristan? demandai-je.

— Je ne le connais pas bien. Molly m'a invitée parce que je suis sa meilleure amie. Au fait, je m'appelle Serenity.

Elle tendit la main vers moi. Je la serrai.

— Daria.

— Je me disais bien que Dora, ça ne faisait pas très ukrainien, dit-elle en riant.

Molly découpa un gâteau au chocolat et demanda qui en voulait. Les gens crièrent: «Moi! Moi!», mais je ne dis rien.

— Tu en veux une part? demanda Molly en m'offrant son regard chaleureux et amical, ses jumeaux blonds agrippés chacun à un de ses mollets nus.

La lame du couteau était couverte de glaçage sucré. L'air sentait bon le chocolat. Ma bouche devint sèche et vacante comme un désert. J'avais follement envie d'une part de ce gâteau humide et tentateur.

— Non merci, répondis-je poliment.

J'attendais qu'elle insiste, mais elle se tourna directement vers Serenity qui s'exclama:

– Eh ben moi, je me fais pas prier !

Molly lui servit ma part.

À Odessa, selon l'usage, l'hôtesse offrait poliment et l'invité déclinait poliment. Après la Grande Guerre patriotique, comme les denrées étaient rares, l'hôtesse avait souvent peu de réserves et les invités ne voulaient pas lui retirer le pain de la bouche. Un système avait alors été mis en place. L'hôtesse offrait, l'invité refusait. Ainsi, personne ne perdait la face. Si elle était décidée, l'hôtesse proposait autant de fois que nécessaire. Alors seulement, l'invité cédait. Aujourd'hui, j'avais appris une leçon importante. En Amérique, les gens ne proposaient jamais deux fois. Quand on désirait quelque chose, il fallait se servir tout de suite.

Le samedi, je me réveillai tôt et attendis que Tristan se lève. Il n'était clairement pas du matin. Les bras tendus comme un zombie, il avança vers la cuisine et se servit un bol de céréales.

– On pourrait peut-être aller à San Francisco aujourd'hui, dis-je.

Il éclata de rire.

– Ma chérie, la ville est à des kilomètres. On ne peut pas y aller dans la journée. Si on faisait une randonnée, plutôt?

– Le trajet ne m'a pas paru si long de l'aéroport.

– Tu t'es endormie au bout d'un quart d'heure. Il y a quatre heures de route.

– Mais tu m'avais dit que tu vivais près de San Francisco. C'est bien ce que tu m'as dit?

– Tout est relatif. Sur la carte, on n'est pas si loin de San Francisco. Si on habitait à Miami, là on serait loin !

Il éclata de rire à nouveau. Des rafales de pensées balayaient mon cerveau. Je me demandais s'il me disait la vérité. Et où nous étions. Ma gorge se serra et je me sentis soudain écrasée par l'espace d'Emerson, loin de l'ancrage rassurant des immeubles, des musées, des hôtels, des restaurants, des théâtres et des embouteillages: toutes les constantes de mon quotidien. Je me laissai tomber dans le canapé et toussai dans l'espoir de dilater ma gorge nouée.

— Voyons chérie, dit-il d'une voix légère. Allons nous promener dans la nature, ça te fera du bien de respirer un peu.

Il me tira hors du canapé et nous partîmes nous promener dans la forêt. Je le suivis à travers les arbres. Personne n'osait trop parler. Je ne pouvais m'empêcher de penser qu'il avait menti. Il m'avait dit qu'il habitait près de San Francisco. C'était ce qu'il avait dit. Quatre heures de route. Une éternité. J'essayai de voir le bon côté des choses, comme Boba me l'avait appris. Je pris une grande inspiration et observai la beauté silencieuse des bois. L'intensité du silence était presque inquiétante. J'aperçus des fleurs au bord du sentier.

— Comment s'appellent ces fleurs ?

— La rose ? Liza Jane.

Je ne pus retenir un rire léger.

— La blanche s'appelle Russell, ajouta-t-il.

— Et cet arbre ? demandai-je en désignant un grand pin.

— Ça, c'est Mélissa, répondit-il.

— Enchantée Mélissa.

Nous rîmes ensemble. Il me tendit la main et je glissai mes doigts entre les siens.

Le soir, j'appelai Jane dans le Montana. Elle n'en revenait pas d'apprendre que j'étais en Amérique.

— Pourtant, je dois me rendre à l'évidence, dit-elle. La ligne est excellente.

Nous calculâmes que j'étais arrivée seulement quelques heures avant elle.

— Alors tu ne plaisantais pas quand tu disais que tu serais ici avant moi. Et je comprends mieux pourquoi tu posais tant de questions sur la Californie… et les rednecks !

Elle me demanda chez qui j'étais. Je restai muette.

— Dis-le-moi en russe, insista-t-elle.

Elle avait dû deviner que Tristan rôdait dans les parages.

– Il m'a menti, racontai-je en russe. Il m'a dit qu'il habitait près de San Francisco. Mais on est à quatre heures de route.

– Ça n'est pas vraiment un mensonge, répondit-elle en russe aussi. Ma sœur habite à cinq heures de chez mes parents, et pour nous, c'est près. Ils vivent dans le même État et la route est assez facile. Les habitants de New York et d'Odessa n'ont pas la même notion des distances.

Pas la même notion des distances. Un concept à creuser.

– Comment est-il ? demanda-t-elle.

– Gentil. Patient. Il a une grande maison. Il m'a donné un ordinateur. Ses amis sont sympathiques.

– La prochaine fois que j'irai voir Tans, on pourrait se retrouver à San Francisco pour le week-end.

Dès que j'eus raccroché, Tristan demanda :

– Pourquoi tu lui parles en russe ?

– C'est ma langue maternelle.

– Je connais quelques mots. Tu pourrais m'en apprendre d'autres.

Ses lèvres vinrent frôler les miennes.

– Comment dit-on « baiser » en russe ?

– Je t'embrasse : *Tseluyu.*

– *Slyouyou*, dit-il.

Il avait la même prononciation que les marins ivres de nos bateaux.

– *Slyouyou, slyouyou*, répéta-t-il en se penchant vers moi.

Il enroula ses bras autour de moi et m'embrassa encore.

– Épouse-moi.

Je l'embrassai pour ne pas avoir à répondre.

2

Nous ne commencions jamais nos lettres par un banal *Cher/Chère*. Dans la plus pure tradition d'Odessa, les salutations s'étendaient sur deux lignes. Au lieu de la virgule, le point d'exclamation était de rigueur.

Bonjour ma chère Boba!
Bons baisers du pays du rêve américain!

Ici, tout est magnifique et automatique. En Amérique, même la chasse d'eau se tire toute seule! Tu te rends compte? La route de l'aéroport jusqu'à la maison de Tristan m'a paru lisse comme des rails. Malgré mon excitation, je me suis endormie, c'est dire!

Tristan pense que je pourrais facilement trouver un poste d'ingénieur ici. Il est heureux que nous nous entendions bien. J'avais peur qu'il ne soit fâché d'apprendre que je ne savais pas faire la cuisine. Mais il aime bien cuisiner et il a proposé de m'apprendre. En attendant, il peut appeler n'importe quel restaurant: il leur dit ce qu'on veut manger et on nous apporte les plats chez nous! Exactement comme dans les films!

La maison de Tristan est gigantesque! Nous nous asseyons dans le salon et discutons devant la cheminée en regardant le feu crépiter. En Amérique, tout est climatisé. De l'air frais circule dans des conduits pour que les gens n'aient jamais trop chaud. Tristan et ses amis sont tous équipés. Les supermarchés aussi. Tu te rappelles comme nous avions chaud l'été dans notre ancien appartement? On plaisantait toujours en disant qu'on était déjà en enfer.

Quand il disait que son poste de professeur ne lui rapportait pas beaucoup d'argent, c'était sûrement par modestie. Je crois qu'il est riche. Il habite seul, dans sa propre maison. Ici, tout le monde possède une maison avec un jardin. Imagine-toi que je n'ai pas vu un seul immeuble dans toute la banlieue!

Il est prêt à avoir des enfants. À construire une famille.
Tendrement,
Dacha

Dans le parc national de Yosemite, exactement trois semaines après mon arrivée, au milieu des séquoias et des fougères, Tristan se mit à genoux et me tendit une bague. Ma main se plaqua sur ma poitrine, où je sentis sous mes doigts une bague de fiançailles collée contre ma peau. *Give-gave-given: donner.*

– Ça ne fait même pas un mois que je suis là. Nous avons encore tant de choses à découvrir…

– Je sais que je veux t'épouser, dit-il en passant l'anneau à mon doigt. Tu es si belle. Je veux que tout le monde sache que tu es à moi. Je t'aime.

Il se leva et me serra contre lui. *Find-found-found : trouver.*

Je regardai la bague.

– Ne te sens pas obligée de répondre tout de suite. Prends le temps de réfléchir. Imagine, toi et moi, heureux en Amérique.

Le soir, alors que nous discutions sur le canapé, il me parla de son frère aîné, Haliburt, un pasteur que tout le monde appelait Hal et qui vivait près de Seattle.

– À la mort de ma mère, on a complètement perdu mon père. Il était à la fois là et pas là, tu vois ce que je veux dire ? C'est Hal qui s'est occupé de tout. Il se débrouillait pour qu'on ait toujours à manger, il vérifiait que j'allais bien à l'école. Quand je sortais du droit chemin, Hal m'y ramenait et m'aidait à prendre les bonnes décisions.

Il secoua la tête.

– Il est toujours prêt à m'aider. Quand je lui ai parlé de mes sentiments pour toi, comme j'étais à découvert, c'est lui qui a payé ton billet d'avion.

Je n'étais pas sûre de comprendre. *À découvert ?*

Il m'embrassa tendrement, me frotta le dos et passa les doigts dans mes cheveux. Ses caresses descendaient subrepticement. Je ne savais pas pourquoi ses mains sur mes seins me crispaient tant, pourquoi son corps contre le mien me rendait plus raide que la planche à repasser de Boba. Au bout de quelques minutes, je le repoussai. Je décidai que ma résistance était normale et me promis que cette fois, je n'oublierais pas le plus célèbre proverbe d'Odessa : *Qui fait l'amour ne fait pas le mari.* Je ne me ferais pas avoir deux fois.

Tristan me libéra de son étreinte.

– Merci de te préserver pour moi, dit-il. Je respecte tes principes.

Jane et moi convînmes de nous retrouver à San Francisco pour un long week-end. J'étais impatiente. Dans le camion de Tristan, je ne tenais pas en place; mes pieds dansaient sur le plancher. Mais plus Tristan approchait de San Francisco, plus son visage se renfrognait.

– Tes amis habitent sur la colline des snobs, observa-t-il d'un air dégoûté.

– Je suis sûre que Jane te plaira.

J'étais moins sûre de son jugement à elle.

Au fur et à mesure que l'engin grimpait, je vis apparaître les maisons victoriennes typiques des films et des photos de l'Amérique. Entre les rangées de maisons, j'apercevais des bribes de la baie. Cette ville était éblouissante.

Nous nous garâmes derrière une Jaguar. Jane sortit en courant de la maison, suivie de près par Tans. Mes yeux s'emplirent de larmes. Cela faisait des semaines que je n'avais pas vu un visage familier. Elle me prit dans ses bras et m'abreuva des mots que je rêvais d'entendre, me réconfortant en russe:

– Tu es courageuse, belle et intelligente. Tout ira bien, tout ira bien.

Voyant la bague à mon doigt, elle ajouta:

– Ne te précipite pas. Le temps fera son œuvre.

Je reculai et passai les doigts dans ses cheveux, plus emmêlés que jamais. J'étais si heureuse de la voir que je ne pouvais pas m'arrêter de la toucher. Je caressai son visage, ses bras, lissai les plis invisibles de son chemisier blanc, replaçai une mèche de cheveux fous derrière son oreille, puis enroulai mon bras autour du sien. La toucher était comme sentir un instant ma ville natale, comme tenir un morceau de ma maison entre les mains.

Tans me serra contre lui avec chaleur, puis m'embrassa les joues, le menton et le front, sa moustache me chatouillant au passage. Tristan les observait avec méfiance. Tans remarqua l'expression austère de Tristan et l'accueillit virilement d'une poignée de main vigoureuse et d'un mot signifiant que les hommes feraient mieux de laisser les femmes se retrouver tranquillement. Il le conduisit sur le perron de l'élégante bâtisse victorienne de quatre étages et le guida à l'intérieur, puis lança à Jane un bref regard qui disait : *Il n'est pas de notre monde.*

L'intérieur était spacieux et sombre. Les stores étaient baissés, peut-être parce que Tans se savait à son avantage dans une lumière tamisée. Il paraissait conscient de ce genre de détails. Nous suivîmes le couloir obscur jusqu'à la cuisine, le cœur de la maison, qui débordait d'amis. Jane m'avait raconté que Tans détestait être seul et qu'à toute heure, on trouvait au moins dix personnes chez lui. Les invités étaient assis sur des chaises dépareillées autour d'un tronc d'arbre. Je frôlai les brûleurs imposants de la gazinière géante et pensai avec nostalgie à Boba et à Odessa.

Jane me présenta Zora et Gambino, comptables le jour, musiciens la nuit. Léa, une femme tout en courbes et rondeurs, chantait avec Zora. Comme elle me dévisageait avec une insistance certaine, Jane m'expliqua en russe qu'elle était «rose» (l'argot d'Odessa pour dire «lesbienne»). Le meilleur ami de Tans, Jono, portait une chemise de soie brillante et aurait pu être son fils. En Russie, on aurait dit que c'était un *smooglie*, un basané. Il devait aussi faire de la musculation car il avait les épaules et les bras aussi gonflés que Vlad. Il scruta Jane, qui prit soin de l'ignorer. La sœur de Jono, agent de change émaciée, était si fière de son nouveau string orné d'un papillon pailleté qu'elle baissa son pantalon pour le montrer à tout le monde.

– Je te présente mon amie Daria, dit Jane.

La femme releva son pantalon pour demander :

– C'est une bague de fiançailles, ça, *chérie*?

Elle me saisit la main, étudia la pierre et s'exclama :

– Oh! Mon chou, ce grain de poussière ne vaut pas un mariage. Il mérite plutôt le divorce!

Tristan rougit. Jane lança un regard noir à son amie. Je pressai ma main contre ma poitrine.

– Tiens-toi un peu ! avertit Jono. Sinon tu retournes passer la nuit dans la salle de conférences de ton hôtel de luxe avec les autres requins de ton milieu.

La menace fit frissonner la coupable.

– Ce n'est pas la taille qui compte, dis-je, prenant Tristan par la main. C'est l'intention. Tristan m'a appelée, il m'a écrit tous les jours et il est allé jusqu'à Odessa, en Ukraine, pour moi. Je n'ai rencontré aucun homme capable de dépenser tant de temps, d'énergie et d'argent.

Tristan me remercia d'un regard tandis que les amis de Tans m'observaient avec intérêt. Vlad se serait défendu tout seul. Mais il m'avait offert des bijoux pour disparaître dès qu'il avait obtenu ce qu'il voulait. Sans doute pour dissiper le malaise, Tans souleva Jane dans les airs en suppliant :

– Danse avec moi, chérie.

Jane rit, sans refuser l'invitation. Ils tanguèrent l'un contre l'autre. Je souris : ils formaient un couple improbable. Jane avait dix centimètres de plus et trente ans de moins que lui. Tans croisa mon regard. J'aperçus dans ses yeux une lueur étrange. Puis il me sourit et je me sentis ridicule. Je devais arrêter de me méfier. Je n'avais qu'à me détendre et profiter de l'instant au lieu de passer mon temps à jauger tout et tout le monde.

Quand la chanson prit fin, Tans expliqua à ses amis que je venais d'Odessa. Il parla du charme des habitants et de l'architecture somptueuse. Gambino demanda si l'escalier était aussi impressionnant en vrai que dans le film, *Le Cuirassé Potemkine*. Jono recommanda la lecture d'un livre sur la mer Noire. Zora raconta que ses arrière-grands-parents avaient vécu à proximité d'Odessa. Ils avaient émigré en 1910 suite à un pogrom qui avait réduit la plupart des maisons de leur village en cendres.

Ils étaient tous si gentils que je me sentis prête à pleurer. Personne ne supposait qu'étant née en Ukraine (un pays dont ils connaissaient tous le nom !), j'étais indigente et que Tristan m'avait sauvée de la misère. Ils se disaient plutôt que c'était moi qui l'avais sauvé !

La bibliothèque de Tans était plus fournie que le camion ambulant d'Emerson qui ne s'arrêtait qu'une fois par semaine, le vendredi, entre neuf heures et midi. Dans la salle à manger aux murs couverts de livres aux reliures de cuir, un buffet permanent garnissait une table élégante. Le jus d'orange était toujours frais et le café aussi riche que dans les restaurants turcs. Et des plats! Des dizaines de plats! De l'houmous crémeux. Une salade de pommes de terre légère et dorée presque aussi bonne que celle de Boba. Des feuilles de vignes artisanales. Depuis que j'avais quitté la maison, ma gourmandise n'avait jamais été si bien servie. La nourriture nourrissait l'âme, ravivait la mémoire et satisfaisait des besoins ignorés.

Jane et moi nous assîmes en face de Tans et le félicitâmes pour le festin. Sa moustache vibra de plaisir. Tristan vint s'affaler contre moi.

— Je ne sais pas comment manger ça. J'connais pas.

Chconnais pas.

— Tu devrais goûter la salade de pommes de terre, proposa Jane. Elle est délicieuse. Presque aussi bonne que celle de Boba. Je vais te servir une assiette.

À Odessa, les femmes servaient les hommes. Jane m'avait dit que les Américaines ne servaient personne. Je savais que son geste n'était pas innocent et lui en fus reconnaissante.

Quand il eut l'assiette sous les yeux, il se redressa.

— C'est vrai que celle de Boba était bonne, hein?

Tans rajouta avec humour que la sienne était forcément meilleure.

— Disons la meilleure de San Francisco, proposa Jane.

— Accordons-lui la Californie, repartit Tristan.

— Mais celle de Boba reste la meilleure de l'univers, conclus-je.

J'étais heureuse de voir qu'ils pouvaient s'entendre. Que tout le monde faisait un effort. Je voulais tellement que Jane l'apprécie.

Un va-et-vient d'artistes, de chanteurs et d'intellectuels animait l'appartement. C'était ce que j'avais imaginé quand Tristan m'avait dit qu'il habitait près de San Francisco. Ce que j'avais espéré trouver. Je me sentais bien avec ces gens. Ils étaient intelligents, vifs et drôles. Plusieurs vinrent me dire : «Le jour où tu décideras de quitter ce plouc, fais-moi signe. Je t'aiderai.» J'étais gênée vis-à-vis de Tristan et peinée qu'il soit rejeté, même si je comprenais très bien pourquoi.

Tans, Jane et leurs amis ne le voyaient pas non plus sous son meilleur jour, loin de sa bulle familière d'Emerson tapissée de verdure.

Comme toujours, je me réveillai à six heures. Quelques amis de Tans quittaient seulement les lieux. Je m'assis à la table de la cuisine, un verre de café brûlant entre les mains, et savourai le matin. J'aimais me réveiller tôt et avoir le monde à moi toute seule. Jane me rejoignis et nous discutâmes en russe pendant des heures. Tans paraissait comprendre combien il était important pour Jane et moi de nous retrouver toutes les deux. Il essaya d'occuper Tristan. Nous passâmes la journée à nous déplacer d'une pièce à l'autre. Grâce aux diversions de Tans, Tristan gardait toujours une pièce de retard.

Je demandai à Jane de me raconter le Montana et sa vie avec Tans. Je n'osais pas parler de moi. Je ne savais pas comment lui expliquer. Comment décrire une situation que je ne démêlais pas moi-même. La façon dont j'étais tombée amoureuse de Tristan avant de le rencontrer. Mes doutes actuels. Je ne pouvais lui confier ce que je ne m'avouais qu'à grand-peine.

Après le déjeuner, Tristan proposa gentiment de nous emmener Jane et moi visiter San Francisco. Il nous conduisit d'abord au Fisherman's Wharf qui était envahi par les touristes, mais j'appréciai malgré tout l'attention et achetai des cartes postales pour Boba. Puis nous visitâmes un parc peuplé de familles en pique-nique, de jeux d'enfants, de jeunes lançant des Frisbee et de couples enlacés dans l'herbe. À Emerson, les gens faisaient des marches ou des joggings de trente minutes précises pour garder la forme et passaient le reste du temps chez eux. Même s'ils habitaient tout près des magasins, ils prenaient toujours la voiture. J'admirai cette foule de promeneurs, qui, comme moi, se réjouissaient de passer la journée à flâner.

Tristan nous invita à boire le thé dans le Japanese Tea Garden. Jane et moi cherchâmes une table pendant qu'il allait passer la commande. Je me sentais fière qu'il ait organisé une si charmante journée. J'attendais la bénédiction de Jane. Il revint avec un plateau.

— Vous vous rendez compte? Onze dollars pour du thé!

Une vague de honte m'engloutit. Jane avait acheté un billet d'avion pour venir à San Francisco et il se plaignait de dépenser quelques dollars. J'osai à peine la regarder en face. À Odessa, les hommes ne commentaient jamais les prix. C'était vulgaire.

— Ils ont oublié les serviettes, dit-il en retournant vers le comptoir.

Dans son russe bien à elle (Jane parlait comme une vieille d'Odessa parce qu'elle tenait son vocabulaire et son accent d'une voisine retraitée aux cheveux violets et aux intonations dramatiques), elle dit:

— Onze dollars pour du thé?

Nous gloussâmes.

— Franchement, continua-t-elle, je sais que Tans et ses amis peuvent paraître impressionnants au départ. Je comprends que Tristan ait du mal. C'était gentil de sa part de nous emmener en balade.

— Je trouve aussi, confirmai-je, heureuse qu'elle l'appréciât, rien qu'un tout petit peu. Les hommes aiment bien râler pour être sûrs qu'on les remarque.

— Vas-y, sonne les trompettes et chante sa gloire, dit-elle en le voyant revenir avec une poignée de serviettes en papier.

271

– Tuuuuuut! sifflai-je comme une écolière.

Je croisai le regard de Jane et éclatai de rire. Elle me fit écho.

– Qu'est-ce qu'il y a de drôle? demanda Tristan.

Je ne lui avouai pas que c'était lui qui déclenchait l'hilarité.

J'aimais l'Amérique. Ses rues larges et propres. Ses grandes maisons en bois érigées au milieu d'irréprochables pelouses vertes. La variété des produits au supermarché: des plats tout prêts aux produits d'entretien. J'aimais vivre dans un pays où personne ne volait les ampoules électriques des couloirs, où les ascenseurs ne sentaient pas l'urine, où la poussière ne couvrait ni mes chaussures, ni les rues, ni les trottoirs, ni les immeubles. J'aimais la lumière qui inondait la maison de Tristan. La distance entre les habitations. Le respect de la vie privée, un principe merveilleux. J'aimais le calme. Pas de bouteilles de verre entrechoquées, de voisins à l'étage, de disputes à travers les murs, de pleurs de bébés, de plaintes de grand-mères, de rugissements de télévisions. J'avais l'impression qu'en appuyant sur un bouton, quelqu'un avait coupé le son de ma vie.

J'aimais vivre dans une maison, ne plus me réveiller dans l'odeur de pain brûlé d'un voisin, ne plus m'endormir au rythme de la techno d'un autre. Je ne regrettais pas les scènes de ménage de la famille Sebova: elle traitant son mari d'alcoolique, lui hurlant que c'était à cause d'elle qu'il l'était, ni les coups de marteau incessants de Piotr Ivanovitch.

En Amérique, les habitations étaient individuelles. Les habitants aussi. Tout était personnalisé. Même les plaques d'immatriculation portaient des messages allant de *Vive les Packers!* sur une Jeep à *Merci Papa!* sur un cabriolet rouge. S'il y avait un enfant, un écriteau hurlait: *Bébé à bord.* Les Américains n'avaient pas tous le cœur sur la main, mais ils portaient tous leurs logos sur le cœur. Nike. Coke. Pepsi. Le drapeau flottait partout, sur les pulls, sur les voitures, devant les maisons et dans les lieux publics. À Odessa, personne n'aurait porté le drapeau ukrainien. Jamais de la vie. Nos boulangeries annonçaient *kleb*, «pain»; ici, elles affichaient par exemple *Au bon pain d'antan*. On ne lisait pas *restaurant*, mais *Café Ruby* ou *Les Pancakes de Tante Sarah*.

Ce que j'aimais par-dessus tout, c'était écouter la langue, toutes les contractions et contradictions que Maria Pavlovna ne nous avait jamais apprises: *gimme (give me: donne-moi); gotta (got to: falloir); gonna (going to: aller); wanna (want to: vouloir)*. Elle ne devait pas les connaître. J'écrivais les mots nouveaux dans mon cahier. *Spiffy: cool. Snarl: grogner. Stuck up: arrogant. Dead meat: mal barré. Dude: mec.* Je ne les avais jamais rencontrés avant, mais l'expression des visages me permettait de deviner leur sens.

J'aimais l'Amérique. Les voitures me laissaient traverser sans essayer de m'écraser. À la poste, les employés me souriaient quand j'allais déposer une lettre pour Boba. De parfaits inconnus m'adressaient la parole. Un jour où j'allai chez le médecin faire une prise de sang, une infirmière entra dans la salle d'attente toute de blanc vêtue, pareille à une star de cinéma, et dit d'une voix magnifique: «Daria Kirilenko, nous sommes prêts.» J'eus l'impression d'être une princesse. Au supermarché, un adolescent rangeait mes courses dans des sacs. Dans les magasins, les vendeuses me demandaient si j'avais besoin d'aide. Dans les cafés, les serveuses m'apportaient un verre d'eau glacée avec le menu en disant: «Prends ton temps.» Tout le monde disait: «Hey! Comment ça va?» Ces petites politesses me comblaient de joie. À Odessa, aucun inconnu n'était aussi gentil, à moins d'avoir une idée derrière la tête.

Parfois, je regardai béatement le décor. Mais les Américains ne paraissaient pas conscients de la qualité de leur environnement. Tout leur semblait acquis. Tout était facile. Rien ne tombait en panne: ni pénurie, ni coupures de courant. Tout était parfait.

Mon visa expirait dans six semaines. L'Amérique m'enthousiasmait, pas Tristan. Peut-être que j'apprendrais à l'aimer, comme le porridge. Comme j'avais su peu à peu apprécier David. Je ne savais pas quoi faire. Je pouvais appeler Jane et entendre qu'il ne fallait pas l'épouser. Ou Boba qui me dirait le contraire. Je composai son numéro.

– Je ne sais plus quoi faire, expliquai-je.

– Tu es allée en Amérique pour te marier.

– Je ne crois pas que je l'aime, dis-je d'une petite voix.

– Et lui, il t'aime ? demanda Boba.

– *Da*.

– Mon petit oiseau, laisse-lui une chance. Il n'y a rien pour toi ici. Tu as cherché un poste d'ingénieur pendant six mois et tu t'es retrouvée secrétaire. Pense à ton amie Maria qui a un premier prix de conservatoire et qui chante comme un ange. À Odessa, elle est serveuse. Ça n'est pas normal. Pas juste. Mais c'est comme ça. Ne rentre pas à la maison. Il n'y a rien pour toi ici. Pense à la chance que tu as d'être en Amérique. La passion s'éteint. L'amour grandit. La sécurité est la chose la plus précieuse au monde.

Elle avait raison. Je devais épouser Tristan. J'étais venue pour ça. Il voulait m'épouser et avoir des enfants avec moi. Il était honnête, droit et fiable, tout le contraire de Vlad. Il s'était comporté en parfait gentleman. Et il était américain.

Et si je l'épousais, je pourrais rester en Amérique.

3

Ma chère Boba, la meilleure grand-mère du monde !
Bons et tendres baisers d'Emerson !

J'attends avec impatience une lettre de toi. Je t'en prie, écris-moi vite ! Cela me rendrait si heureuse.

Tant de choses t'étonneraient ici. Les gens ont des jardins qui ne consistent qu'en une grande pelouse. Ils achètent leurs fruits et légumes au supermarché. Ils ne mettent rien en conserve. Tu te rends compte ? Molly, une amie de Tristan, dit qu'elle a des choses plus importantes à faire. Elle a dressé pour moi une liste des meilleurs produits pour m'aider à choisir. Il existe plus d'une centaine de shampoings et de dentifrices différents. Et des milliers de marques de confitures et de gelées. Mais la meilleure confiture de framboises d'ici n'arrive pas à la cheville de la tienne... L'année prochaine, je prévois de planter des tomates, des pommes de terre et des framboises. As-tu d'autres suggestions ?

Ici, les oiseaux sont gras et heureux. Les gens sont chaleureux et ouverts. On peut avoir tout ce qu'on veut. À Odessa, on est content quand on nous sert du vrai café à la place de l'instantané. À San Francisco, quand Jane et moi sommes allées prendre un café elle a commandé un « latte demi-décaféiné au lait écrémé bien chaud sans trop de mousse avec un zeste de vanille ». Quand mon tour est venu de commander, je ne savais pas quoi dire ! Imagine la tête de la serveuse d'Odessa si on lui demandait un café pareil !

Ta voix me manque, et aussi tes blagues et tes histoires. Ne pourrais-tu pas nous rendre visite ? Quand il était à Odessa, Tristan m'a dit qu'il était d'accord pour que tu viennes habiter avec nous. Réfléchis-y. J'aimerais que tu voies ce paradis de tes propres yeux.

Avec tout mon amour,
Dacha.

Freeze-froze-frozen: glacer. Ring-rang-rung: appeler. J'enfilai la robe de velours confectionnée par Boba. Tristan était beau dans le pantalon kaki et la chemise bleue que j'avais repassés pendant une heure. Il tenait fermement ma main dans la sienne. Ses paumes étaient moites. Les miennes aussi. Il n'arrêtait pas de ranger mes cheveux derrière mes oreilles. Je n'arrêtais pas de les libérer. J'avais détaché ces mèches volontairement. Petit à petit, tout le monde arriva. Un monde d'inconnus. Des femmes en robes, des hommes en jeans, des enfants bruyants qui grimpaient sur les meubles et renversaient les lampes : quarante personnes s'entassèrent dans la salle à manger. Je distribuai des bonbons aux enfants en leur promettant que bientôt, quand ils seraient grands, tous leurs rêves se réaliseraient. Des mères de famille prévenantes m'offrirent des casseroles. Je les remerciai d'un sourire et d'un mot gentil, comme Boba m'avait appris.

Boba.

Ma poitrine se serra. J'aurais tant voulu qu'elle soit là. Et ma mère. Et Jane. Je me souvins que je ne parlais plus à Jane. Depuis notre dernière conversation. Elle continuait à appeler, me suppliant de me confier à elle, mais je me contentais de commenter la météo jusqu'à l'épuiser tant et si bien qu'elle raccrochait.

Hal, réplique joufflue et vieillie de Tristan, m'écrasa dans ses bras aussi violemment qu'une pince de désincarcération. Il était pasteur et sa femme, Noreen, dont le rictus pincé donnait l'impression qu'elle portait des chaussures deux fois trop petites, affichait un air plus digne que le pape.

– Tu as de la chance de passer si facilement de la misère à la richesse, dit-elle. Toutes les femmes de ton pays rêvent de vivre aux États-Unis. J'espère que tu n'oublieras pas tout ce que cette famille a fait pour toi. L'autre fille n'était qu'une petite ingrate.

– Quelle autre fille ? demandai-je.

Noreen se tourna vers Hal.

– Une ancienne petite amie de Tristan, répondit Hal. Ne fais pas attention à Noreen, elle pense qu'aucune femme n'est assez bien pour mon frère.

Son ton était aussi glacé que l'hiver sibérien et il serrait le bras de Noreen si fort qu'elle en grimaçait de douleur.

Dans leur dos, Molly leva les yeux au ciel et me fit un clin d'œil. Noreen et Hal s'éloignèrent et je restai à observer la foule d'inconnus. Les invités parlaient autour de moi, à propos de moi, mais sans moi et je me sentais prisonnière d'un essaim de mouches bourdonnantes.

Et dire qu'on célébrait mon mariage.

Je portai la main à ma poitrine. Bien sûr, je pensais à lui. J'imaginais notre mariage à Odessa. Une cérémonie intime, suivie d'un festin préparé par Boba et moi. Enfin, par Boba, avec mon aide. Les invités auraient levé leur verre à ma santé, en l'honneur de la splendide mariée, porté un toast au marié, à son succès en amour, un autre à Boba, félicitée d'avoir élevé une si belle petite-fille, et un dernier pour saluer le courage de la mère de Vlad qui avait su dompter trois grands gaillards. Vlad et moi nous serions donné des bouchées de pain tressé pour que la faim ne frappe jamais à notre porte, trempées dans le sel pour que la vie ne perde jamais sa saveur. Il m'aurait souri tendrement. J'aurais léché le sel au bout de ses doigts… Non. Je secouai la tête. Ce bandit n'était pas convié à la fête.

Tout le monde monta en voiture en direction de la forêt. Tristan avait estimé que, comme je n'étais pas allée à la messe depuis mon arrivée, j'étais comme lui, «pas très branchée religion». J'avais failli lui parler de nos synagogues détruites et de l'antisémitisme latent dans notre pays, lui rappeler que la religion avait été interdite par le régime soviétique. Après la perestroïka, les gens avaient hésité à reprendre leurs pratiques et beaucoup, comme moi, ne savaient même pas comment s'y prendre. Mais j'étais restée silencieuse, de peur d'être mal comprise, comme la fois où il avait dit que je ne mangeais pas de viande parce qu'il n'y en avait pas dans mon pays. Il avait des problèmes d'interprétation.

Et puis, il avait dépensé tellement de «blé» pour me faire venir en Amérique qu'il ne lui en restait plus pour des «trucs futiles comme le mariage». Il avait décidé que le nôtre se ferait sous le regard direct de Dieu, dans la forêt d'Emerson. Nous échangeâmes solennellement nos anneaux. Au son des gazouillis d'oiseaux. Sans doute un bon présage.

Tout le monde se retrouva chez Tristan pour le *potluck*. Inutile de gaspiller de l'argent dans un traiteur, avait-il décrété avant de demander à ses amis d'apporter chacun un plat pour le buffet. À mes yeux, la réception n'avait absolument rien d'une fête. C'était plutôt un gigantesque pique-nique participatif où plats et assiettes en carton s'empilaient sur une table de bridge démontable et branlante. À Odessa, aucune hôtesse n'osait demander aux invités d'apporter leur nourriture. Les femmes préparaient des festins à la hauteur de leur affection. Je m'efforçais de sourire. J'avais remarqué qu'en Amérique, les gens souriaient quand ils étaient heureux, mais aussi quand ils étaient nerveux et hésitants. Personne ne vit que mon sourire était teinté de mélancolie. Tous me prenaient dans leurs bras et m'appelaient «chérie». Ils me souhaitaient d'être heureuse et me demandaient si je l'étais. Je souriais.

Tout s'était décidé tellement vite. Un dimanche après-midi, une semaine après notre week-end à San Francisco, nous étions partis en randonnée. Tristan s'était montré nerveux toute la matinée; il bafouillait et perdait sans cesse le fil de sa pensée. Nous nous étions assis sur une couverture défraîchie pour manger nos sandwichs au fromage. Après le déjeuner, il s'était agenouillé, m'avait pris la main et m'avait demandé en me regardant dans les yeux:

– Veux-tu faire de moi l'homme le plus heureux du monde et m'épouser?

J'avais soudain éprouvé une grande tendresse pour lui en pensant à l'effort et au courage dont il faisait preuve. Sans un coup de pouce de vodka.

– C'est la dernière fois que je te le demande, dit-il en me pressant la main. Je sais ce que je veux. Mais il faut que tu le veuilles aussi.

J'avais réfléchi. Je voulais la sécurité. Un foyer. Un enfant. Une vraie famille. La fin de la malédiction familiale. Tout ce dont Boba avait rêvé pour moi. Tristan avait fait ses preuves, contrairement à Vlad. Ses yeux brillaient d'une gentillesse simple. Je pouvais lui faire confiance. Il m'aimait. Nous voulions les mêmes choses. Il ne servait à rien d'attendre. J'avais jeté mes bras autour de son cou.

– Oui!

Il m'avait embrassée encore et encore et serrée fort dans ses bras. Je m'étais sentie bien. L'idée de rester en Amérique auprès d'un homme fiable me plaisait. Il ne disparaîtrait pas du jour au lendemain. Il serait toujours là.

– On devrait se marier tout de suite, avait-il dit une fois que nous étions rentrés chez nous.

J'avais acquiescé, enivrée par l'assurance de sa voix et par la rapidité de nos fiançailles. Après tout, j'étais venue en Amérique pour ça.

– Je ne voudrais pas que tu changes d'avis! avait-il plaisanté.

Il avait appelé Molly et avait branché le haut-parleur. Je l'avais entendue crier: «Oh! Mon Dieu! Félicitations!», appeler Toby et crier encore: «Oh! Mon Dieu!» Tristan lui avait demandé si elle pensait que la cérémonie pouvait avoir lieu dans une semaine. Elle avait répondu qu'elle s'occuperait de tout, des invitations, du traiteur, de la salle. Il avait rétorqué que son budget était serré, une façon détournée pour dire qu'il ne voulait pas débourser un centime, et proposé d'organiser la réception chez nous.

J'avais appelé Jane pour lui demander d'être ma demoiselle d'honneur.

– Oh! Mon Dieu! Bien sûr!

J'avais remarqué que les Américains avaient toujours Dieu à la bouche. Et aussi sur leur monnaie.

– La cérémonie a lieu vendredi.

– Ce vendredi? avait-elle hurlé.

– Quel est le problème?

– Tu as un visa de trois mois. Tu ne veux pas profiter du temps qui te reste pour mieux le découvrir?

– J'en sais assez. On veut tous les deux la même chose. Ça ne sert à rien d'attendre.

Elle devait demander un jour de congé et regarder les prix des billets. Elle m'avait rappelée une heure plus tard.

– Les billets de dernière minute coûtent plus de mille dollars. Pourquoi ce vendredi? Pourquoi en semaine? Pourquoi si vite?

Elle connaissait déjà les réponses, mais elle voulait les entendre de ma bouche. *Il ne veut pas que Boba et Jane puissent venir. Il veut m'attacher à lui le plus vite possible. Il ne veut pas me laisser le temps de réfléchir.* Ces pensées flottaient dans un coin de mon cerveau. Je n'étais pas idiote. Mais entre savoir et admettre, il y avait un monde.

– Il est beaucoup plus vieux que toi. Et tu ne le connais pas depuis très longtemps. Est-ce que tu l'aimes?

L'attaque est toujours la meilleure défense, disait-on à Odessa.

– Tu peux parler! Tans a presque l'âge de la retraite. Est-ce que tu l'aimes?

– Oui, je l'aime, et non, je ne compte pas l'épouser.

– Toi, tu peux t'offrir ce luxe. Tu es américaine. Moi, je n'ai qu'un visa temporaire.

– Est-ce que tu l'aimes? avait-elle répété.

J'avais envie de l'aimer.

– Je t'en supplie, attends un peu, avait-elle insisté. Tu n'es pas pressée. Vous avez toute la vie devant vous.

J'avais entendu l'inquiétude, le doute, la peur dans sa voix. Mais je ne lui avais pas demandé son avis. Je n'avais pas envie d'entendre que je me précipitais ni que je commettais une erreur.

– À Odessa, quand tu me donnais des conseils, je les suivais, avait-elle ajouté. Je te faisais confiance. Et tu avais toujours raison. Je t'en supplie, cette fois-ci, fais-moi confiance. Ne l'épouse pas. Attends. On va trouver une solution. Tu peux sûrement obtenir un visa de travail. Ou trouver quelqu'un d'autre.

J'avais envie d'entendre que je prenais la bonne décision. Elle s'était déjà trompée au sujet de Budapest. Elle avait tort cette fois encore. Et son refus catégorique m'encourageait perversement à dire oui. Elle ne connaissait pas Tristan. Elle ignorait combien il savait se montrer gentil et prévenant. Et puis, c'était presque une vieille fille. Elle ne connaissait rien au mariage. Alors je m'étais éloignée de Jane, la voix de la raison.

– Je dois y aller. Je dois prévenir Boba.

D'accord, ça n'était pas le mariage de mes rêves. Mais j'avais quand même de la chance. J'étais en Amérique. J'allais fonder ma propre famille. Rencontrer de nouveaux amis. Je regardai Molly qui avait accueilli les invités, nettoyé la maison et organisé toute la journée. Elle avait même préparé des *vareniki* pour la réception. Touchée par sa gentillesse, j'allai mettre trois raviolis sur mon assiette. *Dieu aime le chiffre 3*, disait-on à Odessa.

– J'espère qu'ils sont réussis, dit Molly.

J'avalai une bouchée et hochai la tête.

– Ma grand-mère dit toujours que la première tentative est la bonne, mais que la seconde est encore meilleure. Merci d'apporter un morceau d'Odessa à Emerson.

– Ça me fait plaisir. J'ai préparé la pâte moi-même, en suivant la recette. Vous aimez bien vous compliquer la vie en Ukraine !

Elle n'avait pas tort. Je baissai les yeux vers mon bouquet et effleurai les pétales rouges. La veille, Toby, son mari, était venu rendre visite à Tristan. Penaud, il avait annoncé qu'il était chargé d'emmener Tristan boire une bière.

– Un enterrement symbolique de vie de garçon, avait-il expliqué.

Tristan ne voulait pas sortir, mais Toby avait réussi à le convaincre.

– Allez, viens. Depuis quand tu refuses de te taper une blonde ?

– Une blonde ? Alors, si tu me prends par les sentiments…

Et ils étaient partis. J'avais fait couler un bain. La situation m'apparut peu à peu dans toute sa réalité. Je me sentis de plus en plus nerveuse. Jane avait peut-être raison. Je devrais peut-être attendre. Maintenant que la date était fixée, il était trop tard pour douter. Dans la baignoire, j'avais ruminé des idées aussi noires que le thé préféré de Boba.

Toutes les femmes d'Odessa le savaient : les hommes s'en allaient. Ils partaient en mer ou à l'aventure, à la guerre ou chercher fortune, ils sortaient boire avec leurs compagnons de débauche. Mais les femmes, elles, restaient. Elles attendaient ; elles s'inquiétaient. Pénélope était la parfaite *Odessitka*. Les femmes ne partaient pas. Les femmes ne demandaient pas le divorce. Les femmes subissaient. Elles apprenaient à l'école qu'elles vieillissaient plus vite, qu'elles étaient plus fortes, qu'elles vivaient plus longtemps, qu'elles portaient des enfants, qu'elles enduraient tout, point final. Il suffisait d'interroger n'importe quelle femme d'Odessa. Toutes disaient que les maris partaient à la guerre les uns après les autres, que Staline avait tué nos hommes et que maintenant, il y avait trop de femmes. Et qu'il n'y avait pas besoin d'être capitaliste pour comprendre la loi de l'offre et de la demande.

Les femmes d'Odessa apprenaient à être cultivées, éduquées, féminines et intelligentes, à travailler dur, à résoudre des problèmes, à tenir une maison et à accepter l'idée qu'un jour elles se retrouveraient peut-être toutes seules... Nous avions la force de la permanence. Et la patience. L'homme était maître en sa demeure, même si sa demeure n'était qu'un appartement communautaire. Aucune disposition n'était prise pour la femme. Parfois, je me demandais si les épouses étaient soulagées quand les marins repartaient en mer.

Au moment où j'émergeais de l'eau tiède, on avait sonné à la porte. Je m'étais habillée rapidement pour aller ouvrir. Molly et Serenity m'avaient prise par la main et tirée hors de la maison. Elles ricanaient et sautillaient d'un air joyeux. Je les avais suivies. Elles m'avaient emmenée dans un bar, Le Virage, dont l'éclairage au néon m'avait émerveillée. Cinq femmes nous attendaient autour d'une table garnie de boîtes enrubannées enveloppées dans du papier brillant. Les présentations avaient été faites rapidement.

– C'est une fête pour enterrer ta vie de jeune fille ! s'exclama Serenity.

– Merci, murmurai-je, touchée par cette attention inattendue. Merci beaucoup.

Le serveur, que Molly trouvait «bien foutu», était venu prendre la commande.

– Une Budweiser light, dit Molly.

– Une Michelob light.

– Un rhum-Coca light.

Quand le serveur s'était tourné vers moi, j'avais demandé :

– Un cognac, s'il vous plaît.

– Ouh ! Classe ! dit Molly. J'ai changé d'avis. Je vais prendre ça aussi.

– Moi aussi.

– Moi aussi.

J'étais contente qu'elles aient choisi la même chose que moi. Le cognac m'avait réchauffé le ventre et ma poitrine oppressée s'était dénouée. Je m'étais sentie détendue, pour la première fois depuis mon arrivée. Nous avions bavardé et ri. Cette camaraderie m'avait manqué. J'avais pensé à Boba, à Valentina, à Jane. J'avais même pensé à David et à nos discussions de l'après-midi dans la salle de conférences autour d'un café froid.

– Ouvre tes cadeaux ! avait lancé Serenity me ramenant au présent.

J'avais défait délicatement l'emballage pour pouvoir le réutiliser comme papier à lettres pour Boba ; puis j'avais ouvert la boîte et découvert un morceau de soie. Quand j'avais compris de quoi il s'agissait, j'avais rougi et je l'avais remis dans la boîte.

– Montre-nous ce que tu as eu ! avait crié Molly, l'œil aussi fou que sa chevelure auburn.

– Pour une nuit de noces pimentée.

– Et un mari épaté.

– Ouvre celui d'à côté !

De la lingerie en dentelle d'une finesse incroyable. Des bougies parfumées. De l'huile de massage. Les femmes poussaient des cris et sifflaient à chaque déballage. Alors qu'il nous apportait une autre tournée, Molly avait glissé un mot à l'oreille du serveur qui était revenu avec un bouquet de roses rouges et de freesias blancs. J'avais caressé les feuilles duveteuses qui entouraient les fleurs. Je n'arrivais pas à croire que j'avais oublié de commander un bouquet de mariée. Je m'étais sentie confuse et reconnaissante.

– J'espère que je prends la bonne décision…

Le cognac me déliait la langue.

– Tu pourras rester ici, si tu l'épouses, non? avait demandé Serenity.

J'avais acquiescé.

– Il faut que tu restes, avait dit Molly. On veut que tu restes.

– C'est ce que je veux aussi. Mais j'ai des doutes.

Elles étaient toutes restées muettes pendant un long moment. Elles me regardaient. Je devinais leur inquiétude et leur affection. L'enterrement de vie de jeune fille s'était soudain dissocié du mariage à venir. Finalement, Molly avait rompu le silence:

– Il a une bonne situation.

– Une bonne situation.

– Une bonne situation, avaient-elles toutes répété.

J'avais enfoui mon nez dans le bouquet et inspiré profondément. Molly m'avait pris la main. Serenity avait enroulé son bras autour de mon épaule. Et nous avions passé ainsi le reste de la soirée.

Plus la fête de mariage est longue, plus le mariage dure longtemps, disait-on à Odessa. À neuf heures, notre réception était finie. Sur le perron, Toby donna de grandes tapes dans le dos des invités qui rejoignaient leurs voitures. Molly sillonna la maison, un grand sac-poubelle noir à la main, ramassant les assiettes en carton et les verres en plastique. Elle mit deux parts de gâteau au congélateur pour notre anniversaire de mariage et partit discrètement. Tristan et moi nous dévisageâmes. Ce soir, je quitterais le bureau pour emménager dans la chambre à coucher.

Au moins, grâce à Vlad, je savais qu'une nuit d'amour pouvait être extraordinaire. Merveilleuse. Brûlante. Pourquoi pensais-je encore à lui? Je me sentis soudain infidèle. Tristan me touchait les bras, le dos et les cheveux du bout des doigts, comme s'il déchiffrait mon corps en braille. Ses caresses n'étaient pas désagréables. J'attendais un sursaut de passion, un frisson de désir.

– Tu veux que je me protège?

Je lui fis signe que non, puisque nous voulions tous les deux un enfant tout de suite. Il retira ma robe et m'allongea sur le lit.

– Waouh! fit-il en contemplant mes seins. Waouh!

Je commençais à peine à me détendre qu'il s'écarta pour retirer ses vêtements. Il se rua sur moi, dégoulinant de baisers. *Ride-rode-ridden: chevaucher. Sow-sowed-sown: semer. Go-went-gone: aller. Grind-ground-ground: broyer.* Sa frénésie me crispait. J'enserrai ses épaules dans mes bras et l'embrassai violemment, forçant mon désir à se réveiller. J'enfonçai ma langue dans sa bouche. Il grogna et pressa son pelvis contre moi. Je me cambrai vers lui, espérant que le contact entre nos deux bassins produirait une étincelle qui grandirait au fil des jours.

Ma chère Boba, un grand bonjour d'une jeune mariée comblée!

Hier, Tristan et moi nous sommes mariés. Nous aurions tant aimé que tu sois là pour partager notre joie! Je portais la robe que tu m'as faite et des tas de gens sont venus nous féliciter. Tristan a beaucoup d'amis et nous étions ravis que son frère et sa belle-sœur aient pu se joindre à nous. Hal est un homme d'Église! C'était incroyable, non seulement d'avoir la famille avec nous, mais surtout qu'un des membres dirige la cérémonie! Tu seras bientôt arrière-grand-mère! Je t'embrasse. Dacha.

Je glissai la lettre dans un paquet contenant toutes les jolies cartes que nous avions reçues, et nous partîmes pour notre lune de miel. Je n'avais jamais fait de camping (vivre à la dure, sans eau ni électricité, n'était pas le loisir préféré de ceux qui avaient connu ces privations pendant une grande partie de leur existence), mais j'étais ravie de découvrir le Pacifique. Rien de tel que l'océan. Le bruit des vagues s'écrasant sur le sable. L'odeur de sel dans les embruns. Le mystère tracé par l'horizon, rencontre entre le bleu-gris de la mer et le gris-bleu du ciel, qui vous rappelait que le paradis existait bel et bien sur terre. Quelque part.

– Comme je suis chef scout, je connais tous les bons coins, dit Tristan en sortant les provisions du coffre.

Il creusa un trou dans la terre et alluma un feu. Nous nous assîmes l'un à côté de l'autre, main dans la main, face aux vagues.

Il retourna dans la forêt et rapporta deux branches fines. Il retira l'écorce des extrémités à l'aide de son couteau.

– À quoi ça sert? demandai-je lorsqu'il me tendit un des bâtons.

– Tu vas voir.

Il se tourna vers la glacière et attrapa un sac en plastique. Je le regardai transpercer un cube blanc et spongieux de son bâton et le tendre au-dessus du feu.

– Vas-y, prends un marshmallow, m'encouragea-t-il.

Quand le sien fut doré et bouillonnant, il le déposa sur une barre de chocolat qu'il mit ensuite entre deux biscuits. Je l'imitai.

– C'est pas le meilleur truc du monde? demanda-t-il une fois qu'il eut fini. T'en veux encore? Sers-toi. Ça s'appelle des *s'more* parce qu'on en veut toujours plus.

Je hochai la tête.

– J'ai tellement de choses à t'apprendre, dit-il.

Il était tendre et affectueux. J'avais pris la bonne décision. J'avais suivi mon destin.

Pourtant, j'éprouvais constamment le besoin de poser la main sur ma poitrine pour sentir le diamant caché sous ma chemise. Tous les jours, j'enfilais le collier après le départ de Tristan et le retirais avant son retour. Je n'arrivais pas à m'en séparer. Au départ, je le portais à mon cou par sécurité; dans le train vers Kiev, à l'aéroport… Il était temps de l'enlever pour de bon. Cette tranche de ma vie était derrière moi. Je ne reviendrais jamais en arrière.

Mais depuis quelque temps, j'oubliais régulièrement de l'enlever avant son retour. Je le gardais jusqu'au coucher. Il me réconfortait. Je revoyais Boba me le tendre à la gare en disant: «On ne sait jamais.» Et je revoyais Vlad à genoux devant moi.

Avant de se coucher un soir, Tristan déboutonna mon chemisier et se figea en voyant la bague.

– Qui c'est? suffoqua-t-il.

Je me figeai à mon tour. *Tell-told-told: raconter.*

– Qui t'a donné ça?

– Qu'est-ce que tu dis?

Je le faisais répéter, une vieille ruse d'Odessa permettant de gagner dix secondes, le temps de préparer une excuse.

– Qui t'a donné cette bague? répéta-t-il d'une voix dure.

– C'est Boba… juste avant mon départ.

Je me mordis la lèvre. Une part de vérité valait mieux qu'un mensonge. Il poussa un soupir de soulagement.

– Tu penses que c'était la sienne?

– À qui d'autre voudrais-tu qu'elle soit? demandai-je en utilisant la fameuse méthode ukrainienne consistant à répondre à une question par une question.

– Elle aurait pu être à ta mère. Hal a récupéré la bague de notre mère.

J'acquiesçai. J'aurais dû y penser.

– C'est joli, cette bague dans ton décolleté, remarqua-t-il en suivant du doigt la chaîne le long de mon sternum. Ça doit valoir du pognon.

– Ça ne vaut rien, répondis-je, surprise par l'acidité de ma voix.

Au début, je ne savais pas quoi faire de mes journées. Le temps passait vite. Je m'asseyais et le regardais filer. De manière générale, les Américains se montraient accueillants et amicaux. J'aimais entendre leurs conversations dans la file d'attente à la poste, dans les rayons du supermarché ou à la télévision. *TV.* Ici, les gens disaient «Tivi». Il y avait une chaîne pour chaque sujet. Le golf. La météo. La décoration intérieure. Le sexe. Je regardais la chaîne de cuisine pour apprendre à préparer des plats américains pour Tristan.

À Odessa, je n'étais jamais restée assise à ne rien faire. J'étudiais, je travaillais à la compagnie de fret et à l'agence matrimoniale, je battais les tapis avec Boba, j'allais au marché, je portais des seaux d'eau chaude de la cuisine à la salle de bains où nous lavions nos habits et nos draps dans la baignoire. Je profitais désormais des journées pour lire, regarder la télé, surfer sur Internet et appeler Molly, même si elle n'avait jamais vraiment le temps de discuter car elle était toujours en train de courir après les jumeaux. Mais j'aurais bien aimé qu'une entreprise d'Emerson ait besoin d'ingénieurs.

J'avais passé mes deux premiers mois en Amérique dans un cocon. Tristan et moi mangions de la pizza, faisions des feux de cheminée, louions des films à un dollar et passions nos soirées enlacés sur le canapé. Nous ne parlions jamais de l'avenir. Nous ne voyions jamais personne. Maintenant que nous étions mariés, j'étais prête à déployer mes ailes et à sortir du nid.

Un soir, à son retour du travail, je suggérai :

– Si on sortait ? Sinon, on pourrait inviter Molly et Toby à dîner. Ou aller voir Serenity.

– Oh, chérie. Je viens juste de rentrer. J'ai envie de passer une soirée tranquille avec toi.

– J'ai passé la journée ici à ne rien faire. J'aimerais bien sortir, voir du monde.

Je lui adressai un sourire et une caresse sur le bras.

– Eh ben, si t'en as marre, t'as qu'à te trouver du boulot. Ou apprendre à cuisiner. J'en peux plus de la pizza. Et puis, j'ai pas les moyens de commander à manger tous les soirs.

Feel-felt-felt: ressentir. Mon sourire s'éteignit. J'avais proposé de chercher un travail tout de suite, mais il m'avait dit que nous avions le temps. Il m'avait aussi dit qu'il vivait près de San Francisco. J'avais espéré trouver enfin un poste dans ma branche. Mais je vivais dans une ville entourée de champs, perdue au milieu de nulle part.

– Il n'y a aucun poste d'ingénieur ici.

– Tu pourrais travailler au café ou au supermarché. La vie est chère, tu sais. La plupart des femmes travaillent.

– J'aimerais bien travailler. On pourrait déménager dans une plus grande ville, là où il y a des entreprises dans mon secteur.

Il ne répondit pas et partit dans la cuisine chercher une bière. Il vida la cannette d'un trait et conclut:

– Tu savais où je vivais quand tu m'as épousé. On ne déménagera pas. C'est ma maison. Mon argent. C'est moi qui fixe les règles.

Je savais ce que Valentina aurait dit à propos de ses règles. *Donne une règle à un homme, il se prendra pour un mètre-étalon. Laisse-lui croire qu'il tient le gouvernail: nous deux, on sait mener n'importe quel homme en bateau.*

La vie en Amérique était si… calme. L'eau coulait, l'électricité circulait, les ordinateurs fonctionnaient. Les façades et les carreaux reluisaient. Quand les feuilles tombaient, un homme en combinaison de cosmonaute actionnait une énorme soufflerie et les rassemblaient en tas qu'un camion venait ramasser. Je regrettais mes conversations avec Boba, les trépignements du vieux Volodya à l'étage, le fumet des gâteaux de Maria Denilovna qui s'engouffrait par la fenêtre et le bruit des voitures filant sur les pavés. Parfois, tout me paraissait mort. J'avais l'impression d'habiter un cimetière.

Tristan insistait pour que nous fassions l'amour tous les soirs, impatient de me voir enceinte. Je désirais un enfant aussi. Mais certains soirs, pendant qu'il soufflait et haletait sur moi, je me surprenais à souhaiter qu'il tombe à court de sperme.

Les femmes d'Odessa étaient des cuisinières et des hôtesses hors pair. L'épouse dévouée servait les meilleurs morceaux à son mari avant de s'asseoir à table avec lui. Tristan adorait que je le serve. Je n'en tirais pas la satisfaction que j'espérais. *Je vis moins bien ici qu'à Odessa.* Cette pensée envahissait régulièrement mon esprit. Je la repoussais. J'avais de la chance. Beaucoup de chance. Je ne pouvais pas dire le contraire. Je faisais de mon mieux pour voir le bon côté des choses et je faisais de mon mieux avec Tristan, mais il n'était jamais content. Ce soir-là non plus. J'avais passé une heure à peler des pommes de terre, ne l'ayant jamais fait avant car Boba préparait toujours nos repas. Puis j'avais versé les rondelles dans une poêle avec de l'huile. La pomme de terre était un aliment réconfortant pour moi. J'aimais les entendre grésiller, j'aimais leur odeur salée. Elles me rappelaient Boba et la maison.

– Regarde-moi ça! T'as mis trois tonnes d'huile! Tu veux nous tuer ou quoi?

– Les pommes de terre n'ont jamais tué personne!

– Sur le rapport d'autopsie, ils mettront: *Cause du décès: artères bouchées.*

Je cuisinais à la manière de Boba. Ses pommes de terre étaient toujours tendres et croustillantes. Les gens d'Odessa étaient les meilleurs cuisiniers de la terre. Tout le monde savait ça. Il suffisait d'interroger n'importe qui, de Moscou à Tbilissi. Personne n'oserait dire le contraire.

Tristan retira la poêle du feu et vida les pommes de terre dans une passoire. Il les rinça et les remit dans la poêle.

– Elles vont brûler, l'avertis-je pendant que les pommes de terre continuaient à cuire.

Je souris avec dédain. Je ne savais pas grand-chose, mais je savais au moins ça.

– Il faut vraiment tout t'expliquer, dit-il. C'est une poêle antiadhésive. Et j'ai une arme secrète. Ça va te plaire.

Il prit un aérosol dans un des placards et aspergea les pommes de terre.

– Qu'est-ce que tu fais? criai-je. Pourquoi recouvres-tu notre nourriture de produits chimiques?

– C'est du Pam. Sans calories.

Il parlait lentement comme s'il s'adressait à une imbécile. Je mangeai les pommes de terre, parce qu'il ne fallait pas gâcher, mais sans plaisir.

Ce week-end-là, j'appelai Boba et lui racontai notre dispute, m'attendant à trouver auprès d'elle un peu de réconfort, mais elle me dit :

– *Nu*, mon enfant, les hommes veulent toujours avoir raison. Laisse-le penser qu'il sait, qu'est-ce que ça peut faire ? Les gens ne sont jamais d'accord, ça n'a pas d'importance. Il t'aime. Il veut t'aider à t'adapter à son mode de vie. On a tellement entendu dire que la cuisine américaine était chimique ! Maintenant, tu sais que c'est vrai.

– Mais, tu ne comprends pas, Boba…

– Tu veux te disputer avec moi aussi ? Ce n'est pas comme ça que je t'ai élevée. Le mariage est comme la mer : rarement calme, rarement houleuse, le plus souvent entre les deux. La vie de couple requiert de la patience, des compromis et de la sagesse.

Tristan m'apporta un livre de cuisine emprunté à Molly : *Ma cuisine minceur*. Il suggérait de cuire les légumes dans l'eau. Je suivis ces conseils et obtins des pommes de terre fades que Tristan apprécia. Du moins, je le crus jusqu'à ce qu'un mois plus tard, il me lance :

– C'est quoi, ton problème, avec les patates ? T'as jamais entendu parler du riz ou des pâtes ?

J'étais fière de la propreté de la maison. À Odessa, je n'avais jamais passé l'éponge sur la table, car Boba insistait toujours pour le faire. À Odessa, les produits d'entretien étaient tous emballés dans des cartons marron et portaient des noms ennuyeux comme « nettoyant universel ». Ici « Comet » ou « Fantastik » donnaient envie de faire le ménage. J'en mettais sûrement plus qu'il n'en fallait, mais ils sentaient très bon et je voulais garder toutes les surfaces de la maison nettes et brillantes. Je n'avais rien d'autre à faire. Emerson n'avait ni bibliothèque ni librairie. Il m'avait fallu seulement une demi-journée pour visiter la ville. J'avais lu mes romans plusieurs fois et exploré tous les recoins du cyberespace. J'étais désœuvrée, je voulais me rendre utile, alors je briquais la maison. Peut-être par pénitence. Pour expier mes pensées infidèles.

Quand il rentrait du travail, Tristan ouvrait les fenêtres en disant :

– Ça va pas ? Tu veux nous asphyxier ou quoi ?

Puis il me prenait dans ses bras et ajoutait :

– C'est pas grave, tu ne pouvais pas savoir. Tu es mignonne.

Bien sûr, il voulait dire : Tu es idiote.

Je fronçais les sourcils et ravalais mes reparties cinglantes, m'accrochant aux paroles de Jane qui trouvait vain de vouloir faire changer les gens. Tristan ne changerait jamais. C'était à moi de m'adapter.

Comme il travaillait à mi-temps, quand je m'installais au salon pour lire un livre ou écouter de la musique, il était souvent là. Mais il allumait la télévision pour regarder un match et la voix du commentateur écrasait les mélodies de Bach. D'un coup, l'espace ouvert que j'avais tant admiré me semblait très contraignant. J'éteignais la chaîne et allais lire dans le bureau. Il m'y suivait et jouait à des jeux vidéo. Les vrombissements des mitraillettes m'empêchaient de me concentrer, mais je savais que si je retournais au salon ou dans la chambre, il me rejoindrait. Je n'avais aucun refuge. Pas le moindre recoin isolé.

– Pourrais-tu baisser le son ? osai-je.

Il tourna son œil avide vers moi et s'attarda sur mon chemisier et mon pantalon couleur d'ébène.

– Chérie, pourquoi tu t'habilles de façon stricte comme ça tout le temps ? Je vais t'emmener faire du shopping et ensuite, on ira dîner.

L'idée de sortir du village me réjouit. J'avais besoin de changer d'air.

Il me conduisit dans un magasin appelé Walmart et sélectionna des vêtements pour moi. Quand je sortis de la cabine d'essayage dans un jean large et un T-shirt fluo, il prit un air satisfait.

– Ça y est, t'es comme nous.

Je fis le tour des clients. Il avait raison. J'étais comme eux. Les gens d'Odessa préféraient la singularité.

– Merci mon mentor, dis-je avec une pointe de sarcasme.

– Tu me traites de menteur?

– Non, non. C'est un mot qui veut dire «guide» ou «conseiller». À l'origine, c'était le précepteur de Télémaque, le fils d'Ulysse.

J'étudiai mon reflet dans le miroir. Pas désagréable. Mais pas extraordinaire. La femme d'Odessa aimait être magnifique en toutes circonstances. Et je ne supportais pas l'idée de gaspiller de l'argent dans un vêtement que je ne mettrais jamais. J'hésitais. *L'homme a beau monter sur ses grands chevaux*, aurait dit Valentina, *c'est la femme qui tient les rênes*. Une femme pouvait manœuvrer son mari à sa guise. Je n'aurais qu'à allumer le charme d'Odessa. Battements de cils – après tout, c'était pour ça que le mascara avait été inventé –, sourire, voix douce. La ruse serait plus efficace qu'une pierre entre les deux yeux.

– Tristan?

Je lui pris la main.

– Les vêtements que tu as choisis sont jolis, mais j'avais imaginé quelque chose d'un peu plus…

Parler son langage.

– … sexy. Par exemple, un chemisier? Ou un petit pull?

– Bien sûr… Oui, tout ce que tu voudras.

Il avait l'air sonné, comme s'il avait pris un coup sur la tête. Nous parcourûmes les rayons jusqu'à ce que je trouve une tenue convenable, mais je me sentais coupable, comme si j'avais braqué une arme contre un homme sans défense.

La vie en Amérique était paisible. Aucun signe de vie n'entrait par les fenêtres toujours closes de Tristan. S'il faisait chaud, il allumait la climatisation. Personne ne bronchait, personne ne se plaignait. Tout le monde souriait. Les gens du village roulaient dans des grosses Ford ou des Chevrolet. Aucune Mercedes aux vitres teintées ne passait. Un vrai soulagement. Vraiment.

L'euphorie qui avait suivi mon arrivée s'estompait. Le temps où je m'extasiais devant une route parfaitement lisse, une porte de garage automatique ou un four à micro-ondes était révolu. Je me sentais submergée, recouverte chaque jour d'une couche de gaze supplémentaire, prise dans une toile d'araignée que j'avais moi-même tissée. Je n'avais jamais entendu parler de choc culturel ou de mal du pays. Personne, en ex-URSS, n'aurait pu m'expliquer ces phénomènes. La plupart des gens vivaient et mouraient au même endroit. Ceux qui partaient ne revenaient jamais.

Un samedi matin frais et ensoleillé, Tristan me proposa une randonnée. Il attrapa un paquet de papier toilette posé sur le siège passager et le jeta à l'arrière. Je suivis la trajectoire de l'objet et aperçus une serpillière et un seau en métal. Le camion sentait le détergent.

Je m'assis et fermai la portière. Quel professeur transportait un stock de papier toilette ? *Pas de jugement hâtif*, me rappelai-je. J'ouvris la fenêtre et respirai à pleins poumons. L'odeur des pins, de la mousse et du soleil m'apaisa. Tristan sifflait en conduisant. Je revis Jane m'expliquer qu'en Amérique, tout le monde possédait une voiture, qu'elle était un symbole de liberté. Une liberté dont j'avais envie.

– Tu pourrais m'apprendre ? demandai-je.

Il sourit. Un sourire simple et détendu. Il était heureux dans la nature comme je l'étais en ville.

– C'est facile. Il suffit de faire la moue, comme ça.

– Pardon ?

– Pour siffler, il suffit de mettre ta bouche comme ça.

Il avait l'air prêt à m'embrasser, lèvres gonflées en avant.

Je compris qu'il avait mal interprété ma demande. Je lui demandais de m'apprendre à conduire ; il proposait de m'apprendre à siffler. Je soupirai. Il fronça les sourcils.

– On ne pourrait pas passer une bonne journée pour une fois ? Un coup, tu souris, et l'instant d'après tu fais la tête. Je ne te comprends pas. Je te jure, je déteste quand tu soupires comme ça. On dirait une bouée qui se dégonfle.

Effectivement, je manquais d'air. Nous enchaînions les malentendus. Je me demandais si c'était de ma faute. Si mon anglais était devenu mauvais. Cette pensée me coupa l'envie de parler. Je regardai par la fenêtre.

– J'espère que tu ne vas pas bouder! dit-il.

Un vers d'un poème de Sergueï Essenine me vint à l'esprit. Мне осталась одна забава: Пальцы в рот и весёлый свист. *Il me reste une amusette: doigts dans la bouche, siffler gaiement*[1]. Essenine était un grand poète russe, bien qu'il fût connu des Occidentaux surtout pour son mariage avec la pionnière de la danse, Isadora Duncan. Ils avaient divorcé, bien sûr, et plus tard, d'après la légende, il s'était tranché les veines pour écrire son dernier poème dans son propre sang. Мне осталась одна забава…

La tristesse et les souffrances d'Essenine dépassaient largement les miennes. Je vivais dans ce pays magnifique et je n'arrêtais pas de me lamenter. J'avais de la chance! De la chance. Je mis mes doigts dans ma bouche et essayai de siffler. Je ne produisis qu'un souffle d'air. J'essayai encore.

– Ne te sers pas de tes doigts. Fais la moue et souffle.

Rien.

– Essaie de mettre ta langue contre tes dents.

Un son léger s'échappa de ma bouche.

– C'est ça! Tu n'as plus qu'à t'entraîner maintenant.

Il se gara et nous quittâmes le parking pour nous engager dans les bois.

– Il faudra qu'on t'achète de meilleures chaussures, dit-il en observant mes ballerines plates.

Nous marchâmes pendant des heures. Sifflant encore et encore. Les oiseaux gazouillaient et de petits animaux, sans doute des écureuils ou des lézards, bruissaient dans les buissons le long du sentier.

– Comment s'appelle cette fleur? demandai-je en montrant une fleur délicate aux pétales roses.

– C'est Liza Jane.

---

1. Sergueï Essenine, *Journal d'un poète*, trad. Christiane Pighetti, La Différence.

Je souris.

– Sérieusement, comment s'appelle-t-elle ?

– J'en sais rien, avoua-t-il.

– Donne-moi seulement le nom latin, alors.

– J'en sais rien.

– Mais tu es professeur. Et chef scout.

Il baissa la tête.

– À Odessa, tous les professeurs connaissent par cœur la flore et la faune de l'Ukraine. Comment se fait-il que tu ne connaisses pas le nom des fleurs ?

Il gardait la tête baissée.

– Je ne les connais pas, c'est tout.

– Pourquoi transportes-tu du papier toilette dans ta voiture ?

– C'est ça les scouts : toujours prêts !

Il essayait de plaisanter, mais son visage affichait une grimace nerveuse. Quelque chose ne collait pas.

– Avançons, dit-il en reprenant sa marche.

Je lui saisis le bras.

– Non. Pas avant que tu ne m'aies dit la vérité.

Nous restâmes immobiles un long moment : lui paraissait chercher une échappatoire tandis que je le fixais. Les gens d'Odessa savaient désarçonner leur adversaire d'un regard. La technique consistait à pointer le menton, armer un sourcil en l'air et fusiller sa cible du regard jusqu'à la capitulation.

– Je suis agent d'entretien, lâcha-t-il enfin.

– Qu'est-ce que ça veut dire ? Tu es professeur ou non ?

– Je nettoie et j'entretiens l'école.

Je suffoquai. Je vivais à des heures de San Francisco, dans un village perdu, avec un homme de ménage. Il me cachait sûrement autre chose. J'avais eu la bêtise de quitter mon pays pour épouser un parfait inconnu.

Il voulut me prendre la main, mais je la retirai.

– Je suis désolé, dit-il. J'avais peur que tu ne veuilles plus de moi si je te disais la vérité.

– Personne n'aime découvrir qu'on lui ment.

Je m'en voulais d'avoir été assez stupide pour le croire.

— Je n'ai pas menti totalement. Je travaille bien à l'école. Et je dirige vraiment une équipe de scouts.

— Pourquoi tu n'enseignes pas?

— Je n'ai pas fini mes études.

— Et il te manque combien d'années pour ton diplôme?

S'il ne lui restait qu'un semestre, il pourrait finir ses études et chercher un poste d'enseignant.

— Trois ans et demi, avoua-t-il.

— Tu n'es resté qu'un semestre à l'université?

Il acquiesça.

— Sans diplôme, je ne pouvais pas enseigner, alors j'ai pris le premier boulot que j'ai trouvé. Mais je travaille à l'école. J'aide les enfants. Je suis comme un professeur.

Quelle idiote. Je me souvins du jour où il était soi-disant parti donner des cours d'été. De son refus quand j'avais proposé de l'accompagner. J'aurais dû m'en douter. Il me mentait depuis le premier jour. Il restait là, muet et pathétique. Les yeux battus, les mains tremblantes. Je ne poussais ni hurlement, ni cri, ni sanglot. Je ne disais rien. Je m'accusais. *Méfiance est mère de sûreté. Qui se marie à la hâte se repent à loisir.* Je me traînai jusqu'au camion. Il me suivit en silence.

1

Boba, ma chère grand-mère adorée!
Bons baisers de San Francisco!

Tu as eu raison de m'encourager à partir en Amérique. Tristan s'occupe très bien de moi. La semaine dernière, il m'a acheté deux nouvelles tenues. Il a les moyens. La vie est plus facile ici. Tout est de meilleure qualité. Les gens sont cultivés. Les moineaux sont gras. Seul un idiot serait malheureux dans ce paradis.

Tristan doit être un professeur attentionné car quand nous nous promenons ensemble en fin de journée, les enfants accourent pour

lui parler. Jamais je n'ai eu envie de voir mes professeurs hors de
l'école ! Il fera un père merveilleux. Et je suis impatiente d'être mère.

J'ai trouvé un poste d'ingénieur. Je suis contente de pouvoir
enfin mettre à profit mes compétences. Et le salaire est énorme !
Encore mieux qu'à la compagnie de fret !

Je serais encore plus heureuse si tu étais là, Boba. Parfois, tu me
manques si fort que je me sens déprimée. Je suis perdue sans toi.
C'est bête, mais parfois, j'ai même du mal à décider quoi préparer
pour le dîner. Réfléchis encore. Je serais tellement contente que tu
viennes vivre ici.

Je t'aime. Tu me manques.

Dacha.

En me mariant, je n'avais pas suivi mon destin, j'avais
commis une terrible erreur.

Et je n'avais personne à qui me confier. Si j'avouais la
vérité à Boba, elle serait effondrée. Elle se remettrait à
parler de malédiction et cette fois, je serais tentée d'y
croire. Quant à mes amies d'Odessa, vexées que je leur aie
caché mon départ et jalouses de ma situation, je les entendais d'ici rugir : « Pauvre petite princesse coincée en Amérique ! » Et je ne pourrais leur en vouloir ; à leur place,
j'aurais la même réaction. De loin, la vie en Amérique
semblait parfaite. Je discutais souvent avec Molly, mais en
tant qu'amie de Tristan, elle risquait de prendre son parti.
J'aurais voulu tout raconter à Jane, mais j'avais trop honte –
après tout, elle m'avait prévenue. Et puis, je ne voulais pas
que les gens sachent que j'avais été dupée.

Jane et moi nous étions rencontrées le jour de son
arrivée à Odessa et avions su tout de suite qu'une grande
amitié allait naître entre nous. Les bénévoles américaines
que j'avais rencontrées avant elle s'étaient plaintes de la
dureté de la vie en Ukraine et je m'étais jurée de l'aider. Je
l'appelais tous les soirs et l'invitais souvent chez moi. Quand
je lui demandais comment elle allait, elle disait seulement
qu'elle avait du mal à apprendre le russe. Maintenant, je
comprenais qu'elle avait dû avoir bien d'autres contra-

riétés: les coupures de courant, la pauvreté, le manque de chauffage en hiver, l'absence de machines à laver et de sèche-linge et les téléphones datant de Mathusalem.

À son tour, elle m'appelait très souvent. Elle me parlait dans ma langue maternelle et me pressait: «Parle-moi. Raconte-moi tout en russe. Je sais qu'avec lui, ça ne doit pas être facile tous les jours.»

Mais je restais muette. Même en russe, je n'arrivais pas à trouver les mots.

J'étais offensée qu'il ait construit notre mariage sur un mensonge. Et pire que tout, je n'avais plus aucun respect pour lui. Pas parce qu'il avait menti: tout le monde mentait. Mais parce qu'il n'avait eu ni l'intelligence ni la délicatesse de dissimuler son ignorance. Après notre première promenade dans la nature, n'importe quel charlatan d'Odessa aurait eu la présence d'esprit d'aller acheter un livre sur la faune et la flore. N'importe quel imposteur aurait tenté de brouiller les pistes. Nous avions l'habitude. Si un objet disparaissait, nous le remplacions avant que quiconque s'en aperçoive. S'il nous manquait un ingrédient, nous improvisions. Si nous ne connaissions pas une réponse, nous la cherchions, et vite. Nous faisions d'excellents équilibristes, car nous frôlions toujours le bord du gouffre. Le mot *Ukraina* signifie «bord». Au bord de la Russie. Au bord de la misère. Au bord de vivre et d'aimer comme des reclus. Toujours prêts à essuyer ou à tirer une bordée. Tristan, lui, n'avait pas cette énergie. Il était heureux d'être agent d'entretien à mi-temps, redneck à plein temps, dans un village qui ne figurait même pas sur les cartes, au volant d'un camion plus vieux que moi. Il était allé jusqu'à Odessa pour trouver une femme. Aucune *Americanka* n'avait dû vouloir de lui. Je le méprisais. Je ne pouvais pas m'en empêcher.

Boba m'écrivait sur le seul papier à lettre disponible à Odessa: le bloc gris et rugueux que les gens d'ici auraient à la rigueur utilisé pour des croquis de géométrie, à cause du quadrillage de la feuille. Pour éviter de gâcher, Boba écrivait des deux côtés et dans la marge. Elle ne signait jamais, un vieux réflexe paranoïaque hérité de l'époque soviétique.

Dachinka, ma petite-fille préférée!
Bonjour de notre lumineuse Odessa!

Ma petite patte de lapin, le papier sur lequel tu m'as écrit était magnifique. Si tout est aussi beau là-bas, je crois que j'ai eu raison de t'encourager à partir.

Merci pour l'argent. Je n'en ai pas besoin et il est inutile que tu continues à en envoyer. Tu sais bien que neuf fois sur dix, le facteur ouvre les lettres. Et puis, je me débrouille très bien avec l'argent que tu m'as laissé.

Hier, quand je suis rentrée du marché, ton patron m'attendait dans la cour de l'immeuble. Il avait l'air préoccupé. Je n'ai pas réussi à savoir ce qu'il faisait là parce que je n'ai pas pu m'empêcher de le gronder. Je lui ai demandé d'arrêter de gaspiller son argent et de me faire porter toute cette nourriture. Il s'est contenté de rire. J'avais l'argent que tu m'avais envoyé dans mon sac, alors j'ai voulu lui donner, mais il a rougi et il s'est enfui. Depuis, je suis allée lui apporter à manger. Il est aussi maigre qu'une allumette et il a dévoré ma salade de pommes de terre comme un ogre. Son russe n'est pas aussi mauvais que tu le prétends.

J'ignorais qu'il continuait à envoyer de la nourriture à Boba. Elle avait bien fait de lui dire d'arrêter. Je devrais le lui dire aussi. Je me demandais ce qu'il était venu faire chez nous. Maigre comme une allumette. Il se laissait aller. Évidemment, s'il comptait sur Olga pour le nourrir, il pouvait dépérir longtemps… Penser à lui me perturbait. Je ne l'avais jamais vu rougir. Je m'étais imaginé qu'Odessa ne changerait jamais, pareille à un décor de boule à neige. Mais la vie continuait, avec ou sans moi.

Un jour où je faisais les courses de la semaine au super-marché, j'aperçus une grande blonde en train de garnir les rayonnages. Je devinai qu'elle était étrangère, comme moi, sans doute à cause de ses joues roses, de ses vieux godillots et de son pull tricoté à la main.

— Tu dois être Daria, dit-elle en m'apercevant.

— Comment tu le sais?

— C'est un village, ici. Ça fait longtemps que je veux venir te dire bonjour. Tu es russe, c'est ça?

— Ukrainienne. *Odessitka.*

— *Odessitkaaa*, répéta-t-elle dans un soupir ravi. Quelle chance. Les plages, les cafés, les monuments. J'y suis allée une fois et j'ai adoré.

Bien sûr, comme elle aimait Odessa, elle me plut tout de suite. Elle se présenta. Nom: Anna. Statut: mariée à un médecin américain. Profession: professeur de polonais. Elle aussi avait eu du mal à trouver du travail à Emerson. Ici, quelques personnes envisageaient d'apprendre l'espagnol, mais la plupart ne s'intéressaient pas aux langues étrangères.

— Je n'ai pas à me plaindre, dit-elle. Grâce à ce boulot, je peux envoyer de l'argent à mes parents, à Cracovie.

Elle souriait en permanence et ne paraissait pas encore remise de sa chance. J'avais peut-être aussi cet air-là à mon arrivée.

— Viens prendre le thé chez moi.

J'y allai dès le lendemain. Anna m'embrassa et m'attira à l'intérieur. Je retirai mes chaussures et elle m'offrit une paire de chaussons.

— Viens, je vais te présenter Steve, mon mari. Steeeeve!

Elle hurla dans le couloir et un grand homme maigre aux yeux rieurs vint à notre rencontre. Il me tendit la main.

— Ravi de faire ta connaissance. J'allais sortir. Amusez-vous bien, dit-il.

Il me parut très bien élevé. Anna me prit par la main et m'entraîna à la cuisine autour d'une table couverte d'une nappe blanche brodée de fleurs rouges aux quatre coins. Je pris un bord entre les doigts et admirai la qualité du tissu.

– C'est ma mère qui l'a faite. Pour notre mariage.

– Tu vis ici depuis combien de temps ?

– Trois ans en tout. Ça fait deux ans que je suis mariée à Steve. Et deux mois que j'habite à Emerson. Quand je l'ai connu, je gardais des enfants à Sacramento. Le temps passe vite, pas vrai ?

Pour moi, les journées duraient une éternité, mais je ne dis rien. Je me contentai d'acquiescer.

Elle versa les feuilles de thé dans la théière et reprit :

– C'est de la vraie porcelaine ancienne. Les tasses aussi. Ses parents ont été si généreux quand on s'est mariés. Ils pensaient que Steve ne se fixerait jamais.

– Pourquoi ?

– À l'époque, c'était un vrai séducteur. Et il venait souvent chez nous. Mes patrons organisaient tout le temps des fêtes au bord de leur piscine. Steve m'invitait à dîner, mais je refusais toujours. Je ne voulais pas d'un coureur.

– Alors comment en êtes-vous arrivés au mariage ?

– Mon visa allait expirer et j'étais impatiente de revoir ma famille. J'étais partie depuis un an et le téléphone ne suffisait pas à combler le manque.

– Je vois très bien ce que tu veux dire.

– C'est là qu'il m'a demandée en mariage. J'ai éclaté de rire, pensant qu'il n'était pas sérieux, qu'il n'irait jamais jusqu'au bout. Mais il m'a convaincue et depuis, nous sommes fous amoureux l'un de l'autre.

– C'est une belle histoire.

J'étais heureuse pour elle, mais son conte de fées me rendait jalouse. C'était l'histoire dont j'avais rêvé. Je plongeai les yeux au fond de ma tasse pour noyer mon amertume.

– Quel travail minutieux.

– Je ne les sors jamais, commenta-t-elle. Ici, tout le monde veut des trucs chinois, des mugs faits à la chaîne. Moi je préfère les tasses peintes à la main.

– Je comprends qu'on ait peur de casser votre précieuse vaisselle.

Elle me servit un gâteau au chocolat et des biscuits polonais. J'en pris un de chaque.

– Merci de te donner tout ce mal.

– Aucun problème, répondit-elle en souriant. Ça me fait plaisir.

– Comment va la vie… pour de vrai ?

Son sourire cachait quelque chose. Un souci avec sa belle-famille, une frustration au travail, des tensions avec son mari…

– J'aime Steve. J'aime vivre ici. Je suis contente d'habiter à la campagne. Ma vie est merveilleuse ! Et toi, comment va la tienne ?

Comme elle me mentait, je l'imitai :

– Très bien. Tout va très bien.

Tristan m'observa pendant des semaines. J'essayais de sourire, mais ne pouvais soulever les lèvres. J'essayais de rire, mais ne poussais que des soupirs. La nuit dans le lit, j'enroulais mes bras autour d'un oreiller, tournais le dos à Tristan et m'installais en position fœtale. Il se montrait patient. Il faisait la vaisselle tous les soirs. (Enfin, il mettait les assiettes dans le lave-vaisselle.) Il passait l'aspirateur. Il commandait des pizzas au fromage. Il me proposait de faire du feu. Je haussais les épaules. Il me demandait si je voulais m'entraîner à siffler avec lui, je répondais que je n'étais pas d'humeur à siffler. Une fois par semaine, j'appelais Boba et discutais cinq minutes avec elle. Je n'osais pas lui dire à quel point j'étais triste. Je ne voulais pas qu'elle s'inquiète. Et puis, j'aurais été incapable d'expliquer ce que je ressentais.

Quand il rentra à la maison, un soir, je levai la tête du livre que je n'arrivais pas à lire. Il affichait un grand sourire et me demanda de sortir sur le perron. Je le suivis et vis une petite voiture blanche garée dans l'allée.

– C'est pour toi, expliqua-t-il. Elle est automatique, comme ça tu pourras apprendre à t'en servir facilement.

– Waou! m'exclamai-je, imitant le cri qu'il émettait tout le temps.

Je le pris dans mes bras. Première étreinte spontanée depuis longtemps. Généralement, c'était toujours lui qui m'attrapait.

– Elle a dix ans, expliqua-t-il en s'excusant, mais les Toyota sont increvables. Tu veux l'essayer?

Il me montra comment démarrer, poser le pied sur la pédale de frein, enclencher la marche arrière, reculer, faire demi-tour et partir. Nous roulâmes pendant une heure. Je savais bien que la voiture n'était pas un cadeau gratuit, qu'il s'agissait d'une redevance. D'un pot-de-vin. Mais je ne m'étais pas sentie si heureuse et si libre depuis des mois.

Jane continuait d'appeler. Elle me demandait comment j'allais, si je m'étais fait des amis. Je répondais que oui, mais la vérité était que depuis des mois, j'avais passé le plus clair de mon temps seule ou avec Tristan. À mon arrivée, Tristan avait descendu triomphalement l'avenue principale pour me présenter Phil, propriétaire du bar et capitaine de l'équipe de baseball, Joseph, pompier à la caserne, ou encore Louise, secrétaire à la retraite. Il s'était vanté auprès de tout le monde d'avoir une fiancée qui «créait un embouteillage». Les habitants étaient venus m'apporter des plats, me souhaiter la bienvenue et féliciter Tristan. Puis nous ne les avions plus jamais revus. Je les avais attendus longtemps avant de comprendre que c'était à moi d'aller vers eux.

J'invitai donc Molly et Serenity à venir un dimanche prendre le café chez nous. Tristan devait aller regarder un match chez Toby. En théorie.

– Tu ne peux pas savoir comme j'ai besoin de parler à des adultes, dit Molly. Attention, je ne me plains pas de m'occuper des enfants.

Elle sourit et pointa du doigt ses cheveux ébouriffés et ses traits tirés.

– Je ne me suis pas maquillée depuis dix ans.

Elle plaisantait, mais je décelai une note de sérieux dans sa voix. Il fallait bien reconnaître que malgré les machines modernes censées lui faciliter la vie, elle passait son temps à courir, à conduire ses enfants au football américain, au football européen et à toutes sortes d'entraînements sportifs. Son fils Farley était à l'école seulement la moitié de la journée et les jumeaux galopaient toujours dans des directions opposées. Sans parler de la maison et du jardin à entretenir. Chaque fois que j'appelais, j'entendais un bruit de vaisselle. J'imaginais le combiné coincé entre son oreille et son épaule tandis que ses deux mains étaient occupées à vider le lave-vaisselle avant de le remplir d'assiettes salies la veille au soir. J'espérais lui offrir un moment de répit.

Nous nous assîmes à la table de la salle à manger garnie de serviettes en lin apportées d'Odessa. Les broderies bleu et jaune arboraient les couleurs de l'Ukraine : le jaune symbolisait nos champs de blé, le bleu, le ciel au-dessus de nos têtes. Je découpai le quatre-quarts de Boba, blanc et moelleux, tandis que Molly versait dans nos tasses un café noir et fruité. J'écoutais mes nouvelles amies lever le voile sur les mystères du voisinage, la vente de la maison des Jonhson, la livraison d'un frigidaire, un projet de déménagement à Las Vegas, et je retrouvais avec joie, non les propos, mais l'énergie de la conversation. Heureuse de revenir au milieu d'un cercle réconfortant de femmes, je commençai à me détendre. Elles n'attendaient rien de moi ; leurs regards brillaient de tendresse et de compassion, leur présence potelée était douce et vivante. Ni critique ni reproche ne venaient m'accabler. J'aurais voulu enrouler mes bras autour d'elles et poser ma tête sur leurs épaules comme je faisais avec Boba. J'aurais voulu leur parler de ma relation avec Tristan, savoir s'il était normal qu'il m'appelle trois fois par jour, normal qu'en dehors du travail, il soit près de moi en permanence, mais Molly était son amie, alors je décidai plutôt de leur montrer mes photos de Boba, de la mer Noire, de l'Opéra et de la salle de concert. (Un chef d'orchestre américain, Hobart Earle, venait d'être nommé à la tête de notre prestigieux ensemble.) Je leur parlai de nos plages, les plus belles du monde, avec leur sable doré caressé par l'eau tiède, et de la mer, aux couleurs changeantes comme les motifs d'un kaléidoscope, bleue, verte ou argentée en fonction des rayons du soleil.

– Pourquoi as-tu quitté cet endroit merveilleux? demanda Serenity qui contemplait les vagues d'Odessa.

Je ne sus pas quoi répondre. Soudain, mon esprit fut envahi de questions insolubles. J'aurais pu parler de notre situation économique, de la difficulté que j'avais eue à trouver un poste et un salaire décent, citer l'exemple de Hobart, le grand chef d'orchestre payé seulement cinquante dollars par mois. Je n'étais pas sûre que ces femmes, nées au pays de l'abondance, soient en mesure de comprendre. Je ne savais plus si c'était la fatalité ou ma volonté qui m'avait conduite ici, si j'avais été poussée ou attirée, si j'avais couru vers mon destin ou si je l'avais fui.

– Elle est venue par amour, répondit Molly à ma place.

Elle avait eu la finesse de ne pas préciser si j'étais venue par amour pour Tristan ou pour l'Amérique.

– Tu as tellement de chance, continua-t-elle. Au début, on vit dans un paradis de fleurs et de baisers. Et puis, chaque année, ça devient plus dur. Il faut dire que Toby ne me facilite pas la vie. L'autre jour, Farley refusait de se brosser les dents. J'ai demandé à Toby de m'aider et il est allé dire à Farley que s'il se brossait les dents cinq jours d'affilée, il lui achèterait un hamster. Maintenant je suis obligée de nettoyer la cage de la bestiole. Bientôt, on devra payer notre fils pour qu'il fasse ses devoirs.

Serenity fut la deuxième à se confier. Elle nous communiqua ses doutes. Elle avait envie d'emménager avec son ami, mais elle ne voulait pas quitter son chalet. Quelque chose la retenait. Je connaissais ce sentiment, sans savoir si c'était la peur ou l'instinct de survie.

Je n'eus pas le temps de formuler ma question. La porte s'ouvrit bruyamment. *Cling-clang-clung: se cramponner.* Tristan rentrait au bout de trente minutes. J'avais envie de hurler.

Injustice! Injustice! Il ne me laissait pas une heure tranquille. J'espérai qu'il avait oublié quelque chose et repartirait aussitôt ou bien qu'il irait dans son bureau et nous laisserait en paix. Mais non. Il se planta devant la table et, alors qu'il avait déjà mangé une part avant de partir, il s'écria d'une voix démente :

– Oh! Du gâteau!

Puis il s'assit sans prêter attention à notre silence de mort.

– Le match est déjà fini? demanda Molly. En général, tu restes tout l'après-midi.

– Je ne suis plus célibataire. J'avais envie de voir ce que vous faisiez.

– On parle entre filles, dit Molly. On discute.

Sa déception était visible.

Je sortis une assiette et lui servis une part. Je me tournai vers Serenity, espérant qu'elle reprendrait sa confession, mais l'intimité était brisée.

– Vous ne pouvez pas imaginer la semaine horrible que j'ai passée, commença Tristan. Les enfants ont inventé un nouveau jeu qui consiste à secouer des cannettes avant de les ouvrir dans les couloirs. Le Coca gicle partout: au plafond, sur les murs, partout par terre. Je n'ai jamais réussi à les prendre en flagrant délit et j'ai dû passer la serpillière dix fois en quatre jours. Je vous jure!

Il n'arrêtait pas de parler. De plus en plus fort, de plus en plus vite. Sidérées, nous le dévisagions toutes les trois. Il ne se rendait peut-être pas compte que nous étions heureuses de discuter tranquillement. Il ne faisait sûrement pas exprès de monopoliser la conversation. Il n'est pas méchant, me dis-je. Molly et Serenity se levèrent de table.

– Il aime passer tout son temps avec moi, m'excusai-je en les raccompagnant vers la Subaru de Serenity.

Elles me faisaient de grands sourires. Trop grands. Je pressentais qu'elles ne reviendraient jamais. Molly se tourna vers moi et murmura :

– Il y a une chose que tu devrais savoir…

– Qu'est-ce que tu dis, Molly? demanda Tristan d'une voix tranchante.

Je ne l'avais encore jamais entendu prendre ce ton. Ses doigts s'enfoncèrent dans mon épaule tandis qu'il m'attirait à lui. Molly me regarda et déglutit:

– Je disais seulement merci à Daria.

Je brûlais de savoir ce qu'elle avait voulu dire.

– J'étais heureuse de discuter avec vous, dis-je. S'il vous plaît, revenez me voir. S'il vous plaît.

Elles hochèrent la tête et montèrent en voiture.

– Bon, c'était sympa, dit Tristan. Elles sont gentilles. C'est bien que tu te fasses des amies.

– C'était sympa jusqu'à ce que tu viennes tout gâcher. Tu ne pouvais pas me laisser passer un après-midi tranquille avec mes amies?

– Mais, je…

– Tu as vu comme tu les as fait fuir? Tu ne les as pas laissées placer un mot.

– Mais, chérie, j'ai simplement envie d'être avec toi.

Quelques jours plus tard, Molly nous invita à dîner. Je rencontrai ses aînés, Ashley et Peter, tous deux élèves au collège. Peter parla de son groupe de musique: ils hésitaient entre le grunge et la country et entre deux noms de groupe, Les Billards ou Les Billiards. Ashley, qui portait un appareil dentaire et zozotait légèrement, nous raconta que toutes les filles de sa classe avaient le droit de regarder des films interdits aux moins de seize ans, de se maquiller et de sortir avec des garçons. Sa mère répondit fermement qu'elle n'avait pas besoin d'être comme «toutes les filles». Farley emportait Clémentine, son hamster, partout avec lui. Il posa la cage sous sa chaise et pendant tout le repas, l'animal courut dans sa roue grinçante.

– Clems fait au moins quatre heures de cardio par jour, dit Molly pour plaisanter tout en donnant à manger aux jumeaux assis dans leurs chaises hautes.

C'était mon rêve. Une vie de famille heureuse. Des parents écoutant avec fierté les histoires de leurs enfants dans une atmosphère vibrante d'amour. Je me rendis compte plus tard que Molly et Toby n'avaient échangé ni mot ni geste de toute la soirée.

Après le dîner, nous nous installâmes dans les fauteuils du salon. Regarder Farley jouer avec son hamster valait largement la télé. Je proposai de garder les enfants n'importe quand. Tristan et moi prîmes chacun un jumeau et ils s'endormirent dans nos bras, petits ballots chauds et doux. Tout cet amour me mettait du baume au cœur. Tristan croisa mon regard et me sourit tendrement. Je lui rendis un sourire timide.

Cette nuit-là, quand Tristan grimpa sur moi, je priai pour qu'il me donne un enfant. Quand il eut fini, il roula sur le côté et m'embrassa la joue. Deux minutes plus tard, il ronflait. Je fixai le plafond.

J'étais naufragée dans ce pays.

À des kilomètres de San Francisco.

Mon mari était un imposteur.

Qui ne me laissait d'intimité que sous la douche.

Mon rêve d'un poste dans une grande ville américaine était parti à la dérive.

Face à cette longue vague de déceptions, un enfant apporterait peut-être un nouveau souffle.

La voiture me donna un objectif: obtenir un vrai papier d'identité américain, le permis de conduire. Je préparai l'examen. Je souris pour la photo: un sourire immense et clair. J'avais ma propre voiture, c'était moi le pilote. Quand la poste me livra mon permis de conduire, je me sentis américaine, fière, libre et invincible. Il me restait à obtenir ma carte de résidence. Nous avions envoyé une demande en rentrant de notre lune de miel. Bientôt. J'espérais la recevoir bientôt, même si je savais qu'il fallait attendre deux ans.

Je baissai la vitre et montai le volume de la radio, chantant les paroles à tue-tête. Jane avait raison: la voiture rendait libre. Pour la première fois, je me fichais d'habiter loin de la mer, isolée dans la campagne. Pour la première fois, ma vie me parut supportable. Je voyais le paysage autrement. Plus comme un mur, mais comme une fenêtre ouverte sur un pays gigantesque.

J'allai d'abord au magasin de Serenity. Elle me félicita en m'offrant sa dernière création: une bougie appelée *Mer Noire*, que je lui avais inspirée et qui représentait un rouleau de vagues prêt à déferler. Le bas de la bougie était noir, mais la sculpture de cire s'éclaircissait jusqu'au sommet où l'écume brillait d'une teinte gris-argent.

– C'est idiot, dit-elle. Je veux dire, je sais bien que la mer Noire n'est pas vraiment noire.

– Non, non! Ce n'est pas idiot du tout. La mer Noire peut être bleu azur, mais elle peut aussi être noire. Ça dépend du soleil. Quand un orage se prépare, elle est exactement comme ça. Merci. Tu m'as rendu un morceau de mon pays.

La bougie avait une odeur de sel, d'écume et d'inconnu.

Je me sentais bien dans son magasin. Je sortais de ma coquille au lieu de croupir à la maison. Les clients entraient et sortaient, nous discutions.

Au dîner, comme tous les mercredis, nous mangions une pizza au fromage avec du Coca light, quand Tristan dit:

– J'ai appelé trois fois aujourd'hui.

– Je suis allée faire un tour. J'avais envie d'aller voir le magasin de Serenity.

– Préviens-moi quand tu vas quelque part, que je ne m'inquiète pas pour rien.

J'acquiesçai.

– J'ai une surprise pour toi, dit Tristan. J'ai rencontré un mec à la station-service et il a épousé une Russe, lui aussi.

– Quelle est la surprise? demandai-je.

– Eh ben, quand on s'est rendu compte qu'on avait tous les deux épousé une Russe, on s'est dit qu'on pourrait manger ensemble. Tous les quatre.

Je souris, heureuse à l'idée de rencontrer une *Russkaya*. Apparemment, le couple vivait à Modesto, une petite ville non loin d'Emerson.

Au restaurant de grillades, Jerry, conducteur de poids lourds épais d'une cinquantaine d'années, raconta qu'il avait rencontré Oksana à une soirée de Moscou. Je compris tout de suite pourquoi il l'avait choisie. Les petites blondes à forte poitrine étaient très prisées des clients des soirées. Jerry se vantait d'avoir «emballé» une femme beaucoup plus jeune que lui: elle n'avait que trente ans.

– Ouais, ces soirées, c'était des vraies boucheries: une tonne de chair fraîche.

Choquée, je me tournai vers Oksana. Elle ne réagissait pas.

– Ouais, reprit-il. Que des morceaux de choix.

Il passa un bras autour des épaules de sa femme et l'attira vers lui. Sans vie, avec mollesse, elle se rapprocha machinalement, comme s'il avait fait ce geste des milliers de fois, comme si elle le connaissait par cœur. Elle sourit, contractant ses lèvres amères, une flamme féroce brûlant dans ses yeux noirs. Je m'aperçus alors qu'elle n'était pas sans vie. Elle bougeait comme une onde marine, une gentille vague venant lécher son récif. La mer calme en apparence pouvait briser des écueils dans l'orage, réduire d'immenses rochers en poudre, broyer des grains de sable un par un entre ses dents.

– Qu'avez-vous pensé de Moscou? demandai-je pour relancer la conversation.

– Vachement froid, dit-il. Je me suis pratiquement gelé les couilles.

Il se tourna vers Oksana.

– Heureusement pour toi, elles sont bien accrochées.

J'étais scandalisée par sa remarque, mais Oksana restait impassible. Je devinai soudain qu'elle ne le comprenait pas. Elle ne parlait pas anglais.

Jerry sortit fumer une cigarette. Tristan décida de l'accompagner.

– Comment l'avez-vous rencontré ? demandai-je en russe à Oksana.

– Par le catalogue des *Superbes Femmes russes*. Des collègues du centre médical m'ont inscrite pour plaisanter. Je n'en savais rien jusqu'à ce que je commence à recevoir des lettres d'Américains. Jerry a vu ma photo et il s'est mis à m'écrire tous les jours.

– C'est tout à son honneur.

Je l'avais peut-être jugé trop rapidement.

– Des lettres magnifiques. La personne qu'il a embauchée pour les traduire en russe a sûrement tout inventé. Maintenant je sais que Jerry n'aurait jamais été capable d'écrire des choses pareilles.

Le subterfuge était cruel.

– Et puis, il a commencé à m'appeler.

– Vous compreniez ce qu'il disait ?

– Non, mais je faisais semblant. Quand il y avait un silence, je disais «Yes» ou «Jerry» et il semblait satisfait.

– Vous ne parlez pas du tout anglais ?

Elle secoua la tête.

– J'ai appris l'allemand à l'école. Il ne veut pas que je travaille, alors je passe la journée à la maison devant des séries télé. Les histoires sont tellement simples que je n'ai pas besoin de comprendre tous les dialogues pour savoir ce qui se passe. Je répète les phrases pour m'entraîner à parler.

Elle prit un regard intense, me saisit la main et déclara dans un anglais impeccable :

– Nikki, tu es la seule femme que j'aie jamais aimée.

Je ricanai avec elle. Moi aussi, je regardais de temps en temps un épisode des *Feux de l'amour*.

Son sourire s'effaça.

– Le vocabulaire de Jerry est aussi lourd que son humour. Maintenant que je parle mieux anglais, je comprends malheureusement à peu près ce qu'il raconte et je le trouve tellement… grossier.

Je hochai la tête avec compassion.

– Vous avez dû avoir d'autres prétendants. Pourquoi lui ?

– J'avais payé mon billet de Vladivostok à Moscou et je dormais à l'hôtel. Je voulais trouver un homme avant d'avoir épuisé mes économies. La sollicitude de Jerry me flattait. Je suis rentrée chez moi, j'ai continué à recevoir des lettres, mais lui m'appelait tous les jours.

– C'était plutôt gentil de sa part.

– *Niet*, me glissa-t-elle rapidement. Pas gentil. Surveillance.

Quand elle vit les hommes s'approcher, elle écarquilla les yeux.

– Surveillance, surveillance, répéta-t-elle.

Nous mangeâmes nos salades comme si tout était normal. Elle affichait un sourire joyeux. La serveuse débarrassa nos assiettes et Jerry retourna fumer une cigarette. Tristan le suivit. Il me laissait rarement seule, mais il semblait avoir trouvé en Jerry son idole.

Je me tournai vers Oksana ; elle reprit le fil de son récit comme s'il n'avait jamais été interrompu.

– Il m'a demandé à quelle heure je sortais du travail et m'appelait toujours trente minutes plus tard. Je trouvais ça touchant jusqu'au jour où je suis rentrée plus tard – il n'était même pas six heures. Il s'est mis dans une colère noire en m'accusant d'être infidèle.

– Qu'est-ce que vous avez fait ?

– J'ai raccroché. Mais il m'a écrit pour me dire que s'il avait des réactions violentes, c'était parce qu'il m'aimait très fort. Et j'ai compris ce qui le rendait fou. Maintenant je sais qu'il n'agit pas par jalousie. Il manque seulement de confiance en lui.

Cette remarque s'appliquait aussi à Tristan.

– Pourquoi ?

– Vous ne me croirez jamais. On dirait un scénario de science-fiction. Ou de film porno.

– Racontez, dis-je en me penchant vers elle.

– Sa femme était gardienne de prison. Elle est tombée amoureuse au travail.

– Ça ne paraît pas si terrible. C'est un scénario classique.

– D'une autre gardienne.

– *Kino!*

C'était la grande expression d'Odessa pour dire : «C'est pas vrai?» Mot allemand signifiant «cinéma», il désignait en russe tout ce qui ne pouvait avoir lieu que dans les films.

– *Da.* Elle est rentrée un soir, après vingt-cinq ans de mariage, et elle lui a dit: «Je ne t'ai jamais aimé. Je n'ai jamais pu te supporter. Et je suis lesbienne.»

– Elle est «rose»?

– Plutôt arc-en-ciel.

– Quel est le rapport entre cette histoire et toi?

Mais elle avait déjà repris son sourire glacé. Nos maris étaient de retour.

On nous apporta les steaks et mon assiette d'aubergines. Jerry parlait fort, la bouche aussi souvent pleine que vide. Je restais tournée vers Oksana qui se tenait comme si nous étions à une grande réception du Kremlin et non dans un trou paumé de l'Amérique. Je me demandais ce qu'elle allait faire. Une fille belle et intelligente comme elle ne pouvait pas rester avec un homme pareil. J'avais de la peine pour elle. Quand elle croisa mon regard, elle inclina la tête et soudain, l'affreuse vérité me sauta aux yeux: elle ruminait exactement les mêmes pensées à mon sujet.

Après le repas, Jerry sortit encore une fois. Tristan le suivit.

– Ses trois enfants me détestent. Je ne trouve pas de poste de médecin. Je ne sers à rien. Je ne m'attendais pas à ça. Et par-dessus tout...

Elle montra du doigt la porte par laquelle nos maris étaient sortis.

– C'est ce qui me fait le plus de peine. À Vladivostok, j'étais quelqu'un: la première de la classe, la plus jeune interne de l'hôpital, une spécialiste reconnue. Alors qu'ici, je ne suis personne.

Je ne pus qu'acquiescer tristement. Elle avait donné voix à mon histoire. Il n'y avait aucun poste d'ingénieur à Emerson. Je restais assise à la maison toute la journée, sous la coupe de Tristan. Au moins, lui n'avait pas d'enfants pleins de haine. J'avais de la chance.

– Depuis combien de temps êtes-vous mariés ? demandai-je.

– Presque un an et demi. J'ai l'impression que ça fait une éternité. Parfois, j'ai envie de le quitter. Il doit s'en douter parce qu'il me répète tous les jours que si je demande le divorce, il me fera expulser.

Nous restâmes dans un silence morose, songeant chacune à ce que nous avions quitté et ce à quoi nous renoncerions en cas de retour.

– Quelle est votre histoire à vous ?

Je sortis la bague en diamant et la tendis vers elle.

– Un homme m'a donné cette bague avant mon départ d'Odessa. Il m'a demandée en mariage.

– *Kino !* Qu'est-ce que vous avez répondu ?

– Je m'apprêtais à partir en Amérique, mais je ne lui ai pas dit. Il a cru que j'allais passer quelques semaines à Kiev avant de revenir l'épouser.

– Pourquoi vous ne l'avez pas fait ?

– C'était un parrain de la mafia.

Je rangeai le bijou sous mon pull. Elle comprenait. Les hommes revinrent. Jerry laissa un dollar sur la table et déclara :

– Cassons-nous.

Ils se dirigèrent vers la porte. Nous les suivîmes.

– Il est tellement plus vieux que moi, chuchota-t-elle en russe.

J'étais d'accord.

– Mais tu sais, peut-être que les choses finiront par s'arranger.

Sa voix était pleine d'espoir. Je savais ce qu'elle ressentait. Par moments, je le croyais aussi.

– Il finira peut-être par crever, ajouta-t-elle.

5

Bons baisers de la grande Californie !
À ma Boba, la plus gentille grand-mère d'Odessa !

Tu te rends compte, Tristan et moi venons de fêter nos quatre mois de mariage. Le temps file plus vite qu'un avion à réaction. En ce moment, il est assis près de moi à la table de la cuisine et corrige les derniers devoirs de ses élèves. Il est toujours consciencieux et tendre.

La famille de Tristan m'a accueillie à bras ouverts. Son frère et sa belle-sœur sont arrivés il y a deux jours. Elle est élégante et chaleureuse. Elle dit que je suis la meilleure chose qui soit arrivée à Tristan. Ils sont venus fêter Thanksgiving avec nous. En Amérique, les fêtes de fin d'année démarrent dès la fin du mois de novembre. Je vais préparer un grand festin ! J'aimerais tellement que tu sois là pour m'aider. Assise à table avec la famille de Tristan, je pense bien sûr à toi et me sens terriblement triste. Je sais bien que les fêtes n'auront pas le même goût sans toi. Dans mon cœur, je mets toujours une assiette pour toi.

Je t'embrasse,
Ta Dacha.

À chaque fois que mes règles arrivaient, je pleurais. *Une femme qui ne fait pas d'enfant ferait mieux d'être un homme. Bonne à rien.* Tristan savait que pendant cette période, il avait intérêt à me laisser tranquille. Quand il m'entendait renifler, il s'imaginait que c'était à cause de mes « problèmes de femme », me proposait un comprimé ou une bouillotte, puis me réchauffait un bol de soupe à la tomate.

Je n'aurais jamais cru devenir un jour ce genre de femme. Pleurnicheuse. Susceptible. À fleur de peau. À Odessa, je regardais souvent les enfants jouer sur le sable et les jeunes mères qui poussaient leurs landaus. Comme toutes les femmes. J'aimais garder les enfants d'Olga. J'aimais les enfants. Mais là… j'étais désespérée. Tomber enceinte était devenu la clef de mon bonheur. J'étais ingénieur. La première de ma promotion. Je parlais plusieurs langues et j'avais réussi à partir en Amérique. Je ne faisais pas les choses à moitié. Et pourtant, j'étais apparemment incapable d'accomplir la fonction biologique la plus élémentaire. J'avais l'impression d'être une… « looseuse », pour reprendre une expression américaine.

L'hiver approchait. Les jours raccourcissaient, le ciel s'assombrissait et le frère et la belle-sœur de Tristan étaient venus passer Thanksgiving chez nous. Je préparai une dinde, de la sauce, une purée de pommes de terre, du maïs et une tarte au potiron. J'y passai beaucoup de temps, mais j'étais fière de respecter les traditions de mon pays d'accueil. Hal apporta trois bouteilles de vin. Je me rappelai mon dernier verre de chablis avec David. Assis dans la salle de conférences, nous avions eu une grande conversation sur Gogol. J'avais bu à petites gorgées, savouré le « bouquet », comme il disait. Aujourd'hui, j'engloutissais mon verre : Noreen aurait plongé n'importe qui dans l'alcoolisme. Tandis qu'elle parlait de ses derniers achats et de ses futurs projets de décoration d'intérieur, je me mis à penser à Boba.

— Qu'est-ce qui t'arrive ? s'interrompit Noreen avant de me pincer la cuisse sous la table. Tu devrais te réjouir de ton sort. Tu es en Amérique maintenant. Ton mari s'occupe bien de toi. Tu as une belle maison et une voiture. Qu'est-ce que tu veux de plus ?

— Ma grand-mère me manque, c'est tout.

— Tu n'as qu'à construire ta propre famille. Elle te manquera moins. Je ne sais pas comment Tristan fait pour supporter tes humeurs. Au moins, Lena ne faisait jamais la tête.

Tous se figèrent.

— Qui est Lena ? demandai-je.

— La fille que Tristan fréquentait avant toi, répondit Hal en regardant Noreen de travers.

— Tu pourrais exprimer un minimum de reconnaissance, reprit-elle. Surtout un jour comme aujourd'hui. Quand je pense aux sommes que Tristan a dépensées pour aller à Budapest, alors que tu n'y étais même pas, puis pour repartir à Odessa, et ensuite on a eu la bonté de lui prêter de l'argent pour te faire venir en Amérique. Ça me rend malade. Je te préviens, si tu fais partie de ces arnaqueuses qui filent à la première occasion, un mot aux services de l'immigration, et on te réexpédie d'où tu viens.

Réexpédiée ? Elle n'était pas sérieuse.

– Noreen ! dit Hal pour tempérer les ardeurs de sa femme. Elle ne pense pas ce qu'elle dit, ajouta-t-il dans ma direction.

Bien sûr qu'elle le pensait.

Je jetai un coup d'œil au café qui coulait dans la cafetière, puis retournai vers Noreen. Non, je n'allais pas jeter du café brûlant sur cette truie. Une *Odessitka* n'avait jamais recours à la même ruse deux fois. J'avais gagné contre Olga, Vita, Véra et les autres – Noreen n'était rien en comparaison. Il n'était pas question que je me laisse atteindre.

Je posai la main sur ma poitrine et les priai de m'excuser un instant. *Quand l'ennemi est proche, le retrait est parfois la seule solution*, disait-on à Odessa. Bien sûr, la suite disait : *et si cette option échoue, montrez-lui qui commande.* J'allais et venais sur le perron. Je ne me reconnaissais plus. J'étais sûrement le seul être malheureux de toute l'Amérique. Je me tamponnai les yeux avec un Kleenex. Le vin me rendait sentimentale. Que j'aie quitté ma vie et Boba pour venir ici ne pesait pas dans la balance. Il serait toujours supérieur à moi parce qu'il gagnait plus d'argent. C'était sa maison, ses meubles, sa voiture, ses amis, sa famille. Rien n'était à nous deux. Rien n'était à moi.

– Moi, je suis à toi, dit une voix douce dans mon dos.

J'avais dû parler à voix haute.

– Tu m'as, moi, répéta-t-il.

Je n'avais personne. Il m'attira dans ses bras.

– Tu veux que je te dise un secret ? Tu te sentiras mieux après. Tu sais, mon frère Hal, le grand pasteur qui a passé dix minutes à bénir la dinde du dîner ? Il est athée.

– *Kino!* Noreen est au courant?

Il secoua la tête.

– Ça la tuerait. C'est sa raison de vivre d'être la femme du pasteur.

Il se mit à ricaner.

– Je suis toujours tenté de lui dire.

Et soudain, je sentis une complicité entre nous, comme en famille. Je m'accrochais à ces moments, qui ne duraient jamais longtemps ; immanquablement il viendrait briser l'échafaudage fragile que je construisais péniblement.

Tout s'écroula trois jours plus tard. J'étais allée rendre visite à Anna dans la matinée, puis j'étais passée dans l'après-midi aider Serenity au magasin. Il ne pouvait pas m'en vouloir d'être sortie, vu qu'il n'était pas là non plus. Je faisais toujours la cuisine et le ménage, j'ouvrais toujours les fenêtres pour que l'odeur de détergent ne l'incommode pas. Je préparais des tas de plats fades sans calories. Nous étions assis à la table de la salle à manger, je mangeais du riz pilaf et lui, un blanc de poulet que j'avais fait cuire. Nous discutions normalement quand il explosa :

– Tu n'es jamais là quand j'appelle. Tu crois que je me suis marié pour ça ? Pour que ma femme déguerpisse dès que j'ai le dos tourné ? Et puis j'en ai ma claque de t'entendre tout le temps expliquer comment on fait à Odessa. Tu vis ici maintenant. Rentre-toi ça dans le crâne. Et je m'appelle Tristan. Pas Triiis, ni Triistaahn. Apprends à prononcer mon nom correctement, putain. Apprends à parler un peu. T'es vraiment trop conne.

Mes joues brûlaient comme sous la semelle d'un fer incandescent. Il me trouvait conne. Une voix en moi enchérissait : *Oui, tu es conne d'avoir quitté Odessa.*

Personne n'avait jamais critiqué mon anglais. Ni les dirigeants de la compagnie de fret, ni mes professeurs. Et Jane m'avait dit que je parlais mieux que les gens dont c'était la langue maternelle. Ce souvenir me redonna du courage.

Mon anglais n'était sûrement pas parfait. Je ne parlais pas comme Tristan et les habitants d'Emerson. Je ne le corrigeais jamais – Boba disait toujours que les gens intelligents préféraient mettre les autres à l'aise plutôt que de souligner leur déplorable ignorance –, mais il faisait des fautes de grammaire. Et puis, il ne connaissait pas le subjonctif. Par exemple, il disait: «Ça se peut qu'il est parti avec elle.» Et tous les habitants d'Emerson commettaient des erreurs de conjugaison du type: «Dommage qu'il est pas venu» ou «Je m'ai trompé». Comment osait-il m'insulter! Il pouvait critiquer ma cuisine ou mon style vestimentaire, mais l'anglais était sacré. C'était mon trésor. Pendant que les filles jouaient à la poupée, je jouais avec les mots. Quand elles remplissaient leurs tiroirs de bracelets et de boucles d'oreilles, je collectionnais les verbes irréguliers. Je passais et repassais mes cassettes de chansons anglaises pour apprendre par cœur les paroles. J'allais à la rencontre des missionnaires américains endurer leurs sermons rien que pour les écouter parler. Je lisais même la Bible et les brochures religieuses qu'ils me donnaient pour enrichir mon vocabulaire.

Je ne savais pas quoi dire. Ou plutôt, j'avais peur de trop en dire.

Je n'avais pas appelé Jane depuis qu'elle m'avait suppliée de différer mon mariage, mais après le dîner, j'emportai le téléphone dans la salle de bains, fermai la porte à clef et allai chercher du secours auprès de mon amie, professeur d'anglais diplômé. Je lui racontai la dispute et écoutai sa réponse:

– Quel connard. Ton anglais est parfait. Mais je te propose de faire un petit exercice de prononciation avec moi. Appuie bien sur les consonnes et répète après moi: Gros con de bouseux d'enfoiré de gros débile de Tristan.

Je répétai la phrase encore et encore. Nous rîmes ensemble et je me sentis mieux.

Elle demanda:

– Ça ne t'a jamais choquée qu'il t'appelle toujours Dora, alors que ton prénom est Daria ?

Chère petite-fille, ma petite patte de lapin chérie,
Un grand bonjour de la perle de la mer Noire !

Quand j'ai reçu ta lettre, je commençais à m'inquiéter. Je n'avais pas eu de tes nouvelles depuis si longtemps. Elle a mis trois semaines à arriver. Je ne t'en veux pas, mais si tu n'es pas trop prise par ton travail, essaie d'écrire plus souvent. Ne téléphone pas ! Ça coûte trop cher. Je n'ose même pas imaginer ce que ça coûte. Garde ton argent pour ta petite famille et souviens-toi que Dieu aime le chiffre 3 !

Depuis ton départ, un ami de notre ancien quartier, Boris Mikhaïlovitch, me rend souvent visite. Il dit qu'il s'inquiète pour moi, maintenant que je vis toute seule. Il m'aide à porter les choses lourdes à l'étage : des sacs d'oignons et de pommes de terre de dix kilos du marché et un tas d'autres choses, alors en échange, je lui fais à manger. Il m'offre des fleurs. Je ne veux pas les accepter, elles sont ruineuses et inutiles ! Mais il insiste. Il dit qu'il va au marché pour moi seulement deux fois par semaine alors que je lui fais à manger presque tous les jours.

Je l'aime, ma petite chérie. Je pense à toi et me sens fière qu'une femme de notre famille ait enfin réussi à briser la malédiction, je me dis que ta vie est pleine de satisfaction, que tu as une belle maison et un bon mari. Bientôt, tu auras un enfant et ton bonheur sera parfait. Je te serre fort dans mes bras et t'embrasse.

À Odessa, je ne me souvenais presque jamais de mes rêves. Le plus souvent, pas même une vague impression ne persistait. J'étudiais sûrement trop, puis travaillais tant que je dormais d'un sommeil de plomb. Peut-être aussi que mes rêveries du jour étaient si grandes qu'elles éclipsaient mes songes nocturnes.

Maintenant que j'étais bien reposée, trop reposée, les rêves venaient et restaient jusqu'au matin. Souvent, j'étais de retour à la compagnie de fret. Mes dents étaient tombées et mes lèvres embrassaient mollement mes gencives. David sortait de son bureau en tenant mon dentier et disait: «Je garderai toujours un morceau de toi.»

J'ouvrais les yeux. Dans mon sommeil, j'avais plaqué une main sur ma bouche.

N'importe qui se serait dit que les semaines où le dentiste m'arrachait les dents et prenait mes empreintes avaient été un calvaire. En réalité, je n'avais pas tant souffert. Malgré ma honte, je savais que j'allais bientôt être plus jolie. J'avais de la chance que David ait voulu m'acheter des dents aussi fines que de la porcelaine. Aucun homme ne m'avait jamais offert un si beau cadeau. Pendant cette période de gêne, j'avais toujours pressenti le soulagement à venir. Toujours aperçu au loin les lumières du port. Elles annonçaient la fin du calvaire, la terre en ligne de mire aidait à affronter les tempêtes.

Ma situation présente avec Tristan était tout autre: aucune terre, aucune lumière en vue. J'arrivais à peine à garder la tête hors de l'eau.

Au fil des jours, mes rêves devinrent les reflets de la réalité. Je n'étais plus avec David, mais face à Tristan. Il me disait que j'étais idiote, que je ne savais pas cuisiner, que je ne savais pas parler, qu'il ne me comprenait pas, que personne ne me comprenait. Dans ces rêves, je gardais toujours la main sur ma bouche. Je n'avais ni dents ni voix. Que de la honte. Je me réveillais de ces cauchemars assoiffée et effrayée, les doigts collés aux lèvres. Je regardais Tristan et murmurais: «Je vous en supplie, mon Dieu, aidez-moi.»

6

Chère Boba,

Tout va bien dans la mégapole. Désolée de ne pas avoir écrit ces dernières semaines. Notre équipe d'ingénieurs a dû travailler sans relâche pour boucler une présentation de projet et, bonne nouvelle, nous avons décroché le contrat ! Mon patron m'a encore donné une augmentation. Et les journaux ont publié mon nom dans la rubrique des personnalités dynamiques du pays.

Tristan est très cultivé. Je suis l'épouse la plus chanceuse du monde. Le soir, nous nous asseyons dans le salon et il me lit Anna Karénine. Sa voix est lente et douce et j'écoute avec grand intérêt les mots du maître traduits en anglais.

Nous ne sortons jamais. Au départ, j'étais un peu déçue – tu sais combien j'aime aller au concert. Tu te souviens de celui du 8 mars dernier, le triomphe que Hobart a remporté avec son orchestre ? Nous n'avions jamais entendu Tchaïkovski si bien joué.

Mais Tristan a raison. Nous devons faire des économies. L'argent ne pousse pas sur les arbres. Apparemment, cela nous coûtera deux mille dollars d'avoir un enfant. Tu te rends compte ? Je ne pensais pas qu'une chose aussi petite pouvait coûter si cher.

Hier, nous avons acheté un lit de bébé et des draps très doux. Quand je pense que j'ai passé les premiers mois de ma vie à dormir dans un tiroir ! Nous n'avons pas acheté de couverture. J'espérais que tu accepterais d'en faire une au crochet et de l'apporter quand tu viendrais nous voir. Nous attendons ta venue avec la plus grande impatience. J'aimerais que tu viennes m'aider à m'occuper du bébé. J'aimerais que tu viennes tout court.

Je t'aime,
Dacha.

À Emerson, les décorations de Noël étaient apparues juste après Thanksgiving. Les guirlandes lumineuses nous protégeaient de l'obscurité. Les traîneaux tirés par les rennes et les bonshommes de neige gonflables sur les pelouses des maisons me réjouissaient. Tristan nous acheta un sapin. La maison embaumait. Cette fois, j'eus l'intelligence de cacher mon enthousiasme. Je ne voulais pas qu'on se moque de moi. N'importe qui aurait cru que j'étais habituée à voir ces ornements somptueux tous les ans. En réalité, c'était mon premier Noël. À Odessa, sous le régime soviétique, et même plus tard, nous ne fêtions que la nouvelle année, à l'occasion de laquelle Grand-père Gel venait nous apporter des bonbons et des oranges. Le matin de Noël, nous ouvrîmes nos cadeaux. J'avais acheté à Tristan trois chemises et une cravate de soie bleue ; il m'offrit un jean, des T-shirts et des chaussures de randonnée. Les vêtements ne me ressemblaient pas, mais je me sentis reconnaissante. Un des symptômes pervers de l'expérience sociale appelée l'Union soviétique était qu'elle nous avait rendus reconnaissants pour chaque bouchée, vêtement, goutte d'eau ou ampoule électrique qui venait égayer nos sombres vies. À chaque fois que les fourneaux s'allumaient chez Tristan, je prononçais un mot de remerciement. Nous avions traversé trop d'hivers sans chauffage. Quand les denrées, les vêtements et les occasions étaient rares, on apprenait à apprécier la moindre miette de confort. Je me rappelais sans cesse que même si Tristan n'était pas mon âme sœur, même s'il ne me comprenait pas, la vie était meilleure ici que là-bas.

Je décidai d'appeler Boba. À chaque fois, je priais pour que la ligne soit claire et que nous puissions nous parler. En Amérique, les gens décrochaient le téléphone en disant : « Hello. » À Odessa, nous disions : « J'écoute. » Mais à chaque fois que j'appelais Boba, elle disait :

– Dacha ?

– C'est moi, Boba.

– Comment va ma petite *Americanka* ?

– Oh, Boba.

– Qu'est-ce qui se passe, ma petite patte de lapin ?

– Rien… Je suis contente d'entendre ta voix. Tu me manques.

– Toi aussi, mon petit soleil.

Un mot de plus et je me mettais à pleurer, alors je me mordis la lèvre, battis des cils et m'efforçai de ravaler mes larmes.

– Comment fait-on pour doubler la valeur d'une Lada ? demanda Boba.

Elle savait que ses blagues me faisaient toujours rire.

– Je ne sais pas.

– En faisant le plein d'essence.

Je ris.

– C'est Boris Mikhaïlovitch qui me l'a raconté. Il a toujours le mot pour rire.

– Boris Mikhaïlovitch?

Au moins, elle ne l'appelait pas encore «Boris». Il y avait encore entre eux une certaine distance respectueuse.

– Il vient me voir de temps en temps. Hier soir, il m'a apporté un poisson qu'il avait pêché et il l'a cuisiné tout seul. Tu sais combien je déteste préparer le poisson.

J'entendis au loin un grondement masculin.

– Il est encore là?

Kino. Boba avait un amoureux.

Au Walmart, pendant que Tristan regardait les pneus, j'achetai une robe de bébé blanche et des petits chaussons de laine. Je recouvris mes achats de produits d'hygiène féminine pour que Tristan n'aille pas fouiner dans mon paquet. De retour à la maison, je me sentis ridicule et fourrai le sac en plastique sous le lit. Mais dès qu'il partait travailler, je sortais la robe pour en caresser le doux coton.

Malgré la force de mon désir, je ne tombais pas enceinte. Heureusement, Tristan ne semblait pas contrarié. Il souriait béatement en disant:

– Eh ben, on n'a qu'à continuer d'essayer!

Je le suppliais de m'emmener chez Oksana et Jerry pour qu'elle puisse m'examiner. Mais il répondait:

– Chérie, arrête de me harceler. Quand je rentre du boulot, je n'ai qu'une envie: prendre une douche et m'affaler dans mon fauteuil.

Il aimait trois choses au monde: les jeux vidéo, son fauteuil et les grands parcs d'Amérique. Il n'aimait pas les tenues chic, les pommes de terre au quotidien et l'ingratitude féminine.

… Et j'étais sa femme.

Jane avait prévu d'aller à San Francisco après le nouvel an et m'avait proposé de la rejoindre là-bas. Il ne voudrait jamais. «On se fiche de ce qu'il veut, avait-elle répondu. Prends le bus. Si c'est une question d'argent, je peux t'en envoyer.»

— Je n'irai pas, déclara Tristan.

— Dans ce cas, j'irai toute seule.

Je pourrais toujours m'acheter un ticket de bus avec l'argent que David m'avait donné et l'idée de voyager seule me plaisait.

Tristan prit un air moqueur.

— Comment comptes-tu aller là-bas? Tu es incapable de conduire dans une grande ville et tu n'as pas d'argent.

— Je ferai du stop.

Je retrouvai mon caractère d'antan, effronté, avec juste une touche de perversité. Je me sentais bien. Il bouda pendant plus d'une semaine, claquant les portes de placard, soupirant et me jetant des regards incendiaires quand nous étions à table. *Fight-fought-fought : combattre.* Je retenais ma respiration et marchais à pas feutrés dans la maison, dissimulant ma joie de partir sans lui. Malheureusement, au dernier moment, il décida de m'accompagner et m'arracha la clef des mains.

— Je vois que tes amis passent avant moi, grommela-t-il. Je vois que mon avis ne compte pas pour toi.

Gros con de bouseux d'enfoiré de gros débile de Tristan, répétai-je silencieusement, en appuyant sur les consonnes.

Alors que nous nous garions devant la maison victorienne, Tans et Jane vinrent nous accueillir. Elle portait un tailleur-pantalon crème très élégant et lui, son blazer bleu habituel. J'aperçus une émeraude au doigt de Jane et me demandai si c'était un cadeau de Tans. Il l'enlaça et elle se colla contre lui. À côté d'elle, il paraissait soudain plus jeune. Je me doutais qu'il en était conscient. Il nous salua, d'un baiser pour moi, d'une poignée de main pour Tristan, et dit en s'excusant que la maison était pleine et qu'il nous avait réservé une chambre dans un hôtel tout proche. Tristan serra les lèvres, effrayé à l'idée de devoir payer notre séjour. Je lui glissai que ce serait comme une lune de miel. Il marmonna que notre lune de miel ne lui avait pas coûté cent dollars la nuit.

Rongeant son frein, Tristan emporta nos bagages à l'hôtel. J'étais heureuse d'avoir un moment de répit, d'être à nouveau à San Francisco, de retrouver le bruit des voitures, la foule de passants sur les trottoirs, et toutes les possibilités, les merveilleuses possibilités qu'offrait cette ville. La maison de Tans était pleine d'invités qui mangeaient à la cuisine, discutaient dans les couloirs et dansaient au salon. Au fil des heures, la maison ne cessa de se remplir. Toutes sortes de gens se retrouvaient aux fêtes de Tans. Jane et moi nous assîmes près de l'entrée et regardâmes les nouveaux arrivants déambuler en tenues de soirée. Elle me montra un attroupement au bout du couloir.

– Jono a apporté de la cocaïne. C'est pour ça qu'ils rôdent tous devant le bureau. Il tient boutique là-bas. Il organise aussi des paris complètement dingues. Regarde-les.

Elle hocha la tête en direction de Mia, l'agent de change, Marco, le voisin du dessus, patron d'une concession de Jaguar, et Destiny, jeune top model.

– Ils ont trop de temps et d'argent à perdre. Le mois dernier, ils ont lancé des paris pour savoir qui se ferait arrêter en premier par les flics et ils ont tous roulé dans les rues de la ville comme des tarés pour remporter la mise. Ça ne m'étonnerait pas que des paris circulent sur le jour où Tans et moi nous séparerons.

– Ça te contrarie ? demandai-je.

– Les paris ? Non. Je sais que notre histoire ne durera pas, même si je n'ai pas envie qu'elle s'arrête. J'adore passer mes week-ends ici, sortir du Montana. Tans est un homme formidable. Mais il n'y a pas d'avenir pour nous, on en est conscients tous les deux. Et le club des parieurs le sait très bien aussi. Pour l'instant, ça fonctionne.

Elle attrapa deux flûtes de champagne sur le plateau d'un serveur qui passait parmi les invités. Nous fîmes tinter

nos verres et récitâmes en riant un toast idiot d'Odessa:
«Aux meilleurs gens du monde, nous!»

Elle s'était confiée à moi et je me sentais prête à l'imiter.
J'essayai de m'excuser de ne pas lui avoir parlé pendant si
longtemps.

– Je comprends, dit-elle. J'aurais mieux fait de fermer ma
grande gueule au lieu de te dissuader de te marier. Tu sais
mieux que moi ce que tu dois faire…

J'avalai mon champagne, passai un bras autour de sa
taille et posai ma tête sur son épaule. Elle me caressa les
cheveux en murmurant en russe:

– Tu es une fille intelligente, tu t'en sortiras. Tout ira
bien. J'ai confiance en toi.

Ses paroles me donnaient de la force, du courage, de la
joie. J'étais heureuse d'être là. Nous prîmes un autre
verre, puis un autre. Ma tête tournait si vite que mes pensées s'embrouillaient. Jane me vit trébucher et me fit
asseoir sur un canapé moelleux du salon. Devant nous,
Zora jouait du violon (d'après Jane un air de folk) et
Gambino de la guitare. J'avais l'impression d'être à la
maison, les soirs où nous nous réunissions chez Sacha
parce qu'il possédait un piano et passions des heures à
chanter, rire et danser. Zora entonna une chanson populaire. Le moment me parut tellement magique que je réussis presque à oublier Tristan qui était revenu et qui faisait
la tête à côté de moi.

– Je me méfie de Jono, murmura Jane en montrant du
doigt sa chemise de soie rouge alors qu'il guidait d'autres
invités vers le bureau. Regarde-le. On dirait un chanteur de
Las Vegas. Il se prend pour qui? Sammy Davis Jr.?

Je n'avais jamais entendu ce nom.

– Je ne sais pas pourquoi il vient toujours vendre sa
drogue ici.

Tans s'approcha de nous.

– Une bière, Tristan?

– Hein? J'entends rien avec tout ce boucan.

– Tu veux une bière? Je vais te montrer où elles sont.

Tans leva un sourcil l'air de dire: *Vous voyez, je suis un homme bien, je vous débarrasse de Tristan pour que vous puissiez parler entre filles.*

Dès qu'ils se furent éloignés, je me tournai vers Jane.

– Parle-moi de cette bague. Elle est vraiment magnifique.

Des fleurs d'or courbes enlaçaient l'émeraude. Je regrettais que la plupart des orfèvres se soient mis à travailler comme des forgerons. Je regardai ma bague de fiançailles. Les bijoutiers d'aujourd'hui se contentaient de poser le diamant sur un anneau, geste qui n'exigeait aucun talent.

– Tans me l'a offerte à Noël. Elle appartenait soi-disant à sa mère.

– Tu n'as pas l'air convaincue.

– Il a cinquante-cinq ans et il ne s'est jamais marié. Il a eu l'occasion de donner la bague de sa mère à des tas de filles avant moi. Je me méfie.

Elle fit un signe de tête en direction du jeune homme au sourire et aux yeux trop grands.

– Jono vend des bijoux anciens. Quand quelqu'un meurt, il achète les bijoux à bas prix pour les revendre à ses clients.

– Mais si Tans t'a dit que…

– Je sais, mais je connais aussi les trafics de son meilleur copain.

– Il t'aime.

– Ce n'est pas parce qu'il m'aime que je dois lui faire confiance. Les gens qui sont là sont tous des menteurs. C'est la seule chose qu'ils ont en commun.

– Tu vas la garder? demandai-je en lui rendant la bague.

– Bien sûr.

J'approuvai sa décision. Jane était devenue une vraie femme d'Odessa. Je posai la main sur ma poitrine et me demandai si je serais un jour capable de me défaire de cet anneau, combien Jono accepterait de me donner en échange, ce que je pourrais faire de tout cet argent.

Comme pour rattraper sa mesquinerie au sujet de l'hôtel, Tristan proposa d'emmener Jane et moi voir *Le Fantôme de l'Opéra*. L'idée d'aller au théâtre m'enchantait et j'étais fière de Tristan. Jane ne l'avait jamais vu sous son meilleur jour. Aucun des amis de Tans ne l'appréciait. Mais il savait se montrer attentif. Et j'espérais que Jane reverrait son jugement. L'ouvreuse nous indiqua nos sièges, au tout dernier rang. Je marmonnai qu'on ne voyait rien. Tristan répliqua tout fort que les places lui avaient coûté soixante-dix dollars chacune. *Die-died-died : mourir*. J'aurais voulu disparaître. Laisser la terre m'engloutir. Je pouvais supporter des dizaines d'humiliations et d'attaques contre ma dignité. Mais que Jane y assistât était au-delà de mes forces.

– Tout ira bien, murmura-t-elle en me pressant la main.

Elle se tourna alors vers Tristan :

– Merci de m'avoir invitée. C'est très gentil de ta part.

– Je ne pensais pas que les places coûteraient si cher.

Je n'en revenais pas. Aucun homme d'Odessa n'aurait fait preuve d'une telle grossièreté. Inviter quelqu'un et oser lui suggérer à demi-mot de rembourser sa place ! Jane sortit des billets de son sac. Il les regarda, puis se tourna vers moi. Je le dévisageai avec tant de hargne qu'il n'osa accepter son offre. Jane essaya de m'apaiser, mais j'étais morte de honte. Je pouvais ravaler ma fierté à Emerson, à l'abri des regards, mais devant Jane, elle restait coincée dans ma gorge. Je ne supportais plus de le voir et tournai la tête. Jane me pressait la main et répétait :

– Tout ira bien.

Je décelai de la pitié dans sa voix et faillis pleurer. Je me tournai de l'autre côté pour lui cacher mes larmes. Je voulais sortir, mais Tristan me bloquait le passage.

– Achevez-moi, chuchotai-je.

J'espérai qu'on viendrait me trancher la tête.

– Quoi ? demanda Tristan.

– Excuse-moi.

– Ça va commencer, dit-il.

– Ne t'inquiète pas, ils peuvent commencer sans moi.

Je déambulai dans les couloirs qui se vidaient. Aveuglée de larmes. J'aurais dû m'estimer heureuse. J'étais au théâtre. J'avais de la chance. Les larmes glissaient sur mes joues et je me mouchai de toutes mes forces, espérant expulser en même temps mes idées noires. Alors que je marchais en marmonnant toute seule, je croisai un vieux monsieur qui me demanda ce qui n'allait pas.

– Je suis passée d'une loge à la corbeille au strapontin du dernier rang.

Il me tendit un mouchoir.

– Je crois avoir la solution à ton problème. Viens t'asseoir avec ma femme et moi.

Nous entrâmes dans une loge. Je me concentrai sur le spectacle et oubliai tout. Quand les lumières se rallumèrent pour l'entracte, l'homme me demanda ce que je faisais dans la vie. En Amérique, les gens posaient toujours cette question. J'avais honte d'admettre que j'étais au chômage, alors je dis :

– Avant, je travaillais pour Argonaut, une compagnie de fret maritime.

– Ici, à San Francisco ?

– Je ne savais pas qu'ils avaient des bureaux ici…

– Notre fils y travaille, dit la femme.

– Tu es diplômée en quoi ?

– Ingénierie mécanique.

– Tu dois être une femme intelligente, décida-t-il en me tendant une carte de visite. Je t'ai mis le numéro de téléphone de mon fils au dos. Appelle-le.

Je rangeai la carte dans mon sac. Le rideau de ma vie se levait sur une ère nouvelle. Tristan pourrait peut-être aussi trouver du travail à San Francisco. Sinon, je pourrais louer une chambre pendant la semaine et rentrer à Emerson les week-ends.

À l'issue de la représentation, je remerciai chaleureusement le couple. Les Américains étaient si gentils, serviables et ouverts. Je n'en revenais pas. J'attendis Tristan et Jane à la sortie. J'avais hâte de leur annoncer la nouvelle. Quand Tristan m'aperçut, il se rua sur moi comme une bête furieuse et me saisit les épaules.

– Où étais-tu passée ? hurla-t-il en me secouant violemment. J'ai passé deux heures à te chercher dans les couloirs ! Je n'ai jamais été aussi inquiet de ma vie !

– Je lui ai dit de ne pas s'inquiéter, tempéra Jane, que tu savais te débrouiller toute seule.

– C'est quoi ton problème ? rugit-il en me secouant encore. J'organise une soirée pour te faire plaisir, je vais même jusqu'à inviter ton amie et c'est comme ça que tu me remercies ?

– Tu sais bien que je suis reconnaissante, dis-je pour l'apaiser. Pour tout.

– Tu sais combien m'ont coûté les billets ? Quel gâchis ! Où étais-tu ?

L'argent. On en revenait toujours à l'argent. Je décidai de taire la nouvelle. Puis je pensai : Quelle nouvelle ? Il ne me laisserait jamais travailler à San Francisco. Et je ne pouvais pas le quitter. Sans carte de résidence, je n'étais liée à ce pays que par le nœud du mariage. J'étais coincée. La joie que j'avais ressentie une heure plus tôt s'évanouit.

Jane partit avec nous pour Emerson. Nous nous assîmes sur la banquette arrière, ignorant la complainte de Tristan qui grommelait qu'il faisait le chauffeur. *Drive-drove-driven : conduire.*

– En Amérique, la femme s'assoit à côté de l'homme.

– Mais à Odessa, les hommes sont galants.

Comme les hommes d'Odessa respectaient la fierté de leurs femmes, j'avais cru que tous les hommes en faisaient autant. Je m'étais bien trompée.

Il sourit avec mépris.

– Ils ne doivent pas être si galants que ça, puisque tu as dû quitter ton pays pour trouver un homme comme il faut.

Je grognai, mais ne répondis pas car Jane paraissait très embarrassée.

Tristan n'était pas le même en compagnie. Il se vanta de m'avoir fait connaître le jean et le T-shirt, comme si je ne savais pas m'habiller. Il n'aurait pas été moins fier d'avoir fait découvrir le fast-food à un grand cuisinier. Il railla ma façon de préparer le bortsch en disant que j'étais folle de perdre mon temps à cuire les betteraves alors qu'elles étaient aussi bonnes en conserve. On est en Amérique, disait-il, c'est plus la peine de se donner tout ce mal. Mais j'étais heureuse de cuisiner pour Jane, de gâter mes invités. Pour la première fois, je remarquai que son rire était pareil au braiment d'un âne.

– Elle fait les choses à sa façon, dit Jane, il n'y a ni bonne ni mauvaise méthode, seulement des habitudes différentes. Le monde serait ennuyeux si on était tous identiques.

Quand je voulais marcher, il disait qu'il était plus facile de prendre la voiture. Quand je préparais le café, mesurant et moulant les grains, passant les tasses sous l'eau chaude pour les réchauffer et garder le café à température plus longtemps, il ouvrait une cannette de bière en disant que sa méthode était plus rapide. Sa méthode était toujours plus pratique, plus rapide, plus facile, plus économique, *plus mieux*.

Régulièrement, quand je disais ou faisais quelque chose – n'importe quoi –, Tristan lançait à Jane un regard complice et condescendant pour dire: «C'est qu'une imbécile d'étrangère. On ne peut rien en tirer.» Mais elle ne lui souriait jamais. Voilà pourquoi j'aimais tant Jane.

Au début, Boba et moi ne restions au téléphone que quelques minutes, bien que Tristan m'encourageât toujours à prendre mon temps. Comme les communications coûtaient cher, j'appelais une fois par semaine pour dire que tout allait bien, que j'étais heureuse d'être en Amérique, que ni Odessa ni ma grand-mère ne me manquaient. De semaine en semaine, imperceptiblement, nos conversations devenaient plus longues. Et j'avais de plus en plus de mal à raccrocher le téléphone.

Souvent, après le coup de fil, de grosses larmes roulaient sur mes joues, mélange amer d'amour, de manque et de frustration. Je me sentais de plus en plus coupable de l'avoir laissée. Elle m'avait tout donné et au moment où mon tour était venu de l'aider, je l'avais abandonnée.

Après la mort de ma mère, notre existence avait tourné autour de moi. Mes résultats scolaires. Ma meilleure amie de la semaine. Mon orientation. Mon menu préféré. Moi, moi, moi. Je ne savais rien sur elle. Il avait fallu que j'aille en Amérique pour commencer à lui poser des questions. Maintenant que je ne pouvais plus la voir, je brûlais de tout savoir.

La communication n'était pas facile. Les lignes ukrainiennes étaient si mauvaises que je l'entendais à peine. Parfois, à cause des câbles croisés et du système de lignes partagées d'Odessa, Boba et moi surprenions des bribes de conversations qui recouvraient nos voix.

– Qui que vous soyez, s'il vous plaît, raccrochez. J'essaie de parler à ma babouchka.

– Vous n'avez qu'à raccrocher, vous.

– S'il vous plaît, j'appelle de très loin en Amérique.

– Ah! En Amérique! Alors, c'est encore plus à vous de rappeler. Moi, je suis encore coincée dans ce trou.

Les deux femmes gloussèrent et continuèrent à jacasser. *Pour lutter contre les fous, il faut surpasser leur folie*, disait-on à Odessa. Je hurlai jusqu'à ce que ces vaches déguerpissent de notre ligne.

Tristan me fit signe de poser le téléphone.

– Qu'est-ce qui te prend? Raccroche!

Je lui tournai le dos.

– Raconte-moi quelque chose, Boba.

– Mr Harmon est venu me voir.

– Quoi? lançai-je d'une voix aiguë. Pourquoi tu ne m'as rien dit?

– Il m'a apporté des mangues.

– Ah bon? Mais qu'est-ce qu'il venait faire chez nous?

– Il vient de temps en temps. Il veut s'assurer que je vais bien. Il s'est assis à la table et il a pelé les mangues comme un chef.

Il l'avait impressionnée.

– La chose la plus délicieuse que j'aie jamais mangée, ajouta-t-elle.

Cette anecdote me donna envie de pleurer. Pas à cause de la gentillesse d'Harmon, mais à l'idée que quelqu'un ait offert des cadeaux et de l'affection à Boba. J'aurais dû être là-bas à lui peler des mangues.

– Que t'a-t-il dit? demandai-je.

– Son russe n'est pas mauvais.

– Boba, la menaçai-je.

– Il m'a seulement demandé si j'avais besoin de… *kkkkkkk*.

– Quoi?

– Il m'a demandé où tu… *kkkkkkk*.

– Quoi?

– Il demande toujours la même chose: ton numéro de téléphone à Kiev.

Je savais qu'elle ne lui donnerait aucun renseignement, mais j'étais touchée par ses efforts. Elle parla encore, mais ses mots furent broyés par les parasites.

– Que dis-tu?

– Je n'ai pas reçu de facture téléphonique depuis ton départ. C'est bizarre, non?

– Boba, je t'entends très mal. Est-ce que ça va?

De semaine en semaine, la voix de Boba devenait plus faible.

– Ne t'inquiète pas pour moi, ma petite patte de lapin.

Je sentais qu'elle était fatiguée. Pour nous laver, nous faisions chauffer de l'eau sur la gazinière dans un grand seau en métal que nous versions dans la baignoire. Elle ne pouvait pas le porter toute seule. Ni les courses. Elle était incapable de soulever les sacs d'oignons et de pommes de terre. Heureusement que Boris Mikhaïlovitch était là pour l'aider, mais je regrettais de ne pas y être aussi. Je n'aurais jamais dû la laisser. J'avais agi en égoïste. Elle était âgée et avait besoin de moi. Et plus que tout, plus que n'importe qui, j'avais besoin d'elle.

7

Ma grand-mère Boba chérie,
Bons baisers de l'État doré !

Aujourd'hui, c'est la Saint-Valentin, la fête des amoureux. Tristan m'a acheté une boîte de chocolats rouge en forme de cœur. Il m'a emmenée dans le meilleur restaurant de la ville et m'a dit que je pouvais commander tout ce que je voulais.

Après le dîner, nous sommes allés au concert. Les élèves de l'école ont un petit orchestre et ils jouent plutôt bien pour des enfants qui s'entraînent depuis seulement deux ans.

Mon anglais s'améliore de jour en jour. J'avoue que l'anglais que nous apprenons à l'école n'a rien à voir avec celui que les gens parlent ici. Je griffonne sans cesse sur mon cahier qui se remplit à toute vitesse de mots d'argot et de notes sur la prononciation américaine.

L'effort est intense, mais il en vaut la peine. Le bonheur ne vient pas à ceux qui l'attendent assis. Nous devons le poursuivre pour le gagner, même s'il nous paraît parfois hors de portée.

Tu me manques, la maison me manque. J'aimerais poser mon front et mes mains sur les murs de chez nous. Tout ira bien. Je vais bien. S'il te plaît, essaie de venir bientôt nous voir en Californie. Nous avons une chambre pour toi. Je te manque aussi ?

Je t'aime,
Ta Dacha.

Tristan et moi fêtâmes nos six mois de mariage à la clinique où le docteur nous annonça qu'un couple était jugé «stérile» seulement au bout d'un an de tentatives infructueuses.

– Continuez, nous recommanda-t-il. Si rien ne se passe, revenez me voir dans six mois.

Il nous parla ensuite de l'ovulation et de la glaire cervicale et me fournit tout le matériel nécessaire pour calculer chaque mois la période propice à la fécondation.

J'appris ainsi que, depuis des mois, nous faisions l'amour tous les soirs alors que la fenêtre opportune ne s'ouvrait que pendant vingt-quatre heures. Un seul jour. Il y avait tant de choses que j'ignorais. Mais comment aurais-je pu être au courant? Boba ne parlait jamais de sexe. Heureusement, sinon, je serais morte de honte. Et je ne pensais pas qu'elle connût l'existence de la glaire cervicale. Mes camarades de classe n'en savaient guère plus que moi. À l'école primaire, nombre d'entre elles dormaient dans la même chambre que leurs parents. Elles décrivaient le remue-ménage et les gémissements de la nuit. Leurs histoires nous paraissaient aussi invraisemblables que celle du Grand-père Gel qui distribuait des cadeaux pour la nouvelle année. Nous avions entendu parler des miracles de l'Occident. Une femme urinait sur un petit bâton pour savoir si elle attendait un enfant ou prenait une pilule qui l'empêchait de tomber enceinte. Nous avions aussi entendu dire que la pilule contenait des hormones mâles qui faisaient pousser la barbe. De toute façon, nous n'avions aucun coin tranquille où passer un moment intime : quand trois générations vivaient sous le même toit, on n'était jamais seul. Ma première fois avait eu lieu dans un sous-sol abandonné, dans une position appelée «l'alerte». L'homme soulevait la jupe de sa partenaire et la pénétrait par-derrière; si quelqu'un arrivait, le couple pouvait se cacher facilement. Je n'en gardais pas un souvenir impérissable. De mémoire, les préliminaires – un bouquet de fleurs, des mots doux, un opéra – avaient été plus réussis.

J'étais prête à subir tous les désagréments pour avoir un enfant. Une petite fille avec qui partager ma joie d'être en Amérique. Avec qui partager mes impressions. J'avais besoin qu'un être, issu de ma chair, vienne me délivrer de mon isolement et de ma solitude. Un être qui m'aimerait toujours. Boba, Mama et moi formions un trio : Dieu aimait le chiffre 3. C'était maintenant à moi de créer une trinité. Je voulais que ma fille connaisse le bonheur que je n'avais jamais eu, celui d'avoir un père.

Tristan n'était pas l'époux de mes rêves, mais il ferait un père attentionné. Ses fondations étaient solides. Une maison, un travail, un avenir. Il serait toujours là, jusqu'au bout. Comme moi, il voulait un enfant le plus vite possible. Une petite voix dans ma tête me disait que c'était parce qu'il avait trop peur de me perdre. Un bébé cimenterait les deux briques incompatibles que nous étions. J'avais été très proche de ma mère. Je me souvenais des moments passés sur ses genoux dans la cuisine, où il faisait cinq degrés de plus que dans le reste de l'appartement, quand nous nous plongions dans la lecture des magazines de mode occidentaux. Elle adorait *Vogue* et sentait la vanille. Le soir, elle me lisait des histoires. Sa voix m'accompagnait dans le sommeil. Et puis, elle était tombée malade. Boba et moi nous étions occupées d'elle jusqu'à sa mort. Et Boba était devenue le centre de ma vie : ma grand-mère, ma mère, ma grande sœur, ma confidente. Et maintenant que j'étais seule, j'avais plus que jamais besoin de transmettre sa sagesse, son courage, sa vie. Besoin d'un enfant à qui raconter nos histoires.

Tristan ne s'enfuirait jamais comme Vlad. Son enfant ne se poserait jamais de questions sur son père.

J'avais harcelé ma mère de questions : « À qui je ressemble le plus ? » Quand j'étais petite, elle répondait : « Tu ressembles à une princesse de conte de fées, venue sur terre pour donner de la joie à Boba et moi. » La réponse me charmait sans me donner satisfaction. Plus tard, je passais les doigts sur mon arcade fine et la comparais aux sourcils épais de ma mère. Cheveux rêches, épaules larges, mains épaisses : elle était tout le contraire de moi. Encore et toujours, je demandais : « À qui je ressemble le plus ? À qui ? À qui ? » J'avais besoin de saisir un petit morceau de mon histoire. Mais je n'avais pas le droit de savoir. J'étais punie.

«À qui? À qui? – À toi, répondait-elle. Tu ressembles à toi.»
Fin de la discussion.

Je voulais une petite fille qui sache d'où elle venait.

Les paroles du médecin m'avaient consolée. Je passais souvent la main sur mon ventre, me disant avec mélancolie : *Bientôt.* Je sortais souvent la robe de bébé de sa cachette. Nous installâmes l'ordinateur du bureau dans le salon pour laisser de la place au berceau. Tristan prit ma main dans la sienne. Ma fille aurait un père. Une vraie famille. Nous ne baissions pas les bras. Parfois, j'imaginais que c'était quelqu'un d'autre qui vivait ma vie. La distance m'aidait à tenir. Ce n'était pas moi qui étais frustrée. Déçue. Quelqu'un d'autre.

Il roule sur le côté. Nue, elle va se nettoyer dans la salle de bains. Si elle l'aimait, elle enfilerait un de ses vieux T-shirts en coton usé et doux. Mais elle choisit plutôt le pyjama que sa grand-mère lui a fait et retourne se coucher.

Il la prend mollement dans ses bras et lui embrasse la tempe. Patiente, elle attend qu'il s'endorme avant de se glisser loin de lui vers le bord froid du lit.

Tu ne peux pas tout avoir, pense-t-elle. Tu mérites au moins une chose, répond une voix intérieure.

Elle regarde le visage de son mari adouci par le sommeil.

Il a une bonne situation, lui rappelle la voix de sa grand-mère.

Il a une bonne situation, lui rappelle son amie Molly.

Il ronfle légèrement. Si elle l'aimait, ce roulis doux lui rappellerait le mouvement régulier de la mer.

Elle est insatisfaite. Elle attend la délivrance. La fin des jours et des nuits d'attente.

Je veux, je veux, pense-t-elle.

Accorde-toi au moins une chose, continue la voix en elle. Une voix masculine. Elle rêve de ses caresses. Elle laisse courir sa main le long de son ventre, sur l'os de sa hanche. Elle s'arrête.

Oui, oui, dit-elle.

Oui, oui, dit-elle.

Son dos se cambre, sa main poursuit sa descente, elle ferme les yeux et s'offre cette joie unique.

Encore un mois d'aridité. Tristan venait d'avoir quarante et un an, le même âge que son père quand il était né.

– Je vais être un vieux père. À cause de toi.

– Tu n'aurais pas dû attendre si longtemps, répliquai-je. Tu aurais pu faire une dizaine d'enfants déjà. Tu aurais dû te marier à vingt-quatre ans, comme moi.

– Je ne voulais pas d'une femme que je n'aimais pas.

Et moi, tu crois que c'était ce que je voulais ?

Je suppliai la secrétaire médicale de nous accorder un nouveau rendez-vous, même si l'année n'était pas encore écoulée. Comme toujours, les hommes avaient la vie plus facile. Le test de Tristan consista à aller s'enfermer dans une cabine avec un gobelet en plastique et *Playboy*. La qualité de son sperme était inférieure à la moyenne, mais le résultat n'avait rien d'alarmant.

Le médecin passa une main gantée en moi et palpa mon bas-ventre à la recherche d'une anomalie. Je redoutais son verdict. Après l'examen, Tristan et moi nous assîmes en face du docteur. À son avis, je n'avais pas assez de stock de graisse et il m'encourageait à prendre du poids. Tristan lui expliqua que j'avais grandi en Russie et connu une enfance difficile. Je levai les yeux au ciel.

– Enfin, elle est en Amérique depuis un certain temps maintenant et elle est toujours mince. Je pense qu'il s'agit plus de ses choix diététiques que d'anciennes carences.

Je regardai le praticien avec gratitude.

– Elle est végétarienne, soupira Tristan.

– Il y a beaucoup de mamans végétariennes, le rassura le médecin. Ne lui jetons pas la pierre.

De retour dans la salle d'attente, Tristan signa un chèque pour l'examen médical et les tests. Le prix était exorbitant. Pourtant, nous étions restés à peine une heure. Voyant ma stupeur, la réceptionniste nous rassura :

– Votre assurance devrait couvrir presque la totalité des honoraires.

– Quelle assurance ? rétorqua Tristan d'un ton maussade.

Le trajet du retour fut tendu. Le dîner aussi. Moi aussi. *Bind-bound-bound : attacher.* Quand le téléphone sonna, je tressaillis. Nous recevions peu d'appels et la plupart du temps, il s'agissait d'offres publicitaires. Tristan semblait prendre un malin plaisir à les envoyer promener.

— Des nouvelles fenêtres? Donnez-moi plutôt votre numéro de téléphone, que je vous appelle aussi en plein milieu du dîner! Hein? Hein?

Après avoir déversé sa bile, il raccrochait.

— T'as vu ça? Non mais!

— Ils font seulement leur travail.

— Si leur travail, c'est de me foutre en rogne, alors ils sont très forts.

À la sonnerie suivante, je me précipitai pour décrocher afin de nous épargner une nouvelle déferlante d'injures.

— Salut, beauté, dit Oksana. J'ai une bonne nouvelle. Je vais peut-être redevenir médecin.

— Comment ça?

— Je vais tout te raconter depuis le début. En Russie, quand Jerry disait qu'il ne voulait pas que je travaille, je pensais que c'était parce qu'il voulait me gâter, et j'étais prête à me laisser faire. Tu n'imagines même pas les fantasmes que j'avais: un grand manoir, des arbres couverts de dollars, un mari fabuleux.

Nous rîmes ensemble. Je me souvins avoir déduit que Tristan était riche parce qu'il m'avait offert un ordinateur. Je m'étais imaginée coulant des jours heureux dans une maison victorienne des beaux quartiers de San Francisco. Je m'y connaissais aussi en fantasmes.

— Maintenant, je sais qu'il voulait m'empêcher d'avoir des amis, des collègues et mon propre argent. Je me sens tellement isolée. Je deviens folle toute seule dans cette grande maison. Il y a deux mois, j'ai postulé dans un hôpital. À un poste de médecin.

— *Maladiets!* Tant mieux!

— Ça n'est pas encore gagné. Ils veulent voir mon dossier de scolarité. Ma mère l'a envoyé à Los Angeles, dans une agence de traducteurs. Je dois les payer par chèque ou carte de crédit, mais je n'ai ni l'un ni l'autre. Jerry ne me donne jamais d'argent, sauf pour les courses. J'ai réussi à économiser un petit peu à chaque fois et j'ai assez pour faire un transfert d'argent.

– Il est radin à ce point?

– Il n'offrirait même pas de la neige en hiver.

– Avec qui parles-tu? demanda Tristan.

– Oksana.

– Parle en anglais! ordonna-t-il.

– Il est exactement comme Jerry, dit Oksana.

– Il n'est pas si méchant, répondis-je faiblement.

– Je dois passer un test d'anglais. Tu veux bien m'aider?

– J'aimerais beaucoup. Mais tu devrais peut-être t'adresser à quelqu'un dont c'est la langue maternelle.

Je repensai à la remarque encore douloureuse de Tristan, disant que mon anglais ne valait rien.

– Aucun des gens d'ici ne possède la rigueur d'une Russe ou d'une Ukrainienne.

– C'est vrai, approuvai-je.

– Comment ça va?

Je soupirai.

– Je sais, reprit-elle. Il dit qu'il me fera expulser si je le quitte. Tu crois qu'il en a les moyens?

– Je n'en sais rien.

– Tout est à son nom: la voiture, la maison, le compte en banque. J'ai l'impression d'être un fantôme. Je n'existe pas. Les Américains parlent tout le temps de leurs droits. C'est mon droit, disent-ils. Et nous? Quels sont nos droits?

– Je ne sais pas.

– Je suis totalement dépendante de Jerry, pour tout. Il dit que je n'aurai rien, si je divorce.

– Tu y penses réellement?

– Au début, non. Mais plus le temps passe, plus je suis sûre qu'il ne fera jamais confiance à personne. Il attend que j'atteigne mes limites. C'est comme s'il désirait que je le quitte, juste pour pouvoir dire: «Je savais bien qu'on ne pouvait pas te faire confiance.»

Tristan me fixait d'un œil noir.

– C'est malpoli de quitter la table en plein repas.

Oh, magnifique. Il me donnait des leçons de savoir-vivre maintenant!

– Je suis venue ici chercher la sécurité, poursuivit Oksana. Je savais que je ne tomberais jamais amoureuse de lui, je pensais qu'on pourrait construire un avenir ensemble, faire une bonne équipe. Mais il contrôle tout. Je me sens moins en sécurité ici qu'en Russie. Tu ferais quoi à ma place?

Je jetai un coup d'œil à Tristan qui enfournait des pelletées de riz dans sa bouche.

– Je suis à ta place.

Une infirmière appela pour nous informer que les derniers tests n'avaient révélé aucune anomalie. Elle me conseilla de calculer ma période d'ovulation et d'avoir des rapports à ce moment-là. Après tous ces tests et toutes ces dépenses, voilà le conseil qu'on nous donnait. Je commençai à perdre foi en la médecine occidentale. Elle ne fonctionnait pas mieux qu'une déesse de la fertilité, comme celle dont David possédait une statue dans son appartement d'avant Olga.

Je demandai à Oksana de m'examiner. Elle répondit que si j'avais vu un spécialiste américain, elle ne pourrait rien m'offrir de plus, mais elle me suggéra de consulter une de ses connaissances, une guérisseuse qui avait longtemps officié en tant que sage-femme. Nous convînmes d'un rendez-vous un dimanche. Tristan me conduisit en râlant chez Jerry. Oksana et la guérisseuse m'attendaient, debout sur le porche. Je me sentis immédiatement en confiance. La femme était petite et ronde, l'œil sombre et les cheveux d'un noir corbeau. C'était idiot, mais elle me fit penser à ma mère. J'eus un regain d'espoir.

Tristan suivit les femmes dans le couloir, mais Jerry intervint:

– Fais pas ta chochotte. Viens plutôt regarder le match.

Il désigna un gigantesque écran de télévision.

Dans la cuisine, Oksana nous montra les placards foncés et le papier peint de brocart.

– Je l'appelle « la cuisine de l'ex-femme ». J'avais envie de l'égayer, mais Jerry m'interdit d'y toucher. Il veut que ses enfants se sentent chez eux. Même s'ils ne viennent jamais.

Ses yeux s'emplirent de larmes.

– Tout ira bien, dis-je.

Je la cajolai comme une mère-poule. La guérisseuse alluma la bouilloire. Autour du thé, elles échangèrent des histoires d'hôpital sanglantes jusqu'à ce qu'Oksana ait retrouvé son calme.

La sage-femme mesura ma tension, prit ma température et me posa les mêmes questions que le spécialiste américain. Avec lui, j'avais été gênée d'aborder certains sujets, mais dans ma langue maternelle, face à une femme, je me sentais à l'aise. Après m'avoir interrogée sur mes antécédents médicaux, elle me posa une question que le spécialiste américain n'avait pas posée.

– Comment ça se passe avec votre mari ?

Je lançai un regard à Oksana.

– Ta vie ne peut pas être pire que la mienne, dit-elle.

– C'est difficile, murmurai-je sans les regarder, effrayée d'avouer ma situation à voix haute. Il surveille mes appels téléphoniques. Je m'étais fait quelques amies, mais il les a fait fuir. Je pensais que c'était de la maladresse, mais maintenant je crois qu'il fait exprès de m'isoler. Il m'avait dit qu'il était professeur, mais en réalité, il est agent d'entretien. Je ne m'attendais pas à un millionnaire, mais je ne pensais pas qu'il était si pauvre. Rien ne va jamais, ni la façon dont je m'habille, ni ma cuisine, ni mon anglais.

La guérisseuse hocha la tête.

– Trop de stress et une atmosphère néfaste dans le foyer. Je vais vous donner de l'encens pour chasser les mauvaises ondes.

Il me faudrait plus que de la fumée d'encens pour aller mieux… Elle sortit un stéthoscope de son sac et me demanda de retirer mon chemisier. Je me tournai vers Oksana.

– Peut-on fermer à clef ?

– Tu rigoles ! Il n'y a même pas de verrou dans les toilettes !

– *Kochmar !*

– Il veut pouvoir entrer partout à tout moment.

La guérisseuse posa le cercle froid sur ma poitrine et me demanda de respirer fort.

– Qu'est-ce que c'est ? demanda-t-elle lorsqu'elle vit le diamant à mon cou.

– C'est compliqué, avouai-je en regardant Oksana.

Oksana lui raconta l'histoire. La fille rencontre un gangster. Tombe amoureuse de lui. Décide de fuir. Garde un bijou en souvenir.

– Débarrassez-vous-en, ordonna la guérisseuse. Il ne vous fait pas du bien.

Elle posa l'appareil sur mon dos.

– J'écoute et j'écoute votre cœur et il me raconte une histoire intéressante.

Elle écarta le stéthoscope et se campa derrière mon dos. J'allai me retourner quand je sentis ses mains sur mes épaules. Ses doigts coururent le long de ma nuque.

– *Nu, nu,* marmonna-t-elle. Bien, bien.

Elle alluma un cône d'encens qu'elle posa sur un petit support en métal. Romarin et thym. Elle tourna autour de moi, faisant des cercles avec l'encens, suivant des yeux la ligne de fumée qui s'élevait en volutes et disparaissait dans l'air.

– Ma petite, déclara-t-elle après un long moment passé à observer la fumée à présent dissipée, la raison pour laquelle vous n'arrivez pas à concevoir est que vous ne voulez pas d'enfant. Pas de cet homme-là.

J'enfouis mon visage dans mes mains.

– Ça n'est pas possible, s'insurgea Oksana. Si les femmes pouvaient décider de qui et quand elles tombaient enceintes, on n'aurait plus besoin de contraception.

– Elle est trop crispée, dit la sage-femme.

Elle essaya de détendre mes épaules, mais elles refusèrent de se plier à sa volonté.

– Quand une femme est si tendue, son corps se ferme. L'esprit et le corps sont liés. Le corps obéit à l'esprit.

Il était douloureux d'entendre formuler ce que je savais déjà au plus profond de moi.

8

Ma chère Boba

Bons baisers de la Californie ensoleillée !

L'Amérique est encore plus extraordinaire que je ne l'imaginais. Mon travail est passionnant. Tristan fait un mari parfait. La campagne est un vrai paradis, calme et tranquille.

Malgré ce bonheur parfait, je pense beaucoup à toi. Tu me manques terriblement. Odessa aussi. Notre joli petit appartement. Et mon travail. J'aimais me sentir intelligente. Et indispensable. Même David me manque. Mon vœu le plus cher est de rentrer à la maison. J'ai compris que le vrai bonheur était de vivre près d'êtres chers. Tout ce dont je rêvais et qui aurait dû me rendre heureuse – la nourriture à domicile, un permis de conduire, une grande maison – ne vaut rien si

J'arrachai une nouvelle feuille de papier, recopiai le premier paragraphe et signai : *Je t'aime et pense fort à toi, Dacha.* J'avais rejoint les rangs des immigrants malheureux qui racontaient à leurs familles qu'en Amérique, tout le monde roulait sur l'or. Lénine disait que tout ce qui brille n'est pas d'or. Il avait bien raison.

Plus j'avais envie de dire la vérité à Boba, plus je lui mentais. Et, faute impardonnable pour une fille d'Odessa, je n'essayais même pas d'être inventive. Je puisais dans les lettres des clientes d'Unions soviétiques. *C'est un mari parfait. La campagne est un vrai paradis.* À l'ouverture de leur courrier, je n'avais pas su lire entre les lignes. Je m'étais laissé aveugler. Je pourrais peut-être en retrouver certaines, maintenant que j'étais moi aussi en Amérique.

Et nous? Quels sont nos droits? La question d'Oksana me hantait. Quels droits avions-nous? J'appelai quelques filles que j'avais aidées à Odessa et écoutai leurs confessions. Certaines étaient heureuses, d'autres moins, mais elles avaient toutes travaillé leur discours. L'une d'elles avait même rédigé un manuel intitulé: *L'amour que l'on mérite: comment trouver et épouser une femme russe*, disponible sur Internet pour seulement 49,99 dollars. Elle m'envoya un exemplaire en cadeau pour me remercier de lui avoir servi d'interprète. Je parcourus les chapitres: documents préparatoires, attente, empreintes digitales, attente, entretiens, attente, visa de résidence, attente, carte de résidence. Oksana s'accrochait à l'espoir de devenir résidente permanente, avec ou sans Jerry. Je calculai que j'avais parcouru moins de la moitié du chemin.

Je continuais à combattre les parasites et les inter-férences pour parler à Boba le dimanche. Malheureusement, je devais maintenant aussi combattre Tristan. Il se plantait devant moi, l'index pointé sur sa montre. Je songeai de plus en plus au retour, ne serait-ce que temporaire. J'avais envie de voir Boba. Mais je n'avais qu'un moyen de m'offrir le billet. La bague. Je portai la main à mon cœur.

La guérisseuse avait peut-être raison.

Dès que j'eus raccroché, Tristan me prit la main.

– Je ne fais pas ça pour t'embêter, dit-il. Mais je voudrais que tu comprennes qu'on n'a pas les moyens. On doit se serrer la ceinture. Je ne te l'ai pas dit, mais notre séjour à San Francisco m'a coûté plus de cinq cents dollars. Quand tu appelles dix minutes en Ukraine, ça me coûte quarante dollars. Essaie de parler moins longtemps. On a des vrais soucis toi et moi, niveau fric.

– Je vais essayer. Mais Boba me manque.

– Je sais.

Il me prit dans ses bras et m'embrassa la tempe.

Lundi matin, dès que j'entendis la voiture démarrer, je composai le numéro. J'avais besoin de garder ce lien. Besoin d'entendre la voix de ma grand-mère.

Pour une fois, la ligne était bonne.

– Parle-moi de ta mère, Boba.

– Ma mère était une vraie beauté, mais après la mort de son mari, elle ne s'est jamais remariée. Un seul salaire nous faisait vivre et du coup, nous étions très pauvres. J'ai été envoyée à l'usine à seize ans. Les temps étaient durs. On luttait tous en permanence contre la misère et la faim. Ma sœur Stasia et moi allions pêcher avec un bout de ficelle et un morceau de fer en guise d'hameçon. Nous étions fières quand nous ramenions un peu de poisson.

Boba et moi parlâmes pendant des heures, comme si j'étais à la maison dans la cuisine. Sauf que cette fois, c'était moi qui l'écoutais.

– Boba, il y a une chose que je n'ai jamais comprise, au sujet de la religion…

Je ne savais pas comment formuler ma question. Je voulais savoir comment elle avait renoncé à sa judaïté pour devenir une Ukrainienne d'Odessa. Lui demander pourquoi. Découvrir qui elle était. Qui j'étais.

– Par où commencer, ma petite patte de lapin ? soupira-t-elle. Mon voisin Izya et moi sommes entrés à l'usine le même jour. Nous travaillions tout près l'un de l'autre et étions les seuls Juifs de l'établissement. Il est tombé amoureux d'une fille appelée Inna. Ses parents à lui n'approuvaient pas leur union, mais c'était juste après la guerre. Tout le monde avait perdu quelqu'un, tout le monde avait faim, tout le monde souffrait. Ils l'autorisèrent à épouser son *Ukrainka*. À l'époque, les mariages avaient lieu en petit comité : les familles ne pouvaient pas nourrir beaucoup d'invités. Il l'épousa un samedi et retourna à l'usine le mardi. Mais il s'appelait désormais Igor et portait le nom de famille de son épouse. Il n'était pas le seul. J'appris alors que beaucoup de jeunes se mariaient pour obtenir des papiers. Izya et moi passâmes toute notre vie ensemble à l'usine. Il était désespéré que ma fille si brillante ne puisse pas aller à l'université parce qu'elle était juive. Il m'entendait vanter ton intelligence et me suggéra de changer d'identité pour que tu aies un jour la possibilité de faire des études. La cousine de sa femme, celle qui lui avait obtenu ses papiers à l'époque, prenait sa retraite la semaine suivante. Pour mille roubles, elle accepta de m'aider. Izya proposa d'en payer la moitié. Je n'ai pas eu le temps d'hésiter. Tu étais encore jeune, mais je voulais que tu aies le choix. Peut-être que j'ai eu tort. Je n'en sais rien. Mais tu as pu aller à l'université et obtenir un diplôme.

– Mais est-ce que tu crois, Boba ? Es-tu croyante ?

– Croyante ?

Silence. Elle ne voulait peut-être pas répondre. Après tout, ça ne me regardait pas.

– Comment était-ce de grandir dans une famille juive ?

– Ma sœur et moi n'avons pas reçu d'éducation religieuse. Nos amies non plus. Si nous avions été des garçons, peut-être que les choses auraient été différentes. J'ai grandi sans penser à la religion ni à la foi. Nous n'en parlions jamais. Maman était d'un naturel réservé et Stasia et moi respections ses sentiments.

– Et toi, Boba ? Quels sont tes sentiments à toi ?

– J'imagine que les choses sont différentes en Amérique, dit-elle d'une voix sourde. Là-bas, on est sûrement d'abord américain et juif ensuite. Ici, on ne peut pas être à la fois ukrainien et juif. Il faut choisir. J'avais beau être née ici, je n'étais pas considérée comme une Ukrainienne, je ne pouvais pas être citoyenne de mon pays. Tant que je ne changeais pas d'identité. C'est comme ça. C'est pour ça que je voulais que tu quittes ce monde de fous. Je ne voulais pas que tu vives avec des gens comme Olga, qui te sourient par-devant et te poignardent par-derrière.

– Et les icônes ? Pourquoi en as-tu autant ?

Je la pressais de questions. Je ne voulais plus jamais repenser à Olga.

– Ah, les icônes, dit-elle avec dureté. Je n'avais dit à personne que j'avais changé d'identité. Mais la nouvelle circula rapidement. Odessa est un village. Un soir, en rentrant de l'usine, j'ai trouvé un paquet devant la porte. Je l'ai ramassé pour l'ouvrir à l'intérieur. C'était une icône, un petit carré de bois peint. La sainte avait un visage calme et apaisé. Des mots de slave ancien décoraient le coin en bas à gauche. L'objet avait été déposé sur mon palier comme de l'ail sur la porte de Dracula. La menace ou le reproche disait : *Je sais qui tu es.* Mais je l'interprétai autrement. J'ai regardé la beauté froide de la sainte et je me suis dit qu'elle aussi avait connu la souffrance et le deuil, et je l'ai posée en évidence sur une étagère. Une autre icône fut déposée devant ma porte, puis une autre, le plus souvent accompagnée d'un message. *Menteuse. Hypocrite. Usurpatrice.* Je n'ai jamais su qui les avait laissées. Mais ces visages m'ont toujours apaisée. Et aujourd'hui ils me rappellent pourquoi j'ai voulu que tu quittes ce pays.

Je décidai de ne jamais lui avouer que je voulais rentrer.

Un mois plus tard, quand il reçut la facture de téléphone, Tristan l'écrasa d'un coup de poing sur le comptoir de la cuisine. *Hide-hid-hidden : cacher.*

– Comment as-tu osé faire ça ? Je t'explique qu'on n'a pas d'argent et tu vas dans mon dos appeler pendant des heures ! Quatre cents dollars de téléphone ! Deux fois plus que d'habitude. Putain ! Tu dois être tarée. Ou idiote. Ou les deux. Franchement, ça me dépasse.

Leave-left-left : partir.

Il jetait des documents sur le comptoir les uns après les autres. Relevés bancaires à découvert. Factures de téléphone datant de l'époque où il m'appelait tous les jours. Dépenses diverses.

– Mes appels vers l'Ukraine. Mon billet d'avion pour Budapest. Et le tien. Le restaurant et l'hôtel. Ton billet d'Odessa à San Francisco.

Il avait dépensé des milliers de dollars. Avant même de me rencontrer. Bien sûr, je savais que je lui avais coûté cher, mais je voyais d'un coup ma dette se matérialiser. Je restai debout, sonnée et écœurée de savoir que je ne pourrais jamais le rembourser.

– Tu m'as dépouillé. J'ai dû emprunter de l'argent à Hal, parce que j'ai vidé tous mes comptes. Je n'ai pas un sou pour payer ta facture de téléphone. Ni les cinq cents dollars qu'a coûtés ce putain de séjour à San Francisco. Les hôtels coûtent cher. L'essence coûte cher. On est fauchés. Tu comprends ce que ça veut dire ?

J'acquiesçai.

– J'ai fait beaucoup de sacrifices pour te faire venir ici, maintenant c'est à toi de faire un effort. Je sais que ce n'est pas le boulot de tes rêves, mais ils ont besoin d'aides-soignantes à Paloma. Et le café recrute toujours des serveuses. Si on veut fonder une famille, il nous faut du blé.

Il m'attrapa le menton.

– Plus de coups de téléphone, d'accord ?

Quand il partit travailler le lendemain, j'appelai David sur sa ligne directe. *Tell-told-told : raconter.* Sans réfléchir. Peut-être que j'étais bel et bien devenue folle.

– J'écoute, répondit David avec la vigueur des habitants d'Odessa.

Il suffisait d'un seul mot : *Slouchaiou.* J'étais surprise. Et fière. Il s'adaptait. Il pratiquait notre langue.

– *Slouchaiou,* répéta-t-il.

Je ne dis rien. J'écoutais.

– Qui est là ? aboya-t-il en anglais. Comment avez-vous eu ce numéro ?

– David, soupirai-je.

C'était plus fort que moi ; il me manquait trop.

– Daria, murmura-t-il. C'est vous ?

Des larmes coulèrent sur mes joues.

– Daria, où que vous soyez, revenez au plus vite.

Je sanglotai.

– Vous avez besoin d'argent? Je peux vous en envoyer, dites-moi seulement où vous êtes. Rentrez. Vous nous manquez. J'ai besoin de vous.

Rentrez. Vous nous manquez. J'ai besoin de vous. Je raccrochai, de peur de prononcer ces paroles à mon tour. Tristan avait raison, je devais me mettre au travail, trouver quelque chose à faire avant de sombrer plus profondément dans la folie. Je sortis de la maison, sachant bien qu'en restant près du téléphone, je serais tentée de composer encore son numéro pour tout lui raconter.

Je ne pouvais pas rester enfermée plus longtemps. J'avais nettoyé tous les recoins de la maison, même les carreaux, plusieurs fois de suite. J'avais préparé toutes les recettes de *Ma cuisine minceur, c'est la meilleure.* J'avais regardé tous les films de Tristan (*Piège de cristal* et toutes les suites, l'intégrale de *La Guerre des étoiles*, tous les *Indiana Jones*, tous les *Rambo*, tous les *Rocky*); j'avais lu mes livres des dizaines de fois. Je tournais en rond. J'écrivis: *Chère Jane, pardonne mon silence. Tu avais raison, j'avais tort, mais je ne voulais pas le reconnaître.*

Je déchirai la lettre, la jetai au feu et la regardai brûler.

Jane avait demandé pour moi des informations sur les masters des universités des environs. Je parcourus les catalogues de Berkeley et Stanford, caressant du bout des doigts les photos des étudiants heureux imprimées sur des pages douces et brillantes. Si nous ne pouvions pas payer le téléphone, je n'avais aucune chance de pouvoir m'offrir l'université. Même si j'obtenais une bourse ou un prêt, comme Jane l'avait suggéré, Tristan ne me laisserait pas sans surveillance.

J'allai à pied jusqu'à l'unique café de la ville pour m'empêcher de passer un autre coup de fil insensé.

L'endroit était sombre. Les murs aux panneaux aussi foncés que la moquette et l'odeur laissaient penser que du poulet cuisait depuis trente ans dans la friteuse. Derrière le comptoir, un homme en T-shirt et jean troué arborait des cheveux longs et une moustache en guidon de vélo. Quand il sourit, je remarquai que ses tatouages étaient plus nombreux que ses dents. Je lui demandai à qui adresser ma candidature.

– C'est moi, le patron, dit-il. Appelle-moi Skeet.

Les Américains posaient souvent des questions impertinentes. Cette pratique me plaisait. J'avais depuis longtemps envie d'essayer.

– C'est quoi ton vrai nom?

– George.

Il éclata de rire et me tendit un formulaire. Je le remplis en demandant à travailler de préférence le soir. Face au sentiment d'échec qui m'envahissait, je suivis les conseils de Boba et regardai le bon côté des choses: ce travail m'offrirait une bouffée d'oxygène salutaire et mon propre revenu. Je refusai de me laisser ronger par cette ville. Et de me répéter pour la énième fois que si Emerson n'était pas sur la carte, ça n'était pas par hasard et que seule une imbécile ne vérifiait pas où elle allait atterrir avant de sauter dans le vide. J'allai aux toilettes enfiler l'uniforme marron taché de sueur que Skeet m'avait confié. Tous mes rêves d'enfant se volatilisaient. Reprends-toi, ordonnai-je à mon reflet. Un travail reste un travail. Tout argent est bon à prendre. Tu es en Amérique. Tu l'as voulu.

Skeet m'apprit à prendre les commandes et à porter cinq assiettes en même temps.

– C'est un boulot usant. Faut de la force.

J'étais forte. J'en serais capable.

Je rentrai à la maison et annonçai la nouvelle à Tristan.

Le métier de serveuse n'était pas si terrible. J'aimais discuter et plaisanter avec les clients. Je m'habituais à mon travail et me réjouissais toujours d'y aller, de sortir de la maison. Mais dès le deuxième jour, je refusai de manger là-bas. Catégoriquement. La salade emballée sentait le formol. Les pommes de terre étaient livrées déjà pelées et bouillies. Impossible de savoir d'où elles venaient. Le cuisinier faisait tremper les steaks dans des bassines de mayonnaise pour attendrir la viande. Il préparait d'énormes plats de lasagnes qui passaient des semaines dans le frigidaire. Et je vis un jour Skeet faire tomber un toast beurré par terre, le ramasser et le remettre sur l'assiette.

Le cuisinier s'appelait Raymond. Il assurait deux services d'affilée parce que sa femme était malade et qu'ils n'avaient pas d'assurance pour couvrir ses frais médicaux. Le plongeur du soir était un lycéen appelé Rocky. Il aimait son camion, les travaux manuels et une femme nommée Pamela Anderson.

J'appréciais la compagnie des Américains. Ils racontaient tout, absolument tout. Même les détails les plus intimes de leur vie. Un soir où le restaurant était calme, je fis la connaissance de Pam, une autre serveuse. Elle portait le même uniforme que moi, une robe en polyester qui lui arrivait aux genoux rehaussée d'un large col blanc. Dès le départ, elle me confia qu'elle sortait d'un divorce difficile (je me demandai s'il existait des divorces faciles) et qu'elle avait besoin de «se refaire». Elle avait une trentaine d'années et le blanc de ses yeux humides était toujours rouge. Il émanait d'elle une tristesse profonde qui me faisait redouter à chaque instant qu'elle n'éclate en sanglots.

– Et tu viens d'où, toi ? C'est drôle comment tu parles.

Je ne voyais pas ce qu'il y avait de drôle dans ma façon de parler, mais je lui répondis que je venais de Russie parce que personne ici ne connaissait l'Ukraine. Je prenais des louches de sauce ranch dans un seau en plastique et les versais dans les pots des clients. Elle remplissait les salières.

– T'as un accent de bourge.

Je haussai les épaules. Je n'y pouvais rien. Elle regarda mon annulaire.

– T'es mariée ?

J'acquiesçai.

– T'as des enfants ?

Je secouai la tête.

– Moi, j'en ai deux. Ils sont arrivés comme ça. J'ai été conne. J'aurais mieux fait de faire comme toi et de prendre mon temps.

Je compris qu'elle me confiait sérieusement qu'elle regrettait d'avoir eu ses enfants.

– T'es mariée depuis combien de temps?

– Neuf mois.

– Il paraît qu'il vient souvent.

– Ouais, dis-je pour essayer un mot que j'entendais tout le temps.

J'avais joui d'une semaine de totale liberté au restaurant. Puis il était passé «pour voir comment ça allait». Il avait commandé un Coca, je l'avais servi et il avait passé une heure à me regarder travailler. Il était revenu le lendemain soir, le surlendemain et tous les soirs, il lançait des regards menaçants à quiconque osait m'adresser la parole. Dans ces moments-là, je le haïssais.

– Tu crois qu'il va venir ce soir? demanda-t-elle.

Elle s'attaqua au remplissage des poivrières. J'aurais aimé avoir le courage de répondre: «J'espère que non», mais je restai silencieuse. Elle me donna un coup de coude et me fit un clin d'œil.

– Et au pieu, ça se passe comment?

J'aurais voulu être aussi détendue que les Américains, employer des expressions comme «Tu piges que dalle» ou «Elle se casse le cul». J'admirais plus que tout leur honnêteté et leur franchise. J'aurais voulu confier à Pam ce que je n'osais avouer ni à Jane ni à moi-même. Je rassemblai tout mon courage pour répondre avec franchise à au moins une question. Puis je la regardai droit dans les yeux:

– Au pieu, c'est nul. C'est nul à chier.

J'avais un travail, de l'argent, je payais les factures de téléphone, mais dès que j'appelais quelqu'un, même Molly, il montait le volume de la télévision et je n'entendais plus rien. Il détestait m'entendre parler russe avec Boba parce qu'il ne comprenait pas ce que nous disions. Il était persuadé que nous parlions de lui. Nous parlions de tout sauf de lui. Boba me décrivait son bortsch de la semaine ou le miel liquide ambré qu'elle avait acheté au marché. L'image de ces goûts familiers me mettait l'eau à la bouche. Elle n'avait toujours reçu aucune facture de téléphone. Elle avait appelé l'opérateur qui lui avait certifié que ses factures étaient réglées. C'était incompréhensible.

– Pour une fois qu'ils se trompent dans ce sens-là, je ne vais pas me plaindre, ajouta-t-elle.

– Tu es encore au téléphone ? grogna Tristan.

Shrink-shrank-shrunk: rétrécir.

– Pourquoi est-il toujours en train de ronchonner ? demanda Boba. À Odessa, il était si gentil. Est-ce qu'il portait un masque ?

Oh, Boba, si tu savais ! Je posai la main sur le combiné.

– Tu veux bien me laisser parler avec ma grand-mère ?

– Tu lui parles depuis déjà vingt minutes, ça fait quatre-vingts dollars. Ça suffit.

Il saisit le combiné et raccrocha violemment.

– Espèce de… de monstre ! bafouillai-je. C'est mon argent. J'en fais ce que je veux.

Il resta immobile, comme assommé.

– P… pardon, bégaya-t-il.

Le téléphone sonna. Sonna. Nous le regardions sans bouger. Finalement, je décrochai. C'était Boba. Je lui avais donné mon numéro en cas d'urgence, sans imaginer un instant qu'elle s'en servirait. Appeler les États-Unis coûtait extrêmement cher. Une minute équivalait à un cinquième de sa retraite.

– On a été coupées. Encore ces fichues lignes télépho-niques.

– Oh, elles ont bon dos les lignes téléphoniques, rétorqua-t-elle pour signifier qu'elle savait très bien ce qui s'était passé. Ma petite patte de lapin, peut-être que tu devrais rentrer. Peut-être que j'ai eu tort de te pousser à partir…

– Tout va bien, Boba. Je te le dirais si j'étais malheureuse. Ça te coûte trop cher de m'appeler. Je te rappellerai la semaine prochaine.

Je raccrochai.

– Je suis désolé, pleurnicha Tristan. Pardon, pardon. Je t'aime. Je t'aime.

– Putain, tu ne peux pas me laisser tranquille pour une fois! hurlai-je comme une vraie Occidentale en colère.

J'attrapai mon exemplaire d'*Anna Karénine* et m'enfermai dans la salle de bains, seule pièce qui fermait à clef. Je passai tout l'après-midi, allongée dans la baignoire sur une serviette, à lire mon livre. Comme toujours, Tolstoï me touchait dès la première page: *Leur vie en commun n'avait plus de raison d'être; ils se sentaient dorénavant plus étrangers l'un à l'autre que les hôtes fortuits d'une auberge*[1]. Je ne savais pas quoi faire. Comme le pauvre Oblonski, je passai en revue les détails de ma dispute avec Tristan, l'impasse dans laquelle je me trouvais et, avec tristesse, ma part de responsabilité dans l'affaire.

Pourtant… Raccrocher au nez de ma grand-mère était inacceptable. Boba avait raison. Il s'était montré si gentil au départ. Les premiers temps. Alors qu'aujourd'hui… Je ne pouvais plus le regarder. Je ne pouvais plus le toucher, pas même accidentellement dans mon sommeil. J'irais dormir dans une autre pièce. Ce serait un soulagement. Je détestais sentir son sperme laiteux s'écouler de mon corps autant que la serviette que je glissais entre mes jambes pour éponger son carnage avant de m'endormir.

Je fis le lit du bureau et m'allongeai à côté du berceau vide. À minuit, il ouvrit grand la porte et alluma la lumière.

– Tu viens te coucher?

Je plissai les yeux.

– Je suis couchée.

Il claqua la porte.

Le lendemain au travail, je demandai aux hommes de venir installer un verrou sur la porte du bureau. Tristan rentra à la maison, avec, en guise d'excuse, six roses molles à la main. Je les fourrai dans le broyeur. Jamais je n'avais été aussi contente d'avoir un équipement moderne.

---

1. Léon Tolstoï, *Anna Karénine,* trad. Henri Mongault.

Fidèles aux relations américano-soviétiques issues de la guerre froide, il n'y eut entre nous ni combat ni hurlement. Nous cessâmes simplement de nous parler. Après six nuits passées dans le bureau fermé à clef, Tristan vint me voir alors que je préparais un steak pour lui et une compote de pommes pour moi dans la cuisine. Mes poils se hérissèrent de colère tandis qu'il remuait devant moi comme un chien coupable. Il posa son dernier gage de réconciliation sur le comptoir : *Les hommes viennent de Mars, les femmes viennent de Vénus*. Le geste était bien choisi. Les livres me faisaient toujours plaisir. Le dîner se déroula dans un silence lugubre, habité uniquement par le bruit de mastication de Tristan et le cliquetis de son couteau sur l'assiette quand il découpait sa viande. Après le dîner, je pris le livre et commençai ma lecture. *Les hommes sont différents. Ils ont des besoins différents. Des désirs différents. Nu, da. Ah bon, sans blague*. Glissée entre la dernière page et la couverture, je trouvai une lettre.

Chère Daria,

On ne s'écrit plus depuis que tu es en Californie. Tes lettres me manquent. Tu me disais tout ce que tu ressentais. Et quand j'écrivais, je pouvais réfléchir à l'avance à ce que j'allais dire. Maintenant je fais et je dis des choses sans penser que ça peut te faire du mal. Je devrais peut-être recommencer à écrire des lettres.

J'ai fait beaucoup d'erreurs depuis que tu es là. Je suis désolé d'avoir raccroché au nez de ta grand-mère. C'est la pire chose que j'aie jamais faite de ma vie. J'aurais dû comprendre que c'était important pour toi de lui parler. J'aurais dû être plus compréhensif. Elle et toi, vous devez pouvoir vous parler autant que vous voulez, aussi souvent que vous voulez. Je vais travailler plus pour que tu puisses lui parler plus.

J'espère que tu me pardonnes d'être un gros con. Je t'aime plus que tout et plus que n'importe qui de tout mon cœur et de toute mon âme et plus que tout, je veux qu'on reste mari et femme et faire des enfants et être une vraie famille. Tu es la plus belle

*femme du monde et quand je suis avec toi, j'ai l'impression d'être
quelqu'un.*

Ton mari qui t'aime, Tristan

J'ouvris la porte du bureau. Quand il me prit dans ses
bras, je ne ressentis que pitié et fatigue. Mais ces émotions
pouvaient lier aussi bien que l'amour. Il m'entraîna vers la
chambre. Son regard était grave ; il voulait discuter, je n'en
avais aucune envie. Alors qu'il ouvrait la bouche pour
s'excuser encore, je demandai :

— Comment m'as-tu trouvée ?

Il me regardait, les yeux remplis de larmes.

— Tout a commencé à une fête de réunion d'anciens du
lycée. Un pote à moi venait d'épouser une fille des
Philippines. Elle était très jolie et très jeune. Elle ne parlait
pas un mot d'anglais et elle le regardait avec un air docile et
plein d'adoration. Elle était arrivée un mois plus tôt. On a
tous pensé qu'il s'était commandé une femme pour ne pas
se pointer tout seul à la réunion. Je l'ai interrogé et il m'a
expliqué que c'était très facile, qu'il existait des tonnes de
sites Internet et des milliers de femmes dans le monde
entier à la recherche d'hommes comme nous. Il était tombé
sur la photo et la description d'Amélia et il avait décidé que
c'était la bonne.

— Amélia, ce n'est pas un nom très asiatique.

— Elle a changé de nom. Son vrai nom était imprononçable.

Un peu comme Daria, pensai-je.

— À quoi ressemblait-elle ? Que disait-elle ?

— Elle était petite et mignonne. Sur son profil elle avait
écrit — enfin, quelqu'un avait dû traduire parce qu'elle ne
connaissait pas deux mots d'anglais — que c'était une
femme traditionnelle qui rêvait d'avoir une maison, un
mari et des enfants. Elle ne courait pas après l'argent, elle
cherchait seulement un peu de tendresse et de respect. Il
était allé là-bas et il l'avait ramenée chez lui. C'est comme ça
que j'ai eu l'idée. S'il l'avait fait, pourquoi pas moi ? C'était

un type ordinaire, comme moi, et il s'était trouvé une super femme de vingt ans de moins que lui. Je me suis dit que j'aurais plus de points communs avec une Européenne, alors je suis allé voir les sites russes. Certains proposaient plus de huit cents femmes. C'était incroyable. J'ai commencé par regarder les femmes de mon âge, mais elles faisaient toutes dix ans de plus…

Chez nous, les femmes avaient tellement de travail et de soucis qu'elles vieillissaient vite.

– Du coup, je suis allé voir les plus jeunes. Des femmes si belles que je n'aurais jamais pu en avoir des comme ça ici. Je me suis dit: Waouh !

– Waouh ?

– Je regardais ces photos. Et je me sentais encore plus désespéré et taré. Alors j'ai arrêté.

Il me rassurait. Il avait ressenti la même chose que moi. Je lui pris la main.

– Mais ensuite, l'hiver est arrivé et je me suis senti tellement seul que j'ai cru que j'allais mourir. Il n'y a pas une seule célibataire à Emerson. Elles sont toutes casées, tu comprends ? Les gens de mon âge sont mariés et les jeunes partent pour essayer d'avoir des vies meilleures. Alors je suis retourné sur Internet et j'ai planifié un séjour à Saint-Pétersbourg.

– Tu es allé en Russie ?

L'alarme sonnait dans ma tête. Il m'avait dit qu'il n'était jamais allé à l'étranger. Encore un mensonge.

– Non, non, répondit-il rapidement. J'ai flippé.

– Flippé ?

– J'ai eu la trouille. J'ai eu peur.

– Oh.

– Et puis, je suis tombé sur le site d'Unions soviétiques. Je t'ai vue sur les photos des soirées, mais je ne trouvais pas ton profil, alors je me suis dit que tu devais travailler pour eux. Ton sourire était si beau… Tu rayonnais. J'avais envie d'être heureux, comme toi. Ça va te paraître idiot, mais j'avais l'impression que tu me regardais. Droit dans les yeux.

Comme si on était déjà liés. Comme si tu voulais me rencontrer. Alors j'ai entré mes coordonnées bancaires et je me suis inscrit. J'espérais que tu me verrais et que tu sentirais la connexion entre nous. Que tu me contacterais. Et c'est ce qui est arrivé, non ?

– Ma patronne m'a demandé de choisir un correspondant. Je t'ai choisi, toi.

Mon cœur se serra. La personnalité de Valentina, sa franchise, son astuce me manquaient. Je me demandai quels conseils elle me donnerait si elle connaissait ma situation. *Tu l'emmènes faire du camping, loin des voisins, et tu ramasses une grosse branche d'arbre bien solide...*

– Tu m'as choisi ?

Il était extatique, comme s'il n'avait jamais été un premier choix.

– Pourquoi moi ?

Je ne pouvais pas lui dire que je m'étais montrée réticente, qu'aucun homme ne m'avait plu et que j'avais laissé Valentina choisir pour moi. Je récupérai une phrase utilisée souvent par les couples formés lors des soirées.

– Tu avais le regard le plus gentil.

– Oahh !

Il posa une main sur moi et me pétrit la hanche comme une boule de pâte. Je maudis Vlad. Si je n'avais pas passé cette fameuse nuit avec lui, je me serais peut-être contentée des baisers mouillés de Tristan et de ses approches maladroites. Je rêvais de mains fortes et sensuelles. J'avais essayé de montrer à Tristan comment faire, mais comme toujours, il préférait suivre son propre protocole. Je plissai les paupières, prête à subir l'assaut. Toujours la même chorégraphie. Sa langue tournait dans ma bouche comme une éolienne. Il susurra un « Je t'aime », mais brisa le romantisme en engouffrant sa langue dans mon oreille comme pour empêcher les mots d'y rentrer. J'essayai de m'écarter légèrement, mais il me serra plus fort contre lui. Cette fois, je me retournai, plaquai mes seins contre le matelas et contorsionnai mon cou loin de son visage. Mes jambes s'emmêlèrent dans les draps en pilou et comme je levais les fesses pour me désempêtrer et ramper telle une chenille vers le bout du lit, il dit:

– Tu veux jouer à ça?

Et il entra brusquement en moi. Je fixai la tête de lit en sapin et commençai à compter. Avant huit, il était sorti.

9

Chère Boba,
J'espère que tu vas bien. Moi, ça va.

Le téléphone sonna. Je n'avais pas fini d'articuler un bonjour que j'entendis:

– Daria, c'est vous? Enfin, je vous retrouve! Vous êtes aux États-Unis, mais où? Je ne reconnais pas le code postal.

Mes yeux se remplirent de larmes. Je ne voulais pas lui avouer. Et puis, c'était tellement ridicule. J'étais perdue. En Amérique.

– Avez-vous besoin d'aide? Comptez-vous rentrer bientôt?

Je m'efforçai de ne pas pleurer.

– Vous me manquez. On a besoin de vous ici. Vlad ne me lâche pas d'une semelle; les douaniers n'arrêtent pas d'augmenter leurs tarifs et Vita et Véra ne cessent de harceler votre remplaçante. Si vous étiez là, ces enfoirés du port n'auraient jamais osé augmenter leur «redevance». Vous auriez remis Vita et Véra à leur place. Vous m'auriez délivré de l'emprise de Vlad.

Cela faisait si longtemps que personne ne m'avait rappelé qui j'étais: une femme audacieuse et rusée. J'étais incapable de prononcer un seul mot. Bile, glaires et sang roulaient dans mes entrailles. Ma gorge était serrée. Ma mâchoire tremblait. Je luttais pour retrouver une certaine maîtrise de moi-même.

– Comment avez-vous fait pour aller aux États-Unis?

Hoquet.

– Ne me dites pas que vous avez épousé un de ces paumés d'Internet?

Hoquet. Reniflement.

– Non! soupira-t-il. Je ne peux pas y croire. Je vous avais prévenue que c'étaient tous des cas sociaux incapables de trouver une femme dans leur propre pays. Pourquoi vous ne m'avez pas écouté?

Je sanglotai. Je ne pouvais plus m'arrêter. Quelqu'un savait enfin la vérité. Sans que j'aie eu besoin de prononcer un seul mot. S'il m'avait témoigné de la pitié, je serais morte sur place. Perspicace, il fit comme si de rien n'était, comme si mes vagissements à l'autre bout de la ligne n'avaient rien d'anormal. Il se mit à me parler d'Odessa: du temps (splendide, comme toujours), de l'opéra qu'il avait vu la veille au soir, des nouveaux bâtiments qu'on construisait dans le centre-ville. Ces nouvelles, le son de sa voix, m'apaisèrent et je réussis finalement à articuler en reniflant:

– Aucune ville au monde ne possède plus de monuments.

– Je sais, dit-il. Vous me l'avez dit des dizaines de fois. Je sais aussi que l'Opéra est le troisième plus beau du monde après Sydney et Tombouctou.

– Que voulez-vous que je vous dise? répondis-je en riant. Les gens d'Odessa sont fiers de leur ville.

Il était plus facile de parler d'Odessa. J'étais gênée qu'il ait tout découvert, mais soulagée qu'il ne me demandât pas d'explication. Il ne me racontait rien de personnel non plus. Tandis qu'il me parlait, mes larmes séchèrent et je me sentis plus heureuse que je ne l'avais été depuis des mois. Finalement, je trouvai le courage de demander:

– Comment avez-vous eu ce numéro?

– À votre avis? Je l'ai volé.

Je souris. Il avait adopté les manières d'Odessa.

– Je savais que votre grand-mère finirait par vous appeler. Je lui vole ses factures de téléphone depuis des mois, dans l'espoir de vous trouver. Et j'ai fini par y arriver.

363

Il était fier de son geste intrépide.

– Merci d'avoir persévéré.

– J'ai failli abandonner. Je me sentais ridicule d'aller rôder dans la cour de votre immeuble, de devoir guetter le passage du facteur, éviter les voisins curieux et crocheter la boîte aux lettres avec mon couteau suisse. Mais quand vous m'avez appelé, j'ai su que vous aviez besoin d'un ami.

– Plus que jamais.

– Personne n'a su me dire où vous étiez. Pourquoi n'avoir confié à personne que vous partiez pour de bon? Pourquoi n'avez-vous même pas écrit à Valentina ni à vos amies?

– Je ne sais pas. Je n'ai pas réfléchi. Ça m'aurait porté malheur d'en parler.

– Vous et vos satanées superstitions!

– On est comme ça.

– Vous avez l'air malheureuse. Est-ce que je peux faire quelque chose pour vous aider?

Je soupirai. *Me ramener en arrière. Me fournir des papiers américains pour que je puisse aller travailler à San Francisco. Me proposer de retourner travailler pour vous à Odessa. Me débarrasser définitivement de Tristan.*

– Ça s'entend à ce point que je suis malheureuse?

Je ne supportais pas de me rendre pathétique. Ni de laisser transparaître ma souffrance.

– C'est parce que je vous connais. Que dit votre grand-mère?

– Rien… elle n'est au courant de rien.

– Comment ça, «au courant de rien»?

– Pour Vita et Véra, il ne faut pas hésiter à se défendre. Dites ça de ma part à votre nouvelle secrétaire. Si elles l'attaquent, elle n'a qu'à hurler qu'elles ne sont qu'un affreux monstre rose à deux têtes sans cervelle. Provoquer une scène devant des collègues est le plus sûr moyen de les faire fuir.

– De quoi n'est-elle pas au courant?

– Menacez un des douaniers du port. Dites-lui que si la compagnie dépose une plainte, il sera renvoyé. Rappelez-lui qu'ils sont des dizaines à faire la queue pour obtenir un poste en or comme le sien.

– Que voulez-vous dire?

– Expliquez à Vlad que vous ne pouvez pas faire gagner de l'argent à votre entreprise s'il est constamment sur votre dos. Dites-lui que s'il vous laisse un peu respirer, il en tirera des bénéfices.

– Vous ne voulez rien me dire?

– Ne me forcez pas à parler, murmurai-je. Tout ce que vous pouvez imaginer est vrai.

– Pourquoi ne me laissez-vous pas vous aider?

Je ne répondis pas.

– Dites-moi ce que je peux faire et je le ferai, dit-il d'une voix enrouée. Dites-moi de quoi vous avez besoin et je vous l'obtiendrai. Vous savez que je ferai n'importe quoi pour vous.

Je fermai les yeux. J'avais besoin d'aide. Je voulais qu'on m'aide. Mais je ne voulais pas alourdir ma dette.

– Je dois y aller, dis-je en abaissant le combiné.

– Attendez, hurla-t-il. Vlad demande toujours de vos nouvelles. Il est tout le temps chez nous. Il pense que je sais où vous êtes. Il a passé Kiev et Odessa au peigne fin pour vous trouver. J'ai entendu dire qu'il faisait suivre votre grand-mère. Vous devriez le rassurer.

J'imaginai Vlad, dépérissant d'amour pour moi, ruiné après avoir dépensé des millions pour me trouver, rongé de remords, écœuré d'avoir laissé partir la plus belle chose qui lui soit jamais arrivée. Je me le représentai à nouveau à genoux devant moi.

– Je n'en ai rien à faire de Vlad. De toute façon, je suis mariée.

– Et alors?

Alors, rien.

Je pliai la page d'introduction sur les cursus de biologie marine de l'université de Californie, la glissai dans une enveloppe en papier kraft et l'envoyai à Vlad sans mot et sans adresse, le laissant seulement découvrir le cachet de la poste d'Emerson. Je tirai de cet acte simple un plaisir pervers. Je me voyais d'un même coup tromper Tristan et torturer Vlad.

Jamais je n'aurais imaginé qu'un mois plus tard, en allant travailler, j'apercevrais une Mercedes noire aux vitres teintées garée devant le restaurant. Vlad. Non, impossible. À moins que. Je lissai mes cheveux, par précaution. Non, impossible. Mais j'espérais secrètement l'apercevoir à l'intérieur.

Comme la vie est lente
Et comme l'espérance est violente[1].

Ça ne pouvait pas être lui. Je posai la main contre la bague, sa bague, mon cœur. *Beat-beat-beaten : battre.* J'entrai dans le restaurant. Vlad était assis face à la porte sur une des chaises en métal. *Shake-shook-shaken : secouer.* Quand il m'aperçut, il se leva. Il avait troqué son uniforme noir contre un jean et une chemise en coton. Il était venu jusqu'ici. Je ne valais pas rien pour lui. L'espoir me déchira les entrailles. *Sing-sang-sung : chanter.* Il me toisait, détaillant mon visage, mon uniforme en polyester, mes chaussettes blanches et mes baskets. Il prononça un seul mot :

– *Niet.*

Il était là. Mon cœur bondissait et ma fierté renaissait.

– *Da.*

Je baissai les yeux sur mes baskets. À Odessa, je portais toujours des talons hauts sophistiqués. À Odessa, j'étais quelqu'un. Ici, je n'étais personne. Jusqu'à présent, ma seule consolation avait été de savoir que personne n'assistait à ma déchéance. Aujourd'hui, la dernière personne que j'aurais voulu croiser dans ma présente condition était là. Là. Il était là ! Je me mordis la lèvre. Les émotions s'affolaient en moi comme les flocons de neige des rafales qui s'engouffraient parfois l'hiver dans les rues d'Odessa. Timide, confiante, apeurée, orgueilleuse, fébrile, honteuse.

---

1. Guillaume Apollinaire, « Le Pont Mirabeau ».

Tout irait bien. Tout irait bien. *Fling-flung-flung: lancer.* Je rangeai une mèche de cheveux derrière mon oreille. Je ne trouvai pas un mot à dire.

– Au supermarché, quand on m'a dit que tu travaillais ici, j'ai cru que tu serais au moins comptable.

Je relevai le menton et il éclata de rire.

– Ne te vexe pas, ma chérie. Le métier que tu fais n'a pas d'importance.

– Ah bon?

– Tu es si belle… Un melon sucré dans un champ d'épouvantails.

Je souris timidement et fis un pas vers lui.

– C'est quoi, ça? demanda-t-il, les yeux fixés sur ma main gauche.

Et il garda les yeux baissés,
Le regard vague, sur ma bague[1].

– Que veux-tu que ce soit? répondis-je, prise d'une colère soudaine. Comment crois-tu que je suis arrivée jusqu'ici?

Il me contourna et sortit du restaurant.

Je m'assis et fixai le mur.

– Eh ben! lança Pam. C'était un sacré beau mec, celui-là!

Elle sortit de la cuisine et s'approcha de moi.

– Regarde, dit-elle en exhibant un billet de vingt dollars. Il m'a laissé tout ça comme pourboire.

– Il a beaucoup d'argent, expliquai-je avec amertume. Il peut acheter tout ce qu'il veut.

– Tu le connais?

Je levai les yeux vers elle.

– C'est un homme de mon pays avec qui j'ai été avant de venir ici.

Elle s'assit sur une chaise.

– Et tu as préféré épouser Tristan au lieu de rester avec lui? Pourquoi?

Je laissai échapper un éclat de rire cynique.

---

1. Anna Akhmatova, « L'invité ».

– Franchement, je ne sais plus trop pourquoi.

Elle rangea le billet de vingt dollars dans sa poche.

– Il doit être très amoureux de toi. Et toi, tu l'aimes encore?

Mes lèvres formèrent un petit sourire acide. L'amour. Je ne savais plus ce que c'était. Je ne l'avais jamais su.

– Quel genre d'homme fait le tour du monde pour venir jusqu'en Amérique voir une fille et lui briser le cœur une deuxième fois?

– Si ça se trouve, t'as fait le bon choix.

– Peut-être que j'aurais dû prendre la troisième option: aucun des deux.

Elle posa sa main sur la mienne.

– Oh, ma puce.

– S'il te plaît, ne dis à personne que je t'ai dit ça.

– T'en fais pas, je sais garder un secret.

Je n'en doutais pas. Elle ressemblait aux femmes d'Odessa. Elle en avait bavé toute sa vie. Tout ce que je n'osais avouer à Boba, tout ce que je n'osais confier à Jane, je le racontais à Pam. La confession tombait souvent plus facilement dans une oreille étrangère que dans celle d'un ami proche.

– Merci, Pam.

Elle m'aida à me relever.

– C'est comme si une étoile filante venait de passer, rien que pour toutes les deux.

Elle parcourut l'établissement du regard. Vlad avait été le seul client. Skeet n'était pas là et les hommes préparaient le prochain service dans l'arrière-salle.

Je souris tristement.

– Disons plutôt un mirage.

– Tu crois qu'il va revenir? demanda-t-elle en posant les sets en papier sur les tables.

Je haussai les épaules.

– Pourquoi tu ne lui as pas couru après? À ta place, c'est ce que j'aurais fait.

Je posai les couverts sur les sets.

– Ça n'aurait rien changé.

Courir après un homme ne sert qu'à le faire courir, disait-on à Odessa. Je ne voyais pas pourquoi il en aurait été autrement en Amérique.

J'essayai de trouver une petite chance à laquelle me raccrocher. Tristan n'était pas venu aujourd'hui. Au moins, ils ne s'étaient pas croisés, grâce au football du lundi soir, ou au baseball, peu importe.

Comme la soirée était calme, Pam me proposa de partir plus tôt. Je traînai dans la rue principale, consciente de l'odeur de graillon qui imprégnait ma peau, de la transpiration qui me collait au corps et de la douleur qui creusait ma poitrine. J'aurais dû cacher ma bague. Lui saisir le bras au passage. Ou plutôt, j'aurais dû le frapper pendant qu'il était là. Je surpris mon reflet dans la vitrine sombre d'un magasin. Je vis une idiote épuisée, malheureuse, au regard vide et aux épaules voûtées. Une idiote qui avait abandonné sa grand-mère, renoncé à ses amis et quitté Odessa, pour quoi? Elle était toujours amoureuse de Vlad. Elle n'aimait toujours pas son mari.

Je contemplais encore la vitrine lorsque j'aperçus le reflet de Vlad à côté du mien. Encore un mirage.

– C'est quoi, ça? l'imitai-je en levant la main gauche. Rien, comparé à ça.

Je tirai la bague en diamant que je gardais contre mon cœur. Sa réaction, spontanée pour une fois, trahit une émotion tendre et compatissante. Sa bouche se détendit et ses yeux noirs retrouvèrent leur éclat.

– *Douchenka,* murmura-t-il. Petite âme. Tu portes ma bague. Je suis désolée. J'aurais dû comprendre. Je n'aurais pas dû m'énerver. Tu as fait ce que tu avais à faire. Personne ne peut mieux comprendre ce choix que moi.

– Qu'est-ce que tu fais là?

Menton levé. Sur mes gardes. J'étais toujours une fille d'Odessa. Je redoutais les émotions.

– J'ai cru que tu me demandais de venir. La brochure de l'université n'était pas une lettre d'amour?

C'était toujours un homme d'Odessa. Il se réfugiait dans le sarcasme. Il faisait un pas de géant, puis se comportait comme si son geste était banal. Il était inutile d'espérer l'entendre dire : « Tu me manquais. J'aimerais que tu m'accordes une seconde chance. »

– Je t'emmerde, dis-je.

– Tu n'as pas dit : *Va te faire foutre*. Ça veut dire que je peux rester ?

Instinctivement, ma main se plaqua contre ma poitrine et je pétris sa bague entre mes doigts.

– J'ai retourné tout Odessa pour te trouver. Je te jure, je suis même allé à Kiev. J'ai envoyé des émissaires à Moscou et à Saint-Pétersbourg. Dès que j'ai reçu ta « lettre d'amour », j'ai rempli une demande de visa et j'ai acheté une carte de la Californie. Alors, j'ai encore une chance ?

– Une chance de quoi ? Je suis mariée. À cause de toi.

– Quoi ? hurla-t-il. Je peux savoir en quoi c'est de ma faute ?

– Tu es parti. Pendant trois mois.

– Je suis revenu.

– Trop tard.

Je croisai les bras, comme pour me donner de l'aplomb.

– Tu as vu comment tu as réagi tout à l'heure au restaurant ? À la moindre contrariété, tu t'enfuis.

– Je suis revenu. Je reviendrai toujours.

Il fit un pas vers moi. Je restais campée sur ma position. Qu'il vienne. Il tendit la main, paume vers le ciel.

– Je ne veux pas te forcer. C'est à toi de décider.

Je le dévisageai. Ma colère reflua. Ma fierté, ma rancœur, ma frustration, ma solitude et mon désir restèrent. Je me demandai quelle émotion prendrait le dessus. Un an plus tôt, il n'aurait eu qu'à lever le petit doigt et j'aurais accouru dans ses bras. Mais j'avais grandi. Changé. Je ne courrais pas dans ses bras. Je ne pouvais pas.

À moins que.

J'entamai un dialogue mystérieux avec moi-même. Attirance. Répulsion. Oui. Non. Pourquoi ? Pourquoi pas ?

Accorde-toi ce petit plaisir. Oublie Tristan. Oublie tout. Juste cette fois.

Je pris sa main et l'attirai loin de la rue principale. Cinq minutes plus tard, nous étions dans les bois, face à face. Il enfouit son visage dans mon cou, dans mes cheveux. Je soupirai.

— Tu sens bon, grogna-t-il.

— Je sens le graillon, protestai-je en le repoussant, pleine de honte.

Il m'attira à lui.

— Exactement. Tu sens les frites. Ça me donne envie de te dévorer.

Il saisit ma main droite et m'embrassa les doigts, la paume, le poignet.

— Tu m'as tellement manqué. C'était dur de ne plus t'entendre. Même ta langue trop pendue m'a manqué.

Je ne voulais pas parler. Je retirai rapidement mon uniforme et mes baskets.

— Viens. Toi. Ici. Maintenant.

— Pas ici, protesta-t-il, mais je savais que son refus voulait dire d'accord, tout de suite.

Je l'attirai contre moi sur les feuilles, contre l'herbe et la terre chaude. Je collai mon corps contre lui. Mes doigts creusaient sa chair, mes lèvres brûlaient dans son cou. Je voulais que son corps martèle mon corps. Encore et encore jusqu'à épuiser mon désir.

— Tu n'es pas obligé de retourner là-bas, lui dis-je ensuite. Tu pourrais rester ici. T'acheter des papiers.

— À Odessa, tu faisais tourner une compagnie de fret. Tu menais à la baguette les fonctionnaires du port, les inspecteurs des impôts et moi. La fille la plus intelligente d'Odessa se retrouve serveuse ici. Serveuse. L'Amérique n'a rien fait pour toi. Chez nous, je suis le roi. Je serais quoi ici ? Un mec que tu baises en sortant crevée du boulot avant d'aller rejoindre ton mari ?

J'ignorai sa colère.

— Tu pourrais être chercheur en biologie marine.

– Un chercheur célibataire, rectifia-t-il. Qui soupire après une femme mariée. Rentre à Odessa. Je te donnerai tout ce que tu veux. Oublie ta vie d'ici. Rentre à la maison.

Ses paroles me firent redescendre à toute vitesse vers la réalité de ma misérable existence. D'un côté, j'avais envie de rentrer à Odessa. Voir Boba, la prendre dans mes bras. David me réembaucherait à coup sûr. Personne ne se moquait de moi à Odessa. Là-bas, j'étais forte. Si Vlad était le roi, je serais la reine. Mais je ne voulais pas revenir en arrière. Ni quitter Tristan après tout ce qu'il avait fait pour moi. *Tu travailleras. Tu le rembourseras. Rentre avec Vlad. Tu pourras retrouver Boba.* La proposition était alléchante. La voix de la tentation résonnait en moi avec la force de la certitude. Mais je ne pouvais pas quitter l'Amérique pour Vlad, un homme aussi volage qu'irrésistible.

– Comment pourrais-je te faire confiance ? lançai-je en retirant les brindilles et les feuilles emmêlées dans mes cheveux.

Il brossa la terre qui couvrait mon cou et mon dos. L'instant d'avant, ses gestes transpiraient la sensualité. À présent, il me touchait avec indifférence, et presque, avec hargne.

– Parce que toi, c'est sûr que tu es toujours franche et honnête.

Typique des gens d'Odessa. L'attaque. L'attaque. L'attaque.

– Qu'est-ce que tu attendais ? demandai-je, les mains sur les hanches et le menton en avant. Que je quitte tout pour toi ? Je suis bien ici.

Je m'attendais à recevoir une nouvelle offensive de sa part, mais il se contenta de poser une carte de visite dans ma main qu'il garda un instant dans la sienne.

– Tu me manques. C'est pour ça que j'ai fait tout ce chemin. Pour te voir, et voir si on pouvait trouver une solution. Rejoins-moi. J'ai pris une suite au Beresford de San Francisco. Je vais rester là-bas quarante-huit heures pour te laisser le temps de faire tes bagages et tes adieux.

Je ne le quittai pas des yeux.

– Rejoins-moi, chuchota-t-il. Je t'aime.

Nous nous habillâmes en silence et sortîmes des bois pour retrouver nos mondes respectifs.

Je marchai jusqu'au domicile de Tristan, mordillant ma lèvre inférieure, ruminant les options qui s'offraient à moi. Ce serait merveilleux de retrouver Boba. Et Odessa. De pouvoir faire confiance à Vlad. Mais partir avec lui signifiait renoncer à l'Amérique.

Avant d'ouvrir la porte, je m'assurai que je n'avais laissé aucune brindille dans mes cheveux. Tristan m'accueillit dans l'entrée. Je frissonnai.

– Tu sais, dit-il, j'ai vu que tu gagnais pas mal d'argent au restaurant. On pourrait peut-être répartir les dépenses.

Je le regardai en me demandant ce qui m'avait pris d'épouser un individu pareil.

– Envoie-moi la facture.

J'hésitais à prendre la voiture jusqu'à San Francisco. Ou le bus. J'hésitais à quitter Tristan en laissant tout derrière moi. Je pensais sans cesse à Vlad. J'examinais la carte portant l'adresse et le numéro de téléphone de son hôtel. Je décrochais le téléphone, composais le numéro et raccrochais. Je décrochais le téléphone, composais le numéro et raccrochais. Je décrochais le téléphone, composais le numéro et raccrochais. Je scrutais la pendule et laissais les heures défiler. *Si seulement j'avais le courage. Si seulement je n'étais pas aussi lâche.*

Trois semaines après, un camion UPS s'arrêta devant chez nous. (Quand ces camions étaient arrivés à Odessa, les gens avaient cru que les initiales signifiaient « Union postale socialiste ».) Le paquet, qui portait l'étiquette *Fragile*, venait justement d'Odessa. Je ne reconnus pas l'écriture de Boba sur l'étiquette. À part elle, une seule personne savait précisément où je me trouvais.

Je m'assis et contemplai la boîte, me demandant ce qu'elle pouvait bien contenir. Je pensai à lui qui avait pensé à moi. Il était peut-être encore fâché. Ou bien peut-être qu'il me comprenait. J'ouvris le paquet et y trouvai une boule de verre renfermant l'Opéra d'Odessa. Je secouai doucement le globe et regardai tournoyer la neige.

À Odessa, on ne trouvait pas ce genre de souvenirs.

Ni T-shirts, ni porte-clefs, ni verres à vodka. Il avait fait fabriquer cet objet exprès pour moi. Il n'y avait ni lettre, ni carte, ni signature. Seulement le programme de notre soirée à l'Opéra.

Le jour de l'anniversaire de mon arrivée à Emerson, Molly nous apporta le film que son cousin avait tourné à notre mariage. Je me revis dans la robe faite par Boba.

— Tu es belle, dit Molly sans quitter l'écran des yeux.

La cérémonie dans les bois me parut solennelle. Mes yeux brillaient d'espoir.

Autour du buffet, le vidéaste demandait aux invités :

— Un mot pour les jeunes mariés ?

— S'il veut aller à la pêche, ne le retiens pas ! s'exclama Toby, et tous se mirent à rire.

— Aimez-vous, dit une vieille femme. Et surtout, ne vous couchez jamais fâchés !

— Ouais, répondit une femme à côté d'elle. Restez debout à vous engueuler !

La caméra se tourna vers Molly.

— Tu sais, tous ces petits détails que tu aimes tant chez lui les premiers temps ? Ce sont précisément ceux-là qui te rendront folle plus tard.

Elle eut un sourire crispé et poursuivit :

— Mais souviens-toi souvent de ce qui t'a attiré chez lui. En général, ça aide.

Le film avançait, mais j'arrêtai de le regarder. Molly avait raison. L'intérêt que Tristan me portait m'avait flattée, au début. Mais j'étais loin d'imaginer que j'allais prendre toute la place dans sa vie. Maintenant, je me sentais oppressée.

J'allais prendre le thé chez Anna presque tous les matins. Tristan grommelait, mais je n'y prêtais aucune attention.

Elle était joyeuse et sa présence rendait les gens heureux. Les affaires de Serenity prospéraient et elle s'apprêtait à ouvrir un deuxième magasin. Chaque semaine, David me passait un coup de téléphone pour m'encourager à « briser ma coquille » et à « déployer mes ailes ». Je me sentais incapable d'appeler Jane ou Valentina. Je voyais Molly régulièrement, mais ses enfants et son emploi du temps surchargé l'empêchaient d'être vraiment présente.

Nous étions assises dans le jardin face aux jumeaux qui jouaient. Elle paraissait pensive.

– Qu'est-ce qui ne va pas? demandai-je.

Elle prit une grande inspiration.

– Je crois que je vais quitter Toby.

Je ne dis rien pendant un long moment. Je la regardai. Je ne comprenais pas. Ils avaient l'air heureux. Voyant qu'elle attendait une réponse de ma part, je lui pris la main et dis :

– Je suis désolée.

De toute évidence, je n'avais pas regardé derrière les apparences.

– Est-ce qu'il t'a trompée? Est-ce qu'il t'a… frappée?

J'inspectai son cou et ses mains à la recherche de « violettes », les bleus, dans l'argot d'Odessa.

Elle prit un air effrayé.

– Non, bien sûr que non! m'arrêta-t-elle. Nous ne sommes plus aussi proches qu'avant, c'est tout.

Je ne comprenais pas. À Odessa, les couples divorçaient parce que le mari battait sa femme ou parce qu'il était alcoolique ou parce que la vie au sein de la famille du mari devenait insupportable, ou parce qu'un des conjoints avait trompé l'autre à plusieurs reprises (en général une fois ne suffisait pas à déclencher la procédure). En Ukraine, aucun couple ne divorçait parce que l'entente était moins bonne. À ma connaissance, tous les couples devenaient moins proches au fil du temps.

Au restaurant, Rocky, Raymond, Pam et moi nous retrouvions vingt minutes avant le début du service. À Odessa, je

375

n'arrivais jamais au travail en avance, mais là, j'étais contente de m'éloigner de la maison et de Tristan. Une chose aussi simple qu'un café au comptoir entre collègues m'apportait un peu de réconfort. Ce rituel me rappelait les après-midi passés dans la salle de conférences avec David. Raymond taquinait Rocky sur sa fascination pour Pamela Anderson. Rocky nous parlait de ses projets : il avait presque terminé la construction du moteur pour sa Ford. Pam nous annonça fièrement que sa fille avait encore reçu les félicitations du conseil de classe. Elle me demanda si j'avais des nouvelles de certaines personnes de mon pays, faisant sans doute allusion à Vlad.

— Seulement de ma grand-mère, répondis-je.

Elle parut déçue.

— T'as reçu ta carte de résidence ? demanda Raymond.

— Non. Il faut attendre deux ans.

— Deux ans ? Je croyais qu'il suffisait d'épouser un Américain pour en avoir une.

— T'es pas le seul, dis-je pour profiter du plaisir que me procurait l'emploi de cette expression courante.

— Ce sera cool quand tu l'auras. Tu pourras rester ici autant que tu veux.

Je souris, émue par leur solidarité. Ils étaient devenus une famille. J'aimais les retrouver le soir. Ils travaillaient tous très dur. Je regrettais que leur vie ne soit pas plus facile. Mes yeux passèrent de Pam, la nerveuse, à Ray, aux traits toujours tirés par la fatigue, à Rocky, qui se transformait en homme devant nos yeux, et je songeai que cette Amérique n'était jamais montrée à la télé. À l'écran, tout le monde avait l'air propre et parfait, comme les rues de Beverly Hills ou de Santa Barbara. À Emerson, il y avait de vrais travailleurs de la vraie Amérique. La télévision aurait dû les montrer aussi.

Ray s'inquiétait toujours pour sa femme. Même ses deux services ne lui permettaient pas de couvrir les frais médicaux. Pendant qu'il travaillait, elle restait seule dans leur mobil-home. L'ex-mari de Pam la menaçait par téléphone et elle avait peur pour sa vie et celle de ses enfants. Elle disait que la police ne pouvait pas intervenir tant qu'il n'avait rien fait. Les menaces n'étaient pas un crime. Rocky ne disait pas grand-chose et se contentait de faire tourner sa paille dans son grand verre de Coca. Il avait beau être au lycée, il faisait déjà partie de notre monde d'adultes. Il comprenait les souffrances de Pam et de Ray. Nous savions qu'il voulait partir de chez lui. Quant à moi, je n'avais pas besoin de leur parler de mon problème, ils le voyaient tous les soirs. Ce soir-là, je lui servis son Coca, comme d'habitude. Il surveillait chacun de mes gestes, comme d'habitude. Quand Rocky sortit de la cuisine pour prendre sa pause et faire ses devoirs, je lui apportai une assiette de frites et il me sourit.

– Arrête de mater ma femme ! hurla Tristan.

Tout le restaurant (six personnes) se tourna vers lui. Ray sortit de la cuisine pour s'assurer que tout allait bien.

Scandalisée, je m'approchai de sa table.

– C'est quoi, ton problème ? sifflai-je. C'est qu'un gosse. Un gentil gosse qui fait un boulot de merde pour pouvoir quitter son connard de beau-père. Fous-lui la paix.

– Je suis désolé, dit-il. Désolé, lança-t-il à Rocky.

Pam croisa mon regard et je vis qu'elle me comprenait. Encore une chose que je ne pouvais pas raconter à Jane ni à Boba, et dont Pam était le témoin.

– Il a un sale comportement, tu as déjà pensé au divorce ? me glissa-t-elle à l'oreille avant d'aller transmettre les commandes en cuisine.

J'y pensais de plus en plus.

– Il est barjot, ajouta-t-elle. Comment tu vas faire pour tenir deux ans ?

Je haussai les épaules.

– Pardon, se reprit-elle. J'aurais pas dû dire ça.

Ce soir-là, en rentrant, je décidai de lui parler :

– Es-tu satisfait de notre relation ?

Tristan ouvrit la porte du frigidaire et attrapa une bière.

– Ouais.

Je le suivis de la cuisine au salon.

– Tu as toujours l'air énervé.

Il alluma la télé et parcourut les chaînes.

– Mets-toi à ma place, commença-t-il en gardant les yeux rivés sur l'écran. Je t'ai tout donné et je n'ai pas droit à la moindre reconnaissance de ta part.

– C'est pour ça que tu es fâché? Parce que je ne me montre pas assez reconnaissante?

– Tu ne fais jamais ce que je te dis. Ça, par exemple, ça m'énerve.

Il monta le volume.

– Donc c'est de ma faute si tu es de mauvaise humeur?

– Où veux-tu en venir? demanda-t-il sèchement, en se tournant brusquement vers moi.

Swing-swang-swung: balancer. Il semblait prêt à me bondir dessus, le corps tendu, les babines retroussées. Je plissai les yeux. Il faudrait que je trouve le courage. L'honnêteté de lui dire que nous n'aurions jamais dû nous marier. Que j'arrive à lui annoncer que je voulais partir…

Je décidai de proposer une solution intermédiaire, histoire de sonder le terrain.

– On devrait peut-être prendre un peu de distance.

– Tu veux divorcer, c'est ça?

Sa respiration s'accéléra et son regard devint féroce. Je fus prise d'une peur panique et décidai de changer de tactique.

– Eh bien, tu veux avoir un enfant et apparemment, je suis incapable d'en faire un, alors tu devrais peut-être trouver quelqu'un d'autre.

Je baissai les yeux vers la moquette beige et attendis son verdict, pressée de découvrir si cet accord amiable lui convenait.

– Je n'ai pas envie de quelqu'un d'autre. Et tu as tort de penser que tu pourras trouver un homme qui t'aime autant que moi. Il faut être un saint pour te supporter. Franchement.

– Tu as raison. Tu mérites une meilleure femme que moi.

– Tu as rencontré quelqu'un? Le petit plongeur du restaurant. J'ai vu comment il te regardait. Comment ils te regardent tous.

– On parle de nous deux, là.

J'essayais de garder mon calme.

– Si tu pars, je me tue. Je me tuerai. Je me tuerai! Qui t'a planté cette idée de séparation dans la tête? C'est ta copine Oksana?

Je secouai la tête. Il se leva. Je reculai d'un pas.

– Anna alors? Tu vas chez elle tous les jours. Je la sens pas.

– Personne n'a planté d'idée dans ma tête. J'ai seulement l'impression… qu'on est moins proches qu'avant.

– C'est Molly qui t'a parlé de Lena? Ou cette connasse de Serenity?

Il avança encore vers moi. Je reculai encore d'un pas.

– Qui est Lena? De quoi parles-tu?

– De rien. Personne.

Il passa la main sur son crâne dégarni.

– Tu ne nous as même pas laissé le temps de nous construire. Tous les mariages connaissent des hauts et des bas. Après tout ce que j'ai fait pour toi, tu veux déjà abandonner? Je ne te laisserai pas.

Il me saisit par les épaules et me secoua. Terriblement fort. Quand il me lâcha, j'étais tellement sonnée que je m'écroulai dans le canapé.

La bonne épouse fait le bon mari, disait-on à Odessa. Si l'homme la battait, la trompait ou buvait, c'était qu'elle s'y prenait mal. Ses côtelettes n'étaient pas tendres, elle ne le servait pas comme il fallait, ou bien elle le critiquait quand elle aurait mieux fait de se taire.

Je prenais de plus en plus de bains dès qu'il était à la maison. J'éteignais la lumière et restais assise dans l'eau de la baignoire qui refroidissait, récitant des vers d'Akhmatova ou la liste des commissions, *et je restai seule à compter les jours vides*[1], pour éviter de songer à l'inévitable. Je m'étais fait une certaine idée du divorce : le couple s'assoit à la table de la cuisine, bien sûr ils sont tendus, lapidaires, mais ils prennent une décision ensemble. Cette représentation était aussi naïve que celle que j'avais eue, enfant, au sujet de la reproduction.

– Chérie, y a quoi à dîner ? appela Tristan.

Je savais désormais que quand un divorce arrivait, l'un des deux concernés était toujours au courant avant l'autre. Et que la certitude était pesante.

J'aurais voulu disparaître sous l'eau. *Que m'est odieuse la lumière des monotones étoiles*[2] !

La certitude m'écrasait dès le seuil de la porte. Bientôt rien ne serait pareil. Le foyer n'était plus un refuge. La promesse faite devant les amis, devant Dieu, serait brisée. Un cœur serait brisé. *Que de mes lourdes paupières de bronze, la neige en fondant coule comme des larmes*[3].

Il était plus facile d'être celui qu'on quitte, de pleurnicher et de geindre : « Pourquoi m'as-tu quitté ? Qu'ai-je fait de mal ? » La décision n'était pas la vôtre. Vous souffriez, mais vous ne portiez pas le fardeau. Vous n'étiez pas responsable. Vous n'aviez rien à vous reprocher. Vous étiez la victime.

– Tu as prévu quelque chose ?

J'avais imaginé que le divorce se présentait toujours comme la seule solution. Pas pour moi. À chaque fois que je décidais de le quitter, une voix en moi disait : Tu lui dois beaucoup. Laisse-lui encore du temps. Il fera un bon père, il peut changer, tu peux changer, sois patiente. Si tu le quittes, tu risques de te retrouver à la rue. À Odessa, nous avions très peur du changement, parce que nous redoutions d'aller vers le pire.

---

1. Anna Akhmatova, *Le Plantain*, trad. Christian Mouze. Harpo &.
2. Ossip Mandelstam, *Tristia et autres poèmes*, trad. François Kérel. Poésie/ Gallimard.
3. Anna Akhmatova, *Requiem*, trad. Jeanne Rude, Pierre Seghers.

– Pourquoi n'y a-t-il rien à bouffer dans le frigo? Tu n'es pas allée faire les courses? Bon, je vais commander une pizza. Putain.

En l'espace d'une minute, je pouvais passer de la peur à l'excitation, à la tristesse, à la résignation, à la joie, au rythme des balancements de mes résolutions. Oui, non, peut-être, certainement, pas du tout. Divorcer ou ne pas divorcer, telle était la question. Et je me rendais compte que la réponse était loin d'être évidente.

– Moitié fromage pour toi, moitié bolognaise pour moi. Ça te va?

10

Ma chère petite-fille adorée!
Bons baisers de la perle de la mer Noire!

Dacha, Dacha, je n'ai pas reçu de lettre de toi depuis si long-temps! Que deviens-tu? N'as-tu plus le temps d'écrire à ta grand-mère? T'est-il arrivé quelque chose? Je suis inquiète. Tu travailles tant. Manges-tu assez? Dors-tu assez? Tout ira bien, tout ira bien. Je me répète ces mots tous les jours. Je pense à toi à chaque seconde. Que Dieu te garde et te protège.

Je me sentais coupable de lui causer du souci. Je ne savais pas quoi faire et comme toujours dans ces cas-là, je ne faisais rien.

Heureusement que tu as quitté ce pays de rats. Les prix ont doublé, puis triplé. La voisine du rez-de-chaussée a été cambriolée, sans doute par une bande de jeunes voyous qui lui ont pris son lecteur CD et sa télévision. La pauvre femme est étrangère et elle ne sait plus quoi penser de notre ville. Je lui ai fait des blinis et de la compote. Pour la consoler.

Boris Mikhaïlovitch vient de plus en plus souvent. Il trouve trop dangereux que je reste seule et il veut à tout prix me protéger. Depuis

Quelle classe elle avait. Une vraie femme d'Odessa. Soixante ans passés et le charme opérait encore. J'étais fâchée qu'elle ne m'ait pas confié sa réponse, mais j'admirai malgré moi son panache. Peut-être était-ce à cause de lui qu'elle n'avait jamais répondu à mes invitations. Elle avait peut-être trouvé l'amour. Une autre pensée me saisit: il s'agissait peut-être d'un amour ancien qu'elle avait mis de côté pour s'occuper de moi.

Je mourais d'envie d'appeler, mais je savais qu'elle ne me dirait rien. Même par écrit, je n'arrivais pas à deviner si son soupirant l'agaçait ou si elle faisait semblant. Il était presque impossible d'obtenir une réponse franche d'un habitant d'Odessa. *Le papier peut tout supporter*, disait-on. Une lettre ne rougissait pas.

Chère Boba,
Raconte-moi tout! Immédiatement! Quelle réponse as-tu donnée? Ici, tout va bien. J'essaie de mettre un peu d'ordre dans ma vie…

Je ne pouvais pas lui en vouloir de me cacher des choses. Après tout, moi aussi, j'avais mes secrets. Certains détails ne convenaient pas aux grand-mères.

– Il dit qu'il se tuera si je m'en vais, racontai-je à David lors de notre conversation hebdomadaire.

– Parfait. Vous serez débarrassée de lui et vous hériterez de la maison.

– Vous êtes ignoble, dis-je avec affection.

– Peut-être. Mais je n'ai jamais joué la carte du suicide pour garder une femme. De toute façon, ce genre de type ne passe jamais à l'acte. Il est pathétique. Il veut se rendre intéressant. Je le vois d'ici en train d'essayer de se scier les veines avec une feuille de papier.

Je ris.

– Vous ne devriez pas être avec un homme pareil…

Ses paroles restèrent suspendues dans l'air et je m'aperçus que je retenais mon souffle. J'espérais qu'il finisse sa phrase.

– Avec qui devrais-je être ?

– Avec quelqu'un qui a du répondant.

Je lui laissai le temps d'ajouter quelque chose. Il ne dit rien. Muets, chacun à un bout de la ligne, nous attendions en silence. Je finis par reprendre la parole.

– Comment va Olga ?

– Je n'en ai pas la moindre idée, dit-il d'un ton abrupt.

– Que s'est-il passé ?

– J'ai fait des progrès en russe. Je l'ai entendue m'appeler «le vieux Juif dégoûtant» au téléphone.

– Qu'est-ce qui vous a vexé ?

– Je ne suis pas vieux.

– Je suis désolée, dis-je avec sérieux.

– Vous vous en doutiez ?

– Pas tant que vous n'étiez pas vraiment ensemble. Ensuite, elle n'a pas eu peur de me dire franchement ce qu'elle pensait de vous.

– Vous auriez pu me prévenir.

– Vous ne m'auriez pas crue.

– Peut-être. Qu'allez-vous faire maintenant ?

– Je n'en sais rien.

– La Daria que je connaissais avait toujours un plan de secours. Toujours trois temps d'avance sur tout le monde. Que ferait cette Daria-là ?

– Ça n'a rien à voir. Je suis mariée. Pour le meilleur et pour le pire.

– Vous avez connu le meilleur ?

Je ne répondis pas.

– Restez là-bas. Restez en Amérique, mais larguez-le.

– Il a dépensé tellement d'argent pour me faire venir.

– Demandez le divorce et faites-lui un chèque.

– Avec quel argent ? Je suis serveuse.

– Serveuse !

J'écartai le téléphone de mon oreille pour ne pas l'entendre hurler des insanités.

– Où êtes-vous ? finit-il par demander.

– Dans un village à quatre heures de route de San Francisco.

– Dans la campagne ? renchérit-il avec horreur. Allez dans une ville. Trouvez un vrai travail. Argonaut possède une filiale à San Fransisco.

– Je sais.

– Pourquoi ne les avez-vous pas contactés ? Kessler peut vous trouver un poste chez eux.

– J'y ai pensé, je vous assure.

– Qu'est-ce qui vous retient ?

– C'est compliqué.

– Non, ça n'est pas compliqué. C'est vous qui rendez les choses compliquées. Vous avez tenu assez longtemps. Arrêtez les frais. Vous êtes jeune ; un an, ça vous paraît long, mais ce n'est rien par rapport à toute une vie. Partez vite avant qu'il ne vous fasse des enfants.

– Vous ne comprenez pas. Je lui dois tout.

– C'est bon ! il vous a seulement donné un petit coup de pouce. Vous n'allez pas le rembourser toute votre vie. Il a eu une femme splendide pendant un an. Ça suffit largement. Adiós !

– Je vous ai dit, il a menacé de se tuer.

– Dans ce cas, trouvez-lui une femme avant de partir. Vous êtes experte en la matière.

Cette remarque me piqua au vif.

– Je ne joue plus les entremetteuses.

– Vous avez de l'argent ?

– De l'argent, non, dis-je en songeant au diamant. Mais j'ai une bague que Vlad m'a donnée.

– Vendez-la.

– J'y ai pensé.

– Pourquoi vous ne l'avez pas fait ?

– Je ne sais pas…

– Je ne vous reconnais plus. Vous êtes sûrement déprimée.

– Je ne peux pas être déprimée ! Je suis en Amérique.

– On peut tomber en dépression n'importe où. Quittez-le avant qu'il ne vous transforme en légume.

Je sentis ma colonne vertébrale se redresser et relevai le menton.

– Comment osez-vous me traiter de légume, espèce de… d'insolent !

Il rit.

– Là, je vous reconnais.

Je m'abonnai au *San Francisco Chronicle,* grâce à un chèque débitant mon compte en banque. Tous les matins, je parcourais les offres d'emploi et de logement. J'ignorais si j'étais capable d'habiter toute seule. Je n'avais jamais vécu seule, pas même le temps d'un week-end. Je me demandais si j'étais assez courageuse. Si la ville était sûre. Quels étaient les prix des loyers. À combien s'élèverait mon salaire. Si j'aurais assez pour survivre. Je caressai le cadeau de Vlad et songeai à l'émeraude que Tans avait donnée à Jane. Je repensai à Jono qui achetait et revendait des bijoux. Combien m'en offrirait-il ? Peut-être suffisamment.

Suffisamment pour partir. Repartir à zéro. Le diamant était gros et pur et tous les gens que je connaissais affirmaient que l'or soviétique était le meilleur du monde. Enfin, ils étaient tous soviétiques. Et ils disaient aussi que le modèle soviétique était le système le plus performant du monde. Au fond, peut-être que la bague ne valait pas grand-chose. J'appelai Jane qui me donna le numéro de Jono en me recommandant de rester prudente. Quand je lui décrivis l'anneau, il proposa de venir me voir le lendemain pour une expertise.

Nous nous retrouvâmes au restaurant, à l'heure où Tristan travaillait. Je détachai le fermoir et fis couler la bague le long de la chaîne en argent jusque dans la main ouverte de Jono. Il la tint entre le pouce et l'index et la fit tourner lentement, l'examinant sous tous les angles. Quand il sortit une loupe de bijoutier de la poche de sa chemise et la coinça dans son orbite, le fêtard décontracté que je connaissais pris soudain l'apparence d'un diamantaire intraitable. La transformation me décontenança.

– Je dois pouvoir en tirer dix mille, conclut-il avec autorité.

– Dollars ? m'exclamai-je.

Évidemment. Il ne comptait pas en hryvnias ni en roubles. Apprendre qu'elle valait tant d'argent me rendit hésitante et je dus me retenir de la lui reprendre immédiatement. J'étais tiraillée entre la raison et l'appât du gain. Jane m'avait avertie que c'était un «coké». Il utiliserait sûrement les bénéfices de la vente pour acheter de la drogue. Seule une idiote lui ferait confiance. Mais je n'avais pas d'autre alternative. Je voulais l'argent, il avait les clients. La bague était posée dans le creux de sa main. Pam s'approcha de nous.

– La vache ! C'est du vrai ?

– Bien sûr, dit-il. Je vais demander ma copine en mariage la semaine prochaine et je voulais avoir l'avis de Daria.

– C'est trop mignon, dit-elle sans quitter des yeux le diamant rutilant. Qui oserait te dire non ?

– Quatre-vingt-dix pour cent des filles qui vivent à San Francisco.

– Une seule suffit, soupira-t-elle en penchant la tête. C'est pas à moi qu'on offrirait un truc aussi beau.

Elle retourna à la cuisine où la cloche venait d'annoncer que sa commande était prête.

Je regardai la bague. La guérisseuse m'avait conseillé de m'en débarrasser, disant qu'elle ne me faisait pas du bien. Mais j'avais porté le cadeau de Vlad sur moi tout ce temps. Comme un talisman, une consolation, un rappel. Veux-tu aller de l'avant ou revenir en arrière ? me demandai-je avec froideur. Tu veux sortir de là ? C'est le seul moyen. Jono soutenait mon regard. Je lui fis un signe de tête. Il glissa la bague dans la poche de sa chemise de soie verte. La voir disparaître m'alarma et je dus m'asseoir sur mes mains pour les empêcher de la rattraper.

– Ça prendra combien de temps ?

– Ça dépend si je trouve un acheteur rapidement ou non. Je prends dix pour cent de commission. Si je ne l'ai pas vendue dans six mois, je te la rendrai.

Six mois. Une éternité.

Dès que Jono fut parti, je regrettai de lui avoir fait confiance. *Take-took-taken: prendre.* Qu'est-ce qui m'avait pris ? À Odessa, on ne se fiait jamais à un étranger. J'étais devenue sénile. J'avais confié ma bague à un trafiquant de drogue notoire. *Fall-fell-fallen: tomber.* À Odessa, je n'aurais jamais fait une chose pareille. David avait raison. J'avais changé. Peu à peu, sans m'en rendre compte. À Odessa, on se battait en permanence : pour un siège dans le bus, une place à l'école, des prix corrects au marché, un salaire décent… Rien n'était acquis : ni le débit d'eau dans les canalisations de la ville, ni le chauffage en hiver, ni même l'électricité. Il fallait rester paré à toute éventualité, armé contre n'importe quel souci ou obstacle.

Alors qu'en Amérique, la vie était simple. Depuis presque un an que j'étais là, je n'avais vécu qu'une coupure de courant. Et, détail mémorable, la compagnie d'électricité nous avait envoyé une lettre pour s'excuser de la gêne occasionnée. À Odessa, personne ne s'excusait jamais. Le confort m'avait ramollie. Et je venais de me séparer de mon trésor en pensant que tout irait bien. J'étais devenue une idiote.

Je t'en supplie, Jono, je t'en supplie. Je sentais passer chaque seconde comme à l'école quand j'entendais le cruel métronome marteler l'approche de mon tour. *Tic-tac. Tic-tac. Tic-tac-tic. Bite-bit-bitten: mordre.* J'avais l'impression que des mois s'étaient écoulés depuis sa visite, alors que seulement six jours étaient passés. Je sortais de la maison pour ne pas l'appeler et me réfugiais au comptoir du restaurant en m'efforçant de ne pas ruminer mon erreur. Il avait dit que cela pouvait prendre six mois. Six mois! La mise en garde de Jane qui l'avait traité de «coké» résonnait dans ma tête. Je passais de l'espoir au désespoir, de la joie que me causait un départ prochain à la peur d'être coincée ici à vie. *S'il te plaît, s'il te plaît, s'il te plaît.* Mon estomac tournait sur lui-même comme les barattes à beurre des crémiers du marché d'Odessa. Des boutons apparurent sur mon visage et dans mon dos. Je n'arrivais pas à dormir. *Oui, non, rester, partir. Where is Brian? Brian is in the kitchen.* Raymond me donna des calmants. Pam me proposa des crackers.

– Qu'est-ce qui t'arrive? demanda-t-elle.

Je ne pouvais pas répondre. Je n'osais pas lui avouer ma bêtise. Bien sûr, Tans mit Jane au courant. Elle me téléphona sur-le-champ et ne prit même pas le temps de dire bonjour.

– Tu lui as donné la bague? hurla-t-elle. Tu aurais au moins pu lui demander de prendre une photo pour voir s'il trouvait des acheteurs, au lieu de lui donner comme ça, sans garantie! Je t'ai dit qu'on ne pouvait pas lui faire confiance!

– Je sais, je n'ai pas réfléchi… Je suis tellement pressée de partir…

– Excuse-moi, Dacha, c'est moi qui ne réfléchis pas. Je n'aurais pas dû m'énerver. J'ai peur pour toi, c'est tout. Jono est ce qu'il est… Il peut être charmant, mais il traîne dans des sales affaires. Tu viens d'Odessa. Je pensais que tu saurais te débrouiller toute seule. Mais tu sais quoi? Si ça se trouve, je m'inquiète pour rien. Tout ira bien.

– Tout ira bien, répétai-je, espérant que cette fois, le mantra fonctionnerait.

En rentrant du travail, du supermarché, de chez Molly ou de chez Anna, je consultais le répondeur. Je ne trouvais aucun message. Je décrochais le combiné pour m'assurer que la ligne fonctionnait. Je vérifiais mes e-mails toutes les trois minutes. J'allais chercher du réconfort en préparant la compote de Boba pour convoquer une saveur de chez moi, mais je laissais brûler les pommes. Le soir, je fixais le plafond jusqu'à ce que Tristan soit endormi, puis errais dans la maison comme un fantôme.

Un jour où j'étais en congé, j'allai rendre visite à Serenity dans sa boutique. Quand elle me vit, elle me serra dans ses bras et nous prépara un thé aux plantes. *S'il te plaît, Jono, appelle.* J'essayai de suivre le fil de son discours, mais j'étais tellement distraite qu'elle dut se répéter plusieurs fois.

– Qu'est-ce qui te tracasse ? finit-elle par demander.

Je haussai les épaules.

– Tu n'aimes pas trop te confier. C'est pas grave. Mais sache que tu peux tout me dire.

J'acquiesçai.

– Parfois, la meilleure chose à faire, c'est de s'occuper.

Elle me confia l'époussetage des étagères. J'étais contente de confier à mes mains une activité qui les empêche de se tordre nerveusement. Serenity me rassurait. À chaque fois que je me tournais vers elle, elle me renvoyait un sourire bienveillant. À cinq heures, elle ferma le magasin et je roulai vers la maison, fenêtres baissées, au son de la musique que j'aimais.

Quand j'arrivai, il m'attendait. Il avait installé son fauteuil inclinable sur la pelouse et guettait mon retour, les bras croisés. Autour de lui, l'herbe était couverte de cannettes de bière vides. *Sink-sank-sunk : couler.* Heureusement que mes voisins d'Odessa n'étaient pas là pour voir le fou que j'avais épousé. La vie absurde que je menais. Je coupai le contact et détachai ma ceinture. J'avais peur de sortir de la voiture. *Hit-hit-hit : frapper.*

– Où étais-tu passée ? aboya-t-il. Je t'ai appelée dix fois dans la journée !

– Je suis allée faire un tour ! criai-je.

– Je t'ai demandé de me prévenir quand tu sors !

– Tu es saoul.

Il s'approcha à grands pas de la voiture. *Hide-hid-hidden : cacher. Hide-hid-hidden : cacher. Hide-hid-hidden : cacher.* Il ouvrit la portière et me tira hors de la voiture.

– Le compteur dit que tu as fait moins de cinquante bornes. Où es-tu allée ?

Je frottai mon bras à l'endroit où il m'avait attrapée.

– Dis-moi où tu étais. Et avec qui.

Je levai le menton et serrai les dents si fort que seule une piqûre violente m'aurait entrouvert les mâchoires.

Je ne décidai pas de ne plus lui adresser la parole. Je n'avais simplement plus grand-chose à dire. Je vidai le placard de la chambre, mis mes affaires dans ma valise et m'installai dans le bureau, comme avant notre mariage. Sauf que cette fois, il y avait un verrou sur la porte et un berceau dans un coin.

Enfin, enfin, Jono m'appela.

– Tu l'as vendue ?

– Presque.

– Comment ça, presque ?

– Je suis à deux doigts de conclure la vente. Je te jure.

J'étais à deux doigts de devenir folle.

Dix jours plus tard, il m'annonça qu'il avait vendu la bague et qu'il m'apporterait l'argent. Dieu merci. Je crachai trois fois, comme Boba. Ça ne pouvait pas faire de mal. Quand la Jaguar s'engouffra dans l'allée, je faillis m'écrouler de soulagement. Il m'apportait la délivrance.

– J'ai dit au client que la bague avait appartenu à une tsarine, dit-il. Tu n'as pas d'autres bijoux à vendre, par hasard ?

Je souris et fis non de la tête.

Il tendit la main vers la boîte à gants et sortit l'argent. Il compta les billets : douze mille dollars en billets de cent, desquels il retira mille deux cents dollars pour lui.

– Si tu décides de quitter l'autre con, je peux t'héberger. Tu n'as qu'à me faire signe.

Il démarra en trombe et je rentrai dans la maison m'asseoir sur le canapé avec dix mille huit cents dollars sur les genoux. Une fortune pour moi, même si, d'après les annonces du *Chronicle*, cette somme ne représentait pas un an de loyer. Je caressai les billets et me demandai si je prenais la bonne décision. Quand j'entendis Tristan claquer la portière de son camion, je courus dans le bureau sortir ma valise de l'armoire. Lorsque je l'ouvris, je vis les petits chaussons et la robe de bébé. Je me mordis la lèvre si fort que des larmes me piquèrent les yeux. *Certains rêves ne sont pas censés se réaliser*, disait-on à Odessa. Je cachai l'argent dans la valise et la fourrai dans l'armoire. Je fermai le verrou, puis entrepris de démonter le berceau et jetai les pièces de bois par terre.

Tristan frappa à la porte.

– Chérie, tu es là ? Tout va bien ?

– Très bien.

– Tu as besoin de quelque chose ?

Je m'assis sur le sol et observai le tas de bois dans le coin de la pièce. La nuit gagnait la chambre. Je me glissai dans le lit et m'enroulai sur moi-même en position fœtale.

Je donnai un préavis de deux semaines au restaurant avant de faire la même chose à la maison.

Pam me prit dans ses bras. Raymond dit que je leur manquerais.

– Alors, tu as trouvé un meilleur travail en ville ? demanda Rocky.

Je secouai la tête.

– Elle va s'occuper d'elle maintenant, expliqua Raymond. Elle n'est pas faite pour vivre ici.

– Tu nous quittes pour de bon ? conclut Rocky, abasourdi. Tu quittes Emerson ?

Raymond posa une main sur son épaule.

– C'est ce qu'elle a de mieux à faire.

– Je ne lui ai pas encore dit…

Pam me prit la main. Raymond me tapota le dos maladroitement. Leurs regards me confirmaient que le pire était encore à venir. Mon estomac se noua jusqu'à la nausée. Je me précipitai vers les toilettes.

Quand je revins, Raymond dit :

– Tu es pâle comme un linge. Tu as peut-être chopé une gastro. Y en a plein en ce moment. Tu devrais rentrer chez toi te reposer.

J'imaginais Tristan, affalé dans son fauteuil, une cannette de bière à la main, le torse couvert de miettes et je préférai travailler. Pam me servit un verre de 7-Up et des crackers. Au fil de la soirée, je me sentis de plus en plus mal. Je me demandai si j'avais attrapé une gastro ou autre chose. L'angoisse m'avait peut-être rendue malade. Je m'assis, espérant que ma tête arrêterait de tourner. Rien que l'odeur de la viande me donnait envie de vomir. Je courus à nouveau vers les toilettes.

Toute la semaine, je ne réussis à garder aucun aliment solide et restai fiévreuse. J'arrivais à peine à sortir du lit. Je décidai que ces symptômes étaient liés au stress. Je maigrissais et m'affaiblissais. Tristan me prépara une soupe à la tomate. Je n'eus pas le cœur de lui dire que je l'avais rejetée dans les toilettes quelques minutes plus tard. Devant la nécessité de consulter un médecin, je convainquis Tristan d'aller rendre visite à Jerry et Oksana. J'aurais pu y aller seule, mais il vérifiait systématiquement le compteur. Je voulais à tout prix éviter une scène. Je n'avais plus la force de lutter.

– Qu'est-ce qui t'arrive? s'écria Oksana dès qu'elle m'aperçut. Tu n'as pas l'air bien. Regarde ces cernes! Et tu es toute pâle. Mon Dieu, tu trembles!

– Je n'ai pas dormi depuis des jours.

Elle passa un bras autour de ma taille et me fit asseoir à la table de la cuisine. Elle prit mon pouls, écouta mon cœur, puis m'inonda de questions: «Tu manges bien? Tu dors mal? Tu te sens plus malade à certains moments de la journée? Tu tousses? Tu as le nez qui coule? Les seins douloureux?»

Je répondis consciencieusement et demandai:

– Qu'est-ce que mes seins viennent faire dans l'histoire?

– *Ribochka,* dit-elle en me prenant la main, mon petit poisson, les symptômes que tu décris ne ressemblent pas à la grippe. On dirait plutôt des nausées matinales. Ou dans ton cas, des nausées permanentes. Ton vœu s'est réalisé. Tu vas avoir un bébé.

– Un bébé !

Je bondis de ma chaise et la pris dans mes bras.

– Je suis très contente pour toi, ajouta-t-elle en me serrant contre elle.

L'espace d'un instant, je me sentis légère et heureuse. J'avais hâte d'annoncer la nouvelle à Boba.

Tristan. Je pris soudain conscience que cette donnée allait changer tous mes plans. Je m'assis, pris ma tête entre mes mains et me mis à pleurer.

– Je pensais que ça te rendrait heureuse, dit Oksana. Je me trompe peut-être…

Elle ne se trompait pas.

Oksana passa la main sur mes épaules convulsées. Quand mes sanglots cédèrent la place à un hoquet, elle prit un mouchoir pour sécher mon visage. J'avais le tournis. Enceinte. Impossible. C'était impossible. Je baissai la main vers mon ventre. Un bébé.

– Qu'est-ce qu'il y a ?

– Je venais de me décider à le quitter, murmurai-je. Qu'est-ce que je vais faire maintenant ?

– Tu n'as pas besoin de te décider tout de suite. Tu as encore le temps.

Je songeai soudain que Vlad m'avait peut-être laissé un second cadeau et enfouis à nouveau ma tête entre mes mains.

– Oh non.

– Quoi ?

– C'est peut-être celui d'un autre.

– Est-ce que ton mari a des doutes ?

Je sondai son regard.

– Non. Aucun.

– C'est déjà ça.

Elle me regardait d'un air nouveau. Inquiet.

– Une femme enceinte a un taux d'hormones cent cinquante fois plus élevé qu'en temps normal. Tu vas être émotive pendant quelque temps. Ne prends aucune décision hâtive.

J'essayai de me lever, mais fus forcée de me rasseoir. Je ne savais plus du tout quoi faire.

Pendant des jours, j'eus l'impression d'être spectatrice d'un match de tennis au soleil. Partir ou rester. La balle passait alternativement d'un camp à l'autre. Le cœur contre la raison. La raison contre mon bonheur. Le bien-être de l'enfant. Pour, contre. Revers, volée. Lui offrir une seconde chance. Oui. Non. Sans opinion. Oui au divorce. Non à la défaite. Oui à la fuite. Fuir loin d'ici. Rester. Ne pas faire preuve de lâcheté. Ne pas abandonner. Si, abandonner. La rengaine de Tristan résonnait dans ma tête. *Tu es idiote. Tu es folle. Personne ne t'aimera jamais comme je t'aime.* Quarante pour lui, zéro pour moi. Je ne pourrais jamais remonter. Il gagnerait toujours. Je jouais sur son terrain. Mais un enfant rendrait l'effort moins pénible.

Malgré la chaleur du dehors, Tristan alluma un feu pour me faire plaisir. Dès qu'il partit travailler, je tirai ma valise de sous le lit, saisis l'argent et m'assis sur le canapé avec les liasses sur les genoux. Je fixai la fournaise, sous l'effet hypnotique du feu. Les flammes sautillaient et je leur demandai malgré moi de m'apporter une réponse.

J'avais souffert de l'absence de mon père. Je n'avais jamais reçu son baiser du soir. Il ne m'avait jamais dit qu'il m'aimait. Avoir un bébé m'emplissait d'une joie assortie d'une immense tristesse. C'était triste pour moi de rester avec Tristan pour le bien-être de l'enfant. Triste pour le bébé si je quittais Tristan pour mon propre bonheur. Je ne pouvais priver un enfant de son père. Dans ma famille, les femmes élevaient leurs enfants seules, mais c'était parce que les hommes nous abandonnaient.

Je repensai aux moments passés avec Vlad. À des retrouvailles. Mon désir contre ma raison. Sa peau contre ma peau. Je m'étais ouverte à lui. Je pourrais tout lui raconter. J'imaginai son regard attendri, sa chute à genoux pour embrasser mon ventre.

Je portai machinalement la main à ma poitrine et cherchai en tâtonnant le réconfort mystérieux de l'anneau.

Mais mon talisman avait disparu. Je compris soudain. J'avais tourné la page. Je me demandai si la guérisseuse avait voulu m'encourager à rester avec Tristan. Si elle aurait compris mon désir d'être avec un autre homme. Plus j'y pensais, plus vite mon cœur battait. «Arrête de réfléchir, me disais-je. Arrête-toi une minute.»

Je caressai l'argent. Je n'avais jamais tenu autant d'argent. Je savais ce qu'il me restait à faire. Je devais essayer de recoller les morceaux de mon mariage. Je devais faire en sorte que mon enfant ait une vraie famille. Je ne pouvais pas partir sur un coup de tête. Je jetai un billet de cent dollars dans la cheminée. Les flammes dévorèrent le papier. J'avais envie de tout jeter au feu, de voir tout l'argent brûler. Disparaître. De laisser les billets s'enflammer, s'éparpiller en petits morceaux de papier ravalés aussitôt par la braise. Je voulais me débarrasser de la moindre parcelle de Vlad. J'avais vendu la bague ; il me restait encore son argent. Alors seulement, je serais libre. Je jetai encore un autre billet de cent dollars sur les braises, puis un autre, et un autre, et je regardai le feu les dévorer les uns après les autres. Enivrant. Un autre. Puis un autre.

Il fallait que je parle à quelqu'un. Je décrochai le téléphone.

Boba me conseillerait de rester. Jane de partir. David de foutre le camp tout de suite. Vlad de rentrer à la maison. Valentina de rester là. Molly me répéterait que Tristan avait une bonne situation. C'était à moi de décider. C'était ma vie. Mes choix. Je raccrochai.

11

Cher Tristan,
Je

Ma relation avec Tristan s'achevait comme elle avait commencé : par une lettre. Le procédé était lâche, mais je décidai de quitter Emerson comme j'avais quitté Odessa :

telle une voleuse. Cette fois, même Boba n'était pas au courant.

Ma valise était posée dans l'entrée. Il était au travail et je n'avais nullement l'intention d'attendre son retour pour lui faire mes adieux. Je renonçais à mon mariage et à mes chances d'obtenir des papiers, mais je ne pouvais pas tenir un jour de plus. Il devait exister un autre moyen de rester en Amérique et je comptais bien le trouver. Je restai debout contre le comptoir de la cuisine, cherchant quoi écrire : *Cher Tristan, j'ai essayé.* On ne pouvait pas dire le contraire. *Tu as essayé aussi, je le sais bien. Nous sommes trop différents. Nous voulons des choses différentes.* J'aurais pu rédiger un bilan de notre relation, mais je ne voulais pas lui laisser croire que nous avions encore une chance. *Cher Tristan, je suis désolée.* Non, je m'étais assez excusée. Je déchirai le papier. *Cher Tristan, tu es nul.* Trop direct. *Cher Tristan, j'ai grandi à Odessa, tu as grandi à la campagne.* Trop psychologique. *Tristan, ça ne colle pas entre nous. Bye-bye.* Trop Américain. Mais efficace. Je laissai le mot sur le comptoir. Je repensai à tout l'argent qu'il avait dépensé et laissai l'équivalent du billet d'avion et des factures de téléphone à côté du mot et de mon alliance. Je n'aimais pas avoir des dettes.

Dans le bus, en route vers San Francisco, je me sentis revivre. Après des mois d'engourdissement. J'étais soulagée. Soulagée de fuir enfin. De ne plus le voir tous les jours. De retrouver un environnement qui me convenait, de retourner à la civilisation. Soulagée d'avoir enfin pris une décision. Et impatiente. Impatiente de commencer ma nouvelle vie. De découvrir les possibilités qui s'offraient à moi : un nouveau travail, un nouvel appartement, une nouvelle liberté. Impatiente de retrouver la ville, les théâtres, les galeries d'art, les librairies, les musées, les bibliothèques et les milliers de gens. Je me sentais heureuse. Heureuse. Et pourtant… j'éprouvais de l'appréhension. Je craignais qu'il ne vienne tout démolir. Il était capable de me poursuivre, de me traquer. Ou de me dénoncer.

En descendant du bus, je lançai partout des regards furtifs, prête à sentir sa poigne m'emporter à nouveau chez lui. Mais à la place de Tristan, c'est Jono qui m'attendait pour m'emmener dans son appartement sur Russian Hill (la colline n'avait absolument rien de russe). Il nous prépara le dîner. Alors que je mettais la table, il vint dans mon dos passer ses doigts dans mes cheveux.

– Tu es magnifique, dit-il en prenant mon lobe d'oreille dans sa bouche.

– Je suis enceinte.

Il recracha mon lobe et fit un bond en arrière. Je ris jusqu'à lui arracher un sourire contrit. J'avais repoussé les avances des hommes pendant des années. Si j'avais su quelle répulsion provoquait la grossesse, j'aurais employé cette arme beaucoup plus tôt.

Je n'osais pas sortir de l'appartement de peur d'être kidnappée par Tristan et remmenée à Emerson. J'étais autant sa prisonnière à San Francisco que là-bas. J'épiais à la fenêtre, inquiète, redoutant qu'il ne soit là, dehors, quelque part.

– Ne fais pas ta chochotte, dit Jono. Tu peux au moins aller au restaurant.

Mais je refusais de bouger. Il couvrit son visage d'un affreux masque d'Halloween.

– Allez, viens. Tu n'as qu'à mettre ça.

– Il ne me laissera pas partir comme ça. Et il est armé.

Jono laissa tomber le masque et commanda des plats chinois.

Je continuai à parcourir le *Chronicle* à la recherche d'un travail et d'un appartement, me demandant toujours si je ne pourrais pas décrocher un poste chez Argonaut. J'appelai Boba, comme à mon habitude, le samedi matin pour moi, samedi soir pour elle. Dix fuseaux horaires, deux continents et un océan nous séparaient. La vérité se dressait aussi comme une barrière entre nous, plus grande et plus sombre que l'océan. Je ne me résolvais pas à lui confier la précarité de ma situation. Enceinte. Bientôt divorcée. Sans emploi. Sans papiers.

— Dacha? répondit-elle.

Un mot et je reconnaissais les notes d'espoir, d'inquiétude et d'amour qui composaient le doux accord de sa voix.

— *Da*, Boba. C'est moi.

— Qu'est-ce qui t'arrive, ma petite patte de lapin?

Elle aussi devinait mon angoisse à ma voix. Je forçai un sourire, espérant alléger mon timbre.

— Rien de spécial, Boba.

— Il t'a fait du mal? Tu devrais peut-être rentrer, comme a fait Katya. Elle dit qu'elle a détesté l'Amérique.

Je me rappelai son appel désespéré et hystérique à l'agence et fus soulagée d'apprendre qu'elle allait bien.

— Le problème ne venait pas de l'Amérique, mais de l'homme qu'elle avait épousé. Je t'assure que tout va très bien.

J'écrivis à Jane et à Valentina pour leur expliquer mon silence. Jane m'appela immédiatement.

— Je savais que tu étais partie. Jeudi dernier, Tans a trouvé Tristan devant sa porte, à trois heures du matin, saoul comme un cochon.

Je verdis de honte. Elle rit et m'assura que je n'étais en rien responsable de son comportement puéril.

— Imagine s'il me trouve.

— Il n'est pas sûr que tu sois à San Francisco. Et même s'il le savait, comment voudrais-tu qu'il te trouve au milieu de millions d'habitants? Tans était son seul espoir et il a bien vu qu'il n'en tirerait rien. Tu peux dormir tranquille.

— Je suis inquiète. J'ai peur.

— Tu as eu raison de partir, ajouta Jane. Ce n'était pas un homme pour toi.

— Je sais que j'ai bien fait.

— Tu lui as dit?

— Quoi?

— Tu sais bien.

Je posai la main sur mon ventre et fusillai Jono du regard. Il haussa les épaules. Les femmes avaient la réputation d'être des commères, mais il était scientifiquement prouvé que les hommes ne savaient pas tenir leur langue.

– Non. Ce n'est pas son problème.

– Oh.

Elle comprit immédiatement.

– C'est le problème de qui?

Je n'avais pas le courage de lui dire. Jane était comme ma grand-mère: hyper-protectrice. Et hyper-réactive. Et Vladimir Stanislavski était une figure légendaire.

– Tu ne le connais pas.

– Tu vas le mettre au courant?

– Je ne sais pas encore, murmurai-je.

Jane avait raison. Tristan ne me trouverait jamais. Je traînais dans les rues, laissant courir mes doigts sur les murs. Mes oreilles se réjouissaient de retrouver le staccato de la ville, les rugissements des klaxons, les cris des piétons, les hurlements des sirènes, les bourdonnements des marteaux-piqueurs. Je passais des heures dans les librairies à lire des livres et à boire mon café latte décaféiné au lait écrémé. Dans les parcs, les familles pique-niquaient et jouaient dans l'herbe et je me dis que j'étais comme eux, que je portais aussi tout un monde. Je restais des heures assise sur la plage, les yeux rivés sur l'océan. Quand je vis les vagues s'avancer pour m'accueillir, je sus que j'étais chez moi. Au palais de la Légion d'honneur, je m'extasiai devant les chefs-d'œuvre sacrés. Je restai immmobile devant le buste de Rodin représentant Camille Claudel et pleurai.

J'envoyai ma candidature à diverses entreprises, dont Argonaut. Malgré mes réticences, j'adressai un e-mail à David et à Mr Kessler pour leur demander de me soutenir. Pourtant je n'aimais pas me sentir redevable. Mr Kessler répondit: *Je suis ravi d'avoir de vos nouvelles. Si un poste se libère dans la filiale de San Francisco, je vous recommanderai sans hésiter.*

David écrivit : *Allez chez Argonaut tout de suite. Je m'occupe de tout.*

J'appelai dès le lendemain. Quand je donnai mon nom à la directrice des ressources humaines, elle me demanda de patienter. Je me retrouvai alors en ligne avec le directeur de la filiale de San Francisco qui me proposa un entretien le lundi d'après.

Une nouvelle ville. De nouveaux espoirs. Une nouvelle vie. Tout paraissait aller à toute vitesse. J'avais dû rester immobile trop longtemps. Je trouvai un appartement. Il avait la taille d'une boîte à chaussures, mais au moins, c'était ma boîte à moi.

Quand je partis de chez Jono, je voulus lui donner de l'argent en échange de son hospitalité, mais il refusa.

– Tu m'as déjà dédommagé. On a lancé un pari un jour chez Tans pour savoir quand tu quitterais ton bouseux. Quand tu m'as appelé pour me prévenir de ton arrivée, j'ai relancé les paris et j'ai tout raflé. Cinq cents dollars.

– J'imagine que je devrais me sentir gênée que tout le monde ait vu venir le divorce avant moi.

– Ne le prends pas mal. Dis-toi plutôt qu'on pariait tous que tu comprendrais ton erreur un jour ou l'autre.

Je passai le week-end à briquer mon studio, frottant le moindre recoin, me mettant dans la peau de Boba en campagne contre la poussière tenace et les bactéries. Je lavai même les fenêtres, tournant le dos au téléphone, tâchant d'ignorer l'inévitable aveu que j'allais devoir lui faire.

Elle ne savait même pas où j'étais.

À ma grande honte, j'avais déjà repoussé l'échéance de trois semaines, espérant que le temps m'aiderait à trouver les mots. Ils n'étaient pas venus.

Je composai lentement le numéro, incertaine des détails que j'allais lui donner. La malédiction familiale avait encore frappé. Peut-être l'avais-je attirée sur moi toute seule. Je devais lui avouer que tout ce que je lui avais raconté n'avait été que mensonge.

Les mots jaillirent de ma bouche avant qu'elle n'ait eu le temps de dire bonjour.

– Boba, Boba, je suis désolée, je t'ai raconté tellement de mensonges.

– De quoi parles-tu, ma petite patte de lapin?

– Je n'aurais jamais dû quitter Odessa. Je n'aurais pas dû te laisser toute seule.

– Qu'est-ce qui se passe?

– Je n'ai jamais eu de poste d'ingénieur.

– Tu n'as jamais été ingénieure? Comment ça? Tu m'as écrit des tas de lettres pour me dire combien tu aimais ton travail…

– J'étais serveuse.

– Serveuse?

Je fermai les yeux et me forçai à poursuivre.

– Je n'ai jamais habité à San Francisco. J'habitais dans un petit village.

Elle émit un cri d'horreur. Les gens d'Odessa considéraient la vie rurale comme le pire des supplices.

– Et ce n'est pas tout. Après notre mariage, il a changé. Il a fait fuir mes nouveaux amis. Il disait que c'était sa maison et que c'était lui qui fixait les règles. Il…

– Chhh… Chhh… Tout ira bien. Tout ira bien. Ne dis plus rien. Tu vas te faire du mal. Il ne te reste plus qu'à trouver le moyen de le quitter.

– C'est déjà fait.

Je commençai à pleurer, sans doute de soulagement.

– Pourquoi es-tu si tourmentée, alors? Tu as fait ce qu'il fallait. Tu as toujours été intelligente. Tu sais ce qui est bon pour toi.

– Je pensais que tu serais déçue. Que je te décevrais.

– Jamais! Le mal ne s'améliore jamais. Le mal empire toujours. Tu as eu raison de partir.

Elle s'interrompit.

– C'est pour ça que ta mère a quitté ton père.

– Maman l'a quitté? Mais… je croyais que la malédiction était qu'on nous abandonnait.

– Je devrais peut-être tout te raconter.

– Me raconter quoi ?

Je ne pouvais plus respirer. *Strike-struck-struck : frapper.* Quatre-vingt-dix-neuf pendules sonnaient l'heure en même temps dans le creux de ma poitrine. Je grattai mon sternum dans l'espoir de trouver l'origine du chaos.

– Me raconter quoi ?

– Tu as cru que Dmitri nous avait quittées et nous ne t'avons pas contredite. Nous pensions que moins nous parlerions de lui, plus vite tu l'oublierais. Comme un cauchemar. Et surtout, ta mère avait sa fierté et refusait de parler de lui. Et puis…

Sa voix trembla.

– Et puis, ensuite, elle est partie. Et pendant longtemps, je me suis sentie coupable.

– De quoi ?

Je me penchai sur le comptoir, prête à entendre le pire. Les secrets des gens d'Odessa étaient rarement futiles.

– Dis-moi, Boba, je t'en supplie.

– Coupable d'avoir été si aveugle. Ton père était un marin, avec du charisme et un charme fou. Il savait raconter des blagues comme personne.

Venant d'une femme d'Odessa, c'était le plus grand des compliments.

– Mais c'était aussi un ivrogne et une brute. Ta mère ne s'en était pas rendu compte. Et je ne l'ai appris que trop tard. Ils étaient partis vivre en Crimée, loin de ses amis, loin de moi. Quand je pense à ce que cet homme a fait…

Elle laissa échapper un de ses soupirs rocailleux à fendre l'âme. Un son pareil au râle d'un mourant.

– Ma fille. Ma petite fille. Elle avait le nez en sang et des côtes brisées. Tout ce qu'il lui a fait d'autre, je ne l'ai jamais su. Elle t'a emmitouflée dans une couverture et elle a fui Yalta en plein milieu de la nuit, elle est revenue à la maison et je l'ai trouvée couverte de bleus et de brûlures.

Elle se mit à sangloter. Moi aussi. Pauvre Maman. Pauvre Boba. Si nous avions eu cette conversation des années plus tôt dans la cuisine, elle m'aurait serrée contre son cœur et j'aurais enroulé mes bras autour de sa taille.

L'échafaudage de ma vie s'écroulait sous mes pieds. Je croyais que les hommes partaient. Mon père était parti. Will était parti. Vlad était parti. Je croyais que tous les hommes qui croisaient ma route étaient voués au départ. Je ne leur avais jamais laissé une chance. Je ne m'étais jamais laissé une chance, sauf avec Vlad, pendant le court instant où j'avais baissé la garde. Avant d'endosser de nouveau mon armure.

— Peut-être que la malédiction nous empêche simplement de tomber amoureuses, dit Boba. J'ai sûrement eu tort de te mettre en garde contre nos hommes. À chaque fois que tu ramenais un homme à la maison, je me rappelais ce qui était arrivé à ta mère et j'avais peur. Et quand j'ai vu Vladimir Stanislavski commencer à rôder par chez nous… j'ai voulu t'éloigner de lui à tout prix.

Je fermai les yeux. Vlad. Je ne pouvais pas lui dire. Il le fallait pourtant.

— Je ne t'ai pas encore tout dit, Boba.

— Quoi d'autre, ma petite patte de lapin?

— Je suis enceinte.

— Un bébé! Il est au courant?

— Non.

Je pris une grande inspiration.

— Et ce n'est pas tout.

— Dacha?

— Le bébé n'est peut-être pas le sien.

— *Gospodi*.

Oh, mon Dieu. Je l'imaginais en train de faire le signe de croix avant de cracher trois fois par terre.

— Dacha?

— Il est peut-être de Vlad.

— Vladimir Stanislavski? Comment est-ce possible?

— Il est venu. On a discuté…

— Discuté! Qu'est-ce que tu vas faire maintenant? Toute seule. Dans un pays étranger.

– Tu as eu raison d'insister pour que j'emporte la bague. Je l'ai vendue. Tout ira bien.

Je répétai son mantra, mais cette fois j'y croyais.

À ma grande surprise, le directeur d'Argonaut vint en personne m'accueillir dans le hall. Nous échangeâmes quelques propos anodins dans l'ascenseur.

– David vous estime au plus haut point. Je ne l'ai jamais entendu parler de quelqu'un en termes aussi dithyrambiques.

– C'est très gentil de sa part, dis-je. Vous travaillez avec lui depuis longtemps?

– Nous avons fait nos études ensemble. Quand nous sommes sortis de l'université, il m'a aidé à obtenir un poste ici.

Nous longeâmes un long couloir aux murs décorés de peintures fades, heureusement sans talon aiguille ni éclaboussures. *Je vous en supplie, faites que j'obtienne ce poste. Et faites que j'aie un bureau avec quatre murs et une porte. Sans barreaux aux fenêtres.* Il me guida jusqu'à un petit bureau situé dans un grand hall. Les ressources humaines se trouvaient peut-être de l'autre côté.

– Allez-vous conduire l'entretien ici?

– C'est inutile. Vous êtes engagée.

J'étais abasourdie. Soulagée d'avoir un travail. Et un tout petit peu déçue de n'avoir ni porte ni murs. Boba me conseillerait de voir le bon côté des choses. Il n'y avait pas de barreaux. Pas de barreaux. Je m'assis au bureau et le remerciai pour son accueil. Il me regarda, l'air étonné, puis ouvrit une porte donnant sur un bureau fermé avec une vue splendide sur le brouillard.

– Voici votre bureau.

Apparemment, grâce aux chaudes recommandations de David, j'étais nommée à un poste de contrôleur de gestion et j'étais la plus jeune cadre de l'entreprise! Mon travail était le même qu'à Odessa, sans les pots-de-vin et la paperasse, car je n'avais qu'un livre de comptes à remplir.

J'avais même une assistante : Cyndi. Bien sûr, certaines choses ne changeraient jamais : l'entreprise serait toujours un terrain fertile en ragots, à Odessa comme à Vladivostok. Mais les rumeurs à mon sujet n'étaient pas malveillantes. Par le plus grand des mystères, des extraits de la lettre de recommandation de David se mirent à circuler dans les bureaux.

Je ne saurais décrire à quel point les négociations sont compliquées en Ukraine. Face aux exigences gouvernementales et aux pressions exercées par la mafia, n'importe quel homme d'affaires sain d'esprit aurait fui. Malgré l'expérience acquise pendant mes études, je n'aurais pas tenu deux jours à Odessa sans l'aide de Daria. Elle a fait tomber toutes les barrières administratives à coups de hache. Elle savait convaincre n'importe quel fonctionnaire des douanes ou des impôts et n'importe quel mafieux. Chacun avait son prix et Daria était la seule à posséder le mode d'emploi. Elle est douée d'un grand sens des affaires, d'un flair incroyable et d'un œil aiguisé. Elle est rigoureuse dans son travail et dans son attitude. C'est une collaboratrice astucieuse et une femme brillante qui possède un instinct remarquable. Elle parle couramment anglais, russe et hébreu…

Je n'en revenais pas. Je n'aurais pas été plus émue de recevoir une lettre d'amour. Mais après tout, sa recommandation en était une, en quelque sorte.

David appelait toujours une fois par semaine. Au fil de nos conversations, je me rendis compte que ma nouvelle vie s'était construite en partie grâce à lui. Il m'avait blessée autrefois, mais il avait fait des efforts pour se racheter. Et il était devenu un ami.

— Merci, lui dis-je.
— De quoi ? Je n'ai rien fait.
Il m'annonça qu'il quittait Odessa.
— Promettez-moi de ne pas vous vexer, commençai-je. J'aimerais vous poser une question. Il s'agit d'une conversa-

tion que j'ai surprise un jour entre Vita et Véra… Est-ce vrai qu'Odessa était votre punition ?

– En quelque sorte.

– Qu'aviez-vous fait ?

– Vous savez que mon grand-père a fondé la société ? Quand il est mort, il y a un peu plus de deux ans, mon père a décidé que si je voulais garder ma part, il fallait que je fasse mes preuves. Il a bloqué mes fonds et m'a nommé directeur de la branche d'Odessa. Il se disait que le défi m'aiderait à faire mes armes. Si je n'arrivais pas à maintenir les comptes dans le vert, ses avocats et lui feraient en sorte que l'argent reste bloqué définitivement. Il en a profité pour me dire mes quatre vérités. Des choses trop dures pour être répétées. Je suis arrivé ici fâché contre l'humanité entière, prêt à sombrer dans l'alcool et l'oubli.

– Odessa est l'endroit rêvé pour ça.

Il rit.

– Je sais. La première semaine, j'ai perdu cent mille dollars au jeu.

– Non ! Comment ça ?

– Vous allez encore me gronder ?

– Je n'y crois pas ! Vous avez tout et vous jetez tout par la fenêtre !

– Vous allez me gronder.

– Si j'avais eu la chance que vous avez eue, si j'avais eu ne serait-ce qu'un dixième de ce que vous avez…

– Vous avez plus, corrigea-t-il. Vous avez Boba.

Il avait raison. J'étais infiniment plus riche. Mais je ne lui aurais jamais avoué que j'étais d'accord.

– Ne me parlez pas de Boba. Comment avez-vous osé acheter sa complicité avec des mangues ?

– Vous ne voulez pas écouter la fin de mon histoire ?

Je le laissai parler.

– Bon, alors, par chance, j'ai perdu contre un mafieux qui a accepté d'utiliser mon stock de marchandises comme garantie de paiement.

– Très gracieux de sa part.

– Mais il y avait une contrepartie. Si je n'arrivais pas à le rembourser, il garderait tout le stock qui valait bien plus de cent mille dollars.

– Je vois.

– Vladimir Stanislavski pensait que ce serait de l'argent facilement gagné.

– Vlad?

Bien sûr.

– Donc, c'est pour ça qu'il venait si souvent au bureau, dis-je avec une pointe de déception.

– Au départ, peut-être. Mais j'ai remboursé ma dette et il a continué à venir.

– Qu'allez-vous faire maintenant que vous avez purgé votre peine?

– Je ne sais pas encore.

Je m'aperçus que nos discussions littéraires de la salle de conférences me manquaient. Et je m'étonnais d'y penser encore autant.

Ma main se portait à mon ventre, comme naguère à l'anneau de Vlad. Machinalement. Tendrement. Je songeais à la petite âme qui grandissait en moi. Mon enfant. Je me sentais comblée. Mais par moments, la peur me pétrifiait. La belle-sœur de Tristan pouvait me dénoncer. Elle en serait capable. La justice américaine me renverrait chez moi pour avoir osé quitter mon mari. J'essayais d'évacuer la tension, elle n'était pas bonne pour moi et encore moins pour le bébé. Avant, j'aurais fait les cent pas dans l'appartement, ruminant mes idées noires. À présent je devais agir, obtenir des réponses concrètes. Mon avenir n'était plus le seul en jeu.

J'appelai Molly.

– Alors, où es-tu? demanda-t-elle. Ça va? J'étais morte d'inquiétude!

– Je suis désolée. J'aurais dû te prévenir… J'avais trop peur.

– Peur de quoi?

– Peur de lui, peur de dire à qui que ce soit, à mes amis, que je partais. Peur d'être trahie…

Je bafouillais.

– Tu peux me faire confiance.

– Je suis à San Francisco.

Deux jours plus tard, le samedi matin, je l'attendais sur le trottoir devant chez moi. Elle arriva à l'heure convenue. Elle avait remplacé son T-shirt extra-large et son jogging par une veste vert bouteille et un pantalon droit. Elle était maquillée et elle avait pris le temps de nouer ses cheveux châtains dans son cou. Elle me parut heureuse et détendue. Je m'étonnai de sa transformation. Elle m'enlaça.

– Je suis contente que tu ailles bien. Quand j'ai appris que tu avais disparu, j'ai imaginé tout un tas de choses.

– Je ne pouvais pas rester un jour de plus.

Elle passa un bras autour de mon épaule.

– J'aurais dû t'aider.

Je posai ma main sur la sienne.

– Tu m'as aidée.

Elle observa les immeubles de la rue animée.

– Ça fait du bien d'être en ville. Avant, Toby et moi venions ici une fois par mois, mais maintenant… les temps ont changé.

– Tu es là maintenant. Merci d'être venue d'aussi loin.

Nous gravîmes les quatre étages.

– Pas d'ascenseur, m'excusai-je.

– J'avais justement besoin de délasser mes jambes. La route est longue.

Elle gloussa comme une écolière.

– Personne ne sait que je suis ici. Même pas Toby.

– Il le découvrira en regardant le compteur, l'avertis-je.

– Ça ne lui viendrait jamais à l'esprit de vérifier mon niveau d'essence, ou d'huile, et encore moins le compteur. Il n'y connaît rien.

Elle étudia mon visage. Mon expression dut révéler des souvenirs, car elle s'interrompit.

– Non. Il n'a pas fait ça ?

Mes yeux s'emplirent de larmes. J'étais soulagée de pouvoir partager avec elle une partie de mon calvaire. J'enfonçai la clef dans la serrure et ouvrit les trois verrous. Boba n'était pas là pour me devancer.

Molly inspecta les livres sur mes étagères tandis que je mettais de l'eau à chauffer dans la bouilloire. Nous nous assîmes à la table de la cuisine devant la petite fenêtre.

– Tu es magnifique, lui dis-je.

– Je me suis rendu compte que je me laissais aller et même que j'étais sûrement un peu déprimée. Toby et moi avons démarré une thérapie de couple. Il est plus présent à la maison et j'essaie de m'occuper plus de moi. Je vais pouvoir venir te rendre visite.

– Je suis contente pour toi.

– Tu es dans ton élément ici.

Elle fit un geste vers la ville au-dehors.

– Tu as bien fait de partir. Tu as eu beaucoup de courage. Je suis fière de toi.

– Merci.

J'ajoutai deux cuillères de confiture à la framboise dans ma tasse et touillai furieusement mon thé tout en essayant de réunir la force de lui demander ce qui allait se passer.

– Tu crois qu'il essaiera de me retrouver?

– Non. Je crois qu'il a déjà la tête ailleurs...

Après un long silence, elle ajouta:

– J'aurais dû t'en parler avant, mais il nous avait fait promettre de ne rien dire. Tu n'es pas la première qu'il a fait venir.

Kino.

– Je suis désolée, dit-elle. J'ai failli lâcher le morceau un jour, mais il a réussi à m'arrêter. J'aurais dû persévérer. Elle s'appelait Lena. Elle n'est pas restée aussi longtemps que toi.

J'ouvris la bouche, mais aucun son ne sortit.

– J'espère que tu ne m'en veux pas.

– Non. D'où venait-elle?

– De Saint-Pétersbourg.

– Elle est restée combien de temps?

– Trois mois.

– Il est allé là-bas ?

– Oui. Il a assisté à plusieurs soirées-rencontres, comme il les appelait.

– Il m'avait dit qu'il avait prévu d'y aller, mais qu'il s'était dégonflé au dernier moment. Il ne m'a raconté que des mensonges. Je croyais qu'il était professeur. Qu'il n'était jamais allé en Russie. Quelle idiote !

– Ce n'est pas de ta faute.

– À qui la faute alors ? J'aurais dû m'en douter. Le pire est que ma vie est entre ses mains…

– Comment ça ?

– Les femmes comme moi doivent rester mariées à des hommes comme lui pendant deux ans avant d'obtenir une carte de résidence. Si je ne respecte pas le contrat, il n'a qu'à prévenir l'immigration. Ils croiront que je l'ai épousé pour avoir des papiers et ils me renverront chez moi.

– C'est horrible ! On ne peut pas forcer quelqu'un à rester marié contre son gré.

Sa voix se teintait de pitié.

– C'est comme ça, dis-je vivement.

Je ne voulais pas lui inspirer de la pitié. À Odessa, même si la chance n'était pas de notre côté, nous restions dans la partie.

– Tu crois qu'il serait capable de me dénoncer ?

– Je ne sais pas, répondit-elle en se mordant la lèvre.

– Oh, Molly. J'avoue qu'une partie de moi se sent coupable d'être partie. Tu trouves ça dingue ?

– Non, pas du tout. Mais ne t'en veux pas, surtout. Tout le monde voyait bien que… je ne dis pas que tu étais trop bien pour lui, mais que tu n'étais pas à ta place. Il était le seul à ne pas le voir. Et ne t'inquiète pas trop pour lui. Après ton départ, il s'est saoulé pendant une semaine, comme quand Lena l'a quitté. Puis il s'en est remis. Tu ne vas pas me croire, mais il cherche déjà une autre fiancée. Il dit que cette fois, il va aller voir du côté des Philippines. Il a entendu dire que leurs femmes étaient plus dociles.

Je ris. Je ne pouvais plus m'arrêter de rire. Les gens d'Odessa riaient des anecdotes les plus perverses. Molly m'imita.

– C'est assez comique, reconnut-elle avant de se mettre à pleurer. J'espère que tu n'es pas fâchée contre moi.

Je me mis à pleurer à mon tour.

– Franchement, je ne suis pas fâchée. Tu as été une vraie amie tout du long. Je n'oublierai jamais tout ce que tu as fait. L'enterrement de vie de jeune fille joyeux que tu as organisé. Le bouquet de mariée. Ta gentillesse, celle de Serenity et d'Anna m'ont donné envie de rester. M'ont fait aimer l'Amérique. Ton amitié est ce qui m'est arrivé de mieux dans toute cette aventure. J'espère qu'on pourra rester amies et que tu viendras me voir souvent.

Elle acquiesça.

– Je te l'ai dit, ça fait partie de mes nouveaux projets. Tu es sûre que tu n'es pas fâchée ?

– Je ne suis pas fâchée. Je suis soulagée.

C'était vrai. Ce chapitre de ma vie prenait fin. Je voulais me concentrer sur l'avenir. J'étais libre. Je pouvais parler à Boba et à Jane pendant des heures, manger des pommes de terre trois fois par jour et m'habiller tout en noir si j'en avais envie. J'écrivis à Anna et Serenity. Je préparai des blinis pour les voisins ; en retour, ils m'invitèrent chez eux pour un brunch. Je m'inscrivis à un club de lecture. Je demandai à une collègue qui apportait des gâteaux à la cannelle tous les lundis de m'apprendre à cuisiner. Le dimanche, nous passions l'après-midi dans sa cuisine. Chaque semaine, j'apprenais une nouvelle recette. Ces activités me rendaient heureuse. Je construisais mon nid, petit à petit.

David m'avait suggéré de demander conseil aux avocats de la société. Je leur expliquai ma situation ; ils m'assurèrent qu'il serait facile d'obtenir un permis de travail, puis plus tard, une carte de résidence. Ils me parlèrent aussi d'un concept formidable appelé «pension alimentaire». Entendre ces avocats parler de ce type de dispositif me donna envie d'en savoir plus sur le fonctionnement de ce pays qui m'était encore étranger. *Nos droits, nos droits à nous.* Oksana avait raison. Je découvrirais quels étaient nos droits.

Et je fus heureuse de lui annoncer qu'en cas de divorce, elle ne serait pas démunie, matériellement et moralement.

Bien sûr, j'appelai aussi Valentina. Elle avait vendu Unions soviétiques à un homme d'affaires américain pour un million de dollars placés au chaud dans un compte off-shore. Elle m'expliqua que quand elle s'était lancée dans ce commerce, le marché était encore acheteur: les hommes étaient en position de force. En quelques années, la donne s'était inversée et les femmes d'Odessa avaient désormais l'avantage.

– C'est devenu un marché vendeur. Elles exigent des Américains qu'ils les emmènent faire du shopping ou qu'ils les invitent au restaurant avec leurs amies. Le nouveau patron a installé une rangée d'ordinateurs et il paie des filles pour répondre au courrier. Les clients paient chaque e-mail envoyé et reçu. Les femmes les arnaquent en leur demandant d'envoyer de l'argent pour des cours d'anglais ou des billets d'avion. Le patron publie des photos provocantes de mannequins pour attirer les hommes. J'aurais dû y penser!

Ses lamentations étaient teintées d'une goutte de son venin habituel. Elle n'avait pas changé.

– Comment ça va, à Odessa?

– La ville est en pleine révolution! Les entreprises étrangères nous envahissent. Un oligarque est en train de faire rénover le couvent Mikhaïlovski, dans la rue Uspenskaya. Les musulmans s'installent plus vite que le temps qu'il faut pour dire «Allah». Des immeubles se construisent partout. Que des constructions tapageuses. Je suis prête à changer de vie, si tu veux tout savoir. Je pourrais peut-être venir te voir. La vieille communiste se dit que, finalement, le capitalisme a du bon.

Elle réserva un billet d'avion et aida même Boba à remplir sa demande de passeport. Quand je parlais à ma grand-mère au téléphone, je la sentais heureuse, comme une adolescente amoureuse. Tristan n'avait jamais donné cette légèreté à ma voix.

Mon assistante ne l'annonça pas. David entra dans mon bureau. Je levai les yeux, prête à accueillir n'importe qui sauf lui. Il avait rasé sa moustache. Il portait une veste bleu marine, comme tous les cadres financiers. Le vert de sa cravate faisait ressortir les nuances dorées de ses yeux. Bien sûr, il était bronzé, fraîchement arrivé d'Odessa. Il était beau, je le trouvai beau. Ses cheveux noirs étaient un peu trop courts à mon goût. C'était sans importance. Ils repousseraient.

Je me levai.

Il s'approcha de moi. Je ne savais pas quel geste choisir. Une poignée de main aurait été trop formelle. Une accolade trop intime. Je lui caressai le bras. Le toucher m'aida à croire qu'il était bel et bien devant moi.

– Que faites-vous ici ? demandai-je, le menton dressé.

Il me regarda de haut en bas sans émotion.

– Quelque chose a changé.

Il avait pris place dans le conseil d'administration et avait installé son bureau à côté du mien. La première chose qu'il fit en arrivant fut de demander aux avocats pourquoi j'étais toujours mariée. Ils lui expliquèrent que les démarches prenaient du temps. À travers les parois du bureau, je l'entendis hurler :

– Je me fiche de vos excuses ! Obtenez-lui un divorce et un permis de travail. Vous avez un mois pour me boucler ce dossier !

Il fit en sorte que tout soit réglé rapidement. Il le démentit toujours, mais je restais persuadée qu'une « redevance » avait été versée aux personnes concernées.

Les rumeurs allaient bon train. Allait-il devenir le nouveau directeur de la filiale de San Francisco ? Resterait-il longtemps ? Les femmes bombardèrent sa vieille secrétaire de questions. Était-il célibataire ? Cherchait-il quelqu'un ? Quels étaient ses projets ? Il avait dit à sa famille et ses collègues qu'il resterait chez Argonaut, mais qu'il souhaitait s'épargner les ulcères que la direction d'une filiale générait. Il m'avait confié qu'il voulait être à mes côtés, même uniquement au travail.

Sous la boule à neige posée sur mon bureau, j'avais rangé la convention de divorce. Je savais que Vlad devait attendre un signe, mais j'hésitais à le lui envoyer. Pour la première fois, je vivais libre et heureuse. J'avais envie de profiter de mon indépendance, du moins pendant un moment. J'étais libre de sortir avec des amis, Jane, Jono, Tans, d'aller au concert avec eux, à des expositions, dans des cafés. Tans et David s'entendaient à merveille. Nous dînions souvent ensemble.

Jane se vantait d'être bientôt marraine.

– Si tu fais de moi le parrain, je lui apprendrai à jouer au basket, enchérit Jono.

Je me tournai vers David qui me regardait et je me demandai ce qu'il allait offrir.

– Et toi?

– Je suis sûre que c'est une fille, dit-il. Et qu'elle sera aussi belle que sa mère.

Mes yeux s'embuèrent. *Dieu aime le chiffre 3*, disait-on à Odessa, mais en regardant autour de moi, je me dis qu'il devait apprécier encore plus le chiffre 5.

La vie n'était pas parfaite. Mon studio avait la taille d'une chambre de nos appartements communautaires. La vie à San Francisco coûtait plus cher qu'à Moscou. Mon travail était mieux défini qu'à Odessa, mais il était aussi plus difficile. Je dus apprendre les réglementations et les lois et assurer de longues journées de travail. La plupart du temps, je ne quittai pas le bureau avant dix-neuf heures trente. Odessa me manquait. Jane me comprenait. Toute personne ayant vécu à Odessa n'oubliait jamais l'Opéra (le troisième plus beau du monde), l'hospitalité des habitants, les monuments, l'architecture, la mer. Je rêvais de revoir ma ville natale. Mais comme David me le rappelait: *Quand*

Anna Akhmatova a quitté Odessa, c'était pour ne jamais revenir. Regarder en arrière ne sert à rien, disait Boba, *sauf à donner un torticolis.*

Je menais enfin la vie dont j'avais rêvé, au temps où, à Odessa, j'avais les yeux rivés sur l'Amérique. Où j'avais envie d'autre chose, de toutes mes forces, sans savoir précisément quoi. Un sentiment de satisfaction me portait. Je vivais dans une ville au bord de la mer. J'avais des amis chers et un travail stimulant. Je parlais anglais tous les jours. J'allais accueillir une nouvelle vie dans notre monde. Des bébés naissaient tous les jours, mais la naissance restait pour moi un miracle. Je berçais mon ventre et songeais à ma petite merveille. À tout l'amour que Boba et moi lui donnerions.

David entra avec un plateau chargé de café et de gâteaux.

Je regardai ma montre.

– Trois minutes et dix-neuf secondes. Mieux qu'hier. Moins bien qu'avant-hier.

Il nous servit à chacun une tasse de décaféiné. Je bus une gorgée et regardai par la fenêtre.

– Pas mal, dis-je. Pas mal du tout.

Cet ouvrage a été achevé d'imprimer en avril 2013
sur les presses de Normandie Roto Impression s.a.s.
61250 Lonrai
N° d'imprimeur : 131630
dépôt légal : mai 2013

Imprimé en France